El misterio de Chalk Hill

Susanne Goga

El misterio de Chalk Hill

Traducción de
Marta Mabres Vicens

Papel certificado por el Forest Stewardship Council®

Título original: *Der verbotene Fluss*

Primera edición: enero de 2019

© 2014, Diana Verlag. Una división de Verlagsgruppe
Random House GmbH, Múnich, Alemania
www.randomhouse.de
Este libro fue negociado a través de Ute Körner Literary Agent - www.uklitag.com
© 2019, de la presente edición en castellano para todo el mundo:
Penguin Random House Grupo Editorial, S. A. U.
Travessera de Gràcia, 47-49. 08021 Barcelona
© 2019, Marta Mabres Vicens, por la traducción

Printed in Spain – Impreso en España

ISBN: 978-84-9129-315-6
Depósito legal: B-25883-2018

Impreso en Rodesa,
Villatuerta (Navarra)

SL 9 3 1 5 6

Penguin
Random House
Grupo Editorial

«Para refutar la afirmación de que
todos los cuervos son negros
no se debe intentar demostrar que ninguno lo es;
basta con encontrar un solo cuervo blanco.
Con uno es suficiente».

WILLIAM JAMES

Prólogo

Esa noche la luna brillaba con luz mortecina. La mujer cruzó el césped, que todavía estaba mojado por la lluvia, pasó junto al columpio suspendido de un olmo y desapareció entre los árboles que flanqueaban la casa como guardianes mudos. El vestido le rozaba el suelo y en el dobladillo presentaba ya una mancha oscura de más de un palmo. No sentía las piedrecitas que se le clavaban en las plantas desnudas de los pies. Abrió la puerta de hierro forjado del muro y siguió avanzando por el camino, como movida por un impulso, adentrándose en el bosque.

Todo estaba en silencio, como si los seres vivos quisieran resguardarse de la luz pálida de la luna. De repente, se oyó un crujido débil. Tal vez fuera un ratón deslizándose rápidamente por la hojarasca del otoño anterior. Por lo demás, ella solo oía sus pasos en el suelo blando.

Se ciñó los hombros con el chal. La luz de la luna dibujaba sombras fantasmales sobre la corteza fina de los árboles. Conocía el bosque como si fuera su casa, siempre lo había considerado su hogar. Todos los arbustos la llamaban, todos los recodos le eran conocidos. Sin embargo, algo había cambiado.

Se giró al oír un ruido a sus espaldas, pero solo distinguió las sombras de los tejos nudosos, las grandes ramas que se extendían hacia ella como brazos retorcidos. ¿Habría ahí alguien escondido persiguiéndola? Aguzó el oído en ese silencio, pero no oyó nada. Intentó respirar con tranquilidad y acomodar los pasos al ritmo de su respiración. Uno tras otro. No faltaba mucho.

Entonces de repente resbaló sobre la hojarasca mojada, aunque en el último momento logró agarrarse a un tronco. El corazón le latía agitado. Apretó los dientes y cerró los ojos por un momento. Súbitamente notó frío en los pies, una humedad glacial empezó a treparle por los tobillos, subió por las piernas, le alcanzó las rodillas...

Se forzó a proseguir. Aquel era su bosque; ya de pequeña le había pertenecido. Siempre había sido su amigo, y no iba a sentir miedo de él. Cuando los árboles se aclararon, se detuvo e inspiró profundamente. Dobló la cabeza hacia atrás y miró el cielo, la luna. Luego extendió los brazos, como si quisiera abarcar toda la noche con ellos.

1

Dover, septiembre de 1890

De pie junto a la borda, Charlotte Pauly contemplaba cómo sobre las aguas grises emergía lentamente entre la bruma un resplandor blanco. Conforme se aproximaban parecía que una imagen empezaba a dibujarse, las siluetas borrosas iban cobrando forma, convirtiéndose en una extensa cadena de acantilados blancos, coronados por praderas de un verdor aún estival. Era como si un hacha colosal hubiera sesgado de golpe un trozo de tierra de forma tal que lo que quedaba, lejos de descender suavemente hasta la orilla, terminaba de forma brusca en la costa. Charlotte se imaginó un trozo de tierra desprendiéndose y cayendo al mar, donde se hundía formando una ola gigantesca.

Aquellos acantilados blancos no le resultaban hostiles; de hecho, parecían llamarla con señas, invitándola a esa tierra destinada a convertirse en su nuevo hogar. Charlotte inspiró profundamente para aplacar los sentimientos antagónicos que se debatían en su interior. Ilusión, nerviosismo, añoranza, determinación, dudas... Todos pugnaban por el control dentro de ella. Notó cómo la tierra que dejaba detrás, el continente, la invocaba dulcemente y, a la vez, la expulsaba. Alemania, por supuesto, era su patria; era donde había pasado su vida hasta entonces; y la idea de no regresar por el momento, de no volver a oír su lengua, se abatía como una sombra sobre su alma. Por otra parte, los meses anteriores habían dejado heridas que en su país no se habrían podido curar. Buscar un empleo en Inglaterra, despedirse de la familia, hacer el equipaje y reservar un pasaje para Dover había sido una necesidad urgente. Unos cortes rápidos, siempre preferibles a los desgarros lentos y dolorosos.

Su madre no había demostrado la menor comprensión ante esa decisión.

«Pero ¿qué te ha ocurrido, hijita?».

Charlotte se había limitado a negar con la cabeza.

«No puedes marcharte así, sin más, solo porque te sientas desdichada o descontenta con tu empleo. Es una insensatez. Podrías haberte buscado un nuevo puesto en cualquier otro lugar de Alemania. En Baviera, quizá. Dicen que Múnich es muy bonita. Así podrías viajar con los señores a los Alpes, o incluso a Italia...».

Para evitar más preguntas indeseadas, Charlotte había argüido que le convenía tener experiencia en el extranjero para en el futuro poder enseñar mejor el inglés a sus alumnos.

«Pero ¿quién necesita el inglés? El francés es el lenguaje de la sociedad distinguida —había replicado su madre—. Ya que te empeñas en trabajar en vez de casarte como tus hermanas, al menos que sea en tu propio país. No es adecuado que una joven viaje sola al extranjero. Además, con una buena colocación tal vez podrías conocer a un joven aceptable que...».

Antes de que lograra terminar esa frase, Charlotte había cerrado tras de sí la puerta del salón. Los días siguientes su madre había intentado hacerle cambiar de opinión en repetidas ocasiones, reprochándole su dureza de corazón y que la fuera a dejar sola estando viuda. Sin embargo, Charlotte no se había tomado muy en serio esos intentos de provocarle remordimientos ya que sus dos hermanas casadas vivían muy cerca. Aunque no enfrentadas, madre e hija se habían despedido con cierta acritud, y eso era algo que Charlotte lamentaba. Con todo, aquello no le había hecho cambiar de opinión.

—Esta es siempre una vista preciosa —comentó a su lado una voz masculina grave y ronca.

Charlotte salió de su ensimismamiento y volvió la vista hacia el caballero que se había colocado junto a ella. Aunque tenía el bigote espeso amarillento a causa del tabaco, su aspecto era cuidado y la saludó levantándose el sombrero, como si estuviera frente a una gran dama.

—¿Vive usted en Inglaterra?

—Así es. Permítame que me presente. William Hershey. Soy comerciante y he viajado mucho. —Hizo un gesto vago hacia la dirección de donde venían, indicando posiblemente Francia, Europa y el resto del mundo—. Sin embargo, nada me conmueve tanto el corazón como la visión de estos acantilados. ¿Le importa?

Levantó la mano derecha en la que sostenía una pipa. Charlotte asintió.

—Realmente es preciosa.

—Si no es indiscreción, ¿de dónde es usted? —El hombre dio varias caladas a la pipa hasta que la encendió y luego arrojó la cerilla por la borda—. Le noto un leve acento. ¿Los Países Bajos, quizá? ¿Escandinavia?

—Me llamo Charlotte Pauly. Soy de Alemania.

—Alemania. Excelente. Voy a menudo ahí. Berlín, Hannover, Hamburgo... Buenos comerciantes, ahorradores y astutos. Hamburgo me gusta. El puerto, la elegancia y su sofisticación. Berlín también es impresionante a su modo, aunque me resulta algo desapacible. Tiene un esplendor frío. No sé si me entiende. El rigor prusiano.

—Trabajé ahí durante un tiempo —repuso Charlotte.

—¿Usted trabajó? —El señor Hershey parecía sorprendido, como si hasta entonces no se hubiera percatado de que Charlotte no era una dama.

—Era profesora en una familia.

—¡Ah! Ya entiendo. Una institutriz.

A Charlotte le pareció percibir cierta altanería en el tono de su voz. Estaba acostumbrada al esnobismo y respondió tranquilamente:

—Yo me considero, ante todo, profesora. En alemán el término «institutriz» tiene una connotación anticuada y estricta que no se corresponde con mi modo de ver las cosas. Mucha gente quiere meter a sus hijos en un corsé de normas de etiqueta que prácticamente les quita el aire para respirar. Ese no es mi modo de hacer.

El señor Hershey la sorprendió dejando oír una carcajada sonora.

—Oh, ¡qué bueno, señorita Pauly! ¡Qué bueno! ¡Una mujer que dice lo que piensa!

—¿No es eso lo que deberían hacer todas las mujeres?

—Bueno, a mí me parece que a la mayoría las educan precisamente para no hacerlo —respondió él con indiferencia—. Yo solo he tenido hijos varones, y a eso no se le da tanta importancia. De hecho, tener arrojo se considera incluso una cualidad del carácter y, en lo posible, algo que debe estimularse. Pero, entonces, permítame una pregunta, ¿qué concepto tiene de la educación?

Ella sonrió. Un hombre curioso, pero agradable.

—Bueno, me esfuerzo por educar a las niñas para que sean honestas y, a la vez, educadas, pues hay situaciones en las que la franqueza excesiva puede resultar ofensiva. Me parece que, además de enseñar conocimientos, una de mis tareas más importantes es enseñar a reconocer esas situaciones y a conducirse con prudencia.

Él volvió a quitarse el sombrero.

—*Chapeau,* señorita Pauly. Es usted una mujer juiciosa. Le hablaré con franqueza: estoy muy contento de que mi esposa y yo solo hayamos tenido hijos. Eso lo hace todo más fácil: colegio, deporte, algunas riñas, aprender a imponerse. Eso es lo importante. Dos de mis chicos ya trabajan en la empresa; el tercero es navegante. Pronto va a obtener la patente de capitán. Nada de aspavientos, ni sensiblerías. Cada uno hace su trabajo y obtiene un salario por ello.

Charlotte no supo qué responder.

—En Alemania también di clases a chicos y tuve buenas experiencias con ellos. Cuando se los sabe tratar son aplicados y obedientes. En nuestro país no tenemos costumbre de llevarlos a un internado a los ocho años. En Inglaterra, en cambio, solo daré clases a una niña.

—¿Le importa decirme adónde va?

—Voy a Surrey, cerca de Dorking —respondió Charlotte.

—Las colinas de Surrey, un paisaje magnífico repleto de pueblos hermosos. Hay bosques que no han visto un hacha desde los tiempos de Cromwell. Puede usted sentirse afortunada. —Dirigió la mirada hacia el puerto de Dover, cada vez más cercano, y sobre el que destacaba un castillo imponente—. En todo caso, le deseo todo lo mejor y espero que se sienta muy bien en nuestro país —dijo el hombre de corazón mientras se despedía alzando de nuevo el sombrero.

Cuando Charlotte se quedó sola, volvió a mirar la costa de acantilados y se imaginó todas las personas que habían cruzado aquel estrecho con propósitos y esperanzas de lo más variopinto: monjes piadosos dispuestos a predicar el cristianismo entre los paganos britanos; normandos belicosos venidos en barcos toscos, dispuestos a conquistar la tierra que se alzaba tras esos acantilados de creta; soldados franceses, comerciantes neerlandeses, reformadores, refugiados. Balsas, botes de remos, veleros magníficos, gabarras y barcos de vapor, una sucesión infinita transportando personas, mercancías y armas de un lado a otro. Cerró los ojos y vio el canal tal y como había sido siglos atrás, una franja estrecha de agua y, aun así, un lugar peligroso pues no todos los barcos llegaban a salvo a su destino. Ahí era donde, casi ochocientos años atrás, se había hundido el barco del sucesor al trono inglés. Desde esas costas habían zarpado flotas armadas en ambas direcciones para conquistar la otra orilla, que resultaba atractivamente cercana.

¿Y ella? ¿Qué buscaba? Quien partía hacia tierras desconocidas solía dejar algo tras de sí. Naturalmente, habría podido seguir trabajando en Alemania, pero la necesidad de empezar de nuevo había sido más poderosa. Quería evitar el encuentro con antiguos conocidos de Berlín y vivir en un lugar lejos de miradas familiares y bocas chismosas. Mientras aún vivía en la capital, Berlín, se había decidido por un empleo en el campo. Quería hacerlo todo de forma completamente distinta de como había sido hasta ahora.

Charlotte tomó aire y enderezó la espalda mientras mantenía la cara contra el viento. Un nuevo país, un nuevo comienzo. Una aventura.

El edificio de la estación, que se encontraba justo al lado del puerto, tenía una hermosa torre que le confería un cierto aire italiano. Charlotte había dado con un mozo que le acarreó el pesado equipaje desde el barco hasta ahí.

La actividad era frenética. Por todas partes fondeaban barcos grandes y pequeños, buques de vapor y veleros anticuados; había carros de caballos cargándose o descargándose; los pasajeros se subían a carruajes que aguardaban, y un tren de mercancías echaba humo parado en el andén cercano. Las palabras en inglés que llegaban a los oídos de Charlotte le sonaban extrañas y completamente distintas a las de sus profesoras. Pero eso no era un aula, sino la realidad. Ahí ella era la extranjera cuya lengua apenas entendía nadie.

Antes de dejarse vencer por la tristeza, se apretó la bolsa de mano contra sí para protegerse del bullicio y se apresuró a seguir al mozo de las maletas, que acarreaba trabajosamente su equipaje hasta el edificio de la estación. Allí le dio unos cuantos peniques, que él aceptó con un asentimiento de cabeza antes de desaparecer entre la muchedumbre.

Charlotte miró el horario de trenes amarillento que colgaba en una vitrina de cristal.

El secretario de sir Andrew Clayworth, el diputado del Parlamento que iba a ser su patrón, le había enviado una carta con unas precisas instrucciones de viaje. En Dover tenía que tomar el tren hasta la estación de Dorking, en el condado de Surrey, donde un coche de caballos la recogería. Las horas de llegada y de partida de barco y tren estaban perfectamente sincronizadas. Charlotte miró preocupada la hora pues era bien entrada la tarde. Seguramente llegaría a Dorking de noche.

Aunque el tren tenía que llegar a las cinco y media, se hizo esperar. Otros pasajeros deambulaban inquietos de un lado a otro, fumando, mirando repetidamente la hora o echando un vistazo al horario. Las sombras se alargaron, y el frío otoñal apartó el último rastro de calor de aquella tarde de septiembre. Una racha de viento levantó la hojarasca con un remolino y agitó los sombreros de los pasajeros que aguardaban.

A las seis y ocho minutos, el jefe de estación asomó vestido con su elegante uniforme y anunció a los pasajeros que, a causa de un accidente en la vía poco antes de llegar a Dover, el tren ese día ya no circularía. Les contó que un carro había sufrido un accidente en las vías y que la línea no podría despejarse a corto plazo. Seguramente las tareas bajo la luz de las linternas se prolongarían hasta bien entrada la noche.

Charlotte se quedó de pie, aturdida. Algunos pasajeros se limitaron a encogerse de hombros y abandonaron el edificio de la estación, mientras que otros miraban vacilantes a su alrededor. Posiblemente se sentían tan desconcertados como Charlotte.

Tragó saliva. Ahora lo importante era mantener la calma. Tenía que encontrar un lugar donde pasar la noche y tomar el primer tren de la mañana. No había modo de informar a su patrón. O tal vez sí, ¿un telegrama, quizá? ¿Cuánto podría costar mandarlo? De todos modos, seguramente la oficina de correos ya habría cerrado.

Mientras seguía de pie sin saber qué hacer, el jefe de estación, un hombre amable de barba blanca, se le acercó.

—¿Puedo ayudarla en algo, señorita?

Charlotte le contó su delicada situación, a lo que él asintió compasivo.

—Es verdad, la oficina de correos está cerrada. Por otra parte, tampoco sé si un telegrama llegaría a tiempo si es que, como dice, su destino está algo alejado de Dorking. Lo mejor es que tome una habitación. El primer tren de la mañana sale a las ocho y media. Su billete sigue siendo válido. Escribiré una nota en él.

—Gracias, es usted muy amable —dijo Charlotte. Luego se armó de valor—. ¿Me podría recomendar una pensión con una habitación económica para mí?

Él sonrió.

—Pues se da la casualidad de que sí, señorita. Mi hermana viuda vive no muy lejos del puerto y alquila habitaciones a viajeros de paso. El precio incluye un buen desayuno.

—Se lo agradezco mucho.

Ella dirigió una mirada a su equipaje.

—Si se mete en la bolsa de mano lo imprescindible, yo le guardaré bajo llave las maletas en la estación.

El jefe de estación desestimó sus palabras de agradecimiento, anotó el nombre y la dirección de su hermana, y salió del edificio con Charlotte para indicarle el camino.

Cuando se encontró sola en la calle, suspiró aliviada. El coche de sir Andrew la aguardaría en vano en Dorking. Desde luego, no causaba muy buena impresión ser impuntual ya en su llegada. Confió en que el cochero se enterara de que el tren no llegaría. Tragó saliva y se mordió los labios. Las lágrimas le quemaban los ojos.

En ese instante, como por arte de magia, el sol atravesó las nubes de nuevo y arrojó un rayo en abanico sobre los acantilados que había al otro lado del puerto, inundando los muros grises del castillo con su luz dorada. Charlotte se quedó quieta contemplando con asombro esas murallas y torres defensivas que desde donde ella estaba parecían inexpugnables y firmes, como si los tiempos de los caballeros nunca hubieran terminado.

Charlotte accionó la aldaba de la casa adosada de ladrillo rojo que le había indicado el jefe de estación. Una luz apagada iluminaba la calle desde una gran ventana en saledizo situada junto a la puerta de color verde.

La señora Ingram resultó ser una mujer corpulenta de mediana edad. Abrió la puerta resollando, como si hubiera bajado la escalera a toda prisa. Se apartó de la cara un mechón que se le había desprendido del moño y dirigió una mirada inquisitiva a Charlotte.

—Buenas tardes, señora Ingram. Su hermano el jefe de estación me ha pedido que le envíe saludos. Han cancelado mi tren y él me ha dicho que tal vez usted tendría una habitación para mí.

La señora Ingram la miró con severidad.

—¿Viaja usted sola?

—Sí. Mañana seguiré hacia Surrey.

—¿No es usted de aquí?

Charlotte negó con la cabeza y se presentó.

—¿De Alemania? En ese caso, ha recorrido un largo trayecto. —La mujer pareció ablandarse un poco—. Pase. Martin tiene un gran corazón. Siempre me envía los pasajeros que se pierden.

Charlotte entró en el vestíbulo, que desprendía un agradable olor a cera y limón. La señora Ingram le indicó una puerta.

—El desayuno se sirve ahí, de siete a ocho y media. Su dormitorio está arriba.

Charlotte le preguntó por el precio y la señora Ingram le indicó un importe en chelines y peniques; hasta que lo hubo convertido mentalmente, no supo qué pensar de él. Era un precio razonable.

—Se paga por adelantado —añadió la casera.

Charlotte abrió su bolsa de mano, sacó el monedero y contó las monedas.

—Siento no poder ofrecerle cena esta noche, pero espero visitas. Le mostraré la habitación y luego le indicaré cómo ir a una pequeña fonda cercana donde servirán un plato de comida caliente a una viajera solitaria.

Charlotte asintió agradecida y siguió a la señora Ingram, que iluminó con una lámpara de petróleo la escalera estrecha y cubierta con una moqueta de color verde oscuro que conducía al primer piso. La casa estaba muy limpia, pero era oscura. El revestimiento de madera de las paredes, las moquetas y los muebles eran de tonos marrón y verde oscuros y hacían pensar en un bosque espeso.

La señora Ingram abrió una puerta e hizo pasar a Charlotte. El dormitorio tenía una ventana con vistas al puerto; estaba tan limpia y era tan oscura como el resto de la casa. Incluso los cuadros de las paredes mostraban paisajes otoñales que casaban perfectamente con la atmósfera del lugar.

Con todo, Charlotte se sentía agradecida de tener un techo barato donde pasar la noche.

—Es usted muy amable, señora Ingram. Muchas gracias. Me gustaría mucho cenar algo y retirarme.

La casera la acompañó de nuevo a la planta baja, salió con ella a la calle delante de la casa y le señaló un edificio muy iluminado en la esquina, situado a unos cien metros.

—Ya lo ve. Está aquí mismo. Cuando usted regrese, no podré atenderla. Debajo de esta maceta encontrará una llave. Le ruego que suba a su habitación en silencio.

Charlotte volvió a darle las gracias y se dirigió a paso tranquilo hacia la fonda bajo el crepúsculo otoñal.

Tal y como la señora Ingram le había dicho, ahí la recibieron sin miradas curiosas, le indicaron un lugar agradable junto a la chimenea y le sirvieron de forma rápida y solícita. Pidió un rollo de hojaldre de carne y verduras que resultó estar delicioso y lo acompañó con una pequeña jarra de té. En cuanto se sintió llena, se reclinó en su asiento y se permitió un momento de satisfacción.

Si meses atrás alguien le hubiera dicho que buscaría un trabajo en el extranjero y que cruzaría sola el canal de la Mancha, no le habría creído. De hecho, el cambio de la pequeña aldea de Brandeburgo a Berlín ya había sido un paso enorme, pero desde luego no podía compararse con ese salto por encima de las aguas.

Charlotte pagó, se puso la chaqueta y se dirigió hacia la casa.

El viento fresco le revolvía la falda y desde el agua oyó gritos de gaviotas. Se alegraba de que, a pesar de la estación, la travesía hubiera sido relativamente tranquila. De haber habido auténticas tormentas de otoño, lo más seguro es que no se hubiera atrevido a embarcarse.

El castillo se alzaba como una sombra oscura sobre la ciudad. Charlotte se propuso ir ahí algún día en verano y pasear por encima de los acantilados, que sin duda ofrecían una vista magnífica del canal. Tal vez en días despejados se podía ver incluso la costa francesa.

Ya delante de la casa, recogió la llave de debajo de la maceta y abrió la puerta. Volvió a colocar la llave en su lugar, entró y, cuando ya se encaminaba de puntillas a la escalera, oyó un sonido que la detuvo. Venía de la sala delantera, aquella cuya ventana en saledizo daba a la calle.

Charlotte no pretendía escuchar a escondidas, pero los sonidos que salían de la estancia eran tan extraordinarios que aguzó el oído involuntariamente.

Oyó una voz femenina entonando una especie de salmodia. Al principio, creyó que era una oración. Pero no, aquello sonaba de forma distinta, en cierto modo insólita. Charlotte notó que el corazón se le aceleraba y dio otro paso hacia la escalera. Los murmullos en el interior de la sala aumentaron y solo pudo comprender algunas frases. «¡Manifiéstate!» y «Te invocamos». Charlotte se giró con recelo hacia la puerta cerrada y deseó poder atravesar la madera con los ojos.

Aquellos sonidos le desagradaban y de pronto la idea de pasar la noche en aquella casa dejó de parecerle atractiva. Podía subir en silencio arriba, coger discretamente su bolsa de mano y marcharse de la casa sin decir nada ni saber adónde, o salir en silencio e intentar echar un vistazo por la ventana para entender lo que ocurría ahí dentro. Tal vez aquello la tranquilizaría. La última posibilidad se ajustaba mejor a su carácter. Por ello, se acercó de nuevo a la puerta de la casa, apenas sin atreverse a respirar, salió de forma furtiva, entrecerró la puerta y se deslizó junto a la pared de la casa para echar un vistazo prudente por la ventana. Aunque las cortinas estaban corridas, había una separación entre la cortina y la pared a través de la cual podía ver una parte de la estancia.

La decoración de aquella sala de estar era tan oscura como el resto de la vivienda. Aunque el lado izquierdo estaba oculto, observó a la señora Ingram, sentada a una mesa de espaldas a ella, y a otra señora. La estancia solo estaba iluminada por tres velas blancas que estaban encendidas sobre la mesa. Las dos mujeres tenían un dedo posado en un vaso vuelto del revés sobre la mesa entre ellas. La desconocida tenía los ojos cerrados y movía la boca.

¡Una sesión de espiritismo! Charlotte había oído hablar de esas reuniones, pero nunca había asistido a ninguna. En Berlín no parecía estar especialmente generalizado; no, desde luego, en la casa de sus últimos patrones, que eran personas muy comedidas y realistas. Miró a través de la rendija con una sensación de fascinación y divertimento, pero no logró ver si el vaso se deslizaba por encima de la mesa. Cuando se oyeron unos pasos en la calle, Charlotte se deslizó de nuevo al interior de la casa y cerró la puerta tras de sí. Inspiró profundamente y se dirigió con rapidez a su habitación, donde, por precaución, cerró la puerta con llave.

A continuación, buscó a tientas la lámpara de petróleo que antes había visto sobre la mesa y la encendió con unas cerillas que encontró a un lado. Luego, se quitó la chaqueta, colocó la bolsa de mano sobre una silla y se descalzó las botas. A pesar del largo viaje, se sentía demasiado nerviosa como para poder tumbarse y dormir.

Se sentó en la cama y pensó en la extraña reunión que se estaba celebrando en ese momento en la planta baja. La señora Ingram tenía una apariencia completamente normal, de ahí que le resultara todavía más asombroso que albergara en su casa ese tipo de encuentros. ¿Acaso en Inglaterra aquel era un pasatiempo normal, como hacer labores o jugar a las cartas?

Entonces se acordó de algo. En el pasillo de abajo había reparado en la fotografía de un caballero imponente de barba gris. El marco estaba decorado con un crespón. Tal vez la viuda estuviera intentando contactar de ese modo con su marido fallecido. Aquella idea atenuó un poco el asombro de Charlotte, aunque la estremecía pensar en que la señora Ingram pretendiera conjurar un espíritu en la casa con un vaso. Por divertida que le hubiera parecido antes la escena, en ese momento la idea de estar sola en el cuarto de una casa desconocida le resultó inquietante.

Se sacudió, como queriendo apartar de sí ese temor irracional, y sacó la carta que sir Andrew Clayworth le había enviado.

Chalk Hill, julio de 1890

Apreciada señorita Pauly:

Me siento encantado de que hayamos llegado a un acuerdo y de que usted haya aceptado el puesto de institutriz de mi hija Emily. Después de que usted y mi secretario hayan abordado por correspondencia las cuestiones básicas y hayan convenido los detalles al respecto, aguardo con muchas ganas su llegada. Para que usted no empiece su tarea totalmente desprevenida, me gustaría ponerle en antecedentes sobre mi hija Emily.

Este mes Emily ha celebrado su octavo cumpleaños. Es una niña encantadora y obediente que no da otra cosa más que alegría a quienes la conocen. Le encanta dibujar y hacer pequeñas manualidades. Además, demuestra cierto talento musical y ya hace un tiempo que toca el piano. Por desgracia, sus maestras hasta el momento no han estado al nivel de mis expectativas, y por eso valoro en gran medida las excelentes referencias que usted aporta en ese sentido. Hacer labores no es la ocupación preferida de Emily, aunque confío en que esta situación cambie bajo su guía experta.

Emily es una niña sana y fuerte, lo cual me complace muy especialmente ya que durante años tuvo una salud enfermiza. Hoy en día, por fortuna, esa fragilidad parece haber quedado atrás y no hay nada que le impida una actividad deportiva adecuada, algo que considero conveniente también para las muchachas. Por eso confío en que la rutina diaria incluya paseos regulares, partidas de cróquet y actividades similares. Además del mero movimiento, estos pasatiempos son buenos para desterrar bobadas y ensueños infantiles y hacer de Emily una muchacha de carácter fuerte y sensata que sepa arreglárselas bien en el día a día.

Tal y como ya le mencioné, desde la primavera pasada, mi esposa, la maravillosa madre de Emily, ya no está entre nosotros, lo cual ha sido para mí y para mi hija un auténtico revés que ha ensombrecido nuestro hogar. Con todo, confío en que usted sabrá allanar para Emily el camino hacia su futuro con rigor afectuoso y clases entretenidas.

Sobre el resto de normas y principios de nuestra convivencia le informaré cuando nos encontremos en Chalk Hill. Tal y como acordamos, el cochero irá a recogerla a la estación de Dorking.

Deseo que tenga un viaje agradable y me despido de usted atentamente,

Andrew Clayworth

Charlotte dejó la carta a un lado y se reclinó en el cabezal de la cama. Un poco rígido, pero no antipático, se dijo. La descripción de la pequeña era similar a la de cualquier niña de ocho años, y nada en ella llamaba particularmente la atención. Era muy normal que la pequeña se resintiera de la muerte de su madre, que había perdido apenas unos pocos meses atrás. Con la amabilidad y la prudencia necesarias, estaba segura de que conseguiría ayudarla a superar aquel mal momento.

Charlotte volvió a meter el sobre en la bolsa de mano, se lavó la cara y las manos en la jofaina de porcelana y se secó con la toalla, que olía delicadamente a lavanda. Luego, se quitó la ropa hasta quedar en paños menores, colocó la ropa en el respaldo de la silla y la butaca y se soltó el peinado.

Charlotte se cepilló el cabello con unas pasadas largas y regulares mientras se miraba en el espejo: ojos grises, nariz recta, boca bonita. No era una belleza llamativa, pero siempre se había sentido satisfecha de su apariencia. Dejó el cepillo a un lado, se enderezó y con un gesto de la cabeza sacudió la melena por encima de los hombros. De pequeña siempre había querido llevar el pelo suelto, rebelándose así contra su madre, que la obligaba a llevarlo recogido en unas trenzas severas. En cuanto se quedaba en el cuarto a solas con sus hermanas, se quitaba las cintas y se revolvía el cabello haciendo que Elisabeth y Frieda se doblaran de risa. Recordó entonces un poema de Annette von Droste-Hülshoff.

Estoy en el balcón elevado, en la torre,
el estornino revolotea en torno a mí, gritando,
como una ménade dejo que el aire
me sacuda el cabello alborotado.

Aquellos versos siempre le habían gustado más que los últimos, que a ella le sonaban un poco a derrota.

Pero debo quedarme sentada, fina y delicada,
como una niña buena,
y solo en secreto me puedo soltar el cabello
y dejar que lo sacuda el aire.

Charlotte contempló una última vez su imagen en el espejo. Sí. Estaba en Inglaterra. Había llegado.

2

A la mañana siguiente la señora Ingram le sirvió un desayuno enorme, consistente en huevos revueltos, beicon, pescado ahumado y una tostada con mantequilla salada, acompañado de té con leche, servida en una jarra grande y previamente calentada.

Charlotte disfrutó de la comida a la vez que examinaba con disimulo la sala de estar. Cayó entonces en la cuenta de que estaba precisamente sentada a la mesa en torno a la cual, horas antes, había tenido lugar aquella rara invocación de espíritus. Dirigió la mirada a su casera, que en ese momento regaba las plantas de la estancia, pero no se atrevió a mencionar la noche anterior. De hacerlo, habría tenido que admitir que había estado escuchando a escondidas y espiando la sala de estar.

—El castillo parece muy impresionante —comentó Charlotte—. Si tuviera tiempo, me gustaría ir a visitarlo.

—Muchos visitantes vienen a Dover expresamente para eso. Supongo que en Alemania también hay castillos.

Lo dijo con un cierto tono de desdén, como si aquellos no se pudieran comparar en absoluto con las fortalezas inglesas, lo cual despertó al instante en Charlotte las ganas de réplica.

—Desde luego. En una ocasión tuve la suerte de acompañar a mis patrones de entonces en un viaje por el tramo central del Rin. El paisaje es de cuento: en esa zona las fortalezas se suceden las unas a las otras; muchas de ellas se encuentran en islas en medio de la corriente; otras se elevan suspendidas sobre los peñascos y precipicios que dominan el río. Y luego están las viñas, que cubren las laderas soleadas... Es una zona maravillosa.

—Hum —se limitó a decir la señora Ingram—. De todos modos, a mí me gustan nuestros castillos ingleses. El castillo de Dover vigila el puerto desde hace siglos y aquí nunca han conseguido arribar barcos enemigos. —Se dispuso entonces a pasar un paño humedecido por las hojas de las plantas para limpiarlas.

Charlotte volvió a centrarse en su desayuno, asombrada ante el patriotismo local de la casera. Aunque era muy posible que la señora Ingram no hubiera salido jamás de Inglaterra, estaba absolutamente convencida de que no podía haber ningún país más bonito que el suyo. En cualquier caso, ella, por su parte, se había propuesto verlo todo con una actitud abierta, y no comparar constantemente aquel nuevo país con el suyo. Habría cosas peores y cosas mejores; muchas le resultarían extrañas, y precisamente eso era lo que hacía que todo fuera tan emocionante. Estaba ávida de ver lo máximo posible, atesorar experiencias, conocer personas nuevas.

Cuando hubo terminado el desayuno se despidió de la señora Ingram, se puso la chaqueta y el sombrero, y tomó su bolsa de mano. Se encontraron las dos de frente en el pasillo y, cuando Charlotte se disponía a acercarse a la puerta, aquella mujer algo entrada en años la miró atentamente y luego meneó la cabeza de un modo casi imperceptible.

—¿Qué ocurre, señora Ingram? —quiso saber Charlotte, sorprendida y dispuesta a recolocarse el sombrero—. ¿Hay algo que no está bien?

—No, no. Me ha parecido... Ha sido solo una sensación. —Sacudió la mano—. No es nada. Que tenga usted un buen viaje.

Con todo, cuando Charlotte se encaminó hacia la estación le pareció sentir la mirada de la casera clavada en su espalda.

El cielo se había ensombrecido y caía una suave llovizna. Charlotte se había levantado temprano para enviar un telegrama a sir Andrew Clayworth antes de la partida del tren y avisarle de su retraso. Por otra parte, confiaba en no tener que aguardar mucho rato en la estación de Dorking porque el tiempo era cada vez menos apacible.

Se acercó al jefe de estación para volver a darle las gracias por su ayuda; él empezó entonces a hablar del tiempo y se disculpó por la lluvia, como si fuera su culpa.

—Realmente es algo excepcional, pues de hecho estamos pasando por un largo periodo de sequía —le explicó.

Charlotte lo miró con extrañeza hasta que cayó en la cuenta de que en Gran Bretaña a la gente le gustaba hablar largo y tendido sobre el tiempo.

—Tal vez tengamos un otoño bonito.

Él asintió solícito.

—Ojalá sea así, señorita; entonces podrá conocer la mejor cara de nuestro país. Su tren está a punto de llegar. Buen viaje.

—Muchas gracias de nuevo por su amabilidad. Y envíele saludos a su hermana de mi parte.

Se preguntó si acaso él sabía que la señora Ingram celebraba sesiones de espiritismo en su casa. De repente aquel breve instante de temor que había sentido la noche anterior le pareció ridículo. Ella no creía en esas supercherías; de hecho, sintió casi compasión por esa viuda, que seguramente solo quería rescatar de entre los muertos al esposo perdido.

El mozo de la estación se hizo con sus maletas y las colocó en su compartimento. Ella se acercó a la ventana y saludó de nuevo con un gesto a aquel jefe de estación tan amable. Entonces el tren emprendió lentamente la marcha y salió de la estación envuelto en una nube de vapor. Charlotte dirigió una última mirada al impresionante castillo y a la extensión grisácea del canal de la Mancha antes de tomar asiento y acomodarse. Acababa de empezar la penúltima etapa de su viaje.

Primero miró por la ventana y disfrutó admirando el paisaje, que con aquella lluvia suave parecía adquirir un verdor cada vez más intenso. El trayecto se mantuvo paralelo a la costa durante un trecho y el canal la acompañó fielmente hasta que, tras pasar Folkestone, los raíles doblaron hacia el interior.

Era una zona suave, de colinas onduladas, setos amplios, aldeas con casas de paredes entramadas y grandes iglesias de piedra gris, ante las cuales el tren parecía estar fuera de sitio. Muchas torres de iglesia eran cuadradas y sus almenas recordaban las torres del homenaje de los castillos medievales. Había corderos pastando bajo la inmensidad del cielo. A Charlotte le resultó especialmente curiosa una serie de construcciones extrañas, formada por torres circulares con tejados recubiertos de caña de las cuales surgían unas puntas blancas inclinadas, parecidas a unas bolsas de papel.

Entabló conversación con un hombre mayor cuyo cuello de camisa lo distinguía como sacerdote, y le preguntó qué eran esas construcciones.

El caballero, que se presentó como el reverendo Horsley, sonrió con indulgencia.

—Son secaderos de lúpulo, señorita. Tras la cosecha, las hojas frescas del lúpulo se extienden ahí dentro y se dejan secar sobre fuego. Luego, se venden a las fábricas de cerveza.

—Son bonitos, parecen gorros de enanitos —comentó Charlotte.

El reverendo le preguntó entonces con amabilidad de dónde era. Al oírlo, indicó:

—En su tierra tiene que haber algo parecido. He oído decir que en Alemania se fabrica una cerveza excelente.

Mantuvieron una charla animada, y el trayecto transcurrió muy rápidamente. Él le elogió el acento y la valentía de buscar un empleo en el extranjero.

—Me gusta mucho que los niños se formen con educadoras extranjeras adecuadas. Amplía los horizontes y mejora el entendimiento entre los pueblos. Sobre todo en nuestro caso, pues a menudo en nuestra isla nos parece que somos el centro del mundo. Un poco de humildad no solo sería conveniente, sino cristiano. ¿Cómo lo dice el Antiguo Testamento?

«Cuando viene la soberbia, viene también la deshonra; pero con los humildes está la sabiduría».

—Estoy muy contenta de haber encontrado un puesto en Inglaterra. No ha sido nada fácil, porque hay muchas institutrices.

—Por experiencia, tener una institutriz de Alemania o de Francia aumenta el prestigio de la familia. Una relación de este tipo resulta ventajosa para ambas partes y los niños no pueden sino salir beneficiados al aprender un idioma extranjero de una persona nativa. Además, las institutrices alemanas tienen fama de estar especialmente bien preparadas musicalmente.

—Es usted muy amable —respondió Charlotte—. Eso me anima. En todo caso, confío en que la acogida en Chalk Hill también sea muy cálida.

Notó la sorpresa del reverendo.

—¿Ha dicho usted Chalk Hill?

—Sí, la residencia de sir Andrew Clayworth, el diputado. ¿Conoce usted a la familia?

El reverendo meneó la cabeza.

—Sí. Una historia muy triste. Pero, en fin —se frotó las manos como si quisiera poner fin a ese tema—, como dice san Pablo en la Epístola a los romanos: «Ya sea que vivamos o que muramos, del Señor somos». Así pues, es mejor mirar hacia el futuro.

Charlotte asintió, pero esa observación del reverendo la dejó pensativa.

En Dorking un mozo de estación le sacó las maletas del tren y se las colocó en un carrito que arrastró hasta el interior del edificio. Cuando el tren volvió a ponerse en marcha con un pitido y el reverendo se hubo despedido de nuevo de Charlotte desde la ventana, ella tuvo la sensación de que una puerta se le cerraba a las espaldas. Estaba sola; no había vuelta atrás a su antigua vida.

Frente a la estación no la esperaba ningún coche de caballos. Miró a su alrededor sin saber qué hacer, pero la poca gente que andaba por la calle no estaba pendiente de ella. Charlotte no se atrevió a dirigirse a nadie. No podía confiar una segunda vez en encontrar a alguien tan solícito como el jefe de estación de Dover. Como llevaba equipaje, no podía apartarse de la estación y pedir un transporte. No le quedaba más remedio que esperar.

De pronto, Charlotte se dio cuenta de que estaba hambrienta; no había vuelto a comer desde el desayuno. Sin embargo, su delicada situación le impedía ir a un restaurante o a una panadería y hacer acopio de fuerzas para la última etapa del viaje.

Se quedó de pie frente a la estación, con el equipaje a su lado y la bolsa de mano apretada contra ella mientras observaba el ir y venir de la gente. En la siguiente esquina había un hotel llamado Star and Garter y desde ahí vio venir su salvación. Un muchacho muy joven acarreaba un carrito ambulante hacia la estación, dirigiéndose directamente hacia ella. Al aproximarse, le oyó gritar:

—¡Bollos de pasas! ¡Emparedados de pollo! ¡Anguilas en gelatina! ¡Recién hecho!

La idea de comer anguilas a esa hora en la calle le pareció extraña, pero la perspectiva de tomar un bollo y un emparedado de pollo era más que bienvenida. Llamó al muchacho con un gesto y compró uno de cada, mientras contaba cuidadosamente las monedas.

El muchacho se llevó la mano a la gorra un instante.

—¡Gracias, señorita!

Luego, siguió buscando viajeros con su carrito.

Charlotte se llevó a la boca el emparedado de pollo con entusiasmo. No le importaba que la vieran: tenía más hambre que vergüenza. Estaba tan ensimismada comiendo que no reparó en la calesa que se detuvo frente a la estación. Seguía masticando el emparedado cuando oyó a su espalda una voz masculina. Charlotte dio un respingo y se giró, avergonzada por tener la boca llena.

Ante ella había un hombre de unos cincuenta años vestido con un traje marrón sencillo y una gorra de *tweed*. Llevaba atada al cuello una bufanda roja. Tenía el rostro mal afeitado, lo cual le daba una apariencia ruda, pero agradable.

—¿Señorita Pauly?

Charlotte asintió y por fin logró tragar el bocado.

—Me llamo Wilkins, soy el cochero, y me han encargado que la acompañe hasta Chalk Hill. Ayer estuve aquí también, pero en la estación me informaron de que el tren de Dover había sido cancelado.

—Así es. He pasado la noche ahí, y esta mañana a primera hora he enviado un telegrama. Espero que haya llegado.

Wilkins se encogió de hombros.

—Yo de eso no sé nada. Sir Andrew me ha enviado porque ha supuesto que usted tomaría el primer tren de hoy. ¿Eso es todo su equipaje?

Señaló las dos maletas. Charlotte asintió. Él las acarreó hasta el coche, las colocó en el compartimento del equipaje y la ayudó a subir.

—Aquí tiene usted una manta para que pueda taparse las piernas.

A ella le costaba esfuerzo entender el dialecto de ese hombre, pero agradeció su actitud solícita. Charlotte volvió a mirar a su alrededor antes de reclinarse en el asiento acolchado. La familia Clayworth no vivía en Dorking, sino en un pueblecito cercano llamado Westhumble.

—No serán ni dos kilómetros, señorita —le explicó el cochero desde el pescante—. Si quiere, le mostraré un poco la zona.

—Se lo ruego.

A Charlotte le alegró oír cosas de la zona, e iba girando la cabeza a derecha e izquierda mientras Wilkins dirigía la calesa hacia la carretera cercana. Dorking parecía ser una localidad pequeña y hermosa, y Charlotte deseó poder conocerla muy pronto. Si Chalk Hill no estaba lejos, tal vez podría hacer alguna excursión ahí con Emily de vez en cuando. Sabía que a esa edad los niños solían estar mucho en casa y pocas veces se relacionaban con otras personas, pero eso a ella no le parecía adecuado. En su opinión, no era malo aprender a tratar con las personas a edades tempranas y así acumular experiencias que más adelante vendrían muy bien a una joven señorita. Por supuesto, no tenía la intención de hacer marchas a pie durante horas, pues Emily había estado enferma a menudo; de todos modos, una salida a Dorking o un paseo por el bosque eran opciones defendibles.

Charlotte miró complacida hacia fuera mientras el coche abandonaba el pueblo y el paisaje se volvía cada vez más verde y solitario.

—Esta es la carretera que lleva a Londres —explicó Wilkins—. Pero sir Andrew toma el tren de la mañana a la capital. Es más cómodo y rápido. El coche solo se utiliza para trayectos por la zona.

A Charlotte le pareció percibir un cierto lamento en la voz.

—¿Y qué río es aquel?

—El Mole. Desemboca en el Támesis.

—¿Se puede pasear por ahí?

—Claro —dijo Wilkins tras una vacilación casi imperceptible—. Los caminos junto a la orilla son muy bonitos, señorita.

Charlotte se dijo que debía recordar ese lugar para los paseos con Emily Clayworth.

—Ahora mire a la izquierda, señorita.

Ahí no se veía nada más que el final de un camino.

—Este es el North Downs Way, uno de los caminos más antiguos de Inglaterra. En otros tiempos, los peregrinos lo utilizaban de conexión entre Winchester y Canterbury. Lleva a la colina de Box Hill, aquí, a la derecha. Es un destino muy popular.

Charlotte escuchó casi con reverencia los nombres de aquellas dos antiguas ciudades con sus famosas catedrales. Había tantas cosas por descubrir. Confiaba en que, a pesar de que su ocupación le robaba todo el tiempo —no podía contar con vacaciones—, alguna vez tuviera la oportunidad de visitarlas.

El coche dobló hacia la izquierda y siguió el indicador de Westhumble. En cuanto atravesaron una línea de tren, Wilkins gritó hacia atrás:

—Ya ve, señorita, que también tenemos estación, pero los trenes aquí no van hacia Dover. Por eso usted tuvo que bajar en Dorking.

En cuanto dejaron atrás la estación doblaron hacia la derecha. A ambos lados de la carretera se extendían grandes bosques que habían empezado a cubrirse con su cálida muda otoñal, de tono marrón rojizo. A lo lejos, en lo alto de una colina, vislumbró una mansión de paredes blancas.

—Ya casi hemos llegado, señorita. A la derecha tenemos Nicols Field y Beechy Wood, y detrás del bosque pasa el Mole. Es una zona muy bonita en cualquier época del año. En lo alto de la colina se ve Norbury Park. La mansión tiene algo más de cien años.

Crabtree Lane era un camino largo y estrecho bordeado de casas elegantes y aisladas con grandes jardines. Unos muros de piedra antiguos, sobre los que doblaban sus ramas enormes unos árboles inmensos, protegían las propiedades del exterior. Charlotte se dijo que aquella era una zona agradable, en la que uno podía sentirse muy a gusto.

Wilkins giró y atravesó un portal situado en el lado derecho de la calle; la calesa entonces avanzó entre crujidos por el acceso, que estaba cubierto de guijarros. Charlotte estiró el cuello para contemplar la casa. Cuando esta asomó por detrás de los arbustos, se quedó sin habla.

Se trataba de una impresionante construcción de ladrillo rojo. El frontón de la casa estaba decorado con un entramado blanco y negro, y los ventanales inmensos sugerían unas estancias luminosas. Con todo, el detalle más cautivador era la torre circular que flanqueaba una esquina de la casa, y que recordaba un castillo. A la izquierda, junto a la mansión, había una cochera. Toda la casa estaba rodeada de árboles muy altos y su aspecto era encantador y muy inglés.

—Bienvenida a Chalk Hill, señorita.

Wilkins le retiró la manta y la ayudó a bajar. Mientras él se ocupaba del compartimento de las maletas, una mujer que llevaba un vestido muy tapado y de color negro abrió la puerta de la casa. Llevaba el pelo entrecano recogido severamente hacia atrás en un moño. No salió afuera; se quedó inmóvil en el umbral contemplando a Charlotte, que de pronto fue presa de una gran aprensión. La actitud de esa mujer revelaba cierto rechazo.

Charlotte inspiró profundamente. Si algo había aprendido en sus años como institutriz era que no debía mostrarse débil, ni ante los señores, ni ante los alumnos, ni tampoco ante el servicio. Toda señal de flaqueza se aprovechaba para atacar. Así de simple. La gente percibía esas cosas. Se enderezó y se acercó lentamente a la mujer.

Por fin esta dio un paso al frente e inclinó la cabeza de un modo apenas perceptible.

—Soy la señora Evans, el ama de llaves de sir Andrew. ¿Es usted la señorita Pauly?

Pronunció su nombre a la inglesa, «Poly», dejando oír una «o» larga; Charlotte se dijo que iba a tener que acostumbrarse a eso.

—Sí.

—Espero que, a pesar del retraso, haya tenido un buen viaje.

Se hizo a un lado para ceder el paso a Charlotte.

—Muchas gracias.

Charlotte contempló el vestíbulo, asombrada por el modo exquisito en que estaba decorado. La puerta de entrada tenía una ventana de cristales de colores; las baldosas del suelo eran blancas y negras y lucían perfectas. La barandilla de la amplia escalera que conducía al primer piso desde el lado izquierdo era de madera de roble brillante, pulida y de color marrón miel. Las paredes, tapizadas con tela roja, aportaban un ambiente cálido y acogedor, y el gran espejo de marco dorado hacía que la estancia pareciera aún más amplia. En ese mismo instante, el sol atravesó las nubes, se coló por el cristal de la puerta de entrada y proyectó un prisma de colores en el suelo. Charlotte se quedó muda ante la belleza de esa visión.

—Wilkins le subirá las maletas arriba. Supongo que querrá tomar una pequeña colación.

Charlotte no dijo que había estado comiendo de pie en la calle.

—Gracias, con mucho gusto.

El ama de llaves la acompañó por un pasillo que se abría a la izquierda del vestíbulo y que llevaba a la cocina y al resto de dependencias del servicio. La señora Evans abrió la puerta de un pequeño comedor y le ofreció asiento antes de marcharse.

A Charlotte le hubiera gustado preguntarle cuándo conocería al señor y a su hija, pero el ama de llaves se había retirado con demasiadas prisas, como si acabara de realizar una tarea molesta, pero necesaria. La posición de una institutriz en una casa siempre era delicada. No formaba parte del personal, ni se consideraba parte de la familia de los señores; su presencia en las comidas se toleraba, aunque por lo general se colocaba en el extremo apartado de la mesa, con sus alumnos. A menudo tenía que soportar el desprecio de sus señores y la animadversión del personal.

Charlotte era consciente de eso y estaba preparada; sin embargo, cuando se vio sola en esa casa desconocida y miró la puerta, se sintió insegura. Se levantó y se acercó a la ventana desde la cual se veía un jardín precioso. No presentaba arriates bien delimitados, sino manchas coloridas independientes de crisantemos, gerberas y ásteres, que parecían formar un enorme ramo de colores. Las tonalidades brillaban con tanta intensidad que a Charlotte le vinieron ganas de extender la mano y cortar una flor. El césped era como una alfombra espesa y verde tendida debajo de los árboles antiguos. Estaba tan ensimismada en aquel paisaje que dio un respingo al oír que llamaban a la puerta; entonces asomó una joven doncella con vestido negro y delantal y cofia blancos que le dejó una bandeja sobre la mesa. La saludó con una pequeña reverencia.

—Bienvenida, señorita. Me llamo Susan. Si quiere tomar asiento...

Le sirvió un plato de carne asada fría y verduras encurtidas, acompañado de pan tostado y mantequilla y una pequeña tetera.

—Si necesita alguna otra cosa, haga sonar la campanilla, por favor.

La muchacha hizo otra pequeña reverencia y se volvió hacia la puerta, pero Charlotte la abordó con rapidez.

—Susan, ¿podrías decirme si sir Andrew está en casa?

—No está aquí, señorita. Regresará de la ciudad al atardecer. A primera hora de la tarde tiene una sesión en el Parlamento.

—¿Y la señorita Emily?

—Ha ido a visitar al párroco de Mickleham. Cuando regrese, seguro que la verá.

Dicho eso, se marchó.

Charlotte empezó a comer, pero no tenía apetito, y no solo porque ya hubiera tomado algo antes. Se obligó a masticar muy bien y a acompañar cada bocado con un sorbo de té. El silencio de la sala era tan intenso que tenía la impresión de oírse incluso los latidos del corazón.

Al cabo de lo que a ella le pareció una eternidad, se oyeron unos pasos fuera y asomó de nuevo la señora Evans acompañada de Susan.

—¿Ha terminado ya de comer, señorita Pauly?

—Sí, gracias. Estaba muy bueno.

Apartó el plato a un lado y se levantó. El ama de llaves le señaló la puerta con un gesto discreto y, a la vez, imperioso.

—Si me acompaña, le mostraré su dormitorio.

Condujo a Charlotte de vuelta al vestíbulo y luego subieron por la escalera hasta el primer piso, si bien de un modo tan rápido que Charlotte apenas pudo admirar el resto de la decoración de la casa. Lo más llamativo del lugar era el silencio que reinaba en él. La alfombra de los escalones y también las otras con motivos orientales que cubrían el suelo amortiguaban el ruido de los pasos.

La figura delgada del ama de llaves se movía de forma delicada mientras se agarraba la falda con la mano. Charlotte, que aún llevaba las botas de viaje y su vestido de lana, se sintió muy torpe.

Cuando llegaron al descansillo de la escalera, la señora Evans le señaló una puerta que quedaba a la izquierda.

—Ese es el dormitorio de la señorita Emily. Al lado, a la derecha, está la sala de estudio donde usted dará las clases. Las estancias de sir Andrew se encuentran en la planta baja.

Avanzó sin detenerse en mostrar las habitaciones a Charlotte y luego abrió una puerta disimulada en el otro extremo del pasillo que daba paso a una escalera de caracol de piedra que conducía hacia lo alto en grandes círculos. Situados a intervalos regulares, unos ventanucos similares a las aspilleras de los castillos medievales permitían ver el exterior.

La señora Evans precedía a Charlotte en la escalera. Fue entonces cuando ella cayó en la cuenta de dónde estaba su dormitorio: se encontraba justamente en la hermosa torre del ala derecha de la casa, que tanto le había entusiasmado al verla desde fuera. La señora Evans abrió una puerta y dejó pasar a Charlotte. Esta inspiró profundamente y se giró sobre sí misma para admirar esa estancia tan impresionante. La sala era circular y las ventanas permitían que entrara mucha luz. El mobiliario estaba hecho a medida y se ajustaba a la perfección a las paredes curvas. La alfombra, aunque raída, presentaba un estampado bonito y en las paredes colgaban varias acuarelas de colores vivos que mostraban paisajes, posiblemente de lugares cercanos. La cama estaba cubierta con una colcha azul y junto a ella había un palanganero con una jarra, una jofaina de loza impecable y un toallero. Había también un pequeño secreter, provisto de un tintero y un montón de papel de escribir.

Sus dos maletas de color marrón oscuro parecían ajenas a esa habitación tan agradable y luminosa.

—Es una habitación muy bonita, señora Evans. Sin duda, aquí me voy a sentir muy cómoda.

La expresión del ama de llaves siguió siendo impasible.

—Desde aquí podrá llegar rápidamente a la sala de estudio y al dormitorio de la señorita Emily.

—Desde luego.

Volvió a echar un vistazo a su alrededor.

—Parece... muy habitada, como si alguien la hubiera decorado con mucho mimo.

—Fue la habitación de soltera de lady Ellen Clayworth. Ella se crio aquí. Era el hogar de sus padres.

Charlotte esperó por si podía saber alguna otra cosa sobre la fallecida. Pero la señora Evans se limitó a añadir:

—Ahora la dejaré sola. Acomódese y deshaga el equipaje tranquilamente. Luego ya la llamarán.

Charlotte se quedó de pie, inmóvil, hasta que la puerta se hubo cerrado y los pasos se alejaron por la escalera. Entonces volvió a girar sobre sí misma y contempló otra vez su nuevo hogar. Ciertamente, era un lugar fabuloso. Con todo, resultaba raro que lo hubieran asignado a un extraño; sobre todo cuando, sin duda, contenía recuerdos amargos para el señor de la casa. ¿Y si lo habían hecho a propósito, para exorcizar precisamente esos espíritus?

Meneó la cabeza. ¿Era posible que los acontecimientos de la noche anterior le hicieran pensar en esas insensateces?

Luego, se acercó a la ventana y miró alrededor. Desde ahí, contempló el camino por donde había llegado; las otras ventanas daban al gran jardín y al bosque que se abría detrás.

Charlotte se apartó de la ventana con un gesto decidido y se dispuso a deshacer las maletas e instalarse.

Al cabo de poco tiempo ya lo tenía todo metido en el armario y en la cómoda; en una estantería había colocado los libros de texto que había traído consigo y sobre la mesita de noche tenía ya una fotografía de sus padres y hermanas. Entonces, se sentó en la cama y aguardó. En la casa no se oía nada. Al cabo de un tiempo, oyó unas ruedas crujiendo sobre los guijarros de la entrada y miró fuera. No consiguió ver quién se apeaba; tal vez, se dijo, era la señorita Emily regresando de su visita al párroco.

Charlotte intentó leer, pero aquel silencio la descorazonaba. Entonces sacó el diario personal, que no llevaba de forma regular y en el que a veces anotaba sus pensamientos. Se sentó al secreter y mojó la pluma en la tinta.

Hoy he llegado a Chalk Hill. Aún no puedo decir nada de la familia con la que voy a vivir de ahora en adelante. El cochero es locuaz; el ama de llaves, fría y estricta; la doncella es amable y parece tenerle miedo.

La casa está decorada con muy buen gusto y el entorno es verde y encantador; sin embargo, desde que he llegado aquí percibo un silencio extraño. Evidentemente, la muerte de lady Clayworth es reciente, pero no puedo asegurar con certeza que lo que se abate sobre las estancias sea pesar. Puede que solo se trate de figuraciones mías ya que me encuentro sola en esta habitación de la torre, como si fuera una princesa encantada.

Ah, sí, la niña. Me he traído la colección de libros de los hermanos Grimm porque me encantan, aunque en mi última casa no los querían. Se supone que mi alumna debe aprender alemán, así que puede que me resulten de ayuda para enseñarle, más incluso que ejercicios gramaticales y aburridos dictados. Empezaré con los cuentos breves y simples, como *Las gachas dulces*, y luego ya pasaremos a historias más difíciles y a los cuentos de miedo.

Bueno, ahora que he podido anotar mis pensamientos en el papel, me siento más animada y espero con optimismo conocer a la familia.

En cuanto dejó la pluma, oyó unos pasos fuera. Alguien llamó a la puerta.

—Sí, ¿dígame?

Susan abrió la puerta.

—Si pudiera bajar ahora, señorita Pauly. La señorita Emily está dispuesta.

—Gracias, ahora mismo voy.

Charlotte se acercó un momento al espejo y se pasó la mano por el cabello. Luego cerró la puerta tras de sí y bajó la escalera detrás de Susan. La doncella la acompañó hasta la habitación del primer piso que la señora Evans le había indicado como la sala de estudio.

Charlotte entró con el corazón palpitante. Era muy especial conocer a una nueva alumna, una niña absolutamente ajena a ella con quien, a partir de ese momento, iba a pasar prácticamente todo el día ya que, además de hacerle de maestra, debía reemplazar un poco a su madre. Sin apenas darse cuenta de la disposición de la sala —una pizarra con esponja y tiza; dos pupitres; una mesa más grande para la profesora; un mapa de Gran Bretaña en la pared; un mapamundi; una estantería con libros y otros utensilios—, centró toda su atención en la niña que permanecía de pie delante del primer pupitre y la miraba expectante.

Emily Clayworth tenía el pelo castaño oscuro, con unos rizos marcados que no admitían ni cintas ni horquillas. Llevaba un vestido de color azul claro con delantal. Al volver la mirada a Charlotte, esta se quedó sin aliento por un momento. Nunca antes había visto unos ojos tan azules como los de Emily. Tenía unas largas pestañas negras, casi de muñeca, y su tez pálida estaba salpicada de pecas delicadas. Al instante se dio cuenta de que aquella era una niña especial.

—Emily, soy fräulein Charlotte Pauly, tu institutriz. Como seguramente tu padre ya te habrá contado, a partir de ahora voy a darte clases. —Dio un paso adelante y le tendió la mano—. Estoy encantada de conocerte.

Emily tenía la mano muy leve y fría, y su gesto al devolver el saludo fue delicado como el de una mariposa.

—Igualmente, fräulein Pauly. ¿Cómo prefiere que la llame, fräulein o señorita?

Charlotte reflexionó un instante.

—¿Qué te gusta más, Emily?

La chica la miró con actitud pensativa.

—Mi papá me ha dicho que tener una institutriz extranjera es algo muy especial. Por eso está bien llamarla a usted fräulein, para que todos sepan que es alemana.

—Una respuesta muy astuta, Emily. —Charlotte se volvió hacia la doncella, que se había quedado de pie junto a la puerta—. Ya puedes dejarnos a solas.

Susan hizo una pequeña reverencia.

—Como desee, señorita. Ya la llamaremos para tomar el té.

En cuanto hubo cerrado la puerta detrás de sí, Charlotte notó un leve titubeo en la pequeña. Sonrió e invitó con un gesto a Emily a que tomara asiento en el pupitre. Ella, por su parte, se apoyó en su mesa.

—Al principio te hablaré en inglés, excepto, claro está, durante las clases de alemán. Eso nos facilitará el comienzo.

Reparó en la expresión de asombro de la niña.

—¿Qué ocurre?

Emily vaciló y volvió la vista al suelo.

—Puedes decirme lo que quieras.

—El reverendo Morton y papá y también *nanny* dicen que las institutrices son muy exigentes.

—¿Y eso? —preguntó Charlotte con tono dulce.

Emily calló y volvió la vista hacia la puerta. Charlotte no podía saber si era por temor o porque necesitara ayuda.

—No tienes por qué tenerme miedo —dijo con tono amable mientras daba un paso hacia la muchacha.

Emily se mordió el labio inferior.

—Usted me daba un poco de miedo. Papá dice que ahora la cosa se pondrá seria y que se ha terminado el tiempo de jugar. Dice que ahora tengo que aprender y convertirme en una señorita.

—Evidentemente, debes aprender muchas cosas y convertirte en toda una señorita, pero no tiene que ser de hoy para mañana. Nos vamos a tomar tiempo y, si te esfuerzas y cumples con tus tareas como es debido, serás una alumna excelente. ¿Quién te ha dado clases hasta ahora?

—Primero la señorita Pike. Pero ya no está con nosotros.

—¿Qué te enseñó?

—A leer, escribir y a hacer cuentas. —Emily vaciló—. Se suponía que tenía que enseñarme a tocar el piano, pero no era lo bastante buena. Al menos, eso es lo que dijo papá y la despidió. Luego vino la señorita Fleming, pero tampoco permaneció mucho tiempo aquí, porque ella no sabía idiomas. Y entonces él la encontró a usted. Me contó que fue a través de una agencia de Londres.

Charlotte se dijo que posiblemente no se trataba de institutrices formadas para ello; según había leído, en Inglaterra la preparación profesional no era tan buena como en Alemania, sobre todo en Prusia.

—Papá dice que tener una institutriz alemana es algo especial, y que él solo quiere lo mejor para mí.

El modo en que Emily se expresaba la hacía parecer tímida y, a la vez, resabida.

—Bueno, yo te enseñaré a tocar el piano. Aprenderás alemán y francés y, además, claro está, matemáticas, dibujo y labores. Soy algo estricta, sí, pero evidentemente también soy amable si te comportas igual y eres aplicada.

La niña tenía la vista clavada en el suelo.

—En ese caso, me alegro de que haya venido.

Hablaba con una voz tan baja que Charlotte apenas podía entenderla. Entonces le vino una cosa a la cabeza.

—Antes has mencionado una tal *nanny*. ¿Era tu niñera?

Emily la miró con asombro.

—Es mi niñera. Lo es desde el día en que nací.

Charlotte no había contado con eso. Por lo general, las niñeras solían marcharse de la casa antes de que la institutriz entrara a trabajar. Era una separación importante con la que los alumnos dejaban atrás su primera infancia y los juegos despreocupados. Además, en el caso de los niños ingleses, significaba incluso abandonar la casa paterna.

—¿Y sigue viviendo con vosotros?

Emily asintió.

—Sí, porque mamá murió. A papá le parece mejor. Así no paso sola mucho tiempo. Por eso mi *nanny* sigue aquí. Pero ahora su cuarto ya no está junto al mío. Ahora soy mayor y debo dormir sola.

—Entiendo. —Charlotte decidió no hacer más preguntas. No quería tirar de la lengua a la pequeña el primer día.

En ese instante llamaron a la puerta.

—Adelante.

Entró una mujer joven, de cara redonda y cabello rubio y crespo.

—Soy Nora, la niñera. Vengo a llevarme a la señorita Emily para tomar el té.

En su tono de voz se dejaba entrever una clara animadversión.

¡Qué chica tan boba!, se dijo Charlotte sin pensar. Al instante se arrepintió de ese pensamiento. Posiblemente Nora no era más que una simple muchacha de campo y las mejillas sonrosadas y los rizos que le rodeaban el rostro la hacían parecer además ingenua y simplona. Con todo, su tono de voz no era el apropiado ya que Charlotte, como institutriz, estaba jerárquicamente por encima de la niñera.

Emily dio un paso hacia ella, vaciló y se volvió hacia Charlotte.

—¿Y fräulein Pauly? ¿Acaso no va a tomar el té con nosotras?

—Por supuesto, Emily. —La niñera miró a Charlotte de mala gana—. Acompáñeme, señorita.

Luego se giró sobre sus talones, tomó a Emily de la mano y bajó la escalera con ella.

Charlotte las siguió con un suspiro. Al principio, no cabía esperar más.

3

Clerkenwell, Londres, diciembre de 1888

Thomas Ashdown dejó la pluma estilográfica a un lado y se pasó la mano por el pelo con un suspiro. Llevaba horas escribiendo sentado frente al escritorio y se notaba las extremidades rígidas y los músculos tensos y doloridos. Se puso de pie, se irguió y se acercó a la ventana. Aún era pronto, pero en el jardín reinaba la luz invernal del crepúsculo. Reclinó la cabeza en el cristal y su pelo, largo y oscuro, le cayó sobre la cara. Se sentía muy afligido; Lucy lo había dejado el invierno anterior, precisamente en la época del año relacionada con la pérdida y lo efímero y que ahora a él le resultaba aún más difícil de soportar. Tomó aire y luego lo soltó para contener sus emociones, pero el impulso de darse la vuelta era casi irresistible.

Era algo más que un impulso; de hecho, era como si un puño lo agarrara por el brazo y quisiera obligarle a mirar a sus espaldas, al rincón junto a la puerta donde Lucy solía sentarse a coser mientras él trabajaba en el escritorio. La cercanía entre ambos era tan grande que ella prefería permanecer en ese rincón solo para poder estar con él. No se decían nada y cada uno se centraba en sus ocupaciones, sumidos en el agradable silencio de quienes no necesitan palabras para demostrar su afecto.

Desde la muerte de Lucy a veces tenía la sensación de que ella seguía sentada en ese rincón y que a poco que él se girara la vería. En esas ocasiones se quedaba paralizado junto al escritorio o, como ese día, permanecía de pie junto a la ventana notando las palpitaciones agitadas del corazón y una quemazón en la espalda, como si lo atravesara la mirada suplicante de ella. «Date la vuelta, Tom. ¿Por qué no me miras?», parecía que le preguntara.

«Porque no estás aquí, Lucy», le respondía él mentalmente.

«¿Cómo puedes decir eso? ¡Te veo! Estás de pie junto a la ventana, como cuando no sabías cómo proseguir o no dabas con la expresión apropiada. Date la vuelta y me verás. No es difícil».

La tentación era tal que tuvo que apretar los dientes para no gritar. Cerró los puños, tragó saliva y se acercó a la puerta sin dirigir la vista al rincón. Luego llamó a la doncella.

El minuto que Daisy necesitó para llegar le pareció una eternidad. La muchacha entró e hizo una pequeña reverencia.

—¿Qué desea, sir?

—Tráigame té, por favor.

—Como guste, sir.

En cuanto ella hubo cerrado la puerta tras de sí, él por fin miró hacia el rincón. Ahí estaba la butaca; al lado, la mesita con la lámpara y el costurero.

La butaca estaba desocupada. Por supuesto.

Tom se volvió a acercar al escritorio y leyó lo que había escrito ese día. Una reseña sobre una obra de teatro y otros dos artículos para periódicos de la mañana. En teoría también trabajaba en un libro que había empezado hacía dos años y medio y que aún no había terminado.

¿Cómo se le había ocurrido Shakespeare precisamente, cuando todo en él le recordaba a Lucy? Los dos habían asistido a menudo a obras de teatro y a conferencias. Además, por si no bastara, se había centrado en escribir sobre los personajes femeninos de Shakespeare y, a cada frase que ponía sobre el papel, oía la voz de Lucy, perspicaz, burlona. «Ofelia es demasiado débil. Tom, ¿no lo ves? Yo en su lugar le habría pedido explicaciones a Hamlet y le habría quitado de la cabeza esas manías en vez de conformarme con mi destino». Así era ella: directa, enérgica, divertida. No era una Ofelia, sino más bien una Beatriz.

Sintió un nudo en la garganta y, cuando Daisy le sirvió el té, se limitó a asentir con la cabeza. No quería otra cosa más que despedirla de inmediato, cuando ella se metió la mano en el bolsillo del delantal y le mostró un sobre.

—Hace un rato ha llegado una carta para usted, señor.

Luego, abandonó la estancia sigilosamente.

El té desprendía un aroma que llenaba toda la sala. Tom se sirvió una taza, se puso un poco de azúcar y se sentó a leer la carta en un sillón orejero que había junto a la ventana.

Las líneas eran de John Hoskins, un antiguo amigo de estudios de Oxford.

Querido Ashdown:

Espero que sepas disculpar esta intromisión, pero ya no puedo soportar por más tiempo ver cómo te escondes del mundo y de tus amigos. Estás en nuestros pensamientos y por eso tenemos aún más ganas de poder saludarte de nuevo en nuestro círculo, como implacable y entretenido crítico de teatro y también como amigo.

Mi querida Sarah es de la misma opinión y le gustaría invitarte a casa un día en las próximas semanas, mejor si es un fin de semana largo, para que salgas por fin de ese oscuro despacho tuyo. Aquí, en Oxford, verás a antiguos conocidos. Sarah ya tiene preparado un extenso programa para ti que puede cancelarse si no te apetece visitar exposiciones y conferencias y prefieres largos paseos y alguna visita al pub.

Tom leyó por encima los párrafos siguientes, que contenían noticias sobre conocidos de ambos, hasta que se detuvo asombrado.

Imagínate, Emma, la hermana de Sarah que conociste un día en nuestra casa, se ha vuelto espiritista. Hace poco, participó en una sesión espiritista en Londres y quedó muy impresionada por el médium que conoció ahí. Al parecer, ese hombre podía ponerse en contacto con espíritus, que le revelaban cosas de lo más sorprendentes. Personalmente, yo soy escéptico sobre estas cuestiones, pero Sarah está empeñada en acompañarla una vez a una sesión. He intentado quitárselo de la cabeza diciéndole que algo tan absurdo no es digno de ella.

Tom creía en el estudio de la mente humana, pero no en fenómenos sobrenaturales ni en apariciones de espíritus. Evidentemente, había oído historias de personas que habían percibido la proximidad de su muerte, o de relojes que se habían parado cuando un familiar había abandonado este mundo. En ese sentido, tenía grabado en la memoria un acontecimiento de su infancia.

Un día de verano él estaba sentado en el jardín de la casa de su abuela comiendo cerezas que él mismo había cogido. Lo recordaba bien porque resultaron ser demasiadas y luego sufrió unos tremendos dolores de barriga. De pronto, una amiga de la abuela apareció corriendo por la aldea asustando a todo el mundo y diciendo que su hijo había muerto en un accidente. Aunque el hombre no estaba ahí, ella afirmaba que de pronto se le había aparecido en el dormitorio y que, sin mediar palabra, y de un modo que ella no sabía describir, se había despedido de ella. La abuela de Tom intentó que su amiga se serenara, pero no hubo modo de que ella cambiara la historia. Dos días más tarde, esa mujer recibió una carta informándole de que su hijo, que trabajaba en una fábrica en el norte de Inglaterra, había muerto a causa de una explosión que se había cobrado la vida de cinco personas. Ella insistió en saber la hora exacta y constató que esa desgracia había tenido lugar justamente en el momento en que ella había tenido la visión.

Tom había recordado esa tarde a menudo, aunque en su memoria el delicioso sabor de las cerezas y el dolor de estómago se mezclaban con esa extraordinaria historia de la anciana. En aquel entonces le había parecido absolutamente creíble y convincente que el hijo se hubiera despedido de su madre de un modo que se escapaba a la razón. Sin embargo, con la edad había dejado atrás aquel convencimiento. Todo eso le parecía demasiado increíble, demasiado melodramático.

Pero ahora la situación se ha complicado: mi querida Sarah está muy preocupada por su hermana, pues esta perdió hace un tiempo a su prometido en un accidente y ahora confía en entrar en contacto con él a través de ese tal Belvoir, o como sea que se llame el hombre. Ha depositado muchas esperanzas en él y se ha obsesionado, lo cual también me tiene intranquilo. Por eso, tu buen juicio nos sería de gran ayuda.

Tom fue incapaz de seguir leyendo porque tenía la vista empañada. Recordaba demasiado bien el día, siete meses atrás, en que él había emprendido el mismo camino que la cuñada de su amigo.

Cuando Lucy murió, algo se desmoronó en su interior y, con ello, también la actitud escéptica con la que siempre había afrontado las cuestiones sobre el más allá y los espíritus. Al principio, ella estaba tan presente en la casa que le parecía oír sus pasos y su voz, olía su perfume y le daba la impresión de ver el dobladillo de su falda desaparecer tras el canto de una puerta. Por la noche se despertaba y palpaba su lado de la cama porque le oía la respiración, de ahí que pasara varias semanas durmiendo en el sofá estrecho que tenía en su despacho para poder apartar de sí esas fantasías.

Su desesperación había sido tan inmensa que una noche fue a visitar a una médium de Islington. No era una desconocida; había leído en el periódico acerca de ella y el artículo le había parecido bastante serio. Sin embargo, la sesión de espiritismo fue un espanto.

Como se le había pedido, Tom llevó consigo algunas cosas de Lucy que le servirían a la médium para entrar en contacto con ella: un guante, un cepillo y un collar. La mujer pasó un buen rato toqueteando esos objetos, algo que le provocó a Tom una ira sorda. Luego, pareció entrar en trance y empezó a hablar con una voz extraña y estridente que no tenía nada que ver con la de su difunta esposa. Le transmitió supuestos mensajes, que eran tan generales que cualquiera los hubiera podido adivinar. No hacía falta tener ninguna predisposición hacia lo sobrenatural para darse cuenta de que el esposo lloraba la muerte de su mujer, por lo que ella hizo que el espíritu le suplicara a Tom que recuperara las ganas de vivir.

Aquel espectáculo había sido vulgar e insoportable, y le avergonzaba pensar en ello, a pesar de que nunca nadie había sabido de aquella visita.

Tom volvió a coger la carta de John y la leyó de nuevo. Sabía que en los meses anteriores había estado solo con demasiada frecuencia y que se había mostrado brusco con muchos amigos. Dobló la hoja y la volvió a meter en el sobre. Había tomado una decisión.

4

Chalk Hill, septiembre de 1890

*A*quel té fue extraño. Charlotte se sentó con Nora y Emily en el comedor, donde la mesa estaba dispuesta con un exquisito juego de porcelana. La estancia estaba fabulosamente decorada. El estampado de flores de las cortinas y los tapizados permitían intuir una mano femenina, seguramente la de la fallecida señora de la casa. Una doncella, que se presentó como Millie, sirvió unos emparedados finos de pepino y pastitas de té con nata y mermelada de fresas. Antes de servirse, Emily le preguntaba a Nora con la mirada.

—Sí, pero no demasiado —contestaba la niñera sin tan siquiera intentar involucrar a Charlotte en la conversación. ¿Era una desconsiderada, o solo era un acto de desdén contra la mujer que ella tenía como competidora para obtener el afecto de la niña y mantener su puesto en la casa?

—¿Has estado enferma? —preguntó Charlotte a la niña sin mirar a Nora.

Emily negó con la cabeza y dejó una pasta en el plato.

—Ya no, fräulein Pauly. Pero tenemos cuidado con lo que como para que no vuelva a enfermar.

—Entiendo.

Sir Andrew lo había mencionado en su carta.

—Emily es una niña delicada. No puede hacer esfuerzos excesivos —comentó Nora con tono entrecortado, como si le costara pronunciar esas frases.

—Claro que no. —Charlotte tomó un sorbo de té, que despedía un aroma delicioso—. ¿Conoces a Emily desde que nació?

—Sí.

Charlotte gimió para sus adentros. Su única esperanza era confiar en que sir Andrew prescindiera de los servicios de la niñera en cuanto la relación entre institutriz y alumna se hubiera instaurado. A largo plazo, Charlotte no toleraría esa actitud monosilábica y hostil.

—Vivís en una zona muy bonita, Emily. Pronto haremos muchas excursiones; así me lo podrás enseñar todo.

Esta vez, Emily no miró a Nora, sino que respondió de inmediato.

—Con mucho gusto, fräulein Pauly. Hay muchas cosas que ver.

—Podríamos salir a recoger hojas para luego secarlas y hacer un álbum. De pequeña yo lo hice —propuso Charlotte mientras notaba cómo Nora la taladraba con la mirada. Era como si el rostro le ardiera cada vez que los ojos de la niñera se posaban en ella.

—Sí, buena idea. Tal vez le pueda regalar el álbum a papá para Navidad. —Al hablar dirigió involuntariamente la vista hacia la puerta, como si esperara encontrar ahí a su padre—. Pronto estará en casa, fräulein Pauly. Seguro que se alegrará cuando la conozca.

Alegrarse no era precisamente la palabra adecuada con que describir el momento en que un patrón conocía a un subordinado, pensó Charlotte divertida. De todos modos, la niña lo decía sin malicia.

—Si tu padre está de acuerdo, mañana mismo empezaremos las clases. Excepcionalmente comenzaremos a las diez en lugar de a las nueve, porque antes tengo que ordenar mis cosas en la sala de estudio y prepararlo todo. Además, a partir de ahora desayunaremos juntas.

Nora se levantó tan bruscamente que su silla estuvo a punto de caer hacia atrás. Emily la miró asustada, se apresuró rápidamente hacia ella y le posó la mano en el brazo; un gesto de confianza que Charlotte registró con atención. Debía evitar a toda costa que Emily se sintiera arrastrada de un lado a otro; a fin de cuentas, la pequeña conocía a la niñera de toda la vida. Lo mejor era hablar a solas con Nora y aclarar definitivamente todos los desacuerdos. No quería que su estancia en Chalk Hill empezara con mal pie desde el primer momento.

Nora se había quedado de pie, inmóvil, desplazando la mirada una y otra vez de Emily a Charlotte. La única señal de vida en ella era la vena que le latía en el cuello. Finalmente tragó saliva con dificultad y bajó la cabeza.

—Despertaré a tiempo a la señorita Emily. Y, ahora, despídete. Todavía te quedan algunas labores que hacer. Tu padre lo ha dicho.

Charlotte notó lo difícil que era para la joven contener sus emociones. En estos casos, se imponía la prudencia.

—Por supuesto, estoy de acuerdo. Las labores son importantes, aunque no a todas las niñas les resultan fáciles. ¿Y tú, Nora? ¿Eres buena haciendo labores?

La niñera vaciló.

—Bueno, yo sé hacer punto y zurcir. El bordado no se me da tan bien.

—Muy bien, entonces podrás continuar enseñándoselo a Emily y yo me encargaré del bordado.

Nora se limitó a asentir, pero el leve rubor en las mejillas delataba que no había contado con ese acuerdo amistoso. Empujó suavemente a Emily y la pequeña se colocó delante de Charlotte y le tendió la mano.

—Hasta mañana, fräulein Pauly. Le deseo que tenga una feliz noche.

De regreso a su habitación de la torre, Charlotte contempló pensativa los libros y cuadernos que había traído. La sala de estudio parecía bien surtida, y tenía ganas de dar clases a Emily ahí. Estaba contenta de haber hecho una oferta de paz a Nora. Cuando la niñera se había levantado de forma tan brusca, Charlotte había temido una escena desagradable delante de la pequeña. Con todo, con esa conducta prudente, no solo había pretendido proteger a Emily, sino también a sí misma, porque, si sir Andrew Clayworth averiguaba que la nueva institutriz había tenido un desencuentro antes incluso de haberla conocido él, eso la perjudicaría. Charlotte tenía aún que ganarse la consideración y el respeto, mientras que Nora llevaba ya tiempo trabajando en la casa y disfrutaba de la confianza del resto del servicio.

Se sentó en una butaca con un suspiro. No era fácil entrar en una casa nueva, averiguar quién se avenía con quién y de qué modo, en quién se podía confiar y a quién era preferible rehuir.

Por otra parte, y al pensar en ello se levantó con un gesto de determinación, había ido allí en busca de un desafío. No debía demostrar ninguna flaqueza; debía mostrarse segura de sí misma y hacer valer su experiencia. De ese modo, no le podría pasar nada.

Cuando llamaron a la puerta, respondió con voz firme.

—Adelante.

Susan asomó la cabeza por la puerta.

—Sir Andrew acaba de llegar. La recibirá ahora y ha pedido que luego le acompañe en la cena.

—Gracias, voy ahora mismo.

Charlotte esperó a que se cerrara la puerta, se lavó rápidamente la cara y las manos y se arregló el peinado. Luego bajó por la escalera de caracol con paso firme.

Un hombre atractivo. Su primer pensamiento fue tan sorprendente como inapropiado. En general, Charlotte no daba gran importancia al aspecto; había conocido a mucha gente y por ello sabía que no siempre la apariencia y el carácter iban de la mano. Antes de formarse un juicio sobre una persona, se esforzaba siempre por conocerla mejor. Estaba por ver si realmente sir Andrew era una persona agradable; su atractivo en cambio era algo que veía cualquiera con dos ojos en la cara. Iba muy bien afeitado y llevaba el cabello rizado y rubio peinado hacia atrás. Su vestimenta era elegante, pero no envarada, y, cuando se levantó de su asiento para saludar a Charlotte, sus gestos fueron ágiles y seguros.

—Me alegro mucho de conocerla, fräulein Pauly.

Le estrechó la mano y le ofreció una silla delante del escritorio. Susan la había acompañado hasta la biblioteca, en cuyas estanterías, que llegaban hasta el techo, se alineaban volúmenes de aspecto valioso. En un rincón, junto a la ventana, Charlotte descubrió para su asombro una mesa con un microscopio y otros aparatos. Las paredes estaban decoradas con documentos oficiales que ella no pudo leer al pasar; con todo, no había objetos personales, como fotografías u otros recuerdos.

En cuanto ella se hubo acomodado, él se sentó a la mesa del escritorio y juntó las dos manos por las puntas de los dedos.

—Espero que su llegada no haya sido muy agotadora. Según he sabido, tuvo que pasar la noche en Dover. Aunque es algo lamentable, por desgracia el ferrocarril británico no siempre es de fiar. De vez en cuando yo también me he visto obligado a pasar la noche en Londres por una cancelación del tren a Dorking.

—Tuve la suerte de encontrar un alojamiento adecuado y he podido seguir el trayecto esta mañana. El viaje ha sido muy agradable.

Él se quedó callado unos instantes y Charlotte sintió la mirada fría de sus ojos azules. Se preguntó si también miraría de ese modo las muestras diminutas con el microscopio. ¿Qué podrían ser? ¿Plantas, animales o, tal vez, alguna parte de las personas? ¿Cómo podía compaginar eso con su actividad como diputado del Parlamento?

—¿Ha conocido ya a mi hija? —En realidad, no era una pregunta. Era una afirmación bajo la que se adivinaba cierta expectativa.

—Sí. Parece una niña muy agradable. Estoy muy contenta de poder darle clases. Me ha contado que antes de mí ya ha tenido dos institutrices...

Sir Andrew se aclaró la garganta.

—En efecto. En realidad, eran unas maestras que debían prepararla para cuando tuviera una institutriz de verdad; sin embargo, al final resultó que no eran adecuadas.

Charlotte esperó a ver si él añadía alguna otra cosa, pero no dijo nada.

—En su carta me informaba de que antes Emily solía estar enferma. La niñera ha mencionado vagamente problemas de estómago. Le agradecería que me hiciera saber qué debo vigilar para no perjudicar sin querer su salud.

Por un instante, en el rostro de sir Andrew asomó una leve expresión de disgusto; sin embargo, recobró al instante la compostura y sonrió.

—Mi hija está totalmente sana. Nora ha visto lo enferma que llegó a estar Emily en ocasiones, y por eso exagera un poco los cuidados. Es propio de las niñeras. No debe hacer caso de eso. Como le dije en mi escrito, no hace falta adoptar ninguna medida de precaución especial. Veo muy bien que, después de horas sentada en la sala de estudio, a Emily le dé un poco de aire fresco.

Charlotte asintió. Había una pregunta que no se quitaba de la cabeza y no sabía si era apropiado plantearla tan pronto. Tras una leve vacilación, se decidió.

—¿Me permite preguntarle si Nora va a seguir en la casa como niñera?

Sir Andrew la escrutó con la mirada.

—¿Por qué?

—Verá, por experiencia sé que la convivencia entre institutriz y niñeras en ocasiones resulta delicada. Surgen conflictos sobre quién se ocupa de la niña, cuándo y en qué contexto. En lo posible, los niños no deberían sufrir por estos desacuerdos.

Sir Andrew se tomó un tiempo para responder, y Charlotte temió haber ido demasiado lejos.

—Fräulein Pauly, tal vez esta pregunta es algo prematura. —Aunque su tono de voz era educado, denotaba cierta frialdad—. Mi hija ha pasado por un periodo terrible. La muerte de su madre ha sido un revés muy duro para la familia. Por eso no quiero exponerla de golpe a demasiados cambios. No me parece adecuado aún separarla de Nora. Cuando Emily se haya acostumbrado a usted y a la nueva situación, me volveré a plantear la decisión. Hasta entonces, le recomiendo que procure mantener un trato lo más cordial posible con Nora.

Al oír esas palabras Charlotte tuvo que tragar saliva y reprimir la réplica mordaz que tenía ya en la punta de la lengua. Una institutriz se encontraba jerárquicamente por encima de una niñera. Nora debía esforzarse por una convivencia pacífica por lo menos en el mismo grado que ella misma. Volvió a tragar saliva y luego contó por dentro hasta diez antes de responder.

—Por supuesto, sir Andrew. El bienestar de Emily es siempre prioritario. Como ya he dicho, estoy muy contenta de darle clases y haré todo cuanto esté en mi mano para que Nora y yo nos avengamos.

Él asintió, complacido.

—Muy bien, entonces asunto aclarado. Un par de instrucciones más: cuando yo esté en casa, cenaremos los dos con Emily. Cuando haya invitados, yo decidiré si usted y mi hija pueden o no asistir. Espero tener informes regulares sobre los avances de Emily, con posibles problemas y propuestas para solventarlos. —Se quedó callado un momento, como si repasara mentalmente la lista—. La sala de estudio está siempre a su disposición. Además, siempre y cuando lo acuerde antes conmigo, puede usar la biblioteca, aunque nunca como sala de estar, sino solo para consultar cosas o tomar libros en préstamo.

Charlotte asintió sin decir nada. Esa sobriedad en su modo de hablar no daba pie a respuestas.

—Mi hija tiene permiso para dar paseos en cualquier momento. Sin embargo, solo puede salir acompañada. Ya verá usted que esta zona es especialmente bonita.

—No he podido ver gran cosa, ni desde el tren ni en el coche, pero lo poco que he vislumbrado me ha parecido absolutamente precioso. Wilkins ya me ha hablado sobre los caminos que hay para pasear junto al Mole.

La reacción de sir Andrew fue tan breve que Charlotte no estuvo segura de qué había visto en realidad. ¿Había sido un respingo, o solo se había movido hacia atrás? ¿Esa expresión había sido un asomo de enojo, o tal vez de ira? Luego, él se sobrepuso y dijo con voz tranquila:

—Fräulein Pauly, va a tener que buscar otros caminos. El río a veces es impredecible. Emily no paseará por ahí.

Su voz no admitía réplicas.

—Por supuesto, así será.

—Eso espero.

De pronto, Charlotte tuvo la sensación de que las paredes de la biblioteca se le aproximaban, como si esas estanterías fueran soldados en formación desplazándose contra ella. Charlotte se sintió acorralada y tuvo muchas ganas de levantarse y marcharse; sin embargo, en vez de ceder a ese impulso, miró tranquilamente a ese hombre tan atractivo cuyos ojos fríos tenía clavados en ella.

—Así pues... —Él se levantó lentamente—. ¿Vamos a la mesa?

Su voz volvió a sonar amable y cortés, como si ese breve momento de irritación no hubiera existido. En cualquier caso, Charlotte se sintió aliviada de poder abandonar esa sala.

Sir Andrew la acompañó hasta la puerta del comedor.

—Discúlpeme un instante. En un momento estaré de vuelta.

Ya en el interior del comedor, ella se acercó a la ventana y lo vio doblar la esquina y dirigirse a la cochera.

Durante la cena charlaron de forma amigable, sin que se volviera a hacer referencia a las futuras ocupaciones de ella. Conversaron sobre los lugares de interés de Berlín y de Londres, la travesía del canal y el tiempo del verano pasado. Sir Andrew se reveló como una persona muy agradable y entretenida, y Charlotte se preguntó si acaso ese cambio de humor de antes había sido solo un producto de su imaginación.

Al final, sir Andrew le explicó el porqué del microscopio que había visto en la biblioteca. Le contó que era un aficionado a la botánica y que estaba aprendiendo a trabajar con ese aparato. Comentó además que en Londres le gustaba visitar el Museo de Historia Natural.

—¡Qué interesante! —dijo Charlotte—. El pasado año en Berlín se inauguró también un museo como ese. Si tengo ocasión de visitar Londres, es de las cosas que quiero ver.

Por primera vez en el rostro de sir Andrew asomó una sonrisa, que incluso alcanzó la mirada fría de sus ojos.

—Es un palacio, una catedral de la ciencia. Aunque apenas tiene nueve años, su importancia ya es extraordinaria. Alberga además la colección de botánica de sir Joseph Banks, que navegó en el velero del capitán Cook.

Charlotte se sorprendió ante aquel cambio repentino en el hombre. Sir Andrew era un apasionado de sus estudios de botánica, de la fauna de Surrey y de los fósiles que se encontraban en el sur de Inglaterra desde hacía décadas.

Ella mencionó el herbario que quería hacer con Emily.

—Eso, claro está, a menos que usted y su hija ya hayan hecho alguno.

De nuevo afloró esa mirada extraña en sus ojos, y ella supo que había dicho algo inoportuno. En las familias que podían permitirse tener una institutriz, las madres se desentendían de las tareas de educación; eso mismo debía ocurrir, y en mayor medida, en el caso de los padres, que solían ver a sus hijos solo cuando se les presentaban por la tarde o ante sus invitados.

—Evidentemente puede usted hacerlo, fräulein Pauly, siempre y cuando las asignaturas obligatorias no se resientan. En la educación de una muchacha, los idiomas, la música y las labores tienen preferencia.

—Por supuesto. Nos ocuparemos de ello solo cuando hayamos terminado con las demás tareas.

Después de la cena, sir Andrew se despidió y regresó a la biblioteca para fumar, y Charlotte se dispuso a ir a su dormitorio. Cuando llegó al pie de la escalera se detuvo al oír un cuchicheo muy excitado que venía del pasillo del servicio. Le pareció experimentar un *déjà vu:* se vio de nuevo en casa de la señora Ingram, con un pie en la escalera mientras oía las voces procedentes de la sala de estar. También esta vez se quedó inmóvil. «Pegarle esas voces ha sido exagerado». No pudo entender nada más, pero entonces oyó el nombre de Wilkins. Y recordó cómo antes de cenar sir Andrew había marchado en dirección a la cochera.

Al principio, Charlotte durmió bien. El silencio del dormitorio y la excitación del viaje no le permitieron mantenerse en vela mucho rato.

Sin embargo, sobre las dos de la madrugada, unos ruidos en la planta de abajo la desvelaron. Aunque no eran muy fuertes, Charlotte se despertó por completo y al momento. Se levantó, se arrebujó en un chal y abrió cuidadosamente la puerta de su dormitorio.

Le llegó el ruido de pasos y voces apagadas en la planta inferior. Descendió cuidadosamente los escalones y miró por la puerta que separaba la escalera de caracol del pasillo de la primera planta. No vio a nadie. Entonces reparó en que la puerta del dormitorio de Emily estaba entreabierta y se acercó.

Oyó entonces el murmullo tranquilizador de una voz de mujer.

—Ya está, ya está. Solo era un sueño. Vamos, descansa. Ya ha pasado.

Posiblemente, Emily había tenido una pesadilla y Nora la estaba tranquilizando. Charlotte, aliviada, se volvió hacia la escalera y regresó a su dormitorio.

5

Cuando Charlotte bajó a desayunar al día siguiente, sir Andrew se disponía a marcharse. La saludó de forma escueta, pero educada, y luego desapareció en la mañana gris.

Charlotte tomó asiento en el comedor. Millie entró con una fuente plateada y, antes de levantar la tapa, la colocó sobre un calientaplatos. Contenía un desayuno contundente de huevos revueltos con tocino que habría bastado para dos personas.

—¿Dónde está la señorita Emily?

Millie, que en ese momento se disponía a abandonar la estancia, se dio la vuelta.

—Está desayunando con Nora en la sala de estudio.

Charlotte sintió un calor intenso en las mejillas.

—¿Estás segura?

Millie se mordió el labio, como si aquella pregunta le resultara incómoda.

—Lo han hecho siempre desde, bueno, desde que lady Ellen ya no está. Y sí, yo misma les he subido la comida hace diez minutos.

—Gracias.

Despidió a la doncella con un ademán de cabeza y la muchacha se apresuró a abandonar la estancia.

Charlotte se quedó sin apetito, pero tenía ante sí un largo día de trabajo para el que iba a necesitar mucha energía. Se sentía enojada consigo misma por no haber indicado el sitio donde desayunar. Ahora, Nora podía excusarse diciendo que ella siempre había desayunado con la niña en la sala de estudio y que creía que Charlotte haría lo mismo.

Se sirvió una tostada y mantequilla, huevos y tocino, y tomó además varias tazas de ese té delicioso y vigorizante que acompañaba el desayuno.

No servía de nada dejarse llevar por estos juegos. Por el momento, acabaría de desayunar tranquilamente y luego aclararía la cuestión con Nora.

Entonces se acordó de que algo la había despertado la noche pasada, tal vez el llanto de Emily o un grito; no podía decir qué había sido. En todo caso, debió de haber sido un ruido fuerte, pues, de lo contrario, no habría llegado hasta la torre. Nora también debía de haberlo oído, aunque durmiera en el piso superior.

Se llevó delicadamente la servilleta a los labios y se dispuso a levantarse de la mesa cuando alguien llamó a la puerta y entró la señora Evans.

—Buenos días, señorita Pauly —dijo con su tono seco—. Espero que haya dormido bien.

—Sí, gracias.

—¿A qué hora debo servir el tentempié del mediodía en la sala de estudio? Hasta ahora lo hacía sobre la una.

—Me parece muy bien, señora Evans. —Charlotte vaciló un instante—. A partir de mañana la señorita Emily y yo tomaremos el desayuno juntas aquí abajo. ¿Se podrá encargar de ello?

El ama de llaves arqueó ligeramente las cejas y luego asintió.

—Desde luego, señorita Pauly.

A continuación, se dio la vuelta y abandonó la estancia.

Charlotte subió entonces a su habitación. Como aún eran las nueve y media, leyó un poco, preparó el material de la clase de ese día y se dirigió a la sala de estudio. Se la encontró vacía.

Charlotte inspiró profundamente, se dio la vuelta y miró en el corredor. No se veía a nadie. Entonces aguzó el oído y le pareció oír voces en la habitación de Emily, que estaba al lado. Llamó a la puerta y entró. La niña estaba sentada frente al tocador, Nora estaba detrás de ella trenzándole el pelo. El enojo no impidió que Charlotte reparara en lo bonita que era esa estancia: muebles pintados de blanco, sábanas y cortinas azules, pinturas delicadas de animales y paisajes, muñecas y un enorme caballo balancín con silla de montar de cuero auténtica. En un rincón había una preciosa casa de muñecas de tres pisos con habitaciones muy bien decoradas.

—Buenos días, Emily. Vamos a empezar ahora mismo la clase. Te espero aquí al lado.

La niña la miró de soslayo ya que, como Nora la tenía sujeta del pelo, no podía volverse.

—Hemos tenido que volver a hacer las trenzas. Lo he intentado hacer yo misma, pero al desayunar se me han vuelto a soltar.

Nora no dijo nada.

Charlotte dio un paso dentro de la habitación.

—Emily, vete por favor a la sala de al lado.

Nora soltó la trenza, que ya tenía lista, y Emily, posiblemente percibiendo la tensión existente, salió a toda prisa a la sala contigua.

—Nora, me gustaría aclarar un par de cosas. A partir de mañana, Emily va a desayunar conmigo en el comedor. Espero que esté vestida y aseada antes de tomar el desayuno. Puedes encargarte de ello, pero exactamente a las ocho menos cuarto deberá estar sentada conmigo a la mesa.

Miró a Nora esperando una respuesta; la niñera tenía la vista clavada en el suelo. Charlotte había esperado que el ofrecimiento del día anterior hubiera sido el primer paso hacia una convivencia pacífica; sin embargo, esa muchacha seguía tan obstinada como al principio.

—No es fácil separarse de una niña a quien se conoce desde hace tanto tiempo. Doy por hecho que el desayuno de esta mañana ha sido un simple malentendido. Seguirás viendo a Emily, pero la pequeña necesita una rutina diaria y esta está condicionada por sus clases. Estoy convencida de que el padre de la niña comparte mi opinión.

La mención del señor de la casa ensombreció el rostro de Nora.

—Sí, señorita Pauly —musitó. Dicho esto, salió del dormitorio.

Charlotte la vio marchar. Aquello no había sido una victoria.

En la sala de estudio, Emily aguardaba sentada en el pupitre y la miraba con viva atención.

Charlotte se sentó en la mesa delante de ella y juntó las manos.

—Primero me gustaría saber cómo estás.

La niña la miró sorprendida.

—Estoy muy bien.

—Esta noche he oído ruidos en tu habitación y me he levantado para ver si todo iba bien, pero he visto que ya había alguien contigo.

Emily asintió, pero no dijo nada.

—¿Era Nora?

—Sí. ¿Eso es malo? —preguntó con tono vacilante.

—No. Por supuesto que no —la tranquilizó Charlotte—. ¿Has tenido una pesadilla?

Emily asintió.

—¿Eso te ocurre a menudo?

Observó que su alumna se removía de un lado a otro en el asiento, indicando así que las preguntas le causaban una gran incomodidad. Charlotte no quiso insistir.

—Muy bien, en ese caso empezaremos con las clases. Ayúdame, por favor. —Fue hacia un rincón donde había varios mapas apoyados contra la pared—. ¿Hay algún mapa de Europa?

—Creo que sí —dijo Emily, visiblemente aliviada. Recorrió con el dedo los mapas enrollados. Señaló uno cubierto de polvo—. Ese de ahí. Aún no lo habíamos usado.

Primero Charlotte pidió a Emily que le señalara en el mapa de Inglaterra los ríos y ciudades más importantes. La niña tenía buenos conocimientos de geografía, y sonreía satisfecha después de cada respuesta correcta. Sin embargo, cuando Charlotte desplegó el mapa de Europa y lo colgó en el soporte, dejó de responder con soltura.

—Parece que vamos a tener que estudiar Europa más a fondo.

Emily bajó la mirada, pero Charlotte le pasó un dedo por debajo de la barbilla y se la levantó hasta que sus miradas se encontraron.

—Lo primero: no saber algo no es delito. Lo tonto sería que te conformaras con no saberlo.

Luego las dos siguieron trabajando tranquilamente, sin apenas reparar en el tiempo que transcurría. Emily era aplicada, pero apenas decía nada de forma espontánea. Por eso Charlotte se sorprendió mucho cuando, de pronto, le preguntó:

—¿Es bonito el sitio de donde viene, fräulein Pauly? Ella asintió.

—Muy bonito. Yo soy de cerca de Berlín, de un pueblecito de Brandeburgo. Es una zona llana y extensa, con muchos bosques y haciendas magníficas.

—¿Qué son haciendas?

—Son unas granjas grandes y ricas que a veces parecen pequeños palacios —explicó Charlotte—. En cualquier caso, lo más bonito de todo es la zona conocida como Spreewald.

Le habló entonces de los brazos de río y de los canales que atravesaban los bosques formando una red, y también de las aguas, que eran tan mansas que las copas de los árboles se reflejaban en ellas como si fueran un espejo mágico.

—Parece usted triste —comentó Emily sin más. Charlotte la miró sorprendida.

—Tal vez siento un poco de añoranza. No es nada raro. Sin embargo, durante el trayecto hasta aquí pude admirar un poco del paisaje inglés y también me pareció muy bonito. Espero poder conocerlo mejor muy pronto.

Emily vaciló.

—Yo..., bueno, yo prácticamente solo he estado aquí, porque solía ponerme enferma. Papá me ha dicho que me quiere llevar pronto a Londres. —Los ojos le brillaron al decir aquello. Al parecer, las salidas con el padre eran algo desacostumbrado y, por lo tanto, muy valioso.

—¿Y ahora? ¿Ya estás mejor? —preguntó Charlotte como sin querer.

—Sí, mucho mejor. ¿Seguimos?

—Claro que sí, ¿cómo se te da el cálculo?

Durante la clase de alemán, llamaron a la puerta. ¿Ya era mediodía? Charlotte miró la hora y se dio cuenta de que, efectivamente, habían pasado tres horas. Cerró el libro y dejó a un lado el puntero con el que había enseñado las primeras palabras a Emily en la pizarra.

—A partir de mañana, intentaremos conversar un poco en alemán. Pero ahora será mejor que cojamos fuerzas para la tarde.

Millie les sirvió asado frío, pan, verdura encurtida, fruta y queso.

Al principio comieron en silencio, y Charlotte pudo observar discretamente a la niña. Daba la impresión de estar muy apagada, casi triste; se preguntó si acaso eso tendría que ver con la agitación de la noche anterior, o con la animadversión de Nora, algo que a Emily no le podía haber pasado inadvertido.

—¿Estás triste? —le preguntó finalmente.

La niña negó con la cabeza y siguió comiendo.

—Podemos charlar un poco, siempre y cuando no hablemos con la boca llena —dijo Charlotte con dulzura—. Conmigo eso no está prohibido.

—¿Me cuenta cosas sobre Alemania?

Charlotte la escrutó con la mirada. A pesar de su edad, Emily tenía un talento asombroso para esquivar preguntas de forma amable. Mientras otros niños solían irse de la lengua con sus historias, ella tenía una actitud reflexiva y parecía medir muy bien sus palabras. Cuando no quería responder una pregunta, en lugar de negarse de forma obstinada se limitaba a cambiar de tema.

—Muy bien. ¿Conoces los cuentos de los hermanos Grimm?

—Algunos me los... —De pronto Emily se quedó inmóvil en su asiento con la mirada clavada en el plato.

—¿Y bien?

La niña entonces pareció despertar de un breve trance y la miró sobresaltada.

—¿Qué ocurre?

—Ibas a decirme quién te leía los cuentos de los hermanos Grimm.

Emily se encogió de hombros y volvió la vista al plato. Charlotte lo intentó de otro modo.

—¿Te gustaban?

—Muchos sí. Algunos eran siniestros. Ese de la cabeza de caballo no me gustaba nada.

—Te refieres a *La pastora de gansos* —dijo Charlotte—. La verdad es que es horripilante. Pero seguro que también te acuerdas del final. Acaba bien.

—Sí, pero al principio es siniestro —insistió Emily.

Charlotte no le replicó. Los niños tenían un sexto sentido

para las cosas atroces y recordó además que de niña esa cabeza de caballo también le había parecido espeluznante.

Charlotte no insistió más, pero se dio cuenta de que Emily, de nuevo, la había esquivado.

Por la tarde salieron a dar un paseo a fin de que la pequeña se acostumbrara poco a poco a esa rutina diaria más estricta. Emily preguntó si Nora podía acompañarlas, pero la niñera había aprovechado esas horas libres para ir a visitar a la familia que tenía en la aldea cercana de Mickleham.

Charlotte se sintió aliviada.

—Sería bonito que me contaras cosas de la zona —dijo a la niña cuando, después de salir, se encaminaron hacia Crabtree Lane.

—Muy bien. —Muchos niños se sentían orgullosos de poder explicar o enseñar algo a los adultos—. ¿Ve usted la casa de ahí? —La pequeña señaló un edificio que se encontraba en medio de un gran jardín detrás de un muro—. Se llama Camilla Lacey. La construyó una escritora. A mí me parece muy bonita.

Charlotte se detuvo un instante y contempló la mansión con sus ventanas de pequeños vidrios emplomados y con tejadillo de dos aguas sobre la entrada. Era realmente hermosa; en primavera y verano el jardín tenía que ser un auténtico paraíso.

Emily dio unos pasos hacia adelante.

—Esta es la vista más bonita.

Se detuvo y señaló hacia la derecha, donde el muro acababa en un arco de piedra. La parte más alta, decorada con un motivo de damero formado por cuadros de piedra gris y arenisca, estaba coronada por un tejadillo. En realidad, resultaba demasiado ampuloso para una propiedad más bien sencilla.

—Siempre me imagino que es la puerta de un castillo —dijo Emily entusiasmada—. Me veo entrando por ahí en mi carroza tirada por dos caballos blancos.

Al aire libre, la pequeña de repente parecía más libre e iba dando saltos de un lado a otro, mostrándole eso y aquello.

—Una vez estuve dentro. Con papá. Pero fue hace mucho tiempo. Por dentro también es muy bonita, pero no como un palacio de cuento.

—¿Tienes ganas de coger hojas para el herbario? —preguntó Charlotte tras avanzar un poco—. Aún falta tiempo para que sea la época, pero seguro que encontramos alguna cosa.

Minutos después Emily rebuscaba bajo los árboles las hojas más coloridas.

—En cuanto se prensan, pierden este aspecto.

—Sí, es una lástima. De todos modos, las podemos pegar y tú anotarás debajo su nombre. Será una sorpresa para tu padre.

—De acuerdo, lo haremos. —Emily asía las hojas por su tallo, como si fueran un ramo de flores de color rojizo. Tenía las mejillas arreboladas y los ojos le brillaban.

—¿Quiere que le enseñe las ruinas de la capilla? Vamos a tener que andar un ratito.

—¿Unas ruinas? ¡Fantástico! Me gustan mucho.

—¿De verdad? Pero si está todo roto.

Charlotte se echó a reír.

—Hay mucha gente a quien las ruinas le parecen románticas porque le recuerdan tiempos pasados. Hubo una época en que incluso se llegaron a construir ruinas falsas, de palacios o de conventos, con apariencia de ser antiguas y haber sido destruidas muchos años atrás.

Emily se detuvo y la miró con desconfianza.

—¿Quién construye algo que está roto desde el principio?

—Bueno, es un invento inglés.

La niña abrió los ojos con sorpresa.

—¡Qué curioso! Siempre pensé que las cosas solo son bonitas si están enteras.

Dirigió una mirada de incertidumbre a Charlotte, como si temiera haber dicho una tontería.

—Tienes razón. Es algo que cuesta comprender.

De pronto, a Charlotte se le ocurrió aprovechar la ocasión y explicarle a la niña algunas cosas sobre el romanticismo. Así, con palabras comprensibles para su edad, le habló de la pasión por los palacios encantados, la antigüedad, la búsqueda de la flor azul que nadie encontraba y el amor por la naturaleza. Durante la explicación Emily le hizo preguntas muy acertadas y charlaron tan animadamente que apenas repararon en la aldea por la que pasaban.

—Cuando sepas un poco más de alemán, leeremos algunos poemas bonitos de esa época.

—¿Leeremos también poemas ingleses?

—Por supuesto. Tú entonces me los leerás a mí para que yo pueda oír cómo suenan en realidad esos versos.

Emily la miró complacida y sorprendida.

—¿Lo dice en serio?

Para Charlotte era importante que los niños adquirieran confianza en sí mismos reforzándolos en lo que sabían hacer bien. Había educadoras que jamás admitirían que un niño

EL MISTERIO DE CHALK HILL

podía ser mejor que ellas en algo, pero a Charlotte eso le parecía una actitud equivocada.

—Claro que sí.

—Pero usted habla bien en inglés.

—Muchas gracias. De todos modos, desde que estoy aquí me he dado cuenta de lo mucho que me queda aún por aprender.

De pronto, Emily se detuvo y señaló a la izquierda.

—Ahí está la ruina.

En medio de un prado, rodeada por una valla sencilla de madera, se erguía un frontispicio solitario de piedra gris. Solo la forma redonda de la ventana revelaba que aquello eran las ruinas de una iglesia. Algo más lejos, Charlotte vio otros restos de muro, posiblemente el otro extremo de la construcción.

—¿Sabes qué antigüedad tiene esta capilla?

Emily reflexionó.

—No lo sé, pero es el edificio más antiguo de la aldea, y esta es de la Edad Media.

—¿Puedes imaginarte cómo era esto antes? Yo lo hago siempre que veo una ruina u otro edificio antiguo —dijo Charlotte—. Cierra los ojos e imagínate a un caballero y a su escudero pasando a caballo junto a ella, o a un vendedor ambulante, con su carro decorado con campanillas para llamar la atención de la gente.

Volvió la mirada hacia Emily, que permanecía ahí de pie con los ojos cerrados.

—Lo veo perfectamente.

—Y ahora aparece un monje con su devocionario que va a entrar en la capilla. Su túnica marrón acaricia la hierba húmeda, extiende la mano hacia la puerta de madera y la abre. En el interior la capilla está fresca y huele a incienso...

—¿Qué es el incienso, fräulein Pauly? —Emily había abierto los ojos.

Charlotte se lo explicó. Al oírlo, la muchacha arrugó la nariz.

—Creo que eso no debe de oler bien, ¿verdad?

—Hay mucha gente a la que le gusta. —Lentamente, una sombra se cernió sobre el prado de la ruina. Charlotte se dio cuenta de que se les había hecho tarde. Habían pasado más de una hora en la aldea.

—Regresemos. Está a punto de oscurecer.

En el camino de vuelta, se les acercó un hombre vestido con sotana negra que saludó afectuosamente a Emily. Tenía el rostro aseado y la piel muy curtida y se detuvo para presentarse.

—Soy el reverendo Morton. Soy el párroco de Mickleham, pero también me encargo de Westhumble.

—Charlotte Pauly. Soy la nueva institutriz de Chalk Hill. Encantada de conocerle.

—Señor Morton —intervino Emily—, ya le hablé de ella. Fräulein Pauly va a enseñarme alemán y además toca muy bien el piano.

En realidad, Charlotte habría tenido que regañar a Emily por haberse entrometido en una conversación de mayores, pero el sacerdote acarició cariñosamente el pelo de la niña.

—En efecto, así es. Y me alegro mucho de conocer a tu profesora tan pronto.

—Emily es una excelente guía local —comentó Charlotte con una sonrisa.

—¡Pues claro! Así pues, ya ha visitado usted nuestra ruina. Por desgracia, a mediados del siglo XVI la capilla fue abandonada. Una época funesta para la Iglesia. Estoy trabajando para que se refuercen las paredes y que al menos eso se pueda conservar. —Se interrumpió—. ¿Usted sabe tocar el piano? Y, si me lo permite, ¿en qué grado?

—Sé lo bastante como para enseñar a niños —respondió Charlotte con agudeza.

El religioso sonrió.

—En tal caso, puede que algún día le pida su ayuda para nuestras veladas musicales de Mickleham. Son muy apreciadas. Nos esforzamos por fomentar las bellas artes en nuestra zona.

—Si mis actividades me lo permiten, lo haré encantada —respondió Charlotte, a quien desde el primer momento el reverendo le había parecido muy agradable.

—Fantástico, fräulein Pauly. Espero que se sienta a gusto en nuestro pequeño pueblo. En cuanto a ti, Emily, seguro que aprenderás muchas cosas con tu nueva profesora.

La niña asintió.

—¿Podré venir pronto a ver de nuevo los conejos, señor?

—Por supuesto, tú y fräulein Pauly podéis venir a tomar el té. Entonces, los podrás coger en brazos y acariciarlos. Sin embargo, ahora, por desgracia, debo despedirme. He de ir a ver a un enfermo...

Tras saludar con la cabeza, se echó a andar y Charlotte regresó con su alumna hacia Crabtree Lane. Al pasar por la entrada de Chalk Hill, se encontraron de cara con Wilkins.

Ella fue a saludarlo de forma amistosa, pero él se limitó a saludarla con la cabeza y se apresuró a marcharse, como si quisiera evitar conversar con ella. Charlotte lo miró con sorpresa.

Cenaron con sir Andrew. Charlotte observó atentamente el trato que tenían él y Emily para hacerse una idea de la relación que había entre padre e hija. Lo que vio casi le rompió el corazón.

Cada vez que él tomaba la palabra, Emily miraba expectante a su padre. Asía los cubiertos con tanta fuerza que se le ponían los nudillos blancos; sin embargo, él no parecía ni siquiera reparar en la presencia de su hija. Charlotte intentó involucrar a Emily en la conversación y mencionó lo bien que la había guiado por el pueblo; sin embargo, a sir Andrew solo le interesaba el rendimiento académico.

—Comprenderá que todavía no he podido hacerme una imagen completa —explicó Charlotte mientras se preguntaba por qué él tenía que mencionar estos asuntos en presencia de la niña—. Su hija tiene muchas ganas de saber y de aprender. Tengo la impresión de que vamos a trabajar muy bien juntas.

—Excelente, muy bien —dijo él dejando la servilleta a un lado—. El sábado de la semana próxima voy a tener invitados. Me gustaría pedirle que después de cenar toque un poco el piano para nosotros.

Aquella no era una petición amable, como la que antes le había hecho el reverendo, sino una orden inequívoca. Algo en Charlotte se resistía contra la naturalidad con la que sir Andrew disponía de ella; de todos modos, era una tarea exigible a una institutriz. Asintió.

—Si me pudiera indicar la música que le gustaría...

—Decídalo usted misma, fräulein Pauly —contestó él en tono ausente, como si tuviera la cabeza en otra parte.

Volvió la mirada hacia Emily. La niña estaba cabizbaja, con la vista clavada en el plato, que apenas había tocado.

A Charlotte le dolió mucho ver aquello y se preguntó cuál podía ser el motivo de aquella actitud tan distante del padre. Entonces se preguntó: ¿y si fuera la muerte de la esposa lo que se interponía entre él y su hija? ¿Y si esa muerte le impidiera a él tratar a la niña de forma amigable y amorosa? ¿Acaso Emily le recordaba lo que había perdido?

Al poco rato, llamaron a la puerta y Nora entró para acostar a Emily. Dirigió una mirada furtiva hacia Charlotte en la que a ella le pareció vislumbrar una especie de triunfo. Ahora vuelve a ser mía, parecía decirle la niñera. Ella permaneció de pie detrás de sir Andrew, que besó en la frente a Emily con actitud ausente.

—Que duermas bien.

Cuando Nora ya se disponía a cruzar la puerta con la niña, esta volvió y se acercó a Charlotte. Hizo una pequeña reverencia y dijo:

—Buenas noches, fräulein Pauly. Ha sido un día muy bonito.

Charlotte sonrió sin decir nada mientras notaba cómo sir Andrew le dirigía la mirada.

—Parece que ha tenido usted una buena acogida.

—Su hija es una niña agradable y juiciosa —respondió ella de corazón. Luego, haciendo acopio de valor, añadió—: Sir Andrew, esta noche he oído que Emily ha tenido una pesadilla. ¿Puedo saber si eso es algo habitual? Así, yo estaría prevenida cuando al día siguiente ella no estuviera atenta en clase o se mostrara cansada.

El silencio en la estancia se hizo impenetrable. Charlotte empezó a creer que él no iba a responderle. Pero entonces la miró arqueando las cejas en una actitud ligeramente arrogante.

—Como ya le dije, antes mi hija solía estar enferma. Esto y el hecho de haber perdido a su madre sin duda son una tremenda carga para una niña. Por eso de vez en cuando sufre pesadillas.

Charlotte no se inmutó.

—No pretendía hacer ningún reproche. Me resulta útil saber todo lo posible sobre mi alumna para así prever dificultades eventuales.

—Y a mí me parece útil que un niño esté siempre atento y sea aplicado y que no se le anime a utilizar pequeñas debilidades como excusa por su falta de diligencia.

Ella inspiró profundamente y clavó la mirada en su plato. Solo tenía unos segundos para decidirse. Si decía lo que pensaba, posiblemente su tiempo en la casa Clayworth habría terminado. ¿Merecía la pena? ¿Qué pensaría Emily si su nueva institutriz fuera despedida al cabo de apenas un día? Charlotte no quería correr ese riesgo. Pero ¿cómo reaccionar ante la frialdad de ese hombre?

Tragó saliva y respiró.

—No tengo la menor intención de tolerar ninguna excusa, pero la experiencia me dice que la falta de sueño y las noches intranquilas afectan al bienestar. De ahí mi pregunta. En absoluto esta cuestión hará disminuir las expectativas que tengo depositadas en su hija.

Aparentemente, esa réplica complació a sir Andrew, que se limitó a asentir con la cabeza y se levantó de su asiento para ir a la biblioteca.

Charlotte también se levantó, pero aguardó a que él hubiera abandonado la estancia. Le disgustaba la idea de que él se sintiera obligado a sostenerle la puerta.

Aquella noche permaneció despierta mucho rato. La gran cantidad de impresiones y tensiones que había percibido entre los habitantes de la casa la habían agitado mucho. También la confundía el extraño comportamiento de Wilkins, que tan amable había sido al acompañarla en su llegada a la casa.

Se sentó, encendió la luz y cogió un libro para relajarse; sin embargo, al cabo de unas pocas páginas se le colaron en la cabeza otras palabras y voces que borraron lo poco que había retenido de la lectura. Cerró el libro y lo dejó en la mesilla de noche.

En algún momento se durmió porque, tras un sueño extraño, se despertó sobresaltada. Completamente desvelada, solo logró recordar un fragmento: un hombre parecido a sir Andrew en un despacho, inclinado sobre un microscopio, hablando de venas de hojas, clorofila y luz del sol, que, en cuanto se volvía hacia ella, mostraba un rostro absolutamente distinto. Un rostro que ella no quería volver a ver nunca más.

Charlotte permaneció tumbada con la respiración entrecortada e intentó acordarse del resto, pero, como tan a menudo ocurre con los sueños, solo podía recordar esa escena e incluso esta pronto se desvaneció para convertirse en un esbozo absurdo.

6

Boars Hill, Oxford, enero de 1889

Los tres paseantes iban envueltos en abrigos gruesos, bufandas y gorros, pero el frío no les impidió detenerse en el prado cubierto de escarcha y disfrutar del paisaje impresionante que los rodeaba. A lo lejos, Oxford se alzaba en aquel nítido aire invernal como una isla encantada surgida entre campos nevados.

—Esas torres de ensueño. Su belleza se asienta con cada estación —comentó el hombre delgado y de pelo oscuro señalando la silueta de piedra arenisca y tono dorado—. Aquí el tiempo se ha detenido. Es como si nada hubiera cambiado desde nuestros días como estudiantes.

Su acompañante se echó a reír.

—Eso no te lo crees ni tú, Tom. El progreso no se detiene en ningún lugar, aunque se desarrolle detrás de muros elevados.

—En cualquier caso, tienes razón. Es preciosa. Sobre todo, al contemplarla de lejos —comentó la mujer frotándose las manos. Tenía las mejillas sonrosadas a causa del frío.

Siguieron avanzando lentamente mientras la hierba helada crujía bajo sus pasos. Se habían acercado hasta Boars Hill en coche y luego habían subido a la colina para disfrutar de las famosas vistas a pesar del frío.

—Podríamos venir aquí en verano y hacer un pícnic —propuso la mujer tomando a Tom del brazo—. ¡Qué contenta estoy de que hayas venido! En Londres ha de resultar difícil encontrar un poco de calma.

Lo miró con cautela.

—Aunque hace falta algo más que un entorno adecuado, la verdad es que en Oxford siento una tranquilidad que no encuentro en casa —admitió Tom con una sonrisa—. Por desgracia, me resultó imposible venir antes. Los días previos a Navidad estuve muy ocupado y luego fui a Warwick a visitar a mi padre. Está siempre preocupado por mí y no pude zafarme del trajín de los días de fiesta.

—¿Cómo está?

—Pues muy bien. Mi hermana y mis hermanos estuvieron también ahí con todos sus hijos; por suerte no coincidimos, porque mis nervios no lo habrían soportado. Pero fue bonito volver a verlos a todos.

Tom había llegado el día anterior, después de haber entregado los artículos que le habían encargado. Tenía la esperanza de que quizá allí lograría seguir trabajando en su libro sobre Shakespeare. Oxford tenía un efecto estimulante para la mente. Se había llevado consigo el manuscrito con esa ilusión y sopesaba la idea de mostrárselo a John Hoskins, aunque la especialidad de aquel no fuera la literatura inglesa. En cualquier caso, sí era capaz de valorar si algo estaba bien o mal escrito. Lo que ahora él se traía entre manos iba a ser algo distinto a sus críticas de teatro, que, aunque eran muy valoradas, siempre se escribían solo para el momento.

La noche anterior había transcurrido de forma agradable. La cocinera se había lucido con la cena y luego habían estado un largo rato sentados junto a la chimenea, tomando vino y charlando de asuntos banales. Antes, Tom había contemplado con interés el esmero con que Sarah y John atendían a sus hijos. Los pequeños habían cenado con ellos, habían tocado un par de piezas con sus instrumentos de música y luego Sarah les había leído algo antes de dormir. En aquella familia todo parecía transcurrir de forma armónica y sincera.

—¿Cómo le van ahora las cosas a tu hermana? —preguntó entonces sin venir a cuento—. En noviembre, John me dijo por carta que estabais preocupados por ese médium.

Advirtió la preocupación en el rostro de Sarah.

—No muy bien. De hecho, está peor que en los meses posteriores a la muerte de Gabriel. Ha ido varias veces a ver a ese tal Belvoir. No hace nada sin antes dejarse aconsejar por él. No entiendo qué puede ver en ese hombre.

—No ve nada en él. Solo depende de sus invocaciones —intervino John con un tono algo desabrido—. Vi una fotografía suya en el periódico. Es solo un bicho raro, menudo y con perilla al que es imposible tomar en serio.

—¡John! No es algo para tomarse en broma —le reprendió Sarah—. Hay que desenmascarar a ese hombre. ¡No es más que un charlatán!

—Un charlatán que parece ser muy convincente —objetó su esposo—. Yo tenía a tu hermana por una persona juiciosa, pero ha perdido por completo la cabeza con esta tontería. No porque de pronto todo el mundo celebre sesiones de espiritismo y levante las mesas del suelo significa que se hayan abolido las leyes de la naturaleza. Piensa, si no, en madame Blavatsky y sus teósofos. No son más que embaucadores.

—Simplificas demasiado —se enojó Sarah—. Lo miras todo desde un punto de vista racional y te olvidas de que las personas no solo tenemos entendimiento, sino también emociones. Emma ya no es la que era antes de la muerte de Gabriel. No podemos olvidarlo.

Tom sabía que el prometido de Emma Sinclair había fallecido en un trágico accidente de circulación. Un coche de caballos lo había atropellado en plena calle y lo había arrastrado un trecho.

—Es difícil que alguien se recupere de un revés como ese en tan poco tiempo.

Sin quererlo, Tom se apartó un poco, no tanto por la acalorada discusión de sus amigos, que era algo con lo que ya estaba familiarizado, sino porque la dirección que estaba tomando la conversación le incomodaba.

Los dos siguieron andando y hablando entre ellos hasta que John se detuvo de forma abrupta y miró a Tom. Se dio un golpe en la frente.

—Tom, por favor, discúlpanos. ¡Somos unos estúpidos desconsiderados!

Sarah le posó le posó la mano en el brazo sin decir nada, pero él se la apartó de forma delicada.

—No pasa nada. En resumen, los dos estáis preocupados, aunque tenéis puntos de vista distintos. Para vosotros, ese hombre se aprovecha de Emma para ganar dinero y posiblemente también para obtener más clientes gracias a sus recomendaciones. ¿Es eso?

Sarah asintió.

—Ella ya no vive en el presente; no piensa en otra cosa más que en esos encuentros porque espera oír algún mensaje de Gabriel. Eso no es sano. Pero no atiende a razones, ni acepta ninguna crítica contra Belvoir. John no quiere que yo la acompañe a una sesión...

Dirigió una mirada interrogante a su marido.

Él se encogió de hombros.

—No estoy de acuerdo en fomentar la reprobable actividad de esa persona.

—Pero, si yo fuera, vería exactamente lo que hace, porque soy objetiva y no me dejaría llevar por sus trucos —repuso Sarah. Sin embargo, su esposo negó con la cabeza.

Tom notó que la relación entre ambos cónyuges cambiaba y que la diferencia de pareceres amenazaba con convertirse en una auténtica disputa. Por eso, sin darle muchas vueltas, dijo:

—Dejádmelo a mí.

Sarah y John lo miraron con asombro.

—¿Lo dices en serio? —preguntó Sarah—. Sería de gran ayuda para Emma y para nosotros. Te estaría tan agradecida...

—De todos modos, preferiría observar a ese hombre sin que tu hermana estuviera presente. Así me formaré una opinión sobre él y, si me parece un embaucador, me podréis emplear de testigo ante ella.

De pronto, le vino a la cabeza una idea desagradable. ¿Y si ese espiritista intentaba meterlo en la sesión e invocar a sus propios espíritus? Tom se mordió el labio. Se preguntó si tal vez no se había precipitado en su oferta. Pero ya no podía echarse atrás.

—Tom, ¿qué ocurre? ¿Te lo has pensado mejor? —preguntó Sarah con voz preocupada.

—No, no. Es solo que... Sarah, ¿qué hace exactamente ese Belvoir? ¿Invoca los espíritus de los muertos y transmite mensajes a quienes los sobreviven, o hace también otras cosas?

—¡Oh! ¡Hace de todo! —respondió ella, divertida—. Eleva mesas y sillas, y hace que los espíritus escriban en una pizarra. —Entonces cayó en la cuenta—. Quizá lo primero que deberías ver es eso de la escritura en la pizarra.

Dirigió una mirada de advertencia a su esposo.

—Bueno, Tom, te agradeceríamos mucho que pudieras encargarte de ello. Si te parece un embaucador, podrías escribir al respecto en el periódico y, de este modo, desenmascararlo. Tal vez entonces Emma se convencería.

—Sí —se mostró de acuerdo Sarah—. Es una buena idea.

«Ojalá tengáis razón», se dijo él. De pronto, el panorama sobre los prados nevados había perdido su encanto.

7

Chalk Hill, septiembre de 1890

Ese día había algo distinto. Cuando Charlotte entró en la sala de estudio —había ido a buscar un libro en la torre—, Emily ya estaba sentada en su pupitre. Charlotte miró atentamente a su alrededor, pero no encontró nada fuera de lo habitual. Así pues, se sentó frente a su mesa y empezó con un dictado de inglés.

Emily estaba inclinada sobre su cuaderno, con los ojos clavados en la hoja, sin ni siquiera levantar la vista.

Charlotte se puso de pie y dio vueltas por la estancia mientras dictaba; echó un vistazo al jardín, que en los últimos días había adquirido unos cálidos tonos marrones y anaranjados. Cuando un golpe de viento serpenteó entre las ramas, se produjo una lluvia de hojas secas y mustias. Entonces se dio la vuelta y reparó en cuatro manchas de color claro en el suelo, que se encontraban algo más atrás de las patas del pupitre.

Charlotte se acercó. Emily alzó la mirada, le miró a los ojos y al instante volvió la vista hacia su cuaderno.

De no haber sido por ese gesto, Charlotte habría pensado que se trataba de algo fortuito, un descuido de la doncella. Sin embargo, ahora solo podía significar una cosa: su pupila había corrido el pupitre para acercarlo más a su mesa.

Supo que de ese modo Emily le estaba haciendo una señal. ¿Acaso buscaba su cercanía? Ella ya se había formado una primera idea de la pequeña, cuya conducta le resultaba a menudo todo un enigma.

—¿Fräulein Pauly? —Emily la interrogó con la mirada, y Charlotte se dio cuenta de que había interrumpido su dictado.

—Disculpa, me he quedado pensativa. «Se acercó a la puerta que daba a la alcoba contigua».

—¿Qué es una alcoba?

—Es una palabra culta para nombrar un dormitorio.

Charlotte siguió dictando, pero tenía la cabeza ocupada en otros asuntos.

Emily era una niña muy aplicada y se esforzaba por hacerlo todo bien, a veces incluso demasiado. Era tan obediente que en ocasiones Charlotte deseaba que hubiera algo de discusión, o una observación insolente. Evidentemente, que los niños fueran cumplidores y obedientes era el objetivo máximo de una buena educación, pero en Emily Charlotte echaba de menos la energía desbordante tan propia de los críos.

¿Dónde estaba el impulso de ponerse de pie y correr a la ventana en cuanto una nube ensombrecía de repente el sol? ¿Y las observaciones divertidas, o el ruido impaciente de los pies bajo el banco del pupitre, como si no pudiera esperar a ponerse el abrigo y salir corriendo al jardín? Eran cosas que Charlotte sabía propias de los niños de esa edad.

Comentarlo con el padre de Emily era impensable; él no entendería que se quejara de tener una alumna demasiado buena. Tal vez fuera el duelo por la muerte de la madre. Muchos niños se dolían en silencio y sin lágrimas, y solo dejaban entrever lo que les ocurría en su comportamiento silencioso.

—Revisa bien lo que has escrito y luego pásame el cuaderno.

Emily hizo lo que le había pedido; luego se levantó y se acercó a su mesa. Mientras sostenía el cuaderno hacia Charlotte, dijo con voz vacilante:

—Fräulein Pauly, he tenido una idea.

—¿Y cuál es?

—Podríamos pedirle a Wilkins que nos pasee en el coche de caballos. Así le podría enseñar la zona.

Charlotte agradeció esa propuesta. Durante los primeros días habían pasado mucho tiempo en la casa y habían trabajado mucho, por lo que un poco de aire fresco les vendría muy bien. Sin embargo, por otra parte, esa idea le resultaba algo incómoda, ya que el extraño comportamiento de Wilkins no había cambiado. Temía que sir Andrew lo hubiera reprendido después de haberla ido a recoger en la estación. La pregunta era: ¿por qué?

—Me lo pensaré, Emily.

Después de la clase, Charlotte se encaminó a la gran cocina, de baldosas blancas y negras y con brillantes utensilios colgados en las paredes, y pidió ver a la señora Evans. Esta asomó procedente de una estancia contigua con las gafas de lectura en la mano. Parecía sorprendida de ver a la institutriz en el ala del servicio.

—Señora Evans, me gustaría saber si en los próximos días Wilkins podría acompañarnos a la señorita Emily y a mí a dar una pequeña vuelta por la zona para que ella me la pueda mostrar.

Se dio cuenta de que la cocinera, que tenía las manos hundidas hasta los codos en la masa de pan, dirigía una mirada fugaz al ama de llaves, cuya expresión Charlotte no supo interpretar.

—Pregúnteselo usted misma —repuso la señora Evans y miró por la ventana—. Ahora mismo está en el patio.

Abrió la puerta trasera y llamó al cochero.

Wilkins se acercó pesadamente a grandes zancadas y se detuvo frente a la puerta abierta, sin mirar siquiera a Charlotte.

—Wilkins, la señorita Pauly tiene una pregunta.

—¿De qué se trata?

Seguía teniendo la mirada clavada en sus pies, como si estos atrajeran a sus ojos de forma magnética.

Ella le indicó su deseo mientras él daba vueltas lentamente a su gorra con las manos.

A Charlotte le pareció ver un amago de sonrisa en los labios de la señora Evans.

—Y bien, ¿qué responde? —preguntó con tono exigente.

—Por supuesto, señorita. ¿Mañana le iría bien? ¿Sobre las dos?

—De acuerdo, Wilkins. Mañana, entonces.

Él asintió y se dio la vuelta sin decir nada más.

—Y bien, ¿qué ha ocurrido? —se le escapó a la cocinera, que se apartó con el brazo un mechón de pelo de su rostro brillante.

La señora Evans le dirigió una mirada severa.

—No sé a qué te refieres. —Luego se volvió a Charlotte—: Debería informar a sir Andrew sobre sus intenciones. Le gusta saber siempre dónde está Emily durante el día.

—Desde luego. No tenía ninguna intención de actuar sin su consentimiento —repuso Charlotte de forma seca. Luego abandonó la cocina.

La tensión en la estancia se palpaba en el ambiente, pero seguía sin explicarse qué podía haber detrás de la extraña conducta del cochero. Ni tampoco que la señora Evans pasara por alto la actitud maleducada de ese hombre. En cualquier caso, ella no estaba dispuesta a dejarse amedrentar por eso.

Las últimas horas de la tarde transcurrieron tranquilamente. Sir Andrew dio su permiso sin más a la excursión en coche de caballos y luego se refirió a la velada que iba a celebrar el sábado próximo.

—He invitado a varios conocidos, personas destacadas de mi distrito electoral. Serán unos veinte invitados. Usted cenará con nosotros, y Emily se quedará arriba con Nora. Luego, mi hija entrará a saludar un momento a los huéspedes antes de que usted toque el piano para nosotros. La selección de las piezas se la dejo a su gusto.

Charlotte asintió.

—De acuerdo, sir Andrew.

Él se aclaró la garganta, como si fuera a decir algo, pero luego calló. Finalmente, la miró por encima de su copa de vino.

—¿Qué me puede decir sobre Emily?

—Estoy muy contenta con ella —respondió Charlotte de inmediato—. Tiene muchas ganas de aprender, es aplicada y lo entiende todo muy rápido. —Vaciló al recordar la excesiva diligencia de Emily.

—¿Alguna otra cosa?

—Oh, nada, nada.

A Charlotte le pareció atisbar un destello de enojo en sus ojos, pero él no insistió en sus preguntas. Le deseó buenas noches y se retiró para fumar.

Ella subió al piso superior y llamó a la puerta del dormitorio de Emily. La muchacha estaba sentada en una silla, mientras Nora le cepillaba el cabello.

—Nora, me gustaría hablar con Emily a solas.

La niñera no se inmutó.

—Faltan aún veinte pasadas y estaremos listas.

—Me gustaría poder hablar con ella ahora mismo.

El cepillo siguió pasando por el pelo oscuro de Emily, que caía como una cortina brillante sobre sus hombros.

—La señora de la casa siempre decía que tenían que ser cien pasadas.

En el dormitorio se hizo un silencio incómodo. Nora interrumpió el gesto, y Charlotte la escrutó fijamente. Era la primera vez desde su llegada que alguien mencionaba a la madre de Emily. Volvió entonces la mirada hacia la pequeña, que permanecía inmóvil sentada en su silla. Como estaba de espaldas a ella, no le podía ver la cara.

—Si eso era lo que ella decía, no seré yo quien se oponga —replicó al fin Charlotte—. Regresaré en un rato.

Salió al pasillo y cerró suavemente la puerta a sus espaldas. Anduvo de un lado a otro durante cinco minutos antes de volver a entrar en la estancia. Emily ya estaba acostada en la cama, tapada hasta la barbilla con las sábanas y el cabello extendido sobre la almohada como una aureola. Nora acabó de ordenar la ropa y luego abandonó rápidamente el dormitorio.

Charlotte se acercó a la cama y contempló a Emily. La expresión de la niña no dejaba entrever nada.

—Emily, ya sabes que el sábado tu padre espera a unos invitados y que yo tocaré el piano.

La niña asintió.

—Se me ha ocurrido que tú y yo podríamos tocar una pequeña pieza a cuatro manos. ¿Te atreverías?

Emily la miró con inseguridad.

—Eso es algo que no he hecho nunca.

—No es difícil. Elegiremos una pieza que conozcas y yo la cambiaré un poco. La lástima es que esta idea se me ha ocurrido tarde; de no haber sido así, habríamos tenido más tiempo para practicar. Pero sería una sorpresa agradable para tu padre.

Notó cómo Emily se debatía. La idea de complacer a su padre era atractiva, pero también parecía darle un poco de miedo. Se mordió el labio inferior y luego preguntó en voz baja:

—¿Y si me equivoco en una nota?

—Eso también les pasa a los mejores. Sin duda él se alegrará de que seas tan valiente de tocar en público.

—Vale. Pero usted estará todo el rato a mi lado.

—Por supuesto. —No pretendía poner a la pequeña en evidencia; pero tal vez con eso lograra disipar un poco la actitud fría que sir Andrew tenía con su hija—. Que duermas bien, Emily.

Charlotte se disponía a ir a la puerta, pero se giró un instante y observó al mirar por encima del hombro que en ese momento Emily abría la boca para decir algo.

—¿Fräulein Pauly?

—¿Qué hay?

—¿Se lo va a prohibir a Nora?

Charlotte entonces se giró por completo.

—¿Prohibirle? ¿El qué?

Emily tragó saliva.

—Que me cepille el pelo.

Charlotte la miró con asombro.

—¿Y por qué debería prohibirle esas cosas?

—Porque..., bueno, porque es algo de..., y no deberíamos... —Emily se interrumpió.

Charlotte inspiró profundamente. La inquietud de la niña era palpable y se acercó de nuevo a la cama.

—¿Acaso tu madre lo hacía así, y se supone que Nora no debería hacer cosas que te la recuerden? ¿Es eso?

Emily volvió la cabeza a un lado y asintió sin decir nada.

—No se lo contaré a tu padre. —Notó cuánto le costaba a la pequeña mantener la calma.

—Nora cree que usted se lo dirá.

Charlotte se esforzó por no perder la calma.

—Ella te quiere mucho, pero apenas me conoce y no puede saber cómo me voy a comportar. ¿Lo entiendes?

Emily asintió y se volvió de lado, de forma que solo se le podía ver la cabellera oscura.

Charlotte volvió a darle las buenas noches y salió en silencio de la habitación.

Acto seguido, se dirigió rápidamente al dormitorio de Nora, que se encontraba en el piso más elevado junto con el resto de las habitaciones del servicio. En cuanto llamó a la puerta, oyó que le decían «adelante» con voz apagada.

La niñera la miró asombrada.

—¿Qué se le ofrece?

—Tengo que hablar contigo.

—Ahora mismo me iba a acostar, señorita.

—No me llevará mucho rato —contestó Charlotte con decisión. Tras cerrar la puerta detrás de sí, se reclinó contra ella—. ¿Le has dicho a la señorita Emily que yo te prohibiría que le cepillaras el pelo?

Nora se ruborizó y bajó la mirada.

—¿Cómo se te ocurre ponerla en mi contra? Con eso no consigues más que hacerle daño. Dices que quieres lo mejor para ella, pero, si sigues intentando hacerme quedar mal a sus ojos, eso solo la puede herir. —Se interrumpió un instante antes de sacar su último as de la manga—. Nora, deberías pensar muy bien quién de las dos es más necesaria aquí. Buenas noches.

Charlotte tenía ya el pomo de la puerta en la mano cuando la niñera preguntó:

—¿Se lo contará a sir Andrew?

—No le diré nada —respondió ella sin girarse.

Acto seguido salió al pasillo y cerró la puerta con un tirón.

Tomó aire. En realidad, no era propio de ella tratar a la gente de forma desconsiderada, pero tenía que ganarse el respeto en esa casa. Por eso, enderezó la espalda y bajó la escalera. Se detuvo un instante frente al dormitorio de Emily. No se oía nada. Cuando se dirigía hacia la puerta disimulada que llevaba a su torre, oyó unas voces quedas abajo, en el vestíbulo. Se quedó inmóvil y quieta.

Millie y Susan, las doncellas, que acarreaban entre las dos una cesta muy pesada, la acababan de dejar un momento en el suelo para recuperar fuerzas.

—Dice que la señora Evans ha hecho como si nada. Y que Wilkins se ha quedado ahí con esa cara. —Hubo una pausa, como si imitara la expresión de él mientras la otra doncella reía—. Y sin apenas abrir la boca.

—¿Todavía es por ese asunto con el señor?

—¡Pues claro! ¡Menuda bronca le echó! Lo oí todo desde detrás de la puerta. Wilkins se quedó muy apoquinado. Y todo por hablarle a ella de los paseos junto al Mole.

Volvieron a levantar la cesta y desaparecieron por las dependencias del servicio.

Charlotte subió pensativa hacia la torre.

Esa noche hubo una gran tormenta y por esa razón casi no oyó el grito. Las ramas golpeaban los cristales y la lluvia arremetía contra ellos como si fuera granizo. Charlotte se despertó y miró al exterior, pero no vio nada en esa oscuridad impenetrable. Se arrebujó en un chal y, como no quería estar tumbada en la cama sin poder dormir, empezó a caminar de un lado a otro. Se sentía intranquila porque no se podía sacar de la cabeza la charla entre Millie y Susan.

Estaba claro que sir Andrew había reprendido al cochero, pero ella seguía sin entender por qué. Por el camino Wilkins había comentado sin más los bonitos paseos que se podían dar junto a la orilla del río. ¿Qué podía haber de censurable en eso?

Cuando la lluvia amainó un poco y ella se disponía a volver a acostarse, oyó un ruido. Abrió la puerta de su dormitorio y aguzó el oído. ¡Otra vez!

Bajó a toda prisa la escalera de caracol y se encaminó al dormitorio de Emily. Su intuición no la había engañado. En su interior se oían sollozos.

Charlotte abrió la puerta y prendió la luz de gas.

Emily estaba sentada acurrucada en la cama, con los ojos muy apretados y cubriéndose con las sábanas, como si quisiera esconderse.

Charlotte se acercó con cuidado para no asustarla.

—¿Qué ocurre? —le preguntó con un tono de voz dulce mientras se sentaba en el borde de la cama.

La niña ni se inmutó.

Extendió la mano y acarició el cabello de Emily, que tenía húmedo y sudoroso.

—¿Has tenido una pesadilla?

Un asentimiento casi imperceptible.

De pronto, Charlotte notó que en el dormitorio hacía mucho frío. Una hoja de la ventana estaba abierta, y las cortinas se mecían con el aire. Iba a levantarse para cerrar cuando súbitamente una mano pequeña asomó de debajo de las sábanas.

—¡No!

—Está bien.

Charlotte se quitó las zapatillas y se sentó junto a Emily reclinándose en el cabecero. Acarició suavemente el cabello de la pequeña hasta que los sollozos remitieron y finalmente dejaron de oírse. En la habitación el frío era cada vez más intenso, pero no se atrevía a apartarse de Emily hasta que la pequeña se hubiera tranquilizado por completo.

—Dime, ¿con qué soñabas?

Primero la niña no respondió. Luego, al cabo de un rato, musitó de forma casi imperceptible:

—Con mamá.

Charlotte notó que el corazón se le aceleraba. Al principio nadie había mencionado a la fallecida y ahora en cambio su nombre asomaba por segunda vez en muy poco tiempo. ¿Podía ser que el desafortunado incidente con el cepillado de pelo hubiera desencadenado esa pesadilla?

—¿Quieres hablar de ello?

En ese instante, delante de la puerta se oyeron unos pasos.

—¿Quién anda ahí?

Nora asomó la cabeza por la puerta.

—Me pareció...

—No pasa nada, solo ha tenido una pesadilla —explicó Charlotte—. Ya me ocupo yo.

La niñera vaciló, asintió y cerró de nuevo la puerta.

—¿Quieres hablar de ello? —repitió Charlotte.

Hubo un largo silencio. Fue tan largo que llegó incluso a pensar que la pequeña se había dormido.

—Estaba aquí. Junto a mi cama.

—¿Y eso te ha dado miedo?

Emily se encogió de hombros.

—Sí. Pero no sé por qué. Me parecía tan, tan... real. Era como si realmente estuviera aquí. ¡Pero está muerta!

—Tienes razón. —Charlotte se apartó cuidadosamente de la niña y se levantó—. Vuelve a tumbarte, Emily. Voy a cerrar la ventana. ¿Por qué la has abierto? Hay tormenta y está lloviendo.

—Yo no la he abierto —dijo la pequeña con voz adormilada.

—Seguramente lo has olvidado o lo has hecho estando medio dormida.

—No, de verdad —musitó Emily.

Charlotte cerró bien la ventana para que no entrara la tormenta y miró con ternura a la pequeña antes de correr las cortinas. Iba ya a encaminarse sigilosamente hacia la puerta cuando su mirada se posó en el suelo, junto a la cama. Se inclinó y palpó la alfombra. Una mancha húmeda. Se olió la mano. Era agua. Solo agua.

Volvió a echar un último vistazo a la pequeña dormida y regresó a su torre.

8

*D*urante el desayuno a la mañana siguiente, Charlotte no mencionó la pesadilla. Aunque observó muy atentamente a su pupila, Emily no dejó entrever nada especial. ¿Y si tal vez la niña por la noche no hubiera estado completamente despierta y lo hubiera olvidado todo? Pero también podía ocurrir, claro está, que no quisiera hablar de lo sucedido, algo que Charlotte debía respetar.

Tras regresar a su dormitorio ella había permanecido despierta mucho rato. Era normal que los niños tuvieran pesadillas, sobre todo si, como Emily, habían sufrido una pérdida grave. Sin embargo, había algunos elementos extraordinarios. Por una parte, la ventana abierta. Le había preguntado a Nora al respecto, y esta le había dicho, con tono indignado, que en una noche como esa jamás de la vida habría abierto una ventana. Charlotte la creía. ¿Había sido la propia Emily? Aquella era la única explicación posible.

¿Era sonámbula, tal vez? En ese caso, sería mejor que alguien velara por ella por las noches, para que no se pusiera en peligro con la escalera o las ventanas.

Por otra parte, estaba la mancha húmeda en la alfombra. ¿Era posible que la lluvia hubiera llegado hasta ahí? En realidad, el lugar estaba bastante alejado de la ventana. Quizá Emily había bebido algo y se le había caído el vaso, o se había mojado las manos con la lluvia en la ventana...

Charlotte se tranquilizó. La clase iba a empezar en unos minutos, y Emily no podía notar su preocupación.

—Ya no llueve —comentó de pronto la niña mientras dejaba la taza en la mesa.

En efecto, el tiempo había mejorado y un sol pálido y suave brillaba entre los árboles, augurando un día muy agradable para hacer la excursión.

—Sí, parece que vamos a tener suerte con la excursión en coche. Durante la clase, prepararemos un poco la salida —explicó Charlotte—. Hablaremos sobre lo que se ve en la naturaleza en otoño, y tú me contarás alguna cosa sobre el lugar. Tal vez luego podamos ir a tomar el té en algún sitio.

Una sonrisa resplandeciente asomó en el rostro de Emily.

—En Dorking hay un salón de té muy bonito. Fui una vez con la tía Maggie, la hermana de papá.

Emily tenía las mejillas un poco sonrosadas, y parecía extrañamente animada.

—¿Viene a menudo de visita?

La expresión de Emily se ensombreció.

—No. Yo... A mí me gustaría verla más a menudo, pero... Papá y ella se pelearon.

—Vaya, lo siento. Puede que algún día hagan las paces. Cuéntame algo de ella.

Se levantaron, colocaron bien las sillas y subieron a la sala de estudio.

En cuanto hubieron cerrado la puerta, Emily dijo:

—Sabe montar muy bien a caballo. Una vez papá comentó que era una amazona. ¿Qué es una amazona?

—Las amazonas eran unas guerreras de la mitología griega con una habilidad extraordinaria para el arco, la flecha y la espada.

Charlotte se guardó para sí que, según decía la leyenda, esas mujeres se quemaban un pecho para poder manejar mejor las armas.

Emily puso una expresión de sorpresa.

—¿De verdad luchaban como los hombres?

—Sí. Eran muy atrevidas y fuertes.

La niña parecía impresionada, y Charlotte decidió que pronto leerían juntas alguna leyenda antigua.

—Así pues, tu tía cabalga muy bien.

—Sí. Y tiene caballos. Una vez fuimos con... Una vez fui a visitarla y me dejó montar en un poni grande. Fue muy bonito.

Charlotte se dio cuenta de aquella breve vacilación, pero no dijo nada.

—Y además empina el codo que da gusto —añadió la niña. En cuanto lo hubo dicho Emily se tapó la boca con la mano.

A Charlotte le costó mucho contener la risa. Saltaba a la vista que Emily lo debía de haber oído del servicio.

—Lo siento. No debería haber dicho eso —se disculpó la pequeña al momento—. Ha sido de mala educación.

No debo repetir lo que otros dicen. —Con todo, una leve sonrisa se dibujó en la comisura de sus labios.

Era sorprendente la rapidez con que Emily era capaz de apartar un recuerdo doloroso y reírse de otra cosa, se dijo Charlotte. De pronto, se sintió muy próxima a su alumna. Su valor la impresionaba. Parecía capaz de hacer frente a muchas cosas ella sola, pero tal vez fuera porque no podía confiar en nadie.

Tras ese paréntesis, volvieron a dedicarse a los estudios. Charlotte mostró a su alumna distintas formas de hojas con un libro que había sacado de la biblioteca. Emily tenía que indicar cuáles conocía y anotar los nombres de los árboles.

—Puedes compararlas con las hojas que recogimos.

Más tarde ensayaron la pequeña pieza de piano que iban a tocar el sábado, y salió realmente bien. Emily estaba atenta y lo entendió rápidamente, aunque demostró cierta impaciencia. Charlotte advirtió en la pequeña una ansiedad que parecía hervirle bajo la piel y que solo demostraba con un leve balanceo de pie o un tirón de pelo. Finalmente cerró la tapa del piano.

—Esto avanza muy bien. Mañana seguiremos ensayando.

—Sí, pero solo cuando papá no esté en casa. Mañana hará visitas por su distrito electoral y ha dicho que se marchará tarde. —Emily habló con cierta vacilación, como si no supiera con certeza a qué se dedicaba su padre.

—No te preocupes. El sábado por la noche le daremos una sorpresa —dijo Charlotte mientras empezaba a ordenar la mesa.

Había girado la espalda a Emily cuando notó un leve tirón en la manga. La niña estaba detrás de ella, con la mirada, como solía ser habitual, vuelta hacia el suelo.

—Gracias. —Su voz apenas era un susurro.

—¿Por qué? —preguntó Charlotte.

—Por lo de anoche.

Entonces, Emily apartó la cabeza, como si no quisiera hablar más del tema.

Por suerte, después del almuerzo el tiempo se mantuvo seco. Wilkins les tenía preparadas dos mantas gruesas para que se abrigaran, ya que la calesa, aunque tenía techo, estaba descubierta por delante y por los lados, y en esa época del año se podía coger frío rápidamente.

El cochero las recibió con cortesía, pero sin hablar más de lo preciso. Su conducta era muy distinta a la de aquel hombre locuaz y amable con el que Charlotte había departido a su llegada en el trayecto desde la estación.

Ella y Emily habían elegido una ruta y la habían marcado para él. Primero tomaron Chapel Lane en dirección oeste, pasando junto a campos y prados bordeados por hermosos muros de piedra. Volvieron a admirar las ruinas de la capilla y siguieron adelante en aquel paisaje otoñal. De vez en cuando, Charlotte pedía al cochero que se detuviera y hacía que Emily reconociera un árbol.

—¡Qué divertido! —comentó la niña cuando, tras la quinta parada, volvió a subir a la calesa con las mejillas arreboladas—. Ahí arriba está Polesden Lacey. Fräulein Pauly, no se lo puede perder.

Wilkins tomó un camino de piedras que provocó bastante traqueteo.

—¡Es un atajo, señorita! —explicó él alzando la voz por encima del hombro—. De lo contrario, tendríamos que cruzar todo el pueblo y rodear de nuevo la finca.

Los bandazos tuvieron su recompensa cuando la casa se mostró ante ellos. Como tantas veces en Inglaterra, la palabra «casa» no bastaba para designar aquello, se dijo Charlotte, divertida. El edificio tenía las paredes de color amarillo y era de una simetría asombrosa. Lo flanqueaban dos alas acabadas en un saledizo circular que abrazaban la entrada en pórtico, y estaba coronado por una torre con cúpula bulbiforme. Las numerosas ventanas con cuarterones parecían contemplar el jardín circundante con ojos brillantes.

—¡Qué palacio tan hermoso! —comentó Charlotte.

—Es casi de cuento de hadas —corroboró Emily. Luego añadió en voz baja—: Una vez estuve dentro. Y su interior es casi tan bonito como el exterior.

—¿Tu padre conoce a los propietarios?

La niña asintió.

—Pero entonces yo era más jovencita. —Habló como si en ese momento ya fuera una mujer hecha y derecha. Charlotte contuvo una sonrisa—. Tal vez papá la pueda acompañar alguna vez; así podría ver el jardín. Es magnífico. A veces papá recoge plantas de ahí.

De nuevo Charlotte se asombró ante las múltiples facetas de sir Andrew. Aunque a veces resultaba frío y distante, sin duda vivía con pasión su afición. Alguien capaz de entregarse así a algo no le podía resultar antipático por completo.

Wilkins volvió atrás en cuanto hubieron contemplado minuciosamente Polesden Lacey de lejos y siguió avanzando en dirección este.

—Eso de ahí es North Downs Way, señorita. Ya se lo mostré en otra ocasión —anunció de repente—. Se dice que es uno de los caminos más antiguos de Inglaterra.

—El reverendo Morton me contó que por aquí pasaban los peregrinos que iban a Canterbury —apuntó Emily con orgullo—. Y mucho antes estuvieron por aquí los cazadores de la edad de piedra.

—En primavera haremos una excursión a pie —propuso Charlotte—. Nos llevaremos provisiones y una manta y caminaremos hasta donde podamos.

A Emily le brillaban los ojos.

Llegaron entonces al camino que conducía a Dorking. Wilkins se detuvo en el lado opuesto sin apearse del pescante. Luego señaló hacia adelante con el látigo.

—Ahí, más allá del río y de los bosques, está Box Hill.

—Una vez estuve ahí con papá y el reverendo —explicó Emily—. Desde ahí arriba se puede ver hasta muy lejos. Es maravilloso.

La niña miró con nostalgia a la colina.

—Tal vez en primavera podamos subir juntos —dijo Charlotte. Echó entonces un vistazo al Mole, que bajaba con fuerza entre los árboles, y luego dirigió una mirada interrogante a Wilkins, que seguía sentado en el pescante con el látigo sobre las rodillas—. ¿Hay algún puente por aquí?

Ella creyó que él no le iba a contestar, porque se tomó su tiempo antes de responder.

—Sí, pero está algo lejos. Allí, al otro lado, hay unas piedras pasaderas, pero es peligroso. Se puede resbalar y...

Charlotte notó que Emily se estremecía a su lado y miró con preocupación a la niña.

—¿Tienes frío?

La pequeña se limitó a negar con la cabeza.

—Siga adelante, Wilkins.

Recolocó la manta alrededor de los hombros de Emily, que permanecía junto a ella en silencio y miraba a un lado, como queriendo ocultar el rostro.

El río. Algo pasa con el río, se dijo Charlotte. El padre de Emily le había prohibido de forma explícita pasear por ahí con su hija. Entonces, se sobresaltó. Wilkins... ¿Qué acababa de decir Wilkins?

«Se puede resbalar y...».

Charlotte se alegró al ver las primeras casas de Dorking. Había indicado a Wilkins que las condujera hasta el salón de té y él las llevó directamente allí. La calle principal no estaba adoquinada, pero tenía aceras firmes por las que se podía pasear y contemplar escaparates. La calle estaba flanqueada por lámparas de gas y su aspecto agradable invitaba a pasar un rato por ahí.

Mucha gente saludaba al ver la calesa de los Clayworth, a lo que Wilkins respondía llevándose al sombrero la empuñadura del látigo. Emily volvió a mirar hacia delante; había recuperado el color rosado en las mejillas.

—¡Ahí está, al otro lado! —exclamó entonces señalando una casa de color azul celeste con grandes ventanas en saledizo sobre cuya entrada pendía un letrero metálico con forma de tetera. Wilkins se detuvo, se apeó y las ayudó a bajar.

—¿A qué hora quiere que las recoja, señorita? —preguntó él.

Charlotte pensó un instante.

—Dentro de una hora. No, mejor hora y media. Así Emily y yo podremos mirar escaparates un ratito.

Él se llevó la mano a la gorra a modo de saludo, se encaramó al pescante y se marchó. Charlotte y su pupila entraron en el salón de té, el cual olía a pastel recién horneado.

Las paredes estaban decoradas con cuadros de paisajes del entorno; las mesas estaban vestidas con bonitas mantelerías y velas. El local tenía la apariencia de una sala de estar y resultaba acogedor y cálido.

Una mujer algo mayor, ataviada con un delantal blanco, se les acercó todo lo rápido que le permitía su cuerpo orondo.

—Buenas tardes, señoras. —Se interrumpió y escrutó detenidamente a Emily—. ¡Pero si tú y yo nos conocemos! ¡Si eres la hija de sir Andrew Clayworth de Westhumble!

Emily asintió e hizo una pequeña reverencia.

—Así es, señora. Estuve una vez aquí, acompañada de mi tía y de mi niñera.

—¡Qué alegría volver a tenerte! Oh, disculpe —dijo volviéndose a Charlotte—. Me llamo Ada Finch. Mi hermana Edith y yo somos las propietarias del salón de té. ¡Querida, ven a ver quién está aquí! —exclamó dirigiéndose a otra mujer más mayor que estaba detrás del mostrador de pasteles.

Esta se acercó y también saludó a sus visitantes. Su apariencia era exactamente opuesta a la de su hermana. Era alta y espigada, pero no menos cariñosa.

—¡Pero si es la señorita Emily de Chalk Hill!

—Esta es mi nueva institutriz, fräulein Pauly, de Alemania —anunció Emily con orgullo.

—Encantada de conocerla, señorita —contestó la hermana Finch más entrada en carnes—. Es un placer darle la bienvenida a nuestro establecimiento. ¿Qué querrán tomar?

—¡Querida, deja que antes tomen asiento! —le recriminó suavemente la hermana Finch flaca.

Entretanto, los demás clientes habían advertido su presencia y miraban a las recién llegadas como si fueran un entretenimiento, lo cual incomodó bastante a Charlotte. Se sentaron a una mesa de un rincón desde la que podían ver toda la estancia.

—¿Quieres elegir algo del mostrador? —preguntó Charlotte. Emily negó con la cabeza.

—Ya sé lo que voy a tomar. Un *scone* con nata y mermelada de fresas. Debería probarlo usted también —añadió tímidamente.

—Antes miraré todas las delicias que hay —repuso Charlotte; a continuación, se acercó al mostrador, que tenía un aspecto magnífico. Había distintos pasteles y tartas, y unos cuencos pequeños con mermelada de fresa y nata montada.

La señorita Edith le dirigió una gran sonrisa.

—Si no conoce alguna cosa, estaré encantada de decirle qué es.

—Emily me ha recomendado los *scones*.

—Sí, es una especialidad inglesa que debería probar. ¿Le apetece uno?

—Será un placer. Sírvanos, por favor, uno para cada una y té para las dos.

La señorita Edith vaciló un instante y la miró inquisitivamente.

—¿Me permite que le pregunte cuánto tiempo lleva con los Clayworth?

—Apenas una semana.

—Espero que se sienta a gusto por aquí.

—Hasta ahora me gusta mucho. Me imagino que en primavera y verano debe de ser incluso más bonito.

—Desde luego, en esa época vienen a Dorking muchos excursionistas. Los caminos están más concurridos y se ven más forasteros que gente del lugar. Naturalmente, eso es bueno para el negocio —dijo con una sonrisa. Luego miró a la mesa por encima de Charlotte y adoptó una expresión muy seria. Charlotte se giró.

Una mujer se había acercado a la mesa de Emily y le estaba hablando; la niña miraba a su alrededor con expresión llorosa.

—Es la vieja Tilly Burke —musitó la señorita Edith—. Es mejor que vaya usted ahí.

Charlotte se apresuró hacia la mesa, de forma que la anciana se apartó al instante.

—¿Me permite que le pregunte quién es usted? —preguntó con tono severo. Mientras hablaba posó una mano en el hombro de Emily: la pequeña estaba temblando.

—Tilly Burke. No le hago nada a la niña.

—Márchese. Salta a la vista que está muy afectada —le ordenó Charlotte en un tono que hizo que Emily la observara con asombro.

Tilly Burke miró a su alrededor, nadie parecía hacerle el menor caso. El pelo canoso se le había soltado del moño e iba despeinada. No llevaba sombrero y además tenía el abrigo mal abrochado. Con la mano izquierda, muy nudosa, sostenía un bastón de empuñadura negra pulida sobre el que se apoyaba con fuerza, como si, de no hacerlo, fuera a caerse al suelo.

Detrás del mostrador, las hermanas Finch estaban de pie contemplando la escena.

—La pequeña está triste.

—Márchese, se lo ruego —repuso Charlotte con tono enérgico.

—Pero está triste. Como su mamá. Ella también estaba triste. Siempre. Siempre. Y entonces se fue al río.

Emily saltó de su asiento con un grito y se precipitó hacia la puerta, que en ese momento abría un caballero para entrar. El hombre abrió los brazos por instinto y sostuvo a la niña asustada antes de que la señorita Ada se apresurara hacia ella, se la acercara y le acariciara la cabeza para tranquilizarla.

Entretanto, su hermana se acercó a Tilly Burke y la asió con fuerza por el antebrazo. La acompañó hasta la puerta y sacó a la anciana a la acera con gesto decidido.

—No quiero volver a verla aquí nunca más —le gritó mientras se alejaba.

Charlotte abrazó a Emily y regresó a la mesa con ella. Los demás clientes tenían la vista clavada en sus platos y tazas, esforzándose por no parecer curiosos a ningún precio.

Charlotte y Emily se sentaron juntas y las señoritas Finch se apresuraron a llevarles el té y los *scones*, que colocaron en la mesa con una especial delicadeza.

—Esa mujer no es más que una vieja loca —susurró Ada Finch—. Dice tonterías y solo busca gente que la escuche.

Charlotte hizo un gesto de agradecimiento con la cabeza, pero no dijo nada. Sirvió té a la niña, que todavía temblaba, le añadió leche y azúcar, y le acercó el plato con el *scone*. Ella, por su parte, aunque se había quedado sin apetito, quiso dar buen ejemplo y empezó a comer. Realmente, aquello era una delicia. El panecillo, no excesivamente dulce, combinaba a la perfección con la mermelada y la nata formando un todo muy delicado.

—Come también un poquito. Te hará sentir mejor —le dijo para consolarla.

Emily, vacilante, cortó el *scone* con el cuchillo y lo untó con nata y mermelada, pero luego dejó caer la mano junto al plato.

—No puedo.

—Por supuesto que sí.

Finalmente tomó un bocado diminuto, al que siguió otro y así continuó hasta que dejó de temblar y el té la hubo reconfortado por dentro.

Charlotte estaba dispuesta a averiguar a toda costa lo que escondía ese incidente. Supuso que había un misterio en torno a Chalk Hill y la familia Clayworth, y no soportaba la sensación de que todos ahí parecieran saber más que ella.

—¿Quién era la mujer que te ha asustado?

Emily bajó la cabeza hacia el plato, como si ahí pudiera hallar la respuesta.

—Hace mucho, mucho tiempo, trabajaba para mamá. Era su niñera. Y luego también.

—Entiendo. Y ¿vive aquí cerca?

—Sí. A las afueras de Mickleham. En una casita vieja. Una vez la fuimos a visitar. No me gusta.

—¿Te la has encontrado otras veces?

Ella asintió.

—Siempre está por las calles hablando con la gente. Pero nadie le hace caso.

Charlotte se preguntó si no estaría aprovechándose de la situación vulnerable de Emily para hacerle más preguntas. Pero, se dijo, ¿cómo iba a poder ayudarla si no sabía nada sobre la historia de su familia?

—¿Es verdad que tu madre estaba triste?

Emily se limitó a encogerse de hombros.

—¿Y qué ha querido decir con eso de que se fue al río?

Charlotte se dio cuenta inmediatamente de que había tensado demasiado la cuerda; Emily palideció al instante y apretó los labios, como si quisiera mantener las palabras encerradas.

—Está bien, dejemos este asunto. ¿Quieres comer un poco más? ¿No? En ese caso, voy a pagar y daremos un paseo.

En el mostrador, la señorita Edith Finch la miró con preocupación.

—¿Está mejor la pequeña? No vamos a dejar entrar nunca más a la vieja Tilly. No hace más que causar problemas.

—¿Trabajó para la familia de la madre de Emily?

—Sí, pero hace muchísimo. Con el tiempo su conducta se volvió cada vez más desconcertante, hasta que llegó un momento en que no pudieron seguir teniéndola ahí. En su día, los Hamilton, los padres de lady Ellen, cedieron Chalk Hill a su hija y su marido y se mudaron a Jersey por razones de salud. Por lo que sé, ambos han fallecido. La vieja Tilly se quedó aquí.

Charlotte dirigió a la señorita Finch una mirada indagadora.

—¿Me permite que le pregunte algo en confianza?

—Por supuesto, pregunte lo que quiera. Me he dado cuenta al instante de que usted es muy buena con la niña.

—¿De qué murió lady Ellen? —Habló en voz baja, para que los demás clientes no la oyeran. De hecho, no era nada apropiado que una institutriz preguntara en un salón de té sobre la vida anterior de sus señores.

La señorita Finch gimió.

—Fue una historia terrible. Murió ahogada en el Mole.

9

Londres, marzo de 1889

*U*n murmullo de excitación recorrió el público agrupado, a cierta distancia, en torno a una mesa de madera sencilla y una silla. Los espejos de las paredes estaban tapados con telas de terciopelo y en las ventanas las cortinas estaban corridas para crear el ambiente adecuado para aquella actuación. Eso provocaba un calor sofocante en la estancia; con todo, la anfitriona había insistido en que el mundo exterior no debía penetrar en la sala, ni interferir en la concentración del médium.

La señora Burton saludó a los asistentes.

—Queridas damas y caballeros, esta noche, el señor Charles Belvoir, el famoso médium, les ofrecerá una demostración de sus inmensos poderes. Se ha presentado ya ante el público del continente y también en Estados Unidos, donde ha dado cuenta de sus dotes extraordinarias ante una multitud entusiasmada. Por encargo de él les informo de que celebra también sesiones espiritistas en pequeños grupos donde contacta con el espíritu de personas fallecidas y transmite mensajes. Con el debido respeto, rogamos que mantengan siempre la calma a fin de no comprometer la presentación del señor Belvoir. Y ahora, si me permiten, les ruego que dejen sobre la mesa las pizarras que han traído y que comprueben antes que no están escritas y que están limpias.

Las seis personas presentes, tres hombres y tres mujeres, se levantaron y uno a uno fueron depositando unas pizarras sencillas, como las utilizadas por los niños en las escuelas, sobre la mesa donde luego el médium tomaría asiento. La señora Burton añadió una caja de tizas de colores que antes mostró a todos los presentes.

En ese momento, en la habitación contigua, Charles Belvoir se miraba por última vez al espejo y se arreglaba el cabello, que tenía negro y le daba un aire sureño. Era un hombre de complexión menuda y su pequeña perilla le otorgaba una apariencia algo mefistofélica. Cogió una pizarra y una caja de madera, salió de la estancia donde se había vestido y llamó a la puerta de la sala contigua. La señora Burton le abrió mientras dirigía al público congregado un gesto para que guardaran silencio.

—¡Distinguidas damas y caballeros, con ustedes el señor Charles Belvoir!

El público aplaudió educadamente y Belvoir saludó al grupo con una inclinación.

La señora Burton lo acompañó a la mesa; ahí él tomó asiento, colocó las palmas de las manos sobre el tablero y bajó la cabeza con un gesto de concentración.

De pronto, la estancia se llenó de un olor sofocante y oriental. Tom Ashdown reprimió una sonrisa. Pachulí. Cómo no.

La señora Burton volvió a señalar a Belvoir con un gesto teatral y lo dejó por fin solo en el escenario mientras ella se acomodaba en una silla de respaldo alto situada en un rincón de la sala.

El médium se aclaró la garganta.

—Es para mí un honor mostrarles a ustedes varios experimentos relacionados con la escritura en la pizarra. Intentaré responder a sus preguntas escribiendo, con el poder de la mente, en estas pizarras a las que no alcanzo y que ustedes y yo sostendremos y observaremos juntos.

Señaló las pizarras que había en la mesa, las sostuvo en alto una a una y las mostró al público para demostrar que no estaban escritas.

—Aquí no hay nada preparado de antemano, distinguidas damas y caballeros. Solo son pizarras limpias.

A continuación, señaló la caja de madera que había traído y la abrió. Entonces los espectadores vieron que en realidad no era una caja sin más, sino dos pizarras con reverso de madera, dispuestas con una bisagra y una cerradura, y que podían abatirse, desplegarse y cerrarse. Tampoco esas pizarras estaban escritas.

—Damas y caballeros, ahora es su turno. ¿Qué quieren que escriba el espíritu?

Tom Ashdown se reclinó en la silla y cruzó las piernas. Había acudido ahí esa noche para observar al médium en el que tanta confianza depositaba la hermana de Sarah Hoskins. En el curso de la visita que había hecho en enero a sus amigos de Oxford había conocido también a Emma Sinclair, que era incapaz de superar la muerte de su prometido. El encuentro con esa joven desesperada le había impresionado. Ella tenía grandes esperanzas en Charles Belvoir y no hablaba de otra cosa. La preocupación que su hermana y su cuñado sentían por ella le había parecido absolutamente justificada. Sarah deseaba que Emma recuperara el interés por la vida y el futuro, pero los encuentros con ese médium no hacían más que devolverla una y otra vez al pasado.

Un poco antes de entrar en la casa, le habían entrado dudas sobre lo que se disponía a hacer. No tenía experiencia con el espiritismo. Tal vez le moviera su desprecio por las personas que se lucraban aprovechándose de los sentimientos de seres desesperados. Recordó la humillación con que había abandonado la sesión espiritista en vez de enfrentarse a aquella mujer codiciosa y reclamarle la devolución de su dinero. Aquello le había enojado consigo mismo. Quizá fuera saludable ayudar a una persona en la misma situación para, al menos en un caso, poner fin a esa actividad tan perniciosa.

—Una cita de William Shakespeare —apuntó la dama de expresión inteligente y pelo escrupulosamente recogido que estaba sentada junto a Tom—. De *Como gustéis*.

—Muy bien —respondió Charles Belvoir—. Por favor, aproxímese a la mesa.

La mujer, a la que Tom le calculó algo más de cuarenta años, se acercó con la silla a la mesa; a continuación, Belvoir tomó las pizarras que él había traído consigo.

—Usted y yo vamos a sostener estas pizarras debajo de la mesa; usted sostendrá dos extremos y yo, los otros dos. —Miró de nuevo a su alrededor—. Les ruego silencio.

Tuvieron que pasar algunos minutos hasta que se oyó una especie de rasguño. Tom intentó ver qué estaba ocurriendo debajo de la mesa, pero, como la lámpara de gas iluminaba desde arriba, la zona baja quedaba a oscuras.

Segundos después Belvoir sacó las pizarras con un gesto teatral y las entregó a la dama.

—Por favor, lea en voz alta.

—«El mundo entero es un teatro y todos los hombres y mujeres simples comediantes» —leyó ella en voz alta sosteniendo las pizarras para que todos las pudieran ver.

Un murmullo recorrió la sala, y la señora Burton aplaudió suavemente.

—Esto ha sido impresionante, señor Belvoir —dijo la dama—. Y, ahora, ¿podría escribir en mi pizarra?

Él vaciló de un modo casi imperceptible.

—¿Cuál es?

Ella se la indicó.

—De acuerdo. Esta vez la dejaremos sobre la mesa y pediremos un mensaje.

La dama y el médium volvieron a sostener con firmeza la pizarra por las cuatro esquinas mientras en la sala se hacía el silencio. Todo el mundo parecía contener el aliento. Tom no apartó la mirada de la pizarra; sin embargo, esta vez los rasguños de antes no se oyeron, ni tampoco aparecieron letras sobre la superficie grisácea.

Al final, Belvoir bajó la pizarra y se llevó la mano a la cabeza.

—Lo lamento. Hoy he tenido un día muy ajetreado. Una sesión con un cliente muy exigente que ha querido mantener el vínculo con el espíritu de su madre durante más de dos horas. Les ruego que me disculpen, pero entenderán que los resultados dependen del estado del médium y de la disponibilidad del mundo de los espíritus.

Tom se quedó pasmado ante una desfachatez tan manifiesta; en cambio, la señora Burton y los otros cuatro asistentes que tenía al lado asintieron con una actitud de comprensión y admiración. Solo la dama junto a la mesa arqueó las cejas con escepticismo.

Siguieron otros números en que la pizarra cerrada se escribió por dentro después de que Belvoir le metiera varias tizas de colores. En general, aquellos trucos, pues no eran otra cosa, apenas resultaban mejores que las ilusiones con que los magos de los teatros de variedades distraían al público. Aunque Tom intentaba no perder de vista las pizarras, las manos hábiles de Belvoir, sus observaciones entretenidas, y la oscuridad en la sala y debajo de la mesa le desconcentraban una y otra vez. Aunque no habría podido decir con exactitud cómo ese hombre podía hacer todo aquello, lo último que Tom le habría concedido era una relación con espíritus de cualquier índole.

Ciertamente, Sarah Hoskins tenía motivos fundados para temer por la salud mental de su hermana. Eso era lo que le diría la próxima vez que la viera. Emma Sinclair no debía cultivar de ningún modo la relación con ese hombre.

En cuanto finalizó la velada aplaudió por cortesía, pero fue incapaz de reprimir una sonrisa burlona.

La señora que había estado sentada a la mesa se dio cuenta y le sonrió.

—¿No está convencido, señor?

Él negó con la cabeza mientras ambos salían al pasillo y recogían sombreros y abrigos.

—En absoluto. ¿Y usted?

—Será mejor que salgamos fuera —dijo ella después de que él la ayudara a ponerse el abrigo.

Era una noche agradablemente templada, un primer anuncio de la primavera. Avanzaron un trecho andando el uno junto al otro; luego, la dama se detuvo y le tendió la mano.

—Soy la señora Eleanor Sidgwick.

—Thomas Ashdown. Encantado.

—¿Es usted el famoso crítico de teatro? —preguntó ella con interés—. Me gustan mucho sus artículos. Me ha librado usted de muchas decepciones.

—Solo espero que no haya dejado escapar ninguna maravilla por haber confiado en mi juicio. Los gustos pueden ser muy dispares. —Carraspeó—. ¿Me permite preguntarle qué es lo que no ha podido decirme antes ahí dentro?

Ella sonrió, suavizando así la expresión severa de su rostro.

—¿Ha oído usted hablar alguna vez de la Sociedad Británica para la Investigación Psíquica?

Él negó con la cabeza y la miró con curiosidad.

—Hábleme de ella.

—¿Puede acompañarme un rato?

—Encantado.

—Nuestra Sociedad se dedica a la investigación científica de los fenómenos sobrenaturales —explicó la señora Sidgwick—. Llevamos años trabajando para desenmascarar a charlatanes e impostores y a distinguirlos de quienes tal vez tienen capacidades sobrenaturales verdaderas.

Tom inspiró profundamente para asimilar lo que acababa de oír.

—¿Debo entender que usted piensa que pueden existir fenómenos espiritistas y adivinaciones auténticos?

Ella asintió.

—En cualquier caso, no excluimos esa posibilidad. A nuestra Sociedad pertenecen tanto filósofos y escritores como también hombres de ciencia. Gente de mentalidad abierta que se cuestiona si acaso hay fenómenos que no pueden explicarse únicamente con la ciencia de las cosas.

Tom se tomó un tiempo para replicar; no quería ofender a la señora Sidgwick, pero tampoco estaba dispuesto a abandonar tan rápidamente su escepticismo.

—¿Y bien? —Ella lo miró expectante y la sonrisa que se le dibujó en los labios lo animó a responder.

—Eso es algo, en fin, realmente extraordinario. Quiero decir, la ciencia ha acabado con muchos prejuicios y falsedades, y ha habido personas que han muerto en la hoguera por eso. ¿Cómo es que ahora precisamente, cuando la razón se ha impuesto, usted pretende demostrar la existencia de los espíritus?

Ella no se mostró ofendida en absoluto.

—Ese es precisamente el objetivo: la demostración científica de potencias que trascienden lo habitual y tangible. Existen fenómenos que no resultan tan fáciles de desenmascarar como los numeritos de ese señor Belvoir.

—¿Qué sabe usted de él? —preguntó Tom.

—Bueno, tiene muchísimo éxito invocando espíritus. Esta noche usted lo ha pillado en un mal momento. Puede hacerlo mucho mejor.

—Querrá usted decir engañar, ¿verdad?

—Sí, eso creo. De momento, me dedico a recopilar material para un artículo sobre Belvoir que se publicará en la revista de nuestra Sociedad. ¿Me permite que le pregunte por qué se ha interesado usted por él?

Estaban tan enfrascados en la conversación que apenas repararon en la dirección que tomaban. Tom le explicó el problema de Emma Sinclair sin nombrarla, y Eleanor Sidgwick asintió compasiva.

—Así es. Es peligroso que las personas dependan de un médium. Por eso velamos para evitar el abuso y desenmascarar a los estafadores.

Siguieron avanzando un rato. Luego Tom le dirigió una mirada cautelosa, que ella pareció notar.

—¿Qué hay? Pregunte sin miedo.

—Bueno, me asombra que vaya usted sola y...

Eleanor Sidgwick soltó una risita.

—Soy subdirectora del Newnham College de Cambridge, donde enseño matemáticas. Soy perfectamente capaz de cuidar de mí misma.

Tom notó que se sonrojaba.

—Discúlpeme.

De pronto pensó que Lucy en esa situación le habría dirigido una mirada de reprobación.

—Tranquilo, señor Ashdown. Hay muchas mujeres que también consideran poco habitual lo que hago. El camino hacia la igualdad de derechos es largo y escabroso.

De repente, sintió que su buen humor le abandonaba al pensar en Lucy. Aquella velada había sido tan emocionante que se había permitido olvidar durante unas horas; sin embargo, ahora el recuerdo había vuelto con toda su crudeza.

La señora Sidgwick malinterpretó su silencio y añadió:

—Mi esposo fundó el College. Él también es un miembro de la Sociedad y eso me facilita poder trabajar en muchos ámbitos interesantes. —Su voz destilaba una ternura que contrastaba con la sobriedad de sus palabras. Entonces adoptó una expresión pensativa—. Señor Ashdown, usted es un escéptico que sabe escribir. Esto es algo muy conveniente.

—¿Por qué? —preguntó él con sorpresa.

—Cualquier ayuda nos viene bien, y tengo la impresión de que usted contempla el espiritismo con una mirada despierta y muy objetiva. Si pudiera usted explicar nuestros estudios de un modo entretenido pero imparcial, sería un gran avance. No todos los científicos tienen talento para escribir.

—Pero yo no sé nada de espiritismo —replicó él con tono decidido. Se permitió además una mentira—. Por otra parte, es la primera vez que asisto a un acto de este tipo.

—Es posible. Aun así, tengo la impresión de que usted tiene buen ojo para estas cosas. Cuénteme qué ha visto y pensado ahí dentro. —La voz de la señora Sidgwick, aunque amable, no admitía protestas. Tal vez fuera así como se dirigía a sus alumnas del College.

—Bueno, me ha llamado la atención que en la pizarra de usted no apareciera nada. Es posible que la de él estuviera preparada. Además, usted y él la sostenían debajo de la mesa mientras se escribía. Por otra parte, el ruido me ha resultado extrañamente fuerte, como para que resultara muy audible.

—Muy bien. —Ella lo miraba expectante.

—La zona de debajo de la mesa estaba a oscuras. A pesar de mi empeño, no he podido ver si él hacía algo con las piernas o los pies. Detrás de él había una cortina. La lámpara colgaba de tal modo que solo iluminaba el tablero de la mesa.

—Siga.

Tom animó el paso poco a poco y sus pisadas se volvieron más enérgicas, de forma que la señora Sidgwick tuvo que andar más rápido.

—Por otra parte, distraía al público con observaciones. En una ocasión, ha pedido a la señora Burton que trajera algo de la sala contigua y así ha distraído a la gente. Yo mismo no podría jurar que no he perdido de vista la mesa en ningún momento, y eso que me he esforzado por no hacerlo.

La señora Sidgwick se detuvo y le tendió la mano con una sonrisa.

—Bienvenido a la Sociedad para la Investigación Psíquica.

10

Chalk Hill, septiembre de 1890

harlotte quería evitar que sir Andrew tuviera noticia del encuentro en el salón de té por temor a que prohibiera otras salidas. Calmar a Emily no había sido fácil. Luego habían paseado para ver varios escaparates del lugar, entre otros, el de una mercería con hilos y patrones de bordado muy bonitos. Charlotte se acordó de que el padre de Emily daba mucha importancia a las labores, así que pidió a la niña que escogiera un patrón que le pudiera gustar a él.

La pequeña escogió uno que mostraba una rama con hojas y flores. Sería un regalo de Navidad de Emily para su padre.

Ya de camino a casa, en la calesa, la pequeña de repente se echó a llorar de nuevo. Charlotte se esforzó por tranquilizarla antes de llegar a Chalk Hill, pues no quería llamar la atención regresando con la niña llorosa. No tenía otra alternativa que confiar en que Wilkins se comportara con discreción.

En cuanto llegaron, hizo que Emily subiera rápidamente a la sala de estudio y pidió a Susan que les sirviera la cena ahí. Por suerte, supo por la doncella que esa noche sir Andrew iba a cenar fuera, así que podría ocultarle el desasosiego de su hija.

Emily estaba exhausta por ese día tan largo y repleto de emociones y cenó poco. A continuación, Charlotte llamó a Nora y le pidió que la acostara.

La niñera se alegró de tener a Emily y le dirigió una mirada de agradecimiento.

—Yo me ocuparé de todo, señorita. Y me aseguraré además de que la ventana esté bien cerrada —añadió solícita.

—Buenas noches, Emily. Mañana volveremos a tocar el piano las dos.

—Sí, fräulein Pauly. Buenas noches. —Emily se le acercó con un gesto espontáneo y apretó un instante la cabeza contra el pecho de Charlotte para luego retroceder rápidamente.

Charlotte bajó a la planta baja y halló a la señora Evans en la pequeña sala junto a la cocina donde hacía sus tareas de administración. Era un lugar diminuto, provisto únicamente de una mesa, un secreter, una silla y una estantería estrecha. El ama de llaves la miró sorprendida al verla entrar.

—¿En qué puedo ayudarla? —Se quitó las gafas y las dejó sobre el libro de cuentas.

—Me gustaría hablar un momento con usted. A solas —respondió Charlotte dirigiendo una mirada por encima del hombro hacia la cocina.

—Cierre la puerta, de este modo nadie nos importunará. —Sacó un taburete de debajo de la mesa y se lo ofreció a su visitante. Saltaba a la vista que era incapaz de disimular por completo su curiosidad—. Por favor, tome asiento.

—Esta tarde Emily y yo hemos ido a Dorking y hemos visitado el salón de té de las hermanas Finch —empezó a decir Charlotte con voz vacilante. Al relatar el encuentro con Tilly Burke, la señora Evans adoptó una expresión muy seria.

—Me gustaría saber cómo ocurrió la muerte de lady Ellen —explicó Charlotte—. Comprenda que solo puedo trabajar y educar de forma apropiada a Emily si sé lo que la apena. Varias veces me he dado cuenta de que sufre. Sin embargo, el encuentro con esa tal Tilly Burke la ha alterado por completo.

—¿Y por qué viene usted a mí con eso? —repuso la señora Evans con tono glacial.

Charlotte tuvo que hacer un gran esfuerzo para responder.

—Porque usted conoce bien esta casa y esta familia mientras que yo hasta hace muy poco ni siquiera conocía el nombre de lady Ellen. Porque no quiero importunar a sir Andrew con este asunto. Porque haciéndolo tal vez le afligiría. Porque este desconocimiento dificulta mi labor como institutriz. Y porque en pocos días ya le he tomado cariño a Emily y me gustaría mucho ayudarla.

La señora Evans reflexionó durante tanto rato que Charlotte creyó que no le respondería. Se forzó a mantenerse sentada tranquilamente en su taburete, aunque hubiera preferido levantarse de un salto y salir corriendo de allí. Esa situación tenía algo de humillante.

Finalmente, el ama de llaves contestó:

—Entiendo lo que dice. Sin embargo, usted me coloca en una situación delicada. En esta casa no se habla de lady Ellen; sir Andrew lo ha prohibido de forma terminante. Su muerte les ha afectado tanto a él y a su hija que aquí no se tolera ni siquiera la mención de su nombre.

—No le pido chismorreos —replicó Charlotte, que ya había recuperado el dominio de sí misma—. Sin embargo, el hecho de que yo no sepa por lo que ha pasado Emily y qué es lo que la hace sufrir me dificulta mucho el trabajo. Lamentablemente, si no cambia algo en este sentido, me veré obligada a buscar un nuevo puesto donde trabajar.

En realidad, no había tenido la intención de amenazar así a la señora Evans, pero en ese instante se sintió satisfecha de su propia osadía. Esa mujer siempre se había mostrado muy arrogante y le había hecho notar a Charlotte que en esa casa era una recién llegada. Sin embargo, ella tampoco quería ser la culpable de que la institutriz de Alemania, en la que se habían depositado tantas esperanzas, abandonara su puesto al cabo de tan poco tiempo.

La señora Evans suspiró.

—De acuerdo. Solo le explicaré lo ocurrido, pero le ruego que no comente este asunto con sir Andrew. No quiero poner en peligro mi puesto en esta casa.

—Descuide —la tranquilizó Charlotte.

—Lady Ellen se ahogó en el Mole en marzo. Una noche salió de la casa y se dirigió al río. Su chal de color marfil se encontró en la orilla, aguas abajo. Había quedado atrapado en una rama. El Mole bajaba con fuerza porque últimamente había llovido. Seguramente, ella resbaló y cayó al agua. No había nadie cerca que la viera u oyera y la pudiera ayudar.

Calló.

—Así pues, ¿fue un accidente?

La voz de Charlotte resultó casi estridente en esa sala estrecha.

—Eso parece —repuso la señora Evans con una actitud extrañamente formal.

—Sin duda, un revés tremendo para la familia —comentó Charlotte con unas palabras que le sonaron extrañamente hueras—. ¿Emily sabe lo ocurrido?

La señora Evans asintió.

—Se le explicó lo que debía saber.

Charlotte suspiró. Del ama de llaves no cabía esperar nada más que esa escueta explicación. Tal vez, se dijo, podría averiguar más cosas por Nora. La joven era más influenciable y si ella actuaba de forma amistosa seguramente se volvería más locuaz.

—Espero que no nos encontremos a menudo a esa anciana —explicó Charlotte—. Sería una lástima que hubiera más lugares en la zona que constituyeran una amenaza para Emily. Eso limitaría mucho nuestras salidas.

La señora Evans sabía muy bien lo que había insinuado con ese comentario.

—En todo caso, debe mantenerse alejada del río.

Tras eso, la conversación, al parecer, había finalizado para ella.

Charlotte se disponía a marcharse cuando la señora Evans miró el cuenco que tenía sobre el secreter y sacó un sobre.

—Tiene usted correo. Me acabo de acordar.

Tendió a Charlotte el sobre, que era de papel caro de color crema.

Ella lo cogió asombrada, dio las gracias y abandonó la sala rápidamente. Mientras caminaba echó un vistazo al sobre y se detuvo en seco.

En su dormitorio, Charlotte se dejó caer pesadamente en la cama y se quitó las botas. Antes de abrir el sobre con cierta vacilación, le dio varias vueltas.

Ver esa caligrafía tan familiar había sido como una punzada en el corazón. Inspiró varias veces profundamente, hasta que las palpitaciones remitieron un poco. ¿Cómo había averiguado él su dirección? ¿A quién había preguntado? ¿A su madre, tal vez? ¿O acaso a la agencia que le había proporcionado el puesto en Chalk Hill?

> ... necesito decirte otra vez cuánto lamento esos acontecimientos tan desafortunados. Todo se conjuró contra nosotros... No pasa ni un solo día en que no piense en ti y atesoro tu imagen en mi corazón. No podía soportar verte sufrir... Como seguramente sabes, la única responsable de que te culparan a ti de todo fue mi madre. Te aseguro mi lealtad eterna...

Fue como si alguien descorriera un telón y Charlotte volviera a ver la elegante mansión en Grunewald donde ella había dado clases a Luise y Caroline von Benkow. Recordó ese día de verano en el que el sol hacía bailar manchas de luz en las paredes, cuando alguien llamó con fuerza a la puerta de la sala de estudio; cómo saltaron las niñas de sus asientos cuando entró ese joven en su elegante uniforme.

«¡Friedrich!», habían exclamado las dos al unísono mientras se arrojaban al cuello del oficial antes de presentarle orgullosas a su nueva institutriz.

El teniente Friedrich von Benkow era un hombre alto, rubio y muy atractivo, pero no fue eso lo que le había gustado tanto a Charlotte en ese primer encuentro. No. Había sido el brillo de sus ojos, las pequeñas arrugas de alegría y su boca, que parecía estar siempre sonriendo.

«¿Cómo esconde mi madre una joya así en la sala de estudio?», había preguntado él con desparpajo mientras Charlotte se ruborizaba.

El sentido común se había soliviantado, le había advertido entre susurros y con vehemencia acerca del peligro de ceder al cortejo de ese hombre. Pero él asomaba cada vez con más frecuencia cuando ella daba clase a las niñas, tomaba el té con ellas o las vigilaba durante las clases de baile. Y llegó un momento en que sus sentimientos arrinconaron el buen juicio.

El telón se corrió. Charlotte se levantó como movida por un resorte y se frotó las manos con la falda, como queriendo limpiarse por el roce del papel y las palabras hipócritas. En ese momento se dio cuenta de lo bien que había hecho aceptando ese nuevo puesto de trabajo.

Esa carta no iba a obtener ninguna respuesta.

11

El sábado, Emily parecía relajada y descansada. Ensayaron la pieza al piano, que sonaba mejor con cada repetición.

—Lo haces muy bien —felicitó Charlotte a la niña.

—Pero seguro que esta noche me pondré nerviosa —dijo Emily mirándola temerosa.

—Tú imagínate que estamos solas. Debes olvidarte de que tienes personas alrededor escuchándote. Tocaremos solo para nosotras. Así te saldrá bien.

Emily asintió y, con las mejillas sonrojadas, se inclinó sobre las teclas del piano antes de empezar otra vez.

Por suerte, acababan de terminar el ensayo cuando sir Andrew entró y pidió a Charlotte una breve entrevista. Antes de abandonar la estancia, dedicó a su hija un saludo fugaz con la cabeza.

—En los últimos días apenas nos hemos visto. Espero que la excursión fuera agradable —dijo él mientras se acercaba a la ventana con las manos cruzadas a la espalda.

—Sí. Me familiaricé un poco con la zona, y Emily me contó algunas cosas —respondió ella educadamente mientras lo contemplaba por el rabillo del ojo. Notó algo extraño en su voz.

—Debo suponer que usted es consciente de que está obligada a mantenerme al corriente del estado físico y psíquico de mi hija.

Ella tragó saliva.

—Por supuesto.

—¿Y bien? ¿Tiene alguna cosa que decirme?

¿Qué pretendía? ¿Había sabido del encuentro con Tilly Burke y del llanto de Emily? Pero ¿por boca de quién? Difícilmente Wilkins importunaría a su patrón con esas historias.

—En el camino de vuelta, Emily se mostró algo alterada —admitió. Tal vez alguien de la casa había advertido las lágrimas de Emily—. Se echó a llorar. Pero no fue nada grave, en absoluto. Creo que fue porque vio un erizo muerto en el borde del camino. —Charlotte mintió—. Intenté consolarla.

—¿Un erizo muerto?

Ella asintió.

—Los niños suelen querer mucho a los animales y no pueden verlos sufrir.

La siguiente pregunta de sir Andrew la tomó completamente desprevenida.

—¿Por qué no me cuenta la verdad? —Su mirada era escrutadora.

—Disculpe, ¿qué quiere decir?

El corazón le palpitaba tan fuerte que le pareció que él le oía los latidos.

—No hubo ningún erizo muerto. Antes he hablado con Wilkins y no ha dicho nada al respecto. Me ha dicho que Emily se echó a llorar sin un motivo claro.

Charlotte tomó aire. A continuación, informó sobre el encuentro con Tilly Burke.

Sir Andrew se miraba las manos y daba la impresión de estar relajado, pero ella reparó en cómo le latía una vena en la sien. Cuando hubo terminado de hablar, él masculló con los dientes apretados:

—Voy a encargarme de que esa mujer desaparezca de la zona.

—Es solo una mujer perturbada y creo que no tiene mala intención —replicó Charlotte con benevolencia. Él negó con la cabeza.

—¡Eso no es excusa! Para personas como ella hay instituciones cerradas. —Dicho eso se dio la vuelta y abandonó la estancia.

Charlotte necesitó un momento para recuperarse de la impresión. ¿Cómo se le había ocurrido mentirle? ¿«Acaso —le dijo una voz baja en su interior— querías proteger a Emily»? ¿De su propio padre? Era una tontería. Sin embargo, ese había sido su primer impulso y, en general, podía confiar en su instinto. Se sintió aliviada por el hecho de que él hubiera concentrado su ira contra Tilly Burke; de hecho, ella había salido airosa.

Al atardecer, Charlotte estaba en su dormitorio ante al ropero donde tenía todo su vestuario. No disponía de muchos vestidos, y, desde luego, ninguno era de noche; era difícil elegir uno acorde con las circunstancias. Tras varias cavilaciones, le pareció adecuado un modelo de color burdeos con ornamentos de seda negra. Lo sacó del armario y acarició ensimismada la tela lisa y brillante.

Aquel tacto fugaz la condujo a otro lugar, muy lejos de ahí, a la gran y tumultuosa ciudad en la que, por muy poco tiempo, había sido dichosa. Le habría gustado haber dejado ahí ese vestido y su antigua vida, pero el buen juicio se había impuesto. Pronto, se había dicho, no podría permitirse algo tan elegante; así pues, había ido a parar a su maleta de viaje, envuelto en varias capas de papel de seda, y la había acompañado hasta ahí.

Charlotte se quitó la ropa, se aseó, se alisó las enaguas y se puso el vestido de color burdeos. Había aprendido a vestirse sin ayuda, aunque en ocasiones tenía la impresión de que había prendas de ropa que parecían hechas solo para damas con doncella. Se afanó con los ganchos, ojetes, lazos y botones hasta que todo estuvo en su sitio. Luego se soltó el cabello, se lo cepilló muy bien y se lo peinó de modo que estuviera algo más suelto que durante el día.

Se miró al espejo y se sintió satisfecha. Afortunadamente, en sus anteriores puestos había aprendido a moverse en sociedad. Aunque el idioma suponía cierto obstáculo, cada día aprendía más; además, como institutriz, nadie esperaba de ella mucha conversación.

En torno a las seis de la tarde empezaron a llegar los primeros coches de caballos. Charlotte oyó el crujido de las ruedas sobre los guijarros. Sonaron unas voces, y la luz de la puerta de la entrada alcanzó la explanada.

A las seis y media en punto Charlotte se volvió a mirar al espejo y bajó al comedor, donde las doncellas habían dispuesto una mesa larga con la mejor porcelana y cristalería. Los invitados estaban de pie, formando corrillos. Charlotte buscó con la vista a sir Andrew.

Estaba sumido en una conversación con el reverendo Morton, pero de repente levantó la vista y la vio en el umbral de la puerta. Tras excusarse, se le acercó dirigiéndole una fugaz mirada de asombro.

—Buenas noches, fräulein Pauly.

La tomó suavemente por el antebrazo y la condujo hasta el reverendo, que la saludó como si fuera una antigua conocida.

—Bueno, creo que he encontrado el único invitado de la sala que usted ya conoce —comentó divertido sir Andrew—. Así ustedes tendrán ocasión de avivar su relación.

—Espero que ya haya tenido oportunidad de conocer mejor nuestra zona —comentó el reverendo con amabilidad—. De hecho, los lugares de interés de Westhumble enseguida están vistos.

Ella le habló brevemente de su paseo en coche con Emily y se informó de si seguía en pie la invitación para ir a ver los conejos.

—Por supuesto. Estaré encantado de que venga a la rectoría a visitarnos, a mí y a mi querida esposa.

Hizo una señal a una señora entrada en carnes vestida de azul oscuro para que se acercara.

—¿Me permite que le presente a la señora Morton? Esta es fräulein Pauly, la nueva institutriz de la señorita Emily.

—Encantada. Mi marido me comentó que pronto la podremos saludar en una de nuestras veladas musicales, ¿es así?

Charlotte volvió rápidamente la mirada hacia sir Andrew. Sin embargo, este se había girado hacia un joven muy elegante que iba acompañado de una hermosa jovencita.

—Siempre que mis ocupaciones me lo permitan, estaré encantada.

Permanecieron un rato charlando antes de que sir Andrew interviniera y la fuera presentando uno por uno a todos los invitados. Entre ellos había un abogado con su esposa, el diputado de una circunscripción electoral próxima también con su mujer y sus dos hijos; el alcalde de Dorking y su esposa e hija, y dos mujeres solteras algo entradas en años, que se dedicaban al fomento de las ciencias. El joven elegante se llamaba Jonathan Edwards: era abogado en Londres y se dedicaba también a la política. Se había casado recientemente y esa noche quería presentar a su esposa al señor de la casa.

A pesar de la cálida acogida, Charlotte se sentía un poco incómoda pues no conocía bien a ninguno de los presentes. Cuando, al ir a la mesa, vio que la habían sentado delante de la esposa, de apariencia aburrida, del alcalde y que sus acompañantes conversaban sin hacerle mucho caso sobre las conexiones ferroviarias del sur de Inglaterra y la capital, ella fue dolorosamente consciente de que no era una de ellos. Sin embargo, tampoco era parte del servicio, que servía la comida y procuraba que la cena transcurriera sin incidentes. Por eso se sintió aliviada cuando se levantaron de la mesa y los caballeros se retiraron a tomar un brandy y fumar tabaco mientras las damas se servían café y licores.

Charlotte se sentó en una butaca algo apartada, haciendo girar la copa entre las manos hasta que el cristal absorbió el calor de sus dedos y tomando algunos sorbos de vez en cuando.

La esposa del alcalde, su hija y la mujer del diputado charlaban animadamente sobre la anterior temporada de Londres, si bien Charlotte suponía que solo conocían esos nombres ilustres por la prensa. Miró a su alrededor y se sintió especialmente incómoda. Deseó que pronto llegara el momento de su actuación musical.

—¡Qué sola está usted aquí, señorita Pauly! —oyó decir a una voz amable. La señora Morton se le había acercado con una taza de café en la mano y tomó asiento en la butaca de delante—. No es fácil llegar a un país extranjero, ¿verdad?

—Por el modo en que lo dice, parece que habla usted por experiencia —respondió Charlotte agradecida.

—Así es. Mi esposo y yo vivimos varios años en la India antes de que él pasara a encargarse de esta parroquia. El clima allí no era bueno para su salud, si no tal vez hubiésemos estado más tiempo. En ese lugar hay muchas oportunidades para llevar a cabo la obra de Dios y conocimos a personas magníficas.

—La India... No me atrevería a comparar este humilde viaje mío con cambiar de continente —respondió Charlotte con una sonrisa—. Sin duda usted debió de descubrir todo un nuevo mundo que difícilmente puedo imaginarme.

El rostro de la señora Morton adquirió un asomo de nostalgia.

—Es cierto. La India es fascinante, una explosión de colores y olores. Edificios fantásticos, paisajes maravillosos y multitud de animales y plantas. —Vaciló—. Pero también vi la pobreza y unas costumbres que, en ocasiones, resultan atroces. Los intocables, las personas situadas en el escalafón más bajo de la sociedad, a quienes todo el mundo pisa. —Se irguió—. No. Aquí, en Inglaterra, me siento en casa y no quiero prescindir de esto. —La esposa del reverendo sonrió—. Espero que usted pronto se haga al lugar. Esta zona es preciosa y, en cuanto conozca mejor a la gente, se dará cuenta de que en el fondo son amables. A nosotros, los ingleses, nos cuesta abrirnos a los extranjeros y eso que, de hecho, en el Imperio nosotros somos los forasteros.

Charlotte sintió una simpatía espontánea por aquella mujer vivaracha y amable.

—Y, dígame, ¿cómo está Emily?

—Muy bien. Es una niña muy aplicada y se interesa por todo. —Charlotte se inclinó hacia adelante—. En un ratito vamos a sorprender a su padre. Hemos aprendido una pequeña pieza a cuatro manos.

«... al menos, es mejor que las otras». A Charlotte le llegó fugazmente a los oídos solo ese fragmento de frase.

—Estará encantado —respondió la mujer del reverendo a la vez que dirigía una mirada de desaprobación hacia el grupo de damas que en ese momento estallaba en carcajadas estridentes. Sin embargo, no dijo nada más.

Cuando Charlotte le siguió la mirada, notó que la esposa del alcalde apartaba los ojos rápidamente.

Se levantó, dejó la copa y se disculpó con la señora Morton.

—Debo ir a buscar las partituras.

—Por supuesto, querida.

Ya fuera, en el pasillo, suspiró profundamente. Era posible que hubiera malinterpretado esas palabras; al fin y al cabo, no había oído toda la frase. Sin embargo, el suceso le dejó un sabor amargo en la boca; el recuerdo de las humillaciones públicas y las miradas maliciosas, las burlas entre cuchicheos y los escarnios susurrados. Por un momento volvió a encontrarse en el salón de los Von Benkow, con un pie aún en el umbral, oyendo cómo una dama, sin reparar en su presencia, decía: «¡Que lástima lo de ese joven! Un oficial tan gallardo como él podría hacer carrera si no lo echara todo a perder con un matrimonio desafortunado...».

Charlotte apartó de sí ese pensamiento, apretó los labios y cruzó el pasillo que llevaba al vestíbulo de la entrada, para subir por la escalera, lejos de las voces de esas mujeres que aún le resonaban en los oídos.

Los invitados quedaron encantados con la actuación de Charlotte al piano. Como colofón, hizo salir a Emily y se sentaron juntas en el taburete. Su alumna no la decepcionó: tocó sin cometer ningún error y al final consiguió un aplauso entusiasta. Charlotte suspiró aliviada cuando, a su señal, Emily se levantó del taburete e hizo una pequeña reverencia ante los invitados. Luego, volvió la vista a sir Andrew, que sonreía contento, apoyado en la pared con los brazos cruzados.

—¡Qué encanto de niña! —exclamó entusiasmada la joven señora Edwards mientras se levantaba para aplaudir—. ¡Qué talento para la música! Es una lástima que su madre no pueda ver esto.

Por un segundo, Charlotte y sir Andrew se miraron y ella notó cómo a él se le helaba la mirada. Solo el pecho, que subía y bajaba con fuerza, dejaba entrever sus emociones. En la sala se hizo el silencio.

—Estoy encantada de poder dar clases a Emily —dijo Charlotte con gran presencia de ánimo—. Lo comprende todo rápidamente y tiene un excelente oído.

Luego acompañó a Emily a su asiento y le llevó un vaso con zumo y un trozo de bizcocho del postre.

—Lo has hecho muy bien.

Emily sonrió con timidez y se llevó el tenedor a la boca con un gesto encantador.

A continuación, el ambiente se distendió mientras el señor Edwards llevaba a su esposa a un rincón y le hablaba de forma acalorada.

—¡Menudo desliz! Esta es la primera velada que celebra desde la muerte de su esposa —apuntó alguien en voz baja junto a Charlotte. La señora Morton se le había acercado discretamente.

Charlotte dirigió un vistazo rápido a la estancia y respondió también en voz baja:

—Es absolutamente comprensible que él lamente la pérdida de su esposa. Pero... —buscó las palabras exactas—. En la casa no se puede ni siquiera mencionar su nombre. Emily parece sufrir mucho por ello.

La señora Morton meneó la cabeza.

—Debe entender que él es muy susceptible en lo tocante a este asunto y que no quiere otra cosa más que proteger a su hija de todo pesar.

Luego, la señora Morton volvió a hablar de la India y, de este modo, cambió de tema.

Cuando todos los invitados se hubieron despedido y Emily se hubo marchado con Nora para acostarse, sir Andrew regresó al salón. Se sirvió un whisky mientras Charlotte permanecía junto a la ventana expectante, preguntándose si podría retirarse.

—¿Me permite ofrecerle una copa de vino?

—No, muchas gracias, sir Andrew.

Él la escrutó con la mirada.

—Ha tocado usted muy bien. Le estoy muy agradecido. Y también por la actuación de Emily.

—Tocar con ella ha sido todo un placer. Para las dos.

—Ella vaciló, porque tenía muchas preguntas en la punta de la lengua, pero se contuvo.

—La próxima vez que tenga invitados me gustaría repetirlo. Una actuación musical relaja el ambiente y... puede que más adelante impida que se produzcan observaciones inconvenientes.

Él tomó un trago largo de whisky. Luego forzó una sonrisa.

—Fräulein Pauly, no quiero entretenerla. Que tenga usted unas buenas noches.

Le sostuvo la puerta abierta y la cerró cuidadosamente en cuanto Charlotte estuvo en el pasillo.

Ya en su dormitorio, ella inspiró profundamente, se alisó el vestido y las enaguas, se desató el corsé y se echó en la cama. Luego se sentó con las piernas cruzadas y apoyó la barbilla en la mano en actitud reflexiva.

No sabía qué pensar de sir Andrew. ¿Por qué no había aprovechado la oportunidad para contarle lo que había ocurrido con su esposa? Al fin y al cabo, sí había mencionado el desliz de la señora Edwards. Aquella habría sido una buena ocasión para explicar brevemente la tragedia que se había abatido sobre la familia. Pero ahí estaba de nuevo, ese silencio irritante y la distancia fría con que él la trataba.

¿Tan dolido estaba que no podía hablar de ello con desconocidos? En cualquier caso, prohibir a su hija mencionar a su madre iba más allá de cualquier límite admisible.

La desafortunada observación de la señora Edwards había abierto una grieta en la fachada de sir Andrew y le había permitido a Charlotte echar un vistazo fugaz a su interior antes de que él recuperara su actitud impenetrable.

De repente, al recordar la amenaza de sir Andrew respecto a Tilly Burke, Charlotte sintió remordimientos y se preguntó si él realmente sería capaz de llegar tan lejos como para enviar a esa mujer a un sanatorio.

Se levantó y se preparó para acostarse. Antes había echado un vistazo al dormitorio de Emily; la pequeña dormía profundamente.

Charlotte leyó un rato antes de apagar la luz y reposar la cabeza en la almohada. Notó la aspereza agradable del lino almidonado en las mejillas y sintió fuera el viento murmurando entre las hojas. Sin embargo, no podía dormir. En los últimos días habían pasado demasiadas cosas y los pensamientos no dejaban de darle vueltas impidiéndole descansar.

Después de caer por fin en un sueño ligero e intranquilo, se despertó sobresaltada. Un ruido. ¿O era cosa de su imaginación? Se quedó tumbada boca arriba y contuvo el aliento, aguzando los oídos. ¡Otra vez!

En la escalera se oían, de modo casi imperceptible, pasos a tientas y deslizamientos. Se incorporó y permaneció a la escucha. Aquello resultaba extrañamente furtivo.

Charlotte se levantó, cogió el chal y se cubrió con él los hombros. Dio un paso hacia la puerta, pero al hacerlo se golpeó dolorosamente el pie contra una silla y a duras penas pudo contener un grito. Se quedó inmóvil.

Era como una de esas pesadillas en las que uno está paralizado y es incapaz de huir a pesar de que la situación exige escapar del horror. A Charlotte los pies le parecían de plomo, tan pesados que era incapaz de moverse, y los brazos le colgaban sin fuerza.

Cuando por fin ese entumecimiento desapareció, los ruidos ya habían cesado. Asió con cuidado el pomo de la puerta y lo giró conteniendo el aliento. Primero abrió solo una rendija de la puerta, y luego más. Miró afuera, al descansillo de la escalera, pero no pudo ver más que una oscuridad vacía. No se atrevió a bajar por los escalones. Aguzó el oído, pero el ruido no volvió a producirse.

12

Londres, octubre de 1890

ayó el telón y un aplauso atronador estalló en el patio de butacas. Muchos de los presentes se levantaron de sus asientos. Al poco, el telón se volvió a abrir y los actores saludaron con una reverencia en un mar de flores que el público arrojaba al escenario.

Tom Ashdown, vestido con una llamativa levita verde de terciopelo, dirigió una mirada crispada a su acompañante, se levantó también... y se dirigió hacia la puerta del palco.

—No pienso permanecer aquí ni un segundo más —masculló entre dientes—. ¡Vamos a tomar algo!

—Al menos a ti te pagan para ver estas cosas —apuntó su amigo Stephen Carlisle.

—No del todo... Luego tengo que escribir algo al respecto —repuso Tom dirigiéndose hacia la escalera que conducía al guardarropa.

Por suerte, en la sala el entusiasmo era tal que, excepto ellos, nadie había querido salir a recoger el abrigo. Al rato, los dos hombres abandonaban el teatro, después de que la encargada del guardarropa les preguntara, con una sonrisa resplandeciente, si también a ellos les había parecido que la señorita Bellecourt estaba fantástica como protagonista de *La flor blanca del Soho.*

—Solo el título ya es una ofensa para la inteligencia —anunció Tom en cuanto doblaron la esquina y se dirigieron a un pub cercano. Una luz amarillenta y agradable se colaba por la ventana, reflejándose de forma atractiva en el pavimento mojado—. Y ahora ¿qué se supone que debo escribir? «La señorita Bellecourt impresionó sobre todo por el bamboleo de su escote, el cual, en mi opinión, es más expresivo que el resto de su persona». O quizá: «El final del señor Hester recordó la muerte del cisne, aunque sin la gracia natural de esa ave y con unos ruidos que evocaron los últimos minutos de un cerdo en el matadero».

Stephen le dio unas palmaditas en el hombro con una sonrisa.

—Vigila esa lengua tuya tan afilada si no quieres perder la simpatía de los admiradores de esa obra, que vendrían a ser aproximadamente la mitad de la población londinense.

Entraron en el pub y se sentaron en un rincón tras pedir dos pintas en la barra. No era un local muy distinguido, pero a Tom le gustaba frecuentarlo porque se podía conversar con tranquilidad y no tenía que sufrir el incordio de otros asistentes a la obra de teatro deseosos de hablar con un crítico de lo que acababan de ver. Tomó un gran sorbo, dejó el vaso en la mesa y extendió los brazos con un gesto de desamparo.

—Eso es lo peor, Steve. Son muchos a los que ese bodrio les gusta. Así las cosas, es mejor dejar el sentido común en el guardarropa.

—Para gustos, los colores.

Tom se echó a reír con tono malvado.

—No creas. Estoy convencido de que hay cosas que son objetivamente buenas, bellas y dignas de verse. Y otras para las que eso no rige.

Stephen Carlisle hizo un gesto de calma con la mano.

—La gente en el teatro se lo ha pasado bien y durante un par de horas se ha olvidado de su rutina desagradable. ¿No te parece que eso ya es algo? Tengo algunos pacientes que se curarían si, de vez en cuando, se centraran en los grandes dramas de la vida de esos personajes en lugar de dar vueltas a los propios en su cabeza.

—Esa idea es interesante —repuso Tom con ironía—. Tal vez sería bueno que les prescribieras un melodrama a la semana, o una comedia musical al mes. Eso te daría fama.

Stephen sonrió.

—Gracias por el consejo. Pero tú también puedes sacar provecho de estas obras. Sé que tus buenas críticas merecen ser leídas y son más literarias que muchas novelas. Pero lo que más me gusta son tus reseñas más duras porque son realmente entretenidas.

—En ese caso, mañana con la edición vespertina quedarás servido.

—Por favor, no olvides el escote talentoso.

—Ni el cisne moribundo.

—¿Cómo va tu libro sobre Shakespeare? —preguntó Stephen sin más. Tom lo escrutó con la mirada.

—¿Por qué me vienes ahora con esas?

—Bueno, me preguntaba qué has estado haciendo estos últimos meses. Parece que sales bastante. Eso me alegra.

—En efecto, he salido mucho. Pero no porque me esté documentando para el libro. —Tom vaciló—. ¿Has oído hablar de la Sociedad Británica para la Investigación Psíquica?

—Sí, algo he oído. ¿Y bien?

—Llevo un tiempo colaborando para ellos.

Su amigo lo miró con asombro.

—¿Te has vuelto cazador de espíritus? No tenía ni idea de que te interesaran los fenómenos sobrenaturales. —Una sombra le cruzó el rostro—. Tom, no quisiera meterme donde no me llaman, pero...

Tom levantó la mano con un gesto de rechazo.

—No tiene nada que ver con eso. Participo en investigaciones científicas y escribo al respecto. Mis colegas dicen que mi estilo es más claro y comprensible que el suyo. Naturalmente, ellos me superan de largo en conocimientos. Yo me limito a dar una forma comprensible a sus resultados.

Su amigo le interrogó con la mirada.

—¿Eres capaz de separar las cuestiones personales de esas, digamos, investigaciones?

Tom apuró la bebida y la dejó sobre la mesa con energía.

—Todos mis amigos os habéis preocupado porque durante un tiempo no me relacionaba con nadie. Y, ahora que me relaciono, seguís preocupados.

—Bueno, es solo que... Todo eso gira en torno de la muerte —apuntó Stephen sin saber muy bien qué decir.

—La muerte forma parte de la vida. Son dos caras de una misma moneda.

El tono empleado por Tom no admitía objeciones.

En ese momento, en la barra, dos clientes se enzarzaron en una discusión. Al poco, levantaron los puños, algunos taburetes cayeron al suelo y se rompieron algunos vasos. El dueño del local agarró por el pescuezo a los dos hombres con sus manos musculosas y los arrastró hacia la puerta, desde donde los arrojó a la calle con un empujón resuelto.

Stephen y Tom no se inmutaron por el ruido alrededor. Stephen dibujó varios círculos en la mesa con su vaso. Al cabo de un rato preguntó:

—¿Y cómo entraste en contacto con ellos? A fin de cuentas, uno no va a esa gente y les pregunta si puede colaborar.

Tom le habló de Sarah y John Hoskins, de Emma Sinclair y su asistencia a una actuación de Charles Belvoir. Cuando hubo terminado, su amigo arqueó la ceja con sorpresa.

—¿Y los ayudaste desinteresadamente porque temías que ese hombre podía causar daños psíquicos a la joven dama?

—En efecto —respondió Tom incapaz de disimular una sonrisa.

—¿Y esa joven descubrió que es un charlatán?

Tom adoptó una expresión seria.

—Eso espero. Le informamos acerca de nuestros descubrimientos. Además, escribí bajo seudónimo un artículo sobre las artimañas de ese hombre, que seguramente le habrá costado algunos clientes. Lo más probable es que no haya acudido más a él. Pero —vaciló— me temo que ella sigue teniendo inclinación por ese tipo de personas. Belvoir solo es uno de los muchos que aprovechan la credulidad y el dolor de otros para sus propios fines.

—¿Y si ahora encontrara a alguien realmente capaz de conjurar espíritus? —le retó Stephen—. ¿Qué le aconsejarías?

—No sabemos si tal cosa existe —contestó Tom esquivando la respuesta—. La investigación de la Sociedad está aún en mantillas. Es una labor que exigirá muchos años.

—Pero ¿y si ocurriera? —insistió Stephen—. ¿Y si la señorita Sinclair pudiera de verdad ponerse en contacto con su prometido en el más allá? ¿Qué significaría eso para ti?

—¿Para mí? —preguntó Tom como si nada, aunque esquivando la mirada de Stephen.

Su amigo negó con la cabeza.

—A mí no me engañas.

13

Chalk Hill, octubre de 1890

*S*ir Andrew había salido a visitar a unos conocidos con Emily y había dado la tarde libre a Charlotte. Esta se alegró mucho por la niña, ya que por fin iba a pasar un día con su padre, y pensó en cómo aprovechar ese tiempo libre.

Aunque hacía fresco, el ambiente era seco. Por ello decidió salir a explorar la zona por su cuenta. Cuando iba con Emily no podía ir de un lado a otro sin más, por no hablar de que pasear por el río estaba fuera de consideración. Por otra parte, ella se había marcado un destino concreto que necesitaba visitar sola a toda costa.

Inmediatamente después del almuerzo se calzó botas resistentes de cordones, se embutió en un abrigo grueso de *tweed*, se puso una gorra e informó brevemente a la señora Evans, que la miró con sorpresa.

—Parece que va a salir usted a pie. Ándese con cuidado, que no la sorprenda la oscuridad.

—No se preocupe. Tengo un buen sentido de la orientación.

Dicho eso, se arropó el cuello con el chal y abandonó la casa.

El viento destemplado le agitó la gorra, y se alegró de no haberse puesto sombrero porque seguramente lo habría perdido.

Charlotte avanzó sin más. Había disfrutado siempre del aire libre y echaba de menos el ejercicio cuando pasaba horas sentada con Emily en la sala de estudio, en la biblioteca o en el salón. Incluso en Berlín aprovechaba cualquier minuto libre para salir a la calle, admirar escaparates, visitar museos o, simplemente, disfrutar del bullicio de la ciudad. El aislamiento de aquel lugar era desacostumbrado y se sentía irremediablemente atraída por las calles animadas de Dorking.

Como las suelas de sus botas eran muy buenas, se atrevió a cruzar el Mole por las piedras pasaderas. Miró a su alrededor para cerciorarse de que no había nadie cerca, se levantó la falda y dio la primera zancada. La siguiente le resultó más sencilla. Al llegar al centro del río se detuvo y miró a su alrededor. Era una sensación magnífica permanecer de pie sobre una piedra alrededor de la cual el agua fluía por todas partes; Charlotte soltó un momento la falda y tendió los brazos hacia el aire para disfrutar de esa sensación de libertad.

Mientras atravesaba el río, no pensó ni un momento en lady Ellen. Solo cuando hubo alcanzado la otra orilla miró pensativa hacia atrás y recordó las palabras del ama de llaves. «Una noche salió de la casa y se dirigió al río».

Charlotte paseó pensativa a lo largo de la orilla hacia Dorking contemplando las aguas una y otra vez. Esas palabras de la señora Evans le habían creado cierta suspicacia.

Sin ellas, habría dado por sentado que había sido un accidente lamentable, una torpeza durante un paseo, una imprudencia. Sin embargo, ahora no tenía dudas de que la muerte de lady Ellen no había sido un trágico infortunio.

Charlotte tuvo que admitir que ya no se trataba solo de la paz interior de Emily, a pesar del cariño que le había tomado. Ella quería averiguar a toda costa qué había ocurrido en Chalk Hill esa noche de primavera y qué había llevado a lady Ellen hasta el Mole.

Un hombre vestido con abrigo de *tweed* y acompañado de dos perros de caza que venía de la dirección opuesta se le acercó y la saludó llevándose la mano al sombrero.

—Disculpe, ¿este es el camino más rápido hacia Dorking? —preguntó ella educadamente.

—Así es, señorita. Puede que el tiempo sea algo desapacible para un paseo, pero por lo menos no llueve —contestó él dirigiendo la mirada al cielo. Luego señaló con el bastón las praderas que bordeaban el río—. Siga por ahí. Que tenga un buen día.

Dicho eso, el hombre silbó a sus perros y siguió caminando con paso firme.

A la izquierda de Charlotte se elevaban las colinas, aún verdes, de Box Hill, y delante empezaron a asomar los primeros tejados y chimeneas de Dorking. Charlotte disfrutaba estando en plena naturaleza, lejos de las miradas y sin verse obligada a hablar con alguien o a guardar la compostura. Aunque le gustaba su trabajo como institutriz, en ocasiones sentía deseos de tener un pequeño piso o una casa en la que poder estar a sus anchas.

En cuanto llegó al pueblo, preguntó por el camino hacia el cementerio, que se encontraba rodeado de setos en el camino hacia Reigate. Una pequeña capilla de piedra gris y una extensión de hierba verde y aterciopelada en la que las lápidas asomaban como dientes inclinados. Era muy distinto a Berlín; ahí, unos senderos curvos cubiertos de guijarros separaban las hileras de tumbas reflejando de ese modo, a pequeña escala, la disposición de las calles de la gran ciudad. Aquí, en cambio, los muertos parecían estar expuestos a la naturaleza y fundirse en ella. El cementerio se encontraba en lo alto de una cuesta y ofrecía una vista magnífica sobre los campos y bosques de Box Hill.

Charlotte fue paseando de tumba en tumba, buscando alguna lápida que pareciera reciente y no estuviera cubierta de liquen y musgo. Se levantó un viento frío que la estremeció. Charlotte miró su reloj de bolsillo. Eran las tres y media; el sol se iba a poner pronto.

Cuando se detuvo junto a una lápida para abrocharse las botas, oyó una voz a sus espaldas. Se sobresaltó, se incorporó y se dio la vuelta.

Una dama mayor y de poca estatura, enfundada en un vestido oscuro, apoyada en un bastón con pomo de plata. Sonreía con amabilidad.

—Discúlpeme, llevo un rato observándola. ¿Busca usted una tumba en concreto?

Charlotte pensó rápidamente y asintió.

—¿Conoce este lugar?

—Tengo enterrados aquí cuatro hermanos, dos hijos y a mi esposo. Este cementerio es mi segundo hogar. Cuando estoy aquí, me siento más cerca de ellos. ¿Puedo saber qué tumba busca?

Charlotte no vaciló.

—La de lady Ellen Clayworth.

La expresión de la anciana cambió al punto. La dama miró a Charlotte sorprendida, mientras esta se preguntaba angustiada si había cometido un error.

—Usted no debe de ser de aquí, querida —dijo la anciana dama con una sonrisa.

—Así es. No hace mucho que vivo en la zona.

—Claro, ya entiendo. Aquí todo el mundo conoce la triste historia de lady Ellen Clayworth.

—He oído decir que murió ahogada en primavera. Quería ver su tumba, por motivos personales —añadió Charlotte.

—Está muy cerca —respondió la anciana—. Acompáñeme.

La mujer avanzó lentamente ayudada por el bastón, y Charlotte se adaptó a su ritmo. Finalmente, su acompañante se detuvo y señaló con el bastón una piedra blanca sencilla.

EN RECUERDO DE

ELLEN CLAYWORTH

1858 - 1890

Una lápida como cualquier otra, se dijo Charlotte algo decepcionada. Si en algo se distinguía de las demás era en la parquedad de la inscripción. La mayoría de las lápidas que había visto presentaban además una cita de la Biblia u otro tipo de epitafio; a veces en ellas se mencionaba también a las personas que el finado había dejado, o había expresiones del tipo: «En paz descanse».

—Es muy sencilla —comentó Charlotte con delicadeza.

La anciana asintió.

—Sí, así es. Para mi querido esposo escogí: «El señor es mi pastor», porque ese salmo le gustaba mucho. Me parece muy consolador.

Charlotte la miró de soslayo.

—Lady Ellen era aún muy joven. Puede que no se quisiera evocar su dolorosa muerte.

Notó cómo a su lado la mujer vacilaba, soltaba y apretaba con fuerza los dedos en la empuñadura del bastón. Finalmente suspiró.

—De hecho, no es apropiado hablar de estas cosas. Los muertos están muertos y deberían descansar en paz.

Charlotte tuvo que reprimir su impaciencia. Se daba cuenta de que esa mujer sabía algo y que estaba a punto de contárselo.

—Le aseguro que solo me mueve la compasión.

—Bueno, usted parece tener buen corazón y sin duda entiende lo que esta lápida significa para los familiares. Se trata..., ¿cómo decirlo? De una especie de recuerdo. No es la lápida auténtica.

—¿Qué quiere decir? —preguntó Charlotte, confusa.

—Esta no es la verdadera tumba. Aquí no hay nadie enterrado. El cadáver de lady Ellen jamás ha sido encontrado.

Charlotte sintió un escalofrío. De pronto, el día pareció oscurecerse; el murmullo del viento en los árboles parecía un susurro amenazador.

—¿Siente usted frío, querida?

—Creo que no voy bien abrigada. ¿Me sabría contar alguna otra cosa al respecto?

Sin duda, hacer preguntas en Dorking era arriesgado. Presumiblemente todos en la zona se conocían, y sir Andrew podía llegar a saberlo en poco tiempo. Sin embargo, como él no le había informado de nada, a ella no le había quedado otro remedio que buscar la información por su cuenta.

La anciana señaló con el bastón un banco cercano y se disculpó con una sonrisa.

—Si me pudiera acompañar hasta ahí... Estar de pie me cuesta mucho.

—Por supuesto.

Charlotte la ayudó a acomodarse y se sentó a su lado mientras se arrebujaba en su abrigo.

—Ocurrió en marzo. Aquel mes fue muy lluvioso. Estuve varios días sin poder salir de casa, por miedo a resbalarme y caer. A mi edad, algo así puede significar la muerte. Por aquel entonces el Mole bajaba muy crecido. Por lo general, el río fluye de forma tranquila y mansa, pero puede cambiar en un instante. En esos casos, es mejor mantenerse lejos de la orilla.

Charlotte miró a su acompañante de reojo. Había apoyado las manos en la empuñadura del bastón y parecía en paz consigo misma. Calculó rápidamente el dinero que llevaba consigo y pensó si, de ser necesario, se podría permitir pedir un carro que la llevara de vuelta. No quería meter prisa a la anciana, pero temía tener que regresar a Westhumble a pie en la oscuridad.

—Disculpe si divago, querida, son cosas de la edad. En cualquier caso, una mañana fui a la panadería y toda la gente estaba muy excitada. Decían que la esposa de sir Andrew Clayworth, el diputado, había sufrido un accidente, que habían encontrado su chal de color marfil en la orilla del Mole.

—¿Sabe usted exactamente dónde lo encontraron? —preguntó Charlotte, curiosa.

—Déjeme pensar. Creo que fue pasado el bosque, un lugar conocido como Nicols Field. Limita con el Mole y pertenece a la finca de Norbury Park. Es un bosque fabuloso.

«A la derecha tenemos Nicols Field y Beechy Wood, y detrás del bosque pasa el Mole. Es una zona muy bonita en cualquier época del año». Wilkins había comentado esto durante aquel primer trayecto a Chalk Hill.

—¿Ese bosque bordea Crabtree Lane?

La anciana sonrió.

—Veo que ya se orienta en la zona, querida. Empieza directamente detrás de las casas. Lady Ellen también había vivido ahí. —Meneó la cabeza—. ¡Qué historia tan triste! Ahora, su hijita tiene que crecer sin madre.

—Una desgracia terrible.

—Todavía era joven. Y una buena madre, según se dice. Muchas damas elegantes no se ocupan en persona de sus hijos, en cambio ella iba a menudo en el coche de caballos con la pequeña. Evidentemente, tenía servicio, pero siempre se dejaba ver con la niña.

Charlotte por fin había encontrado alguien que hablaba libremente de lady Ellen.

—¿Y dice usted que nunca se encontró el cadáver?

—No. Lo buscaron varios kilómetros aguas abajo, pero no hubo suerte. El Mole desemboca en el Támesis, en Hampton Court. —La anciana adoptó una mirada ensimismada—. De joven fui ahí una vez con mi marido. Hay un palacio magnífico. Como de cuento. —Entonces pareció espabilarse—. Si las aguas la arrastraron hacia el Támesis... Ese río es ancho y profundo y llega hasta el mar. —Suspiró y a continuación se puso en pie trabajosamente—. Le ruego me disculpe, pero me marcho a casa. Hace demasiado frío para una anciana como yo. Ha sido un placer.

Saludó a Charlotte con la cabeza y se alejó cojeando lentamente en dirección hacia la puerta del cementerio.

Afortunadamente, Charlotte halló un coche de alquiler en la estación que la llevó de vuelta a Chalk Hill. Ordenó detener el coche al principio de Crabtree Lane, porque le incomodaba seguir la marcha de ese modo. Pagó y se apresuró hacia la casa mientras el cochero se daba la vuelta y partía.

Cuando Susan le abrió la puerta, le pidió que le llevara un té a su dormitorio y le anunció que no iba a cenar. Estaba tan excitada que temía que alguien se diera cuenta de cómo había pasado la tarde. Por otra parte, se le había ocurrido algo que quería poner en práctica de inmediato.

Ya en su dormitorio, buscó un cuaderno de tapa dura y anotó en él todo lo que le había contado la anciana del cementerio, así como las explicaciones de la señora Evans y lo poco que había oído decir de lady Ellen a Emily, Nora y sir Andrew. De este modo, pensó, poco a poco se iría formando una imagen hasta saber quién había sido esa mujer.

En cuanto terminó las anotaciones, escondió el cuaderno debajo del colchón. Aunque aquello resultaba algo melodramático, no quería que nadie supiera de esas notas.

Sir Andrew y su hija llegaron a la casa sobre las nueve. Emily parecía absolutamente agotada y, según le contó Susan cuando se acercó a recoger la bandeja del té, Nora la había acostado de inmediato.

Luego Charlotte deambuló inquieta de un lado a otro por su dormitorio. Por lo general, disfrutaba de la tranquilidad de la torre, pero, tras una tarde tan excitante, se sentía demasiado agitada para acostarse. Se acercó a la ventana y miró la oscuridad que rodeaba el bosque detrás de la casa. Todo estaba a oscuras, pero desde detrás del cristal le pareció como si el bosque fuera un ser vivo que respiraba.

Cerró los ojos e intentó sentir el espíritu de la mujer que en algún momento había ocupado esa misma habitación. ¿Había dejado algo? ¿Acaso un rastro de sus emociones y pensamientos? Había sido una jovencita que, ensimismada en sus esperanzas y sueños, tal vez había llevado un diario o había escrito cartas exaltadas a sus amigas. ¿Podía ser que esa mujer, madre de una niña tan encantadora como Emily, saliera una noche al bosque y se arrojara al río? De ser eso cierto, ¿qué la había impulsado a ello?

Entonces, a su mente acudió otro pensamiento. ¿Qué papel tenía sir Andrew en todo aquello? ¿No debería haber oído a su mujer abandonando el dormitorio por la noche? ¿Acaso estaba de viaje, o es que dormía demasiado profundamente para darse cuenta de algo? ¿Era habitual tal vez en esos círculos dormir en habitaciones separadas?

De repente, a Charlotte le pareció sentir un hálito gélido acariciándole las mejillas muy delicadamente. Se estremeció. Tenía que ser, sin duda, el marco de la ventana contra la que soplaba el viento, que estaba viejo y cerraba mal. Todo tenía siempre una explicación lógica. Sin embargo, se sintió incómoda; de pronto, el dormitorio le pareció más oscuro de lo habitual. Se despabiló y regresó al escritorio porque le disgustaba el modo en que se sentía.

«Es por Emily», se recordó. «Esa mujer solo me interesa porque era la madre de Emily. No debo perderme en otras cavilaciones».

Intentó leer, pero su pensamiento no dejaba de regresar una y otra vez al cementerio. Al parecer, lady Ellen se dedicaba mucho a su hija, más que la mayoría de las damas de la sociedad, tanto que incluso había llamado la atención de esa sencilla mujer de Dorking. Si habían tenido una relación tan estrecha, Emily no había podido superar esa pérdida en tan poco tiempo. ¿Acaso el padre con su silencio esperaba poder echar a un lado el luto? Charlotte no dejaba de dar vueltas a esas reflexiones, pero esa noche no iba a hallar la respuesta.

Se levantó y empezó a desnudarse. Cuando se sentó en la cama para quitarse las medias, detuvo el gesto.

Nora. Ella podía ser la respuesta. Si lady Ellen había sido una madre tan atenta, seguro que la niñera sabría muy bien qué relación habían tenido las dos. Reflexionó. Nora era una muchacha simple y, aunque al principio la había recibido de forma hostil, Charlotte era capaz de ganársela actuando con amabilidad. Con ese pensamiento, se tumbó tranquila para dormir.

Sobre las cuatro de la madrugada, algo la sobresaltó. Alguien llamaba a su puerta. Se levantó de un salto, se acercó apresurada y preguntó:

—¿Quién anda ahí?

La voz de Emily era tan floja que Charlotte apenas pudo oírla. Abrió la puerta.

—¡Adelante!

Abrigó a la pequeña con una manta y la llevó hasta la cama, donde la hizo sentarse con suavidad.

—¿Qué ocurre?

Emily la miraba con unos ojos tan abiertos que Charlotte creyó que estaba sonámbula, igual que esa noche en que había encontrado la ventana abierta.

Asió suavemente a Emily por los hombros.

—¿Estás despierta? ¿Sabes dónde estás?

—En su dormitorio, fräulein Pauly —respondió la niña con asombro—. Por supuesto que estoy despierta.

Charlotte respiró con alivio.

—¿Qué ha ocurrido? Estás temblando.

Emily cerró los ojos y apretó los labios.

—He tenido un sueño.

—¿Una pesadilla?

Emily abrió la boca como si fuera a hablar, pero no articuló palabra. Se encogió de hombros desvalida.

—No había ningún monstruo. Ni tampoco ningún caballo muerto.

—Entiendo. ¿Qué ha sido entonces?

Charlotte llenó un vaso con el agua de una jarra que tenía en el palanganero y se lo entregó a Emily, que bebió con ganas.

—No tengas miedo. Me lo puedes contar tranquilamente.

Emily sostuvo el vaso y volvió la mirada al suelo.

—He soñado que estaba enferma. Tenía fiebre. El cuerpo me ardía. Luego alguien me llevaba en brazos hasta la ventana. Fuera hacía mucho frío. El viento me refrescó. Eso fue agradable.

—¿Y qué te ha dado miedo?

Emily se estremeció.

—Me volví para ver quién me llevaba, pero no había nadie. Estaba sola. Suspendida en el aire. Como si volara. Y luego empecé a caer, y caer...

—¿Y te has despertado?

—Sí.

—Conozco esa sensación, Emily. Yo también he soñado alguna vez que me caía y, cuando el miedo por golpearme , era más grande, me despertaba.

—¿De verdad?

—Pues claro. Es muy normal. —El resto del sueño era extraño, pero no quiso profundizar en ello para no acongojar a la pequeña—. Ahora voy a acostarte. Así nadie se dará cuenta de que te has despertado y no hará preguntas.

Supuso que Emily prefería que su padre no supiera nada de su excursión nocturna.

—De todos modos, siempre que sientas miedo, puedes venir a mi dormitorio. ¿De acuerdo?

Emily asintió, se levantó y le entregó la manta a Charlotte.

—Gracias, fräulein Pauly.

Sintió unas ganas irresistibles de decirle: «Llámame Charlotte», pero aquello no era propio de una institutriz. Tomó a Emily de la manita y la acompañó por la escalera y el pasillo oscuro hasta su dormitorio. Abrigó bien a la pequeña y se aseguró de que la ventana estuviera cerrada y las cortinas echadas. Luego le dio las buenas noches y regresó a su torre.

Una vez ahí sacó el cuaderno de debajo del colchón y escribió bajo la luz de la lámpara de gas lo que Emily le había contado de su sueño.

Luego Charlotte no pudo dormir. Después de dar vueltas en la cama durante media hora se levantó nerviosa, se abrigó con su bata y bajó a la cocina para servirse un vaso de leche. Al hacerlo vio un ejemplar del *Sunday Times* en una cesta junto a la lumbre. Es una lástima usar esto para el fuego, se dijo, y se lo colocó bajo el brazo.

Diez minutos más tarde volvía a estar tumbada en la cama riéndose a carcajadas. Había sacado el suplemento cultural y estaba leyendo una crítica teatral sobre una obra melodramática titulada *La flor blanca del Soho*. Era evidente que su redactor había pasado una velada insufrible en el teatro y estaba dispuesto a dar rienda suelta a su enojo, lo cual hacía de un modo tan agradable que la lectura logró apartar todo rastro de cansancio.

El argumento de este bodrio es tan exótico que me resulta difícil expresarlo en palabras. Con todo, lo intentaré: la flor blanca del Soho, interpretada por la señorita Lilian Bellecourt, es una huérfana a la que acogen un tocador de ukelele hawaiano y su esposa inglesa. Esa belleza mestiza se ve inocentemente enredada en unos tejemanejes infames que conducen a la muerte de sus padres de adopción. (Atención: la escena de la defunción de la madre conmocionó de tal manera al público que se dieron estallidos de emoción desconocidos, solo comparables a los que se produjeron en el funeral de Estado del almirante Nelson en 1806). En cuanto al final del padre, interpretado por el señor Leonard Hester, prefiero correr un tupido velo.

Respecto a la protagonista, el papel de joven inocente en apuros resultaría ciertamente más convincente si Lilian Bellecourt —discúlpenme la indiscreción— estuviera por debajo de los treinta y cinco años.

El texto proseguía en ese tono y Charlotte tuvo que secarse las lágrimas varias veces durante la lectura. El artículo finalizaba con estas palabras:

Mientras en el escenario la señorita Bellecourt abría el corazón a su amado, este que les escribe esperaba anhelante
que se abrieran las puertas del infierno y engulleran por
completo a la dama.

Firmaba la crítica «ThAsh».

14

a semana siguiente transcurrió plácidamente. Sir Andrew asistió a una reunión de su partido en Londres y pasó la noche en su residencia en la ciudad. De este modo, Charlotte tuvo tiempo para observar a Emily con tranquilidad. A menudo pensó en el sueño que le había contado la niña y que se le había quedado grabado en la memoria: «He soñado que estaba enferma. Tenía fiebre. El cuerpo me ardía. Luego alguien me llevaba en brazos hasta la ventana. Fuera hacía mucho frío. El viento me refrescó. Eso fue agradable. Me volví para ver quién me llevaba, pero no había nadie. Estaba sola. Suspendida en el aire. Como si volara. Y luego empecé a caer, y caer...».

Aunque para ella no era nuevo que los sueños podían dar a conocer algo de la vida interior de las personas, no sabía cómo interpretar la pesadilla de Emily. Tal vez la pequeña estuviera elaborando de ese modo ese periodo oscuro en el que tan a menudo había estado enferma. Charlotte aún no sabía nada en concreto sobre las dolencias de Emily, las cuales sin duda habían sido muy molestas para una niña tan pequeña. La sensación de no estar sostenida por nadie y caer en las profundidades podía significar la pérdida de la madre, que antes le había ofrecido protección y apoyo. Sí, era plausible. Con todo, había algo que no acababa de encajar.

La ventana abierta... ¿Quién llevaría a una criatura enferma a un lugar donde soplaba un viento frío? Charlotte se acordó de aquella noche de unas semanas atrás, cuando una ventana había quedado abierta. Tal vez Emily fuera sonámbula, una de esas personas de las que se decía que solían colocarse en situaciones de peligro: escaleras, ventanas abiertas, cuando no tejados. ¿Y si el sueño solo había sido el recuerdo inconsciente de su ir y venir nocturno?

Ese asunto inquietaba a Charlotte y, por eso, un día después de comer fue a ver a Nora a su cuarto, tras encargar a Emily una tarea de escritura.

Cuando la vio entrar, la niñera la miró con sorpresa y algo de temor. Dejó su labor de bordado a un lado y se levantó a la vez que, sin darse cuenta, se frotaba las manos en el delantal, que llevaba inmaculado.

—¿Señorita Pauly? —Habló en tono preocupado, como si temiera haber cometido una falta.

—¿Te puedo entretener un momento? —preguntó Charlotte con educación. La niñera se sonrojó y le indicó una silla.

El cuarto era sencillo, pero limpio; las paredes estaban adornadas con varios cuadros de paisajes y había una pequeña cruz colgada sobre la cama.

Charlotte se sentó y pensó en el mejor modo de iniciar la conversación. Le contó entonces el incidente de la noche del lunes, algo que hizo palidecer a Nora.

—Yo..., bueno, yo me habría ocupado de eso, señorita Pauly. Pero como ya no me está permitido...

Se tapó la boca con la mano, como queriendo retirar esas palabras.

—Lo sé. Ya no duermes en el dormitorio de al lado. Y no te culpes por ello —dijo Charlotte en tono conciliador—. No he venido a hacerte reproches, solo quería preguntarte una cosa.

—¿De qué se trata?

—Me gustaría saber algo más acerca de las antiguas enfermedades de Emily para así poder valorar si su estado ha empeorado de nuevo.

Nora se miró las manos, que tenía cruzadas en el regazo.

—Bueno, verá, fueron varias cosas: resfriados, fiebre, tos; una vez, incluso una neumonía que casi acaba con ella. Dolores de estómago, vómitos. Cosas así. Los niños suelen enfermar con frecuencia.

—Pero parece que en su caso fue con una reiteración poco habitual.

Nora calló. Charlotte notó que la niñera reaccionaba siempre con mucha susceptibilidad y que se lo tomaba todo como un reproche. Tenía que actuar con más cautela.

—Cuando estaba enferma, ¿tú la cuidabas? Si es así, seguro que lo hiciste muy bien.

—No la cuidé yo sola.

—¿Pidieron los servicios de una enfermera?

Ella negó con la cabeza.

—No. Lady Ellen se encargaba de su hija. Sé que es algo poco corriente, pero... —Se encogió de hombros.

—Te aseguro que todo lo que me cuentes quedará entre nosotras. De mi boca nadie sabrá que me has hablado de lady Ellen. A fin de cuentas, las dos queremos lo mejor para Emily.

La joven pareció relajarse un poco. Aflojó los hombros y soltó las manos.

—Se ocupaba siempre de Emily. Se levantaba por la noche cuando estaba enferma, e incluso dormía junto a su cama en una butaca. —Nora sollozó—. Jamás he visto una madre más amorosa.

Charlotte inspiró profundamente. Se acordó de las palabras de la anciana que se había encontrado en el cementerio. «Muchas damas elegantes no se ocupan en persona de sus hijos, en cambio ella iba a menudo en el coche de caballos con la pequeña».

Eso corroboraba las palabras de Nora. Era algo realmente extraordinario y permitía suponer que la relación entre madre e hija había sido más estrecha y afectuosa que lo habitual en ese círculo social. ¿Qué había podido llevar a lady Ellen a ir contra las convenciones? ¿Qué pensaba la gente de su entorno? ¿Sir Andrew apoyaba a su esposa, o se sentía avergonzado de que ella asumiera tareas propias del personal de servicio? La frialdad que Charlotte había visto en él no excluía esa posibilidad, pero bien podía suceder que esa actitud fuera una fachada tras la cual él ocultaba ante el mundo todo su pesar.

—Eso es interesante, Nora. ¿Te llevabas bien con lady Ellen?

Ella asintió con vehemencia.

—Oh, sí. Siempre era muy amable. A veces me regalaba cintas para el pelo, o peines que ya no usaba.

Había tantas preguntas que a Charlotte le hubiera gustado hacer, como si lady Ellen era una mujer feliz; si ella y sir Andrew tenían un matrimonio dichoso; qué podría haberla llevado a acercarse al río esa noche de marzo y... Sin embargo, de hacerlo, Nora recelaría y ella la necesitaba a su lado.

—¡Qué detalle tan bonito por su parte, Nora! Desde luego su muerte tuvo que ser una conmoción para todos.

Nora sollozó.

—Sí, señorita. Sir Andrew parecía fuera de sí. Él..., bueno, no quería creérselo y una y otra vez envió gente en su búsqueda, a pesar de que no había ninguna esperanza. Nosotros, claro está, intentamos ocultárselo a la señorita Emily, pero ella notó algo. Es imposible esconder esas cosas.

Charlotte había averiguado mucho en muy poco tiempo, pero no podía librarse de la sensación de que Nora no se lo estaba contando todo. De momento, sin embargo, debía contentarse con lo que había conseguido.

—Hay otra cosa que quería preguntarte: ¿Emily ha sufrido siempre pesadillas, o solo desde la muerte de su madre?

La respuesta no se hizo esperar.

—Solo desde la muerte de lady Ellen. Ella, claro está, se sentaba a menudo por la noche junto a Emily, así que yo no habría podido saber si tenía pesadillas, pero nunca lo mencionó. No. Seguro. Empezó tras su muerte.

—¿Y con qué frecuencia le ocurre desde entonces?

Nora se encogió de hombros.

—Eso depende. A veces no sueña durante dos o tres semanas, y luego, de nuevo, varias veces seguidas.

—¿Y quién se ocupa de ella en estas ocasiones?

—Si la oigo, voy a su cuarto. —Nora no dijo más, pero Charlotte supo interpretar esas palabras. Si ella no oía a la niña, Emily se quedaba sola con sus miedos. O buscaba consuelo en su institutriz.

—¿Sueña siempre con su madre?

Nora apretó los labios, como si no quisiera hablar.

—Te lo ruego, Emily me preocupa. Tal vez sea sonámbula y eso puede ser peligroso.

La niñera pareció debatirse consigo misma y finalmente susurró:

—A veces no se acuerda de lo que ha soñado. O dice que alguien ha entrado en su cuarto, alguien que ella no conoce. Pero también ocurre que sueña con su madre. Una vez... —miró hacia la puerta, como temiendo que alguien escuchara—, una vez, en verano, gritó tan fuerte por la noche que la oí. Corrí a su dormitorio y me dijo que había visto a su madre. La luna brillaba con fuerza. Se acercó conmigo a la ventana y me señaló un lugar detrás del jardín, entre los árboles. Dijo que estaba ahí, de pie. Emily estaba absolutamente convencida de ello. Realmente tiene un sueño muy vívido.

—Tienes razón. Es una niña muy imaginativa.

Charlotte volvió la mirada pensativa hacia los árboles oscuros, cuyas ramas desnudas se recortaban contra el cielo como siluetas. Hasta el momento aún no había salido a ver el jardín, pero se dijo que lo haría con Emily. Eso no levantaría recelos en el servicio y además podría examinar el lugar sin llamar la atención.

—Te agradezco mucho la franqueza —le dijo a Nora con tono agradable.

—No es nada. Tan solo le pido, por favor, que no se lo cuente a sir Andrew... Ni a nadie más —respondió la niñera preocupada. Parecía muy temerosa de importunar a su patrón y perder el empleo por ello.

—No lo haré. —Charlotte reflexionó un momento—. Si se te ocurre alguna otra cosa que pueda ser importante, cuéntamela, por favor. Por lo demás, me gustaría mucho que siguieras peinando a Emily todas las noches. Para ella es un consuelo, y así las dos podéis estar un tiempo juntas.

La mirada de agradecimiento de Nora le llegó al corazón.

—Gracias, señorita, es muy amable por su parte.

Charlotte se encaminó hacia la puerta. De pronto, notó el frío que hacía en ese dormitorio. Vio que la diminuta chimenea no estaba encendida y reparó en las manos de Nora, que presentaban tonalidades rojizas y azuladas.

—Necesitas leña para la chimenea. Se lo diré a Susan.

Dicho eso, abandonó la habitación y volvió a la sala de estudio, donde Emily aguardaba con las manos cruzadas sobre su cuaderno y una mirada de asombro.

—Lo siento. He tardado más de la cuenta —dijo Charlotte. A continuación, se sentó a la mesa con el cuaderno y leyó el breve escrito que había hecho la niña. Debía explicar en alemán con frases sencillas su rutina diaria y no lo había hecho nada mal.

—Esto está muy bien, Emily. Acércate.

La niña se aproximó y ambas repasaron las frases, mientras Charlotte mostraba los errores a la pequeña y marcaba en verde los aciertos.

—El alemán es muy difícil —dijo Emily en tono vacilante.

—Tienes razón —corroboró Charlotte con una sonrisa—. Pero no lo es tanto si aprendes el idioma de pequeño.

—Pero usted también habla muy bien el inglés.

—No tanto como tú —repuso Charlotte—. Todavía se me nota el acento. No creo que pudiera pasar por inglesa. —Cerró el cuaderno y se lo devolvió a Emily—. Si mañana hace buen tiempo, me podrías enseñar vuestro jardín. Hasta ahora solo lo he visto desde la ventana y me gustaría pasear por ahí.

Emily asintió con ganas.

—Así lo haré. Hay un pequeño invernadero donde papá cultiva plantas tropicales. Bueno, al menos lo intenta. Muchas se mueren porque aquí hace demasiado frío y humedad.

—Eso parece muy interesante. De todos modos, no estoy segura de que le parezca bien que vayamos si él no está en casa.

—Mientras no toquemos ni rompamos nada, seguro que papá no tiene nada que objetar. Por favor, fräulein Pauly.

—De acuerdo.

A la mañana siguiente en el desayuno, Emily volvió a hablar del jardín.

—Claro que iremos, pero antes debes terminar tus tareas.

Emily asintió.

—Esta mañana seré especialmente aplicada, señorita Pauly. Prometido. Y cuando papá venga esta noche, le contaré que he estado dando una vuelta con usted.

Charlotte se alegró de la vivacidad de Emily y no le quiso arruinar la alegría.

—De acuerdo, pero hasta las doce vas a tener que hacer muchas cosas.

Emily asintió contenta.

—Voy a la sala de estudio, señorita Pauly.

Charlotte vio cómo se alejaba con una sonrisa. Las distintas facetas de aquella niña no dejaban de sorprenderla. ¿Cómo podía enfrentarse a sus miedos por la noche y trabajar concentrada de día? Tal vez, se dijo, tuviera un carácter especialmente fuerte que con los años de enfermedad hubiera madurado antes de tiempo. Sin embargo, Charlotte sabía que debía ser cautelosa. Tenía muy presente lo ocurrido en el salón de té. Algo así podía volver a darse en cualquier otro momento.

En efecto, Emily se mostró especialmente aplicada, por lo que después del almuerzo, ya con el estómago lleno y abrigadas con gorras y bufandas gruesas, salieron al jardín.

—Esto es la cochera —explicó Emily—. Para el coche. Aquí además es donde Wilkins repara las cosas que se estropean.

Charlotte atravesó la puerta abierta y buscó a Wilkins con la mirada. El cochero se encontraba en el rincón más alejado revolviendo en una caja de herramientas; al oír los pasos se giró de forma brusca.

Se incorporó, se restregó las manos en los pantalones y la saludó llevándose la mano a la gorra.

—Buenos días, señorita. ¿Va usted de paseo?

—Estoy enseñando el jardín a fräulein Pauly —explicó Emily mientras miraba con impaciencia a su institutriz.

—Wilkins, me gustaría pedirle que mañana a las tres y media nos acompañe a Mickleham para visitar al reverendo Morton.

—Por supuesto, señorita.

Emily le tiró de la manga.

—¿Nos vamos?

Charlotte saludó de nuevo a Wilkins con un ademán de cabeza, y ella y Emily abandonaron la cochera. Prosiguieron entonces junto al lateral de la casa hasta que la pequeña señaló un arriate antiguo de ladrillo rojo.

—Este es el huerto. Aquí se cultivan las hierbas aromáticas y la verdura —señaló la niña—. Ahora, claro, no hay mucho que ver, pero la cocinera ha puesto a secar muchas hierbas aromáticas. Así en invierno las usa para la comida.

El terreno era mucho más grande de lo que Charlotte había pensado. En el centro de la extensión de hierba había una glorieta con rosales cuyas ramas desnudas y espinosas se levantaban hacia el aire.

—Wilkins los poda en primavera —explicó Emily—. En otoño no, porque los brotes viejos son una protección contra el frío.

—¿Wilkins también es vuestro jardinero? No lo sabía.

—Sí. Papá dice que hace el trabajo duro. La señora Evans se ocupa de las flores. Mire, ahí está el invernadero.

Se trataba de un pequeño pabellón octogonal, con una torrecita en el tejado. Las vigas de hierro eran blancas y estaban muy limpias y cuidadas, como los cristales, que permitían ver el interior. Ya antes de entrar, Charlotte pudo apreciar lo bien cuidado que estaba aquel invernadero.

—Realmente es magnífico —dijo rodeando el edificio.

—Papá está muy orgulloso de sus plantas. Algunas dan frutos exóticos que incluso son comestibles. Pero solo en verano.

De nuevo, Charlotte se dio cuenta del profundo interés de la niña, su anhelo por compartir algo con su padre, y se preguntó por qué él accedía tan pocas veces a ello.

Al entrar le sorprendió la temperatura cálida del aire; era como si el cristal atrapara los últimos rayos cálidos del sol y los guardara para el invierno. Había macetas con palmeras, un banco de madera con cactus y otras plantas que jamás había visto.

Emily se detuvo ante una planta trepadora poco atractiva cuyas flores colgaban mustias y secas.

—Es una pasiflora. Tiene unas flores preciosas, de color blanco y violeta. Y sus estambres parecen... —pensó por un momento hasta que le vino la palabra a la cabeza—... los instrumentos de la Pasión de Cristo. Papá me lo contó. Da un fruto que se llama maracuyá.

Enseñó el invernadero a Charlotte y, en cuanto salieron, cerró cuidadosamente la puerta tras ellas. Charlotte contempló el gran olmo cuyas extensas ramas dobladas sobre la hierba sin duda formaban en verano un espléndido baldaquín verde. De una de las ramas bajas y fuertes pendía un columpio.

—¿Te apetece?

Emily se montó de un salto y se dio impulso con fuerza. Charlotte vio cómo se balanceaba, pero dirigió su mirada más allá, hacia el lindero del bosque, donde a Emily le había parecido ver a su madre. Por primera vez reparó en el portón de hierro forjado que había en el muro y que separaba el jardín del bosque.

—¡Mire, fräulein Pauly! ¡Mire qué alto me columpio!

—Yo cuando lo hacía me imaginaba siempre que volaba hasta el cielo —comentó Charlotte con melancolía.

—¡Sí, eso mismo! ¡Yo también!

Cuando Emily bajó, Charlotte seguía quieta mirando el portón. Luego, salió de su ensimismamiento y se dirigió a la niña.

—¿Adónde lleva ese portón? Parece un poco misterioso.

—Al bosque. —En la voz de Emily se percibió claramente cierta vacilación; de pronto parecía haber perdido su alegría desbordante—. Es Nicols Field.

Emily se dio la vuelta como si quisiera seguir andando.

—¿Se puede pasear por ahí?

—Sí, pero a mí no me gusta.

Charlotte entendió la señal y no insistió con las preguntas porque no quería hacer daño a Emily.

—Mira, ahí arriba está mi habitación de la torre. Desde ahí tengo una vista magnífica.

Emily seguía cabizbaja y a Charlotte se le hizo un nudo en la garganta. «¿Qué he hecho?», se preguntó. ¿Acaso había ido demasiado lejos con sus indagaciones? De pronto, la acuciaron las dudas sobre lo que la movía realmente a plantear esas preguntas inquisidoras y fue una experiencia desagradable. Estaba ahí ante todo para dar clases a Emily; esa era su labor más importante. Sin embargo, sabía que la pequeña sufría y que tras aquello no solo había el dolor comprensible por la muerte de su madre, sino también algo más misterioso que ella no alcanzaba a entender. Aún no.

Se disponían a doblar la esquina de la casa y poner fin al recorrido cuando se oyó el crujido de los guijarros en la entrada y asomó un coche de caballos.

—¿Y si es papá?

—¿Wilkins no lo habría ido a recoger a la estación?

—Sí, es cierto. —Emily la interrogó con la mirada—. ¿Puedo ir a ver?

—Por supuesto.

La pequeña corrió hacia la fachada delantera de la casa, y Charlotte oyó una voz masculina que la saludaba. Sir Andrew. Seguramente había tomado un coche de alquiler.

Siguió a Emily y vio al señor de la casa pagando al cochero antes de que este diera la vuelta con el vehículo y se marchara. Charlotte se disponía a acercarse para saludarlo cuando él se volvió hacia ella.

Tenía una mirada glacial.

—Quiero verla en mi despacho. De inmediato.

Charlotte se apresuró hacia arriba, dejó el abrigo y la gorra y se arregló el peinado en el espejo. El corazón le latía con fuerza y apenas podía tragar saliva.

¿Qué significaba aquello? No había hecho nada reprochable. ¿Y si de algún modo había tenido noticias de sus pesquisas? Apesadumbrada, reparó en el número de personas con quienes había hablado sobre su esposa fallecida: la señorita Finch, Nora Burke, la anciana del cementerio de Dorking, la señora Evans, la esposa del párroco... Se mordió los labios, tomó aire y abandonó el dormitorio.

Él la esperaba delante de la chimenea, con un puro en una mano y una copa de brandy en la otra.

—Siéntese, por favor.

Ella se sentó sin ni siquiera atreverse a mirarlo.

—Cuando me solicitó empleo, presentó usted unas referencias excelentes.

Charlotte levantó la mirada con sorpresa.

—Sí, señor.

—Yo confié en ellas.

—Si me lo permite, no hay motivo alguno para recelar de ellas. Lo que allí se dice se corresponde con la verdad —repuso ella con seguridad.

—No me refiero a sus servicios como institutriz. Estoy muy satisfecho de su trabajo con Emily. Está progresando muy bien.

¿Adónde quería llegar?, se preguntaba ella febrilmente.

—Como sabe, he pasado unos días en Londres. En ese tiempo coincidí con el embajador británico en Berlín, que esos días estaba de vacaciones en el país. —Aunque él la inquiría con la mirada, ella no bajó la vista—. Entablamos conversación y mencioné por casualidad que había contratado una niñera que antes había trabajado en Berlín.

Charlotte contuvo el aliento deseando que él no reparara en la vena del cuello que en esos momentos le latía con fuerza. Se lo había esperado todo menos que él la pudiera confrontar con su pasado.

—¿Tiene usted alguna cosa que contarme?

Ella clavó la mirada en esos ojos azules y fríos.

—Señor, yo no he hecho nada impropio.

Él tomó un sorbo de brandy y dejó la copa sobre la mesa haciendo ruido. Circunspecto cortó entonces la punta del puro, lo encendió con una cerilla girándolo lentamente sobre la llama y le dio la primera calada. Contempló a Charlotte a través del humo.

—Fräulein Pauly, ¿conoce usted al teniente Friedrich von Benkow?

«No pasa ni un solo día en que no piense en ti y atesoro tu imagen en mi corazón».

Ella se estremeció con ese recuerdo y asintió.

—Sí, era el hijo mayor de la familia para la que trabajaba. Yo daba clases a sus hermanas pequeñas.

—Y provocó un escándalo —replicó sir Andrew con tono mordaz.

Charlotte se irguió en su asiento. En aquel momento, mantener la compostura era más importante que cualquier otra cosa.

—Eso no es cierto. De haber sido así, no me habrían dado unas referencias tan buenas.

—En Berlín todo el mundo decía que el hijo de la casa, el heredero del patrimonio familiar, pretendía casarse con la institutriz de sus hermanas —replicó sir Andrew insistiendo.

Charlotte se levantó. Era imposible hacer frente a esas acusaciones permaneciendo sentada.

—Así fue. Eso era lo que él pretendía, pero por desgracia no supo manejar ese anhelo con discreción.

—¿Acaso pretende excusarse?

Charlotte notó cómo su agresividad se despertaba. Si quería conservar su puesto y seguir con Emily, tenía que hacer frente a ese ataque.

—Sir Andrew, le ruego que me escuche. Luego podrá juzgarme, pero primero permita que le cuente mi versión de lo ocurrido.

Él se tomó tiempo para responder, dio una calada y finalmente asintió.

—De acuerdo, pero no se extienda.

Charlotte no había contado con que su pasado le fuera a salir a su encuentro ahí y en ese instante, pero estaba dispuesta a luchar. Y si después debía abandonar la casa, lo haría con la cabeza bien alta.

—Trabajé cuatro años para la familia Von Benkow. En ese tiempo se produjo una aproximación entre el hijo mayor, Friedrich, y yo. Él me demostró su afecto con palabras y cartas y yo..., bueno, yo correspondí a esos sentimientos, aunque jamás faltamos al decoro. Llegó un momento en que él decidió casarse conmigo. Le advertí de que sus padres se disgustarían, pero no había quien pudiera quitarle esa idea de la cabeza. Le rogué que aguardara un tiempo para estar seguro de sus sentimientos. Sin embargo, él no cumplió su palabra y le habló de ello a un amigo. Al poco, empezaron a surgir los primeros rumores. Los Von Benkow son una familia influyente, el padre ejerce en la Corte. Entonces a él le llegaron las murmuraciones de que su hijo y la institutriz... —Tomó aire—. En fin, se produjo entonces una escena desagradable entre él y sus padres. A él le obligaron a hacer un largo viaje al extranjero, y a mí me despidieron. Después de lo ocurrido, me resultaba imposible seguir trabajando en la capital. Rogué a la familia Von Benkow que, por lo menos, me facilitaran poder encontrar un puesto en el extranjero con unas buenas referencias, algo a lo que ellos accedieron. —Miró a sir Andrew de forma desafiante—. Todo cuanto dicen mis referencias se corresponde con la verdad. Aprecio mucho a Emily como alumna y me gusta estar en esta casa. Como profesora me esforzaré al máximo, siempre y cuando usted me permita seguir ejerciendo. No tengo nada más que contarle, señor.

Notaba que los ojos le ardían y apretó los dientes para no llorar. Sir Andrew guardó silencio, pero su mirada parecía penetrarla como si fuera un escalpelo.

—¿Permite que me retire? —Se encaminó hacia la puerta.

—Me gustaría saber lo que dijo al respecto el joven señor.

Había que admitir que sabía dar en el blanco.

—Al final se sometió a sus padres, como cabe esperar en un hijo consciente de sus obligaciones.

—Una actitud moralmente irreprochable, pero no muy valiente.

Charlotte se giró y tuvo la impresión de que una sonrisa diminuta se le dibujaba en la comisura de los labios.

—Jamás albergué auténticas esperanzas de ser su esposa. Él era el soñador, no yo.

Esas palabras le exigieron mucho valor, pero se correspondían con la verdad. Se sorprendió al notar la confianza con que de pronto ella se dirigía a su patrón.

—Bien. Continuará dando clases a Emily. De todos modos, le advierto de forma expresa que en mi casa yo no tolero ninguna amistad masculina, sea del tipo que sea, que pueda dar pie a habladurías. En caso de que tal cosa se produjera, Emily se debería separar de su institutriz.

Charlotte asintió.

—Se lo agradezco. Ahora me voy a retirar.

Mantener una salida digna le costó tal esfuerzo que cuando llegó a la escalera las piernas le temblaban. Tuvo que detenerse y apoyarse en la barandilla. De algún modo, logró subir al primer piso y, cuando la puerta que daba a la torre se cerró tras de sí, dejó salir las lágrimas.

Aquella tarde escribió una carta a Friedrich.

Apreciado señor Von Benkow:

Aunque le agradezco sus líneas, debo rogarle que no vuelva a escribirme. He encontrado un buen trabajo en Inglaterra y no deseo recordar por más tiempo los acontecimientos de Berlín, tan desafortunados para ambos.

Le deseo todo lo mejor para su futuro y le saludo atentamente,

Charlotte Pauly

Al doblar la carta, una lágrima le cayó encima. La secó con gesto decidido. Sin embargo, cuando Susan la bajó para poder llevarla a correos al día siguiente, a Charlotte le pareció como si estuviera cortando el último hilo que la unía a su patria.

15

Liverpool, octubre de 1890

*L*a lluvia fustigaba el suelo adoquinado sobre el que se reflejaban las luces amarillas de las farolas de la calle, y el viento sacudía con fuerza el marco de la ventana del coche de alquiler, como si quisiera entrar a la fuerza. Tom Ashdown pagó la carrera, se apeó y recorrió el escaso trecho hasta la puerta principal, a la que llamó con fuerza.

Le abrió Mary Lodge en persona.

—Pase, rápido, hace un tiempo espantoso.

Le sostuvo la puerta abierta y, para su asombro, le tomó el sombrero y el abrigo.

—No me mire así, señor Ashdown. El servicio no nos ha abandonado. Es solo que mi querido esposo ha insistido en cambiarlos a todos y para esta velada tan importante yo en persona me encargo de recibir a nuestros invitados.

—¿Cambiarlos?

Ella asintió.

—Y no solo eso. Además, ha escondido bajo llave la Biblia de la familia y todos los álbumes de fotografías. Luego... —la mujer se inclinó y dijo tapándose la boca con disimulo— ha examinado el equipaje de la señora Piper. En persona. No puede imaginarse lo embarazoso que ha sido para mí, pero afirma que son prevenciones necesarias.

Tom tuvo que contener la risa. Oliver Lodge era una gran personalidad, un físico de talento y profesor universitario que no solo se interesaba por la investigación de las ondas electromagnéticas, sino que desde hacía un tiempo formaba parte de la Sociedad.

Mary Lodge abrió la puerta del salón y anunció su llegada antes de retirarse. El señor de la casa se acercó a Tom tendiéndole la mano. La barba grisácea y el cabello canoso le hacían parecer mayor de cuarenta años.

—Querido Ashdown, ¡es magnífico que se haya molestado en venir aquí a pesar de este tiempo tan desapacible! Myers ya ha llegado. A usted le he preparado un sitio para tomar notas. Espero que lo encuentre de su entera satisfacción.

En una pequeña mesa encontró dispuesto, con todo detalle, vade, papel, pluma, tintero y papel secante. Delante había una silla cómoda.

—Muchas gracias.

La estancia era cálida y acogedora; en la chimenea ardía un fuego agradable. Tom saludó a Fred Myers, que también formaba parte de la Sociedad. Luego escrutó a su alrededor.

—¿Dónde está la protagonista de la velada, si se me permite la pregunta?

—He pedido a la señora Piper que permaneciera en su habitación hasta que estuviéramos todos y pudiésemos empezar la sesión —explicó Lodge—. En las semanas anteriores

Fred y yo hemos comprobado de forma exhaustiva su estado de trance.

En ese instante, llamaron a la puerta de la estancia y la señora Lodge entró con una bandeja con refrigerios para Tom, que él tomó con un gesto de agradecimiento.

—Pídele a la señora Piper que baje en diez minutos —dijo el señor Lodge a su esposa cerrando la puerta en cuanto ella se hubo marchado.

Tom levantó la mano.

—¿Puedo preguntar cómo lo ha hecho? Quiero decir, eso de comprobar su trance.

—Primero le hablamos, luego le sacudimos la espalda, le soplamos directamente a la cara. A continuación —le escrutó con la mirada, como si quisiera ver su reacción—, pasamos a métodos más drásticos. La pinchamos con agujas, le rozamos el brazo con una cerilla y le acercamos carbonato de amonio a la nariz.

Tom enarcó las cejas con sorpresa.

—¿Ese es el procedimiento habitual? Me parece, cómo expresarlo, bastante expeditivo.

—¿Quiere decir poco científico? —preguntó Lodge con tono divertido—. De vez en cuando hay que recurrir a estos métodos. La señora Piper no es una médium que se sirva de trucos simples.

—Entonces, ¿no es un Charles Belvoir?

—No precisamente —respondió Myers—. Nuestro apreciado colega norteamericano William James la define como el cuervo blanco que demuestra que no todos son negros. Eso son palabras mayores. Hasta el momento nadie ha podido demostrar que ella haga trucos o trampas. No utiliza cabinas, cortinas, ni los demás accesorios tan apreciados entre los médiums. En su tierra, nuestro colega Hodgson la ha estudiado en cincuenta sesiones e incluso encargó a unos detectives privados que la siguieran y no ha encontrado nada sospechoso. Quedó muy impresionado porque además ella no acepta dinero por sus sesiones y no quiere ser famosa. Eso es más de lo que cabe esperar de la mayoría de los médiums.

Myers asintió.

—Así es. En todo caso, Oliver y yo no logramos sacarla de su trance de ningún modo. No obstante, esto tampoco prueba sus capacidades.

—Suele comunicarse a través de un tal Phinuit, que, según parece, es un médico francés —explicó Lodge—. Sin embargo, en el curso de nuestras indagaciones no hemos encontrado a nadie que se corresponda con esa descripción.

—Suponemos que podría tratarse de una especie de segunda personalidad —apuntó Myers y miró a la puerta—. Me parece que oigo a las damas. ¿Alguna otra pregunta que requiera una respuesta previa, Ashdown?

—No. A veces, lo mejor es dejar que las cosas ocurran sin más.

Como respondiendo a una llamada, sonaron unos golpes en la puerta y la señora Lodge entró. Detrás asomó una mujer discreta, que a ojos de Tom debía de tener treinta años recién cumplidos y que vestía de forma comedida y conservadora. No tenía nada que ver con los médiums sensacionalistas deseosos de llamar la atención a toda costa y que, por lo general, no podían ofrecer otra cosa más que su aspecto estrafalario. La señora Piper, en cambio, era una esposa y madre de Boston, una mujer de origen humilde y respetable. Tom se preguntó si acaso ese día iba a conocer a alguien con capacidades extraordinarias y capaz de llegar al más allá, donde fuera que este se encontrara.

La voz era áspera y estentórea, no parecía la de una mujer de apariencia delicada.

—Esto pertenece a uno de sus tíos. —La señora Piper dio vueltas en sus manos al reloj de oro que Lodge le había entregado—. El propietario de este reloj había querido mucho a otro tío. Ese otro se llamaba Robert. Y ahora este reloj pertenece a Robert.

Tom tomaba notas, pero no dejaba de levantar la vista una y otra vez, incapaz casi de apartar sus ojos de la mujer. ¿Qué pretendía Lodge cuando puso en manos de ella ese reloj de oro?

Una y otra vez ella acariciaba el metal, como si leyera en esa superficie grabada. De pronto, su voz adoptó un tono más suave. «Este reloj es mío, Robert es mi hermano, y yo estoy aquí. Tío Jerry. Mi reloj».

Tom vio cómo Lodge dirigía una mirada nerviosa a Fred Myers. Luego dijo:

—Tío Jerry, cuéntame algo que solo tú y Robert sepáis. Un secreto, algo que no sepa nadie más que vosotros.

Tom contuvo el aliento y miró a la señora Piper, que seguía dando vueltas al reloj, del anverso al reverso, en un flujo dorado infinito y brillante.

—¡Ah! Hay una cosa. De pequeños nos gustaba bañarnos en un torrente. Era bastante peligroso. Una vez estuvimos a punto de ahogarnos. Y luego hubo un gato que matamos en el campo de Smith. Sí, de niño yo tenía un arma. Y un tesoro, una piel larga y especial, como de serpiente...

Habían transcurrido dos semanas desde la sesión con la señora Piper; durante ese tiempo Tom había escrito varias críticas teatrales, había elogiado las memorias de un boxeador profesional y, por lo demás, había pensado a menudo en cómo había acabado el asunto del reloj de oro del tío Jerry.

En esta ocasión, los miembros de la Sociedad, en vez de reunirse en Londres, se habían reunido en Liverpool.

—Como ve, ya estamos todos.

Con un gesto amplio, Oliver Lodge señaló a Henry y Eleanor Sidgwick, a Frederick Myers y a Richard Hodgson, quien tal vez era el más escéptico de todos los miembros de la Sociedad.

Tom saludó a los presentes y tomó asiento en una butaca cómoda mientras la señora Sidgwick le dirigía una mirada divertida.

—No sabía que fuera usted aficionado al boxeo, señor Ashdown.

—Y no lo soy, pero sé apreciar un libro sincero. Ese hombre no esconde nada y, por así decirlo, nos acompaña por todos los rincones y esquinas oscuras de su mundo sin avergonzarse por ello. Eso a mí me parece algo admirable.

El señor Lodge carraspeó y todas las cabezas se dirigieron hacia él.

—Todos ustedes conocen lo que la señora Piper dijo en la sesión que celebré en mi casa. Lo que hoy voy a contarles espero que les sorprenda y les asombre igual que a mí. —Hizo una pausa teatral—. El reloj de oro que di a la señora Piper durante su trance —dijo sacándolo con un gesto ágil de su bolsillo— pertenece a mi tío Robert. Este tenía un hermano gemelo llamado Jerry, que murió hace veinte años.

Tom y Fred Myers se miraron entre sí.

—Pedí a mi tío que me enviara un objeto que hubiera pertenecido a Jerry y recibí este reloj. Excepto yo, nadie sabía que estaba en la casa ni a quién pertenecía.

—Realmente eso es algo sorprendente —comentó Henry Sidgwick—. ¿Habló luego con su tío?

—Por supuesto. Se acordaba de esos baños peligrosos en el torrente. Y aún hoy conserva la piel de serpiente de la que tan orgulloso se sentía su hermano.

Un murmullo recorrió la sala.

—El resto de las cosas las había olvidado; de hecho, ya es muy mayor. —El señor Lodge iba de un lado a otro con las manos cruzadas a la espalda—. Como no me sentía satis-fecho con esto, escribí a otro tío más joven. —De nuevo, hizo una pausa—. Y este recordaba todos los detalles que la señora Piper mencionó. Según parece, el torrente transcu-rría por una peligrosa rueda de molino; el arma era difícil de manejar; el gato murió en el campo del señor Smith. Como sus hermanos no estaban especialmente orgullosos de esa hazaña, habían hecho todo lo posible por mantener aquello en secreto.

Tom intervino:

—En otras palabras, nadie podía saberlo.

—En todo caso nadie que la señora Piper pudiera co-nocer —corroboró Eleanor Sidgwick—. Es imposible que ella pudiera averiguar esas cosas. Oliver tomó todas las pre-cauciones para evitar precisamente esto.

—Con todo, no fue suficiente para mí —prosiguió el señor Lodge—. Quise descartar por completo que ella hubiera descubierto algo de algún modo intricado pues, a fin de cuentas, era de esperar que yo le preguntaría por algún familiar.

—¿Y bien? —preguntó Hodgson, que hasta el momento había permanecido en silencio y que en Estados Unidos no había logrado descubrir ningún engaño en esa mujer.

—Envié a un detective privado a la ciudad natal de mis tíos. Nadie había hecho averiguaciones sobre esa vieja historia. Además, en los archivos del lugar no hay nada que apunte hacia esos hechos. Damas y caballeros, la señora Piper me ha derrotado.

Aunque el trayecto era largo, Tom regresó a su casa a pie. La velada le había impresionado profundamente y quería reflexionar sin que nadie le molestara. Ignoró los servicios de los coches de plaza y los omnibuses a caballo, y no hizo caso de gente que pasaba a su lado ni de los jovencitos que anunciaban las ediciones vespertinas del periódico.

¿Acaso esa era la demostración de que había vida después de la muerte? ¿De que los espíritus se ponían en contacto con los vivos y hablaban a través de ellos? ¿Cómo si no habría podido averiguar la señora Piper todas esas historias tan personales?

Tom alzó los ojos hacia el cielo oscuro de la noche donde las nubes ocultaban las estrellas y sintió cómo le invadía esa soledad que tan familiar le resultaba. Mientras había permanecido en aquella cálida estancia rodeado por aquellos apasionados perseguidores de espíritus de mente científica se había sentido bien y había podido analizar el asunto desde un punto de vista puramente intelectual.

Sin embargo, ahora estaba solo consigo mismo y las preguntas regresaban. ¿Había quedado algo de Lucy tras su muerte? ¿O bien —tal y como creían quienes entendían el mundo como algo puramente material y explicable en su conjunto— su ser se había desvanecido junto con su cuerpo?

Notó un escalofrío y se arrebujó en su abrigo.

Tal vez los espíritus no existieran y, por lo tanto, tampoco nadie que susurrase esas cosas a Leonora Piper. Sin embargo, de ser así, tenía que existir un don, otro sentido, que no tenían todas las personas y que les permitía superar con la mente los límites del espacio y el tiempo.

16

Mickleham, octubre de 1890

ué encanto! —comentó Charlotte mientras Emily permanecía absorta ante la puerta abierta de la jaula sosteniendo en los brazos un conejito de manchas blancas y negras. Acariciaba con cuidado ese pelaje suave como la seda mientras contemplaba la conejera donde había varias crías agolpadas en torno a su madre. El aire estaba impregnado de un maravilloso olor a heno fresco.

El reverendo Morton sonrió, cerró la puerta de la jaula e hizo una señal a Charlotte para que se apartara un poco con él.

—Con los niños no siempre es fácil —murmuró—. A fin de cuentas, claro está, no criamos conejos solo para poderlos acariciar.

—Lo entiendo. Sería bueno que Emily no se encariñase de ningún animal en concreto, de lo contrario...

Charlotte volvió la mirada a la pequeña, que seguía de pie totalmente abstraída y con el rostro hundido en las largas orejas del animal.

—Usted se refiere a que ya ha sufrido una grave pérdida.

—Así es, señor Morton.

El párroco vaciló.

—Me he preguntado alguna vez si debería regalarle una cría. Aunque no les gusta estar solos, cuando se crían sin otros de su misma especie se vuelven más tranquilos.

Charlotte se quedó pensativa.

—Tal vez sería bueno que Emily aprendiera a responsabilizarse de un ser vivo.

—Así como a despedirse una y otra vez.

Ella miró al reverendo con sorpresa.

—¿Cree usted que realmente es posible prepararse para algo así?

—Sí, estoy absolutamente convencido. Como párroco me enfrento a menudo a la muerte y debo consolar a personas que han perdido familiares. Procuro sacar fuerzas de ello y acostumbrarme a la idea de que todo en este mundo es finito.

Charlotte no estaba convencida.

—No creo que sea posible estar preparado para ello en cualquier momento. Si así fuera, ¿eso no nos quitaría las ganas de vivir? ¿Puedo regalarle a una niña un conejo para que se acostumbre a la idea de que un día ese animalillo morirá? ¿No sería una crueldad?

El señor Morton negó con la cabeza.

—No necesariamente. También se podría pensar que las cosas se disfrutan más porque no duran para siempre. Imagínese que siempre hiciera buen tiempo. ¿Se alegraría usted por tener un cielo azul cada mañana y los juegos de la luz del sol entre las hojas verdes? En cuanto ese placer se convirtiera en rutina, dejaría de complacerla.

Por fortuna, en ese momento los llamaron para el té; a Charlotte le parecía que esa comparación flaqueaba y posiblemente habría discutido un buen rato más.

Emily se había mostrado eufórica cuando a la hora del desayuno supo que ese día irían a ver los conejos; en su interior, Charlotte se sentía aliviada ya que durante toda la mañana ella se había mostrado ausente, cosa que la niña había notado. Varias veces la pequeña la había mirado de soslayo mientras ella permanecía ensimismada en su asiento, y también había carraspeado para llamar su atención.

La noche anterior, Charlotte apenas había podido dormir; la entrevista con sir Andrew la había perturbado sobremanera. Miles de imágenes le venían a la cabeza: recuerdos de Berlín, el rostro de Friedrich, las murmuraciones de la gente que frecuentaba la casa de los Von Benkow. La desilusión que ella creía haber superado le había dejado un amargo sabor de boca.

Por otra parte, yo no quiero a Friedrich, se decía. Seguramente nunca lo quise. Me gustaba su encanto, las atenciones que me prestaba. La idea del amor. Pero nada más.

«Una actitud moralmente irreprochable, pero no muy valiente». De nuevo sir Andrew había conseguido sorprenderla con unas pocas palabras. Aunque ella creía conocerle, su reacción la había dejado atónita. Había dado por supuesto que, al tener él conocimiento de lo ocurrido en Berlín, la reprendería e incluso la despediría; en lugar de ello, sir Andrew había demostrado comprensión e incluso se había permitido una sonrisa.

—¿Cómo prefiere el té, señorita Pauly? —La voz amable de la señora Morton la sacó de su ensimismamiento.

—Disculpe.

La esposa del párroco estaba de pie junto a la mesa con la tetera mientras le servía el té.

—Lo tomo como en Inglaterra. Con leche y azúcar.

En la mesa había un pastel de frutas y *scones* con nata y mermelada de fresa, que Emily miraba con fruición. La desgraciada visita al salón de té no parecía haberle arrebatado su agrado por ese dulce.

La estancia era acogedora y estaba decorada de forma atractiva. En las paredes colgaban cuadros de paisajes ingleses bordados a mano que demostraban una gran habilidad; Charlotte vio también objetos de recuerdo que los Morton seguramente habían traído de la India y que daban un toque exótico a la sala: un abanico de mucho colorido, un elefante de madera pintado, una pequeña mesita en forma de estrella con incrustaciones magníficas.

El señor Morton se acababa de despedir porque tenía que hacer varias visitas a enfermos, pero le había prometido a Emily que antes de partir podría volver a acariciar los conejos.

Comentaron los progresos de Emily en sus estudios, y Charlotte explicó que había podido visitar un poco la zona.

—En primavera aún será más bonito —dijo la señora Morton—. Cuando se abren las flores en Box Hill es posible hacer unas excursiones magníficas. ¿Conoce *Emma*, de Jane Austen? Una escena muy conocida de la novela describe un pícnic en esa colina.

Charlotte negó con la cabeza.

—Solo he podido leer *Orgullo y prejuicio*. Esa novela me gustó mucho.

—Por desgracia, en Inglaterra apenas se lee a esta autora. Siempre me han gustado las novelas de la señorita Austen. Serían una lectura muy apropiada para Emily cuando sea un poco más mayor. Le puedo prestar mi ejemplar de *Emma*.

—Muchas gracias, será un placer.

Al encontrarse las tres en aquel ambiente tan familiar, a Charlotte le vino de pronto un recuerdo a la cabeza y preguntó a su anfitriona:

—¿Conoce usted a un reverendo llamado Horsley? Conocí a ese caballero en el tren que me llevó de Dover a Dorking y estuvimos hablando.

La amable esposa del párroco asintió.

—Sí, fue el antecesor de mi marido aquí, en Mickleham. Ahora se ocupa de una parroquia cerca de Londres.

Charlotte dirigió una mirada rápida hacia Emily.

—¿Ya has terminado el té? En ese caso, puedes volver a ver a los conejitos. No quiero regresar a casa demasiado tarde.

Emily se limpió educadamente la boca con la servilleta, saludó con una pequeña reverencia a la señora Morton y salió a toda prisa de la sala mientras las dos mujeres la contemplaban con una sonrisa.

Charlotte se aclaró la garganta.

—Cuando el señor Horsley me oyó decir que me dirigía a Chalk Hill de repente se volvió muy parco en palabras. Eso me llamó mucho la atención porque antes se había mostrado muy locuaz y atento. Se limitó a decir que en otros tiempos había conocido a lady Ellen.

La señora Morton dejó la taza de té y se reclinó en su asiento mientras juntaba las manos sobre la mesa.

—Señorita Pauly —dijo con voz vacilante—, si me lo permite, está usted entrando en un terreno peligroso.

Charlotte no había contado con eso.

—¿Por qué?

—Porque la muerte de lady Ellen ha dejado una herida profunda en la familia.

—Es totalmente comprensible. Cuando alguien pierde a una esposa y una madre de un modo tan trágico, ese dolor no es más que natural. Pero estoy preocupada por Emily. Apenas se atreve a pronunciar el nombre de su madre. Eso no puede ser bueno para ella.

La señora Morton suspiró.

—Querida, al hacerse cargo de la educación de Emily ha asumido usted también un cometido difícil. Es una niña encantadora e inteligente, pero el pasado se cierne como una sombra sobre la familia. Al parecer, sir Andrew es incapaz de superar la pérdida de su esposa. —Vaciló—. No habla de ella con nadie. Esa prohibición no solo afecta a su propio hogar, sino a todas las personas con las que él tiene relación.

Charlotte se quedó reflexionando. Por fin había alguien a quien confiar sus pensamientos sin temor. Ciertamente, apenas conocía a la señora Morton, pero la mujer del párroco irradiaba confianza. Por ello, dejó de lado toda prudencia.

—Hay otra cosa que me preocupa, señora Morton. Emily sufre pesadillas. Y además me temo que es sonámbula. Sabe ocultar el dolor durante el día, pero por la noche queda expuesta a él sin ninguna protección. —Charlotte le contó la extraña noche en la que alguien la había llevado junto a la ventana abierta—. Me preocupa que reprima tanto sus sentimientos que en algún momento se produzca un ataque de nervios de consecuencias impredecibles.

La señora Morton levantó la mirada súbitamente.

—¿Un ataque de nervios? ¿No cree que exagera un poco?

—No, no me lo parece. Podría enfermar físicamente, o sufrir una crisis nerviosa. Es algo que ocurre cuando las personas se ocultan a sí mismas sus dolores y miedos. Sin duda, eso es algo que no le resulta extraño. A fin de cuentas, usted y su marido saben del padecimiento humano.

La señora Morton volvió a rellenar las tazas de té.

—Entiendo su preocupación por Emily, pero no sé cómo puedo serle de ayuda.

—Si pudiera contarme algo sobre ella y su madre. —Charlotte apretó los labios, como si de ese modo pudiera impedir la retirada de esa petición tan osada—. Usted no se opondría a la voluntad de sir Andrew —se apresuró a señalar—. A fin de cuentas, no hablamos delante de él ni de Emily, y yo lo trataría todo de forma estrictamente confidencial.

Sabía que se estaba extralimitando; en el peor de los casos, los Morton podían informar a sir Andrew de sus preguntas. Y no hacía falta tener mucha imaginación para inferir las consecuencias de ello.

Sin embargo, la osadía de Charlotte fue recompensada. La señora Morton se alisó la falda y la miró con amabilidad.

—Como sabe, no llevamos mucho tiempo en la zona, pero, si puedo responder a sus preguntas, lo haré gustosa. Durante estos meses he podido saber algunas cosas de la familia.

Charlotte respiró aliviada.

—¿Emily estaba enferma a menudo?

La señora Morton asintió.

—Sí, todas las personas cercanas estaban preocupadas por la pequeña. Todos sentían compasión por los padres, porque su única hija tenía muy mala salud.

—Me han contado que lady Ellen fue una madre poco habitual —prosiguió Charlotte—. Se ocupaba mucho de Emily y la atendía personalmente, a pesar de que en la casa había una niñera. ¿Usted también tenía esa sensación?

—Desde luego, era algo poco habitual para una dama de su posición. Por lo que me han dicho, se quedaba en casa incluso cuando sir Andrew asistía invitado a eventos sociales de Londres, y pocas veces lo acompañaba en sus viajes. Se dice que madre e hija tenían una relación muy estrecha, cosa que yo veo muy bien. Disculpe la franqueza, pero yo he criado sola a mis hijos y he disfrutado mucho las horas que he pasado con ellos. Con esto no pretendo en modo alguno desacreditar su labor, señorita Pauly...

Charlotte se echó a reír.

—No se preocupe. La verdad es que no me ofende. A menudo me he sentido mal por esos niños que solo veían a sus padres por la noche, cuando se presentaban ante ellos recién lavados y peinados, y que luego llevaban a acostar. En una ocasión, una niña a la que daba clases se encontró inesperadamente a su madre en camisón y sin peinar y no la reconoció.

La señora Morton se quedó horrorizada.

—¿De veras? ¿Me está diciendo que la pequeña solo conocía a su madre si iba bien vestida?

—Eso es. —Charlotte se encogió de hombros—. Por eso me impresiona tanto que, según parece, lady Ellen se comportara de otro modo.

En ese momento se acordó del encuentro en el cementerio y se lo contó a la señora Morton.

La mujer meneó la cabeza con gravedad.

—Es terrible cuando las personas no pueden despedirse como es debido. Mi marido y yo nos hemos dado cuenta de que en estos casos la familia sufre especialmente. Es lo que ocurre cuando la gente muere en el mar o muy lejos, en las colonias, y no se puede enterrar en el país natal. En esos casos, hace falta un lugar al que acudir y llorar la pérdida.

—Pero se colocó una lápida.

La mujer del párroco asintió.

—Así es. Tal vez sir Andrew quería un lugar dedicado a su mujer fallecida.

Charlotte tenía aún una última pregunta, pero temía excederse.

—Me han dicho que en esa época el Mole llevaba mucha agua y estaba crecido. Por lo tanto, lady Ellen debía de ser consciente del peligro.

—Así es. —La señora Morton se había sonrojado y toqueteaba nerviosa su pañuelo de bolsillo—. Pero no es cristiano hablar mal de los muertos —dijo para no responder.

—Discúlpeme, no era mi intención.

—La creo. —Vaciló—. De hecho, la mayoría de la gente de por aquí piensa eso mismo, pero nadie lo dice para no causar más dolor a la familia.

Charlotte dejó la servilleta a un lado y se levantó.

—Le agradezco su confianza y su ayuda, señora Morton. Me gustaría mucho poder verla muy pronto de nuevo. Le ruego que salude de mi parte a su marido.

La señora Morton fue a buscar el libro prometido, pidió a la doncella que trajera el sombrero y el abrigo de su invitada y acompañó a Charlotte a la jaula de los conejitos.

Antes de acercarse a Emily, la mujer del párroco retuvo un momento a Charlotte.

—Señorita Pauly, haga usted lo que su corazón le dicte. Usted tiene un buen corazón que la guiará por el camino correcto. Que Dios la bendiga.

Emily se despidió de los animales, estrechó la mano a la señora Morton y le hizo una pequeña reverencia antes de abandonar por fin la casa del párroco.

En el camino de vuelta, mientras Emily seguía parloteando entusiasmada sobre los conejitos, Charlotte no dejaba de dar vueltas a una frase: «La mayoría de la gente de por aquí piensa eso mismo».

Sus sospechas se confirmaban. Era muy posible que lady Ellen Clayworth se hubiera quitado la vida. Eso explicaba muchas cosas, pero no por qué su marido había enterrado su recuerdo bajo una coraza de silencio. Con todo, ahora se imponía otra pregunta apremiante: ¿qué la había llevado a dar ese paso?

Charlotte salió de la cama de un salto en cuanto oyó las voces nerviosas y se apresuró con la mirada adormilada hacia el pasillo del piso inferior. Susan, la doncella, estaba de pie, descompuesta, delante de la puerta de la habitación de la niña con Nora a su lado.

—Yo... había ido a tomar un vaso de leche a la cocina —farfulló Susan—. Entonces, la oí. Ya estaba fuera, al aire libre, en el camino de acceso a la casa. No sé adónde quería ir, en medio de la noche. ¡Con el frío que hace!

—Emily ha intentado escaparse de casa —dijo Nora—. Susan y yo la hemos llevado arriba. Ella no quería y por eso le he cerrado la puerta.

Alzó la llave.

Dentro del dormitorio reinaba el silencio.

Charlotte envió a la cama a Susan y le dio las gracias.

—Diles a los demás que ha sido una pesadilla. Nosotras nos encargamos.

En cuanto Susan se hubo marchado con paso vacilante, Nora abrió la puerta bajando el picaporte con cuidado.

Emily apretaba el cuerpo contra el cabecero de la cama, tenía los ojos muy abiertos y clavados en algo que solo ella parecía ver. Las cortinas se hinchaban con el aire. La ventana estaba abierta.

Charlotte entró con paso resuelto y cerró la ventana mientras Nora se quedaba paralizada junto a la cama contemplando a Emily sin decir nada.

—¿Qué está mirando?

Charlotte se volvió hacia las dos.

—No lo sé.

Con un gesto cuidadoso abrigó con la manta los hombros de Emily, pero no se atrevió a despertarla de su trance.

—Ha vuelto —dijo de pronto la niña con voz ronca—. Ha venido a verme.

Charlotte y Nora se miraron. Bastó una mirada para comprender.

Aunque el dormitorio estaba helado, Emily tenía la frente perlada de gotas de sudor.

—Me ha hablado y me ha dicho que el agua estaba gélida.

Esas palabras cayeron como una piedra en un estanque, dibujando unas ondas que parecían ocupar toda la estancia.

—Al principio se sentía triste, pero ahora ya está feliz. Me ha dicho que quiere llevarme con ella. Muy pronto. Entonces todo irá bien. Pero yo me quería ir ahora mismo.

Charlotte se volvió rápidamente hacia Nora.

—Llama a sir Andrew.

La niñera la miró horrorizada.

—¿A estas horas de la noche? No puedo, señorita. No me atrevo.

Charlotte la miró con un suspiro.

—En ese caso, quédate aquí sentada con Emily y no la pierdas de vista. Volveré en un momento.

Subió rápidamente a la torre, cogió una bata, se la puso sobre el camisón y se la fue abrochando por el camino. Se recogió a toda prisa el pelo en una trenza que se echó por encima del hombro mientras se apresuraba a bajar la escalera.

El dormitorio de sir Andrew se encontraba junto a la biblioteca y daba al jardín. Cuando se detuvo delante de la puerta con el corazón latiéndole a toda prisa, un pensamiento pasajero le cruzó la mente. ¿Podía ser que en marzo él durmiera ahí abajo y por eso no hubiera oído a su esposa abandonando la casa de noche? Entonces, tomó aire y golpeó la puerta de forma enérgica.

Primero no se oyó nada. Pero al rato se oyó un crujido y unos pasos.

—¿Quién hay ahí? —preguntó sir Andrew sin abrir la puerta.

—Soy yo, Charlotte Pauly. Disculpe que le moleste, pero Emily me tiene muy preocupada.

Tras unos rumores apagados, sir Andrew apareció ante ella cubierto con una bata. Se frotó los ojos con la mano. Llevaba su pelo rubio muy despeinado.

—¿Qué ha ocurrido?

Charlotte le informó rápidamente.

—No sabía qué hacer, sir. Esto no ha sido una pesadilla normal y corriente. Estoy segura.

Él cerró la puerta tras de sí, pasó delante de ella hacia el vestíbulo y subió la escalera. Mientras avanzaba, se dirigió a Charlotte.

—¿Y dice usted que ha salido de la casa, sin más?

Charlotte asintió.

Se detuvo delante de la habitación de la niña.

—Usted y yo tenemos que hablar.

Ella respondió sin pensar.

—Luego. Ahora lo mejor será que se ocupe de su hija.

Una expresión extraña, como de asombro, asomó en el rostro de él antes de que tirara del pomo y entrara.

Emily seguía sentada en la cama y miraba fijamente con los ojos muy abiertos. Nora estaba a su lado, sentada en un taburete que había acercado a la cama. Levantó la mirada con alivio, se puso de pie y se tapó con su mantón. Saltaba a la vista que se sentía muy incómoda presentándose de ese modo ante su patrón.

—Ya te puedes retirar.

Él la despidió con un asentimiento de cabeza. La niñera pasó rápidamente junto a Charlotte y salió de la habitación.

Sir Andrew se acercó lentamente a la cama, se sentó en el borde y cogió la mano menuda de Emily. La acarició y se la acercó a la mejilla. Charlotte contempló, conteniendo el aliento, cómo él se aproximaba cuidadosamente a su hija.

—¿Qué has visto? —le preguntó él en voz baja.

Ella pareció despertar de un sueño profundo y apenas movió la cabeza.

—Ha vuelto.

—¿Quién ha vuelto?

—Mamá.

Él retiró la mano, como si quemara. Entonces miró a Charlotte; parecía absolutamente conmocionado. Estaba muy pálido, y los huesos de la mandíbula se le marcaban por la fuerza con que apretaba los dientes.

—Por favor.

Charlotte no dijo nada más.

Él se volvió de nuevo hacia Emily, le pasó cuidadosamente el brazo por la espalda y la atrajo hacia él hasta que la niña aflojó su rigidez. Se reclinó contra su padre y ocultó la cara en su hombro.

—Perdió su chal favorito. Me ha dicho que le gustaría recuperarlo, que era muy bonito, de encaje de Bruselas. Y también, que el agua estaba muy fría. Aunque solo al principio. Además, me ha preguntado si he recibido su carta.

17

Londres, octubre de 1890

l tren se aproximaba a la estación de Waterloo; al otro lado del río las torres puntiagudas del Parlamento se elevaban contra el cielo nublado, como queriendo atravesar el gris mortecino. Sir Andrew solía mirar expectante por la ventana, porque adoraba esa ciudad; de hecho, en su momento solo se había mudado al campo por su esposa. Él disfrutaba con el ajetreo de las calles; con el bullicio de los coches de caballos, las calesas y los omnibuses; y con el gentío que inundaba las calles como si de una masa ondulante se tratara. A lo lejos se atisbaba la cúpula de St. Paul, cuya bola dorada rematada con una cruz parecía atraer hacia sí toda la luz los días de sol.

Esa mañana sin embargo había tomado el tren a Londres con el corazón en un puño. No le gustaba dejar sola a su hija, pero su propósito no admitía demora. En el curso del trayecto había mirado inquieto por la ventana, se había levantado y había deambulado de un lado a otro por el compartimento del tren, se había encendido un cigarrillo y luego lo había apagado rápidamente.

Desde que fräulein Pauly lo había despertado, a las tres y media de plena noche, cuando su habitación resultaba más solitaria que nunca, sentía un nudo en el pecho que apenas le dejaba respirar. De hecho, prácticamente boqueaba, como si estuviera enfermo; sin embargo, sabía que la que realmente padecía era su alma.

¡Cuánto había creído en la recuperación de Emily! ¡Cuántas veces había dado gracias a Dios porque parecía haberse recobrado de los padecimientos de su infancia! Y precisamente ahora, cuando él pensaba que lo peor ya había pasado, surgía ese revés por completo inesperado. En todo caso, había una diferencia respecto a las otras ocasiones: el cuerpo de Emily no sufría, era su espíritu.

Después de preguntarle, fräulein Pauly le había contado otros acontecimientos nocturnos anteriores que no le habían parecido lo bastante graves como para ponerlos en su conocimiento. No podía reprochárselo; de hecho, él esperaba que ella se ocupara de la educación de la niña y que no le molestara con nimiedades. Con todo, el estado en que había visto a su hija la noche pasada le había causado una honda preocupación.

Iba a tener que recabar la ayuda de un médico y, además, ya tenía a alguien en la cabeza. Sin embargo, si lo hacía, habría preguntas, preguntas incómodas, preguntas sobre cosas que él preferiría seguir reprimiendo.

Estaba de acuerdo con la institutriz en que aquella no había sido una pesadilla normal. Había muchas cosas que Emily, en su dolor, podía haber imaginado: el agua fría, el esfuerzo inicial para no ahogarse, la tranquilidad que siguió después.

Sin embargo, había dos cosas para las que él no encontraba explicación: Emily no sabía nada sobre el chal, y la carta de despedida que su madre había dejado hacía tiempo que era ya ceniza de la chimenea.

El doctor Martin Fenwick tenía su consulta en Harley Street, lo cual era, de por sí, una prueba de su éxito. Cualquiera que residiera en una de esas elegantes casas georgianas de fachadas sencillas podía permitirse el lujo de escoger a sus pacientes.

Sir Andrew y él eran antiguos amigos de colegio, y eso explicaba que se hiciera pasar de inmediato a esa visita no anunciada.

El despacho al que la recepcionista le acompañó estaba forrado de madera oscura y desprendía un delicioso olor a pipa. Sir Andrew se preguntó si aquello resultaba placentero para el doctor Fenwick o si aquel ambiente agradable estaba pensado para tranquilizar a sus pacientes.

El doctor, de cabello ralo y precozmente gris, se levantó de su asiento y saludó a sir Andrew extendiéndole la mano.

—Clayworth, ¿qué te trae por aquí? —Lo escrutó mirándolo por encima de las gafas, que se le habían deslizado hasta la punta de su enorme nariz—. Ningún enfermo en casa, espero.

Tras tomar asiento y después de que la recepcionista les llevara té, Fenwick apoyó los codos sobre el tablero de su escritorio y juntó las yemas de los dedos de las manos.

—¿Qué ocurre? Vamos, habla. Seguro que no has venido aquí para charlar sobre los viejos tiempos.

—No. Tienes razón. —Sir Andrew vaciló un instante—. Se trata de Emily.

Su amigo lo miró consternado.

—¿Vuelve a estar enferma? Pero si me escribiste contando que su estado había mejorado.

—Y así es. Físicamente está bien, está creciendo y haciéndose mayor.

De nuevo hizo una pausa. Aquello le resultaba más difícil de lo que había imaginado.

—Entonces, ¿qué es?

Fenwick sirvió el té y le alcanzó una taza a sir Andrew.

Este empezó a hablar y mencionó primero los acontecimientos que le había contado fräulein Pauly.

—No es raro que, después de una dura pérdida personal, un niño sufra pesadillas. Son acontecimientos que hay que asimilar. No hace ni medio año desde que..., en fin, desde que perdió a su madre.

Para ganar tiempo para su respuesta, sir Andrew tomó un sorbo de té. Estuvo a punto de quemarse la lengua. Su mirada se posó en una calavera que Fenwick tenía en una estantería. Apartó la mirada de ahí. Esa visión le resultaba incómoda.

El doctor Fenwick se reclinó de nuevo en su asiento y preguntó:

—¿Cómo es esa institutriz?

Sir Andrew se sorprendió.

—Me ha dado muy buena impresión. Parece que Emily aprende mucho con ella y las dos se llevan bien. Hace poco, un día que tenía invitados en casa, tocaron el piano a cuatro manos. Es una mujer franca y se interesa por todo, pero es educada y cortés. No puedo quejarme de ella.

El doctor Fenwick guardó silencio y jugueteó con una pluma que había cogido de la mesa.

—¿Qué pasa, Fenwick? ¿Por qué callas? —preguntó sir Andrew, impaciente.

—Parece como si esperaras mi consejo.

—Eso es, un consejo médico.

—Soy internista, Clayworth. No estoy familiarizado con temas psíquicos infantiles.

—Pero tú la visitaste en otros tiempos.

—Y, como sabes, no le encontré ninguna enfermedad grave. Era una niña frágil y delicada, y ha vencido esa debilidad. Eso es un motivo de alegría.

Sir Andrew se acarició pensativo la barbilla.

—Sin duda.

—¿Pero?

—Eso no me tranquiliza. No solo tiene pesadillas.

—¿Has considerado alguna vez que quizá es sonámbula? A fin de cuentas, la institutriz dijo que había encontrado la ventana de la habitación abierta en dos ocasiones. Lo más posible es que Emily la abriera sin darse cuenta. Estas cosas no son raras en niños. En cualquier caso, hay que vigilar, porque a veces las personas sonámbulas se pueden poner en peligro.

Se levantó y sacó de la estantería un libro cuyas tapas de piel azul parecían desgastadas, como si fuera una de sus lecturas favoritas.

—Te lo presto unos días. Aquí encontrarás informaciones sobre el sonambulismo que tal vez respondan a tus preguntas.

Sir Andrew solo arrojó una mirada fugaz al libro y luego se miró las manos sin saber qué hacer.

—¿Qué más hay? Suelta la lengua —dijo Fenwick con una voz que, por primera vez, dejó entrever cierta impaciencia—. Tengo la sala de espera llena. De lo contrario, tendremos que quedar para la tarde y charlar de este asunto con un brandy y un puro.

—No, no. Tienes razón, y sería una explicación plausible. Pero hay algo más... —Sir Andrew se mordió el labio inferior y miró al techo. Se preguntó si su amigo lo tomaría por tonto cuando se lo contara. Sin embargo, al final le explicó en voz baja lo que había dicho Emily la última vez.

Fenwick levantó la mano.

—Un momento, calma. ¿Qué quieres decir?

—¡No lo sé, maldita sea! —Se inclinó hacia adelante, como si, a pesar de que la puerta gruesa de roble estaba bien cerrada, temiera que alguien los pudiera oír—. Me pareció como si existiera un vínculo entre Emily y su madre. Como si esta le hubiera susurrado esas cosas.

—Puede que lo supiera por el servicio, el párroco, a saber. La gente no para de chismorrear cuando ocurre una desgracia como aquella, y no presta atención a quién los escucha.

—He dado órdenes a todo el personal de que no hablen con Emily de su madre. Y hasta ahora no he tenido nunca motivo para dudar de su lealtad.

Fenwick suspiró.

—Supongo que sabes que estás en un terreno peligroso. Para estos casos, ningún médico puede serte de ayuda.

Sir Andrew se encogió de hombros con resignación.

—No quiero entretenerte por más tiempo.

Sin embargo, algo le retenía en su asiento; era como si todos los pensamientos que no había expresado le obligaran a permanecer en su sitio, como si fueran un peso enorme.

—Cuando habló de su madre, sonó tan vivo, tan directo... Era como si hubiera presenciado la muerte de Ellen.

Por primera vez desde hacía meses, él pronunciaba el nombre de su esposa, y se le antojó como una palabra desconocida. Notó que el rubor le subía por las mejillas. Seguramente, en ese instante iba a echar a perder esa amistad y su fama como hombre juicioso. Se quedó ahí sentado, inmóvil, incapaz de levantar la mirada, porque temía ver compasión en los ojos del doctor.

Oyó que su amigo se levantaba, salía al pasillo y hablaba con la recepcionista.

—En diez minutos... Eso es... Si no le va bien, tendrá que volver más tarde. Es una emergencia.

La puerta se cerró, los pasos se aproximaron al escritorio. Cuando Fenwick tomó asiento, el asiento de piel crujió.

—Tú crees que ve fantasmas.

Sir Andrew cerró los ojos, avergonzado. Eso sonaba tan ridículo como en su mente. ¿Qué le había llevado a ir más allá de los límites del sentido común? Le hubiera gustado levantarse y marcharse, pero entonces pensó en su hija, en cómo se la había encontrado sentada en la cama, con los ojos abiertos, como si viera cosas que a los demás les estuvieran ocultas.

El doctor Fenwick llenó la pipa y lo miró expectante.

—Aunque no sé si esa es la palabra exacta, sí, tengo esa impresión.

El médico se quedó sentado en su asiento un minuto, dirigiendo la mirada hacia sus manos, que tenía extendidas sobre la mesa. Luego entregó el libro a sir Andrew.

—Léetelo. Puede que te sirva como explicación. Me gustaría que así fuera. De no ser así...

Sacó una hoja de papel y un lápiz, y anotó algo en ella. Luego entregó la nota a su amigo.

—Si nada de eso sirve, prueba aquí. Hay quien los toma por locos, pero yo tengo mis dudas. Son auténticos científicos.

Sir Andrew cogió la nota. Su amigo había escrito un nombre y una dirección:

Dr. Henry Sidgwick
Sociedad para la Investigación Psíquica
Buckingham Street, 9
Adelphi, Londres W. C.

18

Chalk Hill, octubre de 1890

*C*harlotte había permanecido de pie inmóvil mientras la cabeza de Emily reposaba en el hombro de su padre. Sir Andrew estaba sentado de espaldas a ella, absolutamente quieto: tan solo su mano acariciaba el cuerpecito de Emily con un gesto uniforme.

Se había sentido tensa, y tenía la sensación de ser una intrusa, pero no había querido romper aquel silencio profundo con palabras o gestos. Cuando Emily se durmió —Charlotte no habría podido decir cuánto tiempo había tardado, aunque se notó los pies entumecidos de frío—, sir Andrew acostó a su hija con delicadeza, la abrigó y se levantó.

Fuera, en el pasillo, él le dirigió una mirada difícilmente interpretable.

—Fräulein Pauly, soy consciente de que es muy tarde, pero le rogaría que me contara todos los incidentes anteriores de forma precisa. Es importante. Tomaré el primer tren hacia Londres y aún no sé cuándo voy a regresar.

La conversación se prolongó durante una hora; él llegó incluso a tomar nota.

A la mañana siguiente, Charlotte dejó que Emily descansara a sus anchas: no solo porque su alumna necesitaba reposo, sino también por temor, pues no sabía cómo abordar a la niña. Tras la charla con sir Andrew, ella había dado vueltas en la cama, sin apartar de su mente la mirada de Emily, sus ojos abiertos, el cabello despeinado y la mirada clavada en algo que nadie, salvo ella, era capaz de ver.

Charlotte estaba convencida de que sir Andrew había cometido un error grave al tratar la muerte de su esposa como un tabú y prohibir a la hija hablar de su madre. El dolor no se aliviaba reprimiéndolo sin más.

Estaba ya vestida y miró la hora. Las ocho. Todavía no sentía apetito, pero tampoco sabía muy bien qué hacer. Miró por la ventana y vio que Wilkins llevaba el coche de caballos a la entrada. Seguramente, acababa de acompañar a sir Andrew a la estación de tren de Dorking. ¿Con quién iría a hablar en Londres? ¿Qué significaría eso para Emily?

Deambuló inquieta de un lado a otro de su habitación de la torre, que tan bonita le había parecido a su llegada. Naturalmente, no había cambiado, seguía siendo hermosa y luminosa, pero de algún modo resultaba diferente.

Cuando estaba ahí sentada en silencio o tumbada en la cama, a veces le parecía sentir una presencia, algo que al principio no había estado. Sin duda, Charlotte era una persona racional y se reprendía por tener unas ideas tan extrañas; sin embargo, esa presencia inquietante era cada vez más intensa. De repente, se acordó de la noche de la velada, cuando oyó esos extraños ruidos ante la puerta. En esa ocasión, no se había atrevido a bajar por la escalera y mirar, pero ahora, a primera hora de la mañana, no le pareció que hubiera motivo de temor.

Charlotte se hizo con una lámpara de petróleo, abrió la puerta de su dormitorio y bajó la escalera. Se detuvo un instante junto a la puerta disimulada y luego hizo algo que nunca antes había hecho: encendió la lámpara y siguió bajando lentamente los escalones que, para su asombro, no parecían tener fin. A cada paso el frío era más intenso, y la humedad también le salió al encuentro. La escalera bajaba cada vez más, y Charlotte volvió la vista atrás antes de seguir avanzando. En ese tramo no había puertas, tan solo paredes desnudas, con revoque, que se sentían húmedas y gélidas al tacto. Se dijo que debía encontrarse ya a nivel del sótano, bajo tierra.

Finalmente, llegó ante una puerta de madera pesada y guarnecida con hierros que parecía muy antigua. Bajó el picaporte, que le resultó gélido al tacto. Cerrada. Charlotte se inclinó y miró por el agujero de la cerradura, pero no vio nada. Olisqueó con cuidado, pero el aire era tan frío que se quedó sin aliento. Al retroceder, se le enredó el tacón con la falda. Cuando iba a regresar, oyó un ruido.

Era un crujido, muy sordo. Podía tratarse de un animal, un ratón o una rata, que estuviera al otro lado de la puerta, en el sótano. O tal vez fuera una doncella que había entrado ahí a por provisiones desde la cocina. Sin duda, la explicación era de lo más sencilla. De todos modos, se estremeció.

Charlotte tragó saliva y se volvió hacia la escalera. Luego subió los escalones, obligándose a no ascender corriendo.

Cuando llegó a su habitación aún sentía los latidos del corazón en la garganta.

Tampoco esa mañana Emily mencionó el espanto sufrido por la noche, aunque se mostró más pálida y callada de lo habitual. Se aplicó en el estudio, pero Charlotte la pilló de vez en cuando sentada con el lápiz en la mano dirigiendo miradas esperanzadas hacia la ventana.

Esa misma noche, sir Andrew regresó de Londres. Parecía taciturno; la breve intimidad que habían compartido los dos ocupándose de Emily se había desvanecido. No dijo lo que había hecho en Londres, ni si había tomado alguna decisión respecto a su hija. Charlotte no sabía cómo abordarlo viéndolo tan silencioso con ella.

Tres días más tarde, viendo que Emily aún se mostraba llamativamente callada, Charlotte le preguntó con dulzura:

—Emily, ¿qué te ocurre? ¿Te acuerdas de la noche en que tuviste esa pesadilla?

La pequeña miró a Charlotte como si acabara de regresar de un largo viaje cuyos recuerdos la tuvieran aún atrapada.

—¿A qué pesadilla se refiere?

—Ya lo sabes. —Charlotte acercó la silla al pupitre de Emily y se sentó a su lado—. Cuando tuviste tanto miedo y hablaste de tu madre.

—No lo soñé —musitó Emily, mirando de nuevo por la ventana—. Estaba ahí. Si no, ella no me habría contado lo del río, que primero el agua estaba muy fría y que luego la meció como unas manos sosteniendo un bebé. Así fue como lo describió.

Charlotte sintió un nudo en la garganta. Apenas podía tragar saliva. Fue como si el tiempo se detuviera, como si en ese momento algo hubiera cambiado para siempre, como si desapareciera la barrera que separaba la vida en un antes y un después. Los ojos le escocían y le costó un gran esfuerzo contener las lágrimas. ¿Acaso Emily estaba perdiendo la cabeza? ¿Y si las pesadillas y las salidas nocturnas solo fueran el presagio de una enfermedad mental? Pero eso era imposible. Esas enfermedades afectaban a adultos y ancianos, no a niñas de ocho años.

—Hay sueños que parecen tan auténticos que apenas se pueden separar de la realidad. —Dirigió una sonrisa animosa a Emily—. Una vez soñé que me habían regalado un gato que podía dormir conmigo. En ese sueño yo lo acaricié, le oí ronronear e incluso noté su piel blanda en las yemas de los dedos. Cuando me desperté, palpé la cama buscando al gatito. Al no encontrarlo, corrí a ver a mi hermana mayor y me eché a llorar por el gatito perdido.

Ocurrió tan rápido que Charlotte no pudo reaccionar. Emily se levantó de un salto de forma que su silla cayó hacia atrás y golpeó el suelo, abrió la puerta de golpe y desapareció por el pasillo. Charlotte oyó sus pasos en la escalera y corrió tras ella. La puerta de la casa estaba abierta, la niña debía de haber salido como una exhalación. Charlotte corrió afuera sin ponerse el abrigo y miró hacia el camino de acceso que había delante de la casa. En ese instante Wilkins salía de la cochera con un martillo en la mano. La miró con sorpresa.

—¿La puedo ayudar?

—La señorita Emily acaba de salir corriendo de la casa. ¿La ha visto usted?

Él negó con la cabeza y dejó el martillo a un lado.

—Vaya usted por detrás, yo miraré por el camino.

Charlotte bordeó la casa hasta llegar al jardín. El invernadero. Se apresuró hacia ahí y abrió la puerta de golpe. Un aire cálido y húmedo la recibió. El follaje frondoso de las plantas brindaba algunos escondites. Sin embargo, buscó en vano por todos los rincones. Luego se apresuró hacia el viejo olmo con el columpio donde Emily se lo había pasado tan bien. Tampoco ahí había rastro de ella.

¿Adónde podía haber ido en ese breve espacio de tiempo? Deseó que no hubiera ido al pueblo, a la carretera ni a las vías del tren.

Vio entonces que Wilkins doblaba la esquina y negaba con la cabeza. Al menos, Emily no había salido a la carretera. Charlotte se detuvo, se posó los dedos en los labios y aguzó el oído, como si pudiera oír la respiración de Emily y utilizarla para orientarse. Wilkins se quedó parado mirando a su alrededor mientras se encogía de hombros.

Cuando Charlotte ya se disponía a regresar a la casa y pedir refuerzos para la búsqueda percibió por el rabillo del ojo un movimiento en el fondo del jardín. Había algo que se movía cerca de la puerta de hierro forjado del muro. Hizo una señal a Wilkins para que se quedara en su sitio y se acercó a grandes zancadas a la puerta. Al aproximarse vislumbró a la pequeña figura con su vestido oscuro, agachada en el ángulo que dibujaban el muro y la puerta. Charlotte contuvo el aliento, porque temía volver a asustar a Emily. Cuando se encontraba a apenas unos metros de la niña le susurró:

—Emily, ¿me dejas que me acerque?

No obtuvo respuesta. Se lo tomó como un sí y se aproximó con más cautela y lentitud que antes. Al final, la distancia entre las dos era tan escasa que se arrodilló y extendió la mano hasta tocar el hombro de Emily. La pequeña estaba en cuclillas en el suelo, con la cabeza sobre las rodillas, y no levantó la mirada.

—Lo siento. Te has marchado porque no te he creído, ¿verdad?

Un asentimiento apenas perceptible.

—Perdóname. No ha estado bien que te hablara de mi sueño. Debería haberte escuchado.

Primero no supo interpretar el ruido, pero luego cayó en la cuenta de que a la niña le tiritaban los dientes por el frío. Levantó cuidadosamente a Emily del suelo, la cogió en brazos y la llevó, seguida por Wilkins, por el jardín de vuelta a la casa.

—¿Qué ha ocurrido? —quiso saber la señora Evans, que se encontraba delante de la puerta abierta de la casa mirándolos con asombro.

—Vamos a necesitar una manta y una bebida caliente —dijo Charlotte con tono resuelto—. ¿Sir Andrew está en casa? Si es así, hágalo venir, por favor.

Dicho eso, pasó por delante de la estupefacta ama de llaves hasta llegar a la sala de estar, donde acostó a la niña en un sofá y la tapó con la manta que Susan le había traído. Acarició el cabello de Emily y se volvió cuando la señora Evans entró con una bandeja.

—Sir Andrew viene de inmediato. ¿Tiene todo lo que necesita?

Charlotte asintió. Después, el ama de llaves se retiró.

Al poco, sir Andrew entró y se apresuró hacia el sofá donde yacía Emily. Le acarició el cabello y clavó la mirada en Charlotte.

—¿Qué ha pasado?

—Preferiría hablarle de ello a solas.

Su mirada era desconfiada, pero se dirigió hacia la puerta.

—A la biblioteca.

Charlotte se sentó junto a la niña y le acercó el chocolate caliente que había traído la señora Evans.

—Volveré en un instante. ¿Quieres que haga venir a Nora?

Emily asió la taza con ambas manos, como si quisiera calentárselas con la porcelana, tomó un sorbo y cerró los ojos, agotada.

—Sí, por favor —dijo casi sin voz.

En cuanto hubo cerrado la puerta de la biblioteca, Charlotte vio que sir Andrew estaba sentado al escritorio con los brazos cruzados y escrutándola.

—Cuénteme lo que ha ocurrido.

Charlotte se lo contó, sin adornarlo a su favor.

—Sin duda, fue una torpeza hablarle de mi sueño. Creo que Emily no se ha sentido comprendida, y ha pensado que no la creía.

Primero sir Andrew no dijo nada. Se limitó a inspirar profundamente varias veces.

Charlotte también suspiró, agotada. Jamás su labor con un niño había sido tan delicada; y nunca una alumna había despertado en ella esos sentimientos. Por nada del mundo quería perder ese puesto, pero sentía que se debatía entre las obligaciones respecto a Emily y respecto a su padre.

—Ha hecho lo correcto —dijo por fin sir Andrew con voz ronca. Se apartó de la mesa y se acercó a una de las estanterías que se elevaban hasta el techo, como si quisiera encontrar consejo en sus libros—. Yo no lo habría hecho de otro modo.

Ella cerró los ojos, aliviada.

—Pero ¿qué se supone que debemos hacer? Temo por la seguridad de Emily. Si vuelve a escaparse y no nos damos cuenta de inmediato... —Ella vaciló. Le pareció que estaba al borde de un precipicio. Se armó de valor—. Sir Andrew, ¿me permite una pregunta?

—Adelante.

—Su esposa, cuando fue al río, ¿salió por el portón del muro?

El corazón le latía con tanta fuerza que le dolía.

Él se giró bruscamente y ella pudo ver el dolor en su mirada.

—Sí —contestó con voz apenas audible—. Pero no sé en qué le concierne eso a usted.

Charlotte bajó la mirada. Había contado con esa réplica, pero ahora no podía abandonar.

—En realidad, en nada. Lo pregunto solo porque he encontrado a Emily ahí precisamente. Y no creo que fuera por casualidad. Además, hace poco me dijo que el bosque no le gusta.

Él se acercó a la mesa y apoyó las manos en el respaldo de su asiento acolchado. Luego le clavó la mirada con tanta intensidad que ella tuvo que tragar saliva. Tenía la garganta seca.

—Se trata de eso, ¿no? —preguntó él sin ocultar la amargura en la voz—. Ocurra lo que ocurra, todo empieza y termina con su madre.

Charlotte lo miró con asombro. Había algo en su voz que le llamó la atención. Por primera vez, no solo dejaba entrever dolor; parecía tener una actitud prácticamente hostil. Imaginaciones, le dijo el sentido común. La desesperación podía tomar también esa forma.

—Llevo varios días reflexionando sobre lo que atormenta a Emily. Tras lo ocurrido antes, me cuesta creer que solo esté soñando. Hay algo más. O es una enfermedad psíquica, o algo que..., cómo decirlo, sobrepasa nuestra capacidad de discernimiento.

Él apretó los puños y bajó la cabeza. Habló en un tono de voz tan bajo que ella tuvo que aguzar los oídos.

—Voy a contarle algo que, de hecho, quería guardar para mí. Cuando, tres días atrás, estuve en Londres, fui a visitar a un médico amigo mío y le expliqué el caso de Emily. Él estaba tan confuso como nosotros. Al despedirnos me dio esto. —Se sacó una tarjeta del bolsillo de la chaqueta y la arrojó sobre la mesa. Charlotte se acercó y leyó.

Dr. Henry Sidgwick
Sociedad para la Investigación Psíquica
Buckingham Street, 9
Adelphi, Londres W. C.

Ella levantó la mirada. Sir Andrew seguía con la cabeza gacha.

—¿Quién es? ¿Qué clase de sociedad es esa?

—Son un grupo de científicos comprometidos con el estudio de los fenómenos sobrenaturales.

—¿Fenómenos sobrenaturales? —repitió ella con voz vacilante—. Pero ¿por qué...?

Él levantó la mirada y ella reparó en el dolor de sus ojos.

—Porque Emily mencionó el chal de encaje de color marfil que pertenecía a su madre. Lo encontramos en la orilla del Mole. Y habló de una carta que ella le había dejado.

Charlotte lo miraba sin atreverse apenas a respirar.

—Jamás le conté nada sobre ambas cosas. Sabe muy bien que todo el mundo en esta casa tiene órdenes de guardar el más estricto silencio sobre la muerte de mi esposa y sobre todo lo relacionado con ello. ¿Cómo pudo saberlo Emily?

«... a no ser que se lo contara su propia madre», se dijo Charlotte mentalmente continuando la pregunta. Reflexionó a toda velocidad. ¿De verdad él creía que Emily podía estar en contacto con espíritus? ¿Que veía a su madre fallecida o que, por lo menos, sentía su presencia? De pronto, Charlotte se acordó de aquella primera noche que pasó en Inglaterra y le vino a la cabeza la sesión de espiritismo en casa de la señora Ingram: la sala de estar con las velas titilantes, las dos mujeres, el vaso al revés sobre la mesa, esos extraños conjuros. ¿Pensaban someter a Emily a esos procesos dudosos que lo único que conseguirían sería confundirla aún más?

—No dice usted nada —observó sir Andrew de un modo casi desafiante—. ¿Qué piensa de todo esto?

—Yo..., bueno, yo no me lo explico —respondió Charlotte, abrumada—. Nunca he visto algo así. ¿Y las anteriores enfermedades de Emily? ¿Alguna vez llegó a ver también cosas que no estaban presentes?

Él se encogió de hombros.

—En esa época yo no me encargaba de cuidar de mi hija cuando estaba enferma.

Ahí estaba de nuevo, ese tono impersonal, casi frío, que tantas veces había visto antes. Sintió que algo se le encendía en su interior. Era ira. Ni más, ni menos. Charlotte apretó los dientes para no decir nada que luego pudiera lamentar.

—Pensé que su esposa tal vez se lo habría comentado. Por lo que sé, ella sí cuidaba de Emily.

El silencio que siguió se cernió como una losa sobre ellos.

—Jamás habló de alucinaciones, ni de nada semejante —dijo él finalmente como si aquellas palabras le costaran un gran esfuerzo—. Le vuelvo a hacer notar que no tengo la menor intención de hablar con usted sobre mi esposa fallecida. —Vaciló—. Disculpe mi grosería, pero este es un asunto que me afecta sobremanera. Yo suelo resolver los problemas con el entendimiento.

—Al parecer no siempre es posible. De lo contrario, usted no habría traído esto. —Charlotte señaló la nota que seguía en la mesa que los separaba—. ¿Cómo decía ese gran poeta suyo? «Hay más cosas en el cielo y en la tierra...».

—Así es, y en esa obra precisamente aparecía un espíritu, ¿verdad?

Charlotte no mordió el anzuelo.

—Si me permite, ahora voy a ocuparme otra vez de Emily. No me corresponde a mí decidir si debe usted o no pedir consejo a ese caballero. Lo único que quiero es que Emily no sufra más.

Como él no objetó nada, se dio la vuelta y abandonó la estancia con parsimonia. En cuanto hubo cerrado la puerta detrás de sí, se apoyó contra la pared y cerró los ojos.

19

Después del almuerzo, dejó a Emily al cuidado de Nora y le dio una tarea de dibujo que no le exigiera mucho y la ocupara de forma apropiada. A continuación, informó a la señora Evans de que se disponía a dar un largo paseo. Tras su conversación, no había vuelto a ver a sir Andrew; había ido a Reigate para almorzar con simpatizantes de su partido.

Charlotte sentía que no podía permanecer ni un segundo más en la casa. Los acontecimientos de los últimos días la habían alterado y le parecía que solo podría reflexionar sobre lo ocurrido si se alejaba un poco de Chalk Hill. Emprendió el camino hacia London Road con paso resuelto. Tenía un destino muy claro al que quería llegar a pie.

El aire era fresco, pero seco, y se había abrigado bien para que el frío no le impidiera pensar. Ese día no tenía ojos para el paisaje a su alrededor.

De nuevo vio ante sí esa nota con la dirección que sir Andrew le había mostrado. ¿Fenómenos sobrenaturales? ¿Quería decir con ello que Emily veía espíritus? A Charlotte aquello le parecía increíble. En ese momento, lo acontecido el día de su llegada a Dover le pareció un presagio. Tal vez, considerando que incluso una mujer sencilla como la señora Ingram celebraba sesiones espiritistas en su casa, en Inglaterra era socialmente aceptable ocuparse de lo sobrenatural. Por otra parte, Charlotte tenía que admitir que sus explicaciones racionales no lograban sacarla de aquel atolladero.

Desde el principio, un misterio se había cernido sobre esa casa de Crabtree Lane. Entretanto era consciente de que aquello iba más allá del duelo habitual por una persona fallecida, y que habían ocurrido y ocurrían cosas que escapaban a una explicación racional.

¿Por qué lady Ellen se había quitado la vida? ¿Qué se escondía detrás de la ventana abierta de aquella noche y la visita que, al parecer, Emily había tenido? ¿Qué era lo que había oído ella misma aquella noche en la escalera frente a la puerta de su dormitorio? ¿Acaso sir Andrew, ese político prudente, creía realmente en sucesos inexplicables surgidos por un vínculo con el más allá?

La idea de espíritus apareciendo le resultaba tan absurda que le hubiera gustado poder echarse a reír. Pero la risa se le había quedado atascada en la garganta. Se trataba del bienestar de una niña por la que ella sentía un gran afecto. Fuera lo que fuera lo que sir Andrew terminara haciendo, y por desacostumbrados que fueran sus esfuerzos, Charlotte no se dejaría confundir. Permanecería en Chalk Hill junto a Emily, y averiguaría lo que había ocurrido en esa casa.

Se paró para cruzar London Road, tomó el puente sobre el Mole y siguió paseando hacia la izquierda, hacia Mickleham. Había reparado en ese camino el día en que Wilkins
las llevó en coche a la casa del párroco; aquella pequeña localidad no era difícil de encontrar.

Poco a poco, Charlotte empezó a notar el esfuerzo en
las pantorrillas. Hacía tiempo que no paseaba a esa velocidad, pues no había ocasión cuando acompañaba a Emily. Sin
embargo, en ese instante, con un destino en mente, no atendía al cansancio en las piernas y disfrutaba del aire fresco que
le sacudía el sombrero y le hacía ondular la falda. El viento
desgreñaba también las copas de los árboles y les arrancaba
las últimas hojas, que caían sobre Charlotte como una lluvia marrón. Pronto viviría su primer invierno inglés. Seguramente no sería tan frío y tan nevado como el de Berlín. Era
la única estación del año en la que esa ciudad no le gustaba.
Berlín solo era bonita cuando su esplendor grisáceo y su
miseria negra quedaban paliados por los colores estivales.
Los árboles y los arbustos pelados convertían el Tiergarten
en un sitio desolador, y los tilos de la avenida, en meras es-
cobas gigantescas.

Se propuso escribir a su madre y a sus hermanas. De
pronto, sintió remordimientos por haberles escrito solo una
breve carta poco después de su llegada para que no se preo-
cuparan. Ahora llevaba ya más de un mes ahí y no había contado a su familia cómo le habían ido las cosas hasta el momento.

Con todo, no les podía explicar lo que ocurría. Era una
historia demasiado rara; ni siquiera ella sabía qué pensar. Se
dijo que se limitaría a comunicarles que todo iba bien; les
hablaría del país y de la gente, de su alumna y de la casa, de

lo bonito que era el lugar y de las personas agradables que había conocido.

Aun así, echaba de menos tener alguien con quien poder compartirlo todo. ¡Cómo le habría gustado tener una amiga que la pudiera aconsejar o fuera capaz de examinar los hechos desde fuera, con un poco de sentido común! Sin embargo, la soledad formaba parte de su oficio y nunca se había dado cuenta de ello con tanta fuerza como en ese instante. ¡Qué simples parecían los problemas cuando se explicaban con palabras y, de ese modo, se volvían a pensar! Cuando hablaba con sir Andrew, siempre estaba a la defensiva. Tenía que sopesar todas las frases para no meterse en un brete. La confianza y la honestidad sin reservas no formaban parte del trato con él.

Por fin asomaron las primeras casas de Mickleham; detrás se elevaba la torre cuadrada coronada por un tejado en punta de la iglesia de St. Michael and All Angels. San Miguel y todos los ángeles, se dijo Charlotte. Bonito nombre para una iglesia.

Se detuvo en la entrada del pueblo y miró atentamente a su alrededor. Si quería alcanzar su destino, tenía que esquivar por completo a los Morton.

Se quedó quieta, sin saber qué hacer. Cuando alguien busca algo en un pueblo, de repente este parece más grande de lo esperado. Entonces se acordó de una cosa. ¿Cómo había dicho Emily?

«A las afueras de Mickleham. En una casita vieja».

—Es usted muy amable ayudándome —dijo con voz ronca la anciana mirándola por debajo del mantón con el que se envolvía la espalda y la cabeza. A Charlotte le pareció una bruja de los cuentos de los hermanos Grimm.

Cuando había visto esa casa tan sencilla había sospechado que Tilly Burke podía vivir en ella; sin embargo, había preferido pasar por delante lentamente, como si no fuera a ningún lugar concreto. Al poco, al atisbar al párroco dirigiéndose con paso decidido hacia la iglesia, había dado la vuelta a toda prisa.

Al alcanzar de nuevo la casita con el jardín delantero abandonado y la pintura azul de la puerta descascarillada, había asomado por la esquina de la casa la figura encorvada de Tilly Burke, sosteniendo con ambas manos un paño gastado en el que acarreaba leña.

Charlotte había cruzado la puerta del jardín y se le había acercado.

—¿Me permite que la ayude?

Ahora se encontraba en la sala de estar de techo bajo que también hacía las veces de cocina. En un rincón estaba la cama, resguardada por una cortina; al lado, una puerta cerrada. El mobiliario era sencillo y tosco, pero la casa estaba caliente y resultaba acogedora. Sobre la mesa había una jarra de barro decorada con unas flores secas. Había algo hirviendo en una caldera suspendida sobre una lumbre abierta.

—Apile la leña en esa cesta de ahí —le indicó Tilly Burke. Charlotte hizo lo que le pedía. Luego puso un leño en el fuego, que prendió de inmediato.

Se preguntó si la anciana la reconocería; a fin de cuentas, ya la había visto en el salón de té. No tuvo que dar más vueltas a esa cuestión.

—Su rostro me suena de alguna parte.

—Soy la institutriz de Emily Clayworth. Nos encontramos en el salón de té de Dorking.

La anciana se sentó con un suspiro en un banco y la escrutó.

—¿Sigue estando triste?

Esa pregunta resultaba tan pertinente que casi resultaba dolorosa.

—¿Qué le hace pensar eso?

—Las aguas crecen. Los espíritus bailan sobre el Mole. Ellos traen consigo la tristeza.

Está loca, se dijo Charlotte. Con todo, esas palabras tenían algo hipnótico de lo que era difícil sustraerse.

—Está bien —se limitó a responder. Se acercó una silla y tomó asiento. Tal vez, se dijo, lograra sacar algo sensato de esa cháchara extraña de la anciana, cribar sus palabras y, de un montón de arena, obtener polvo de oro.

—¿Usted conoció a su madre, lady Ellen?

Tilly Burke echó la cabeza hacia atrás y empezó a musitar para sus adentros. Charlotte temió que no la hubiera oído, o que no quisiera o pudiera entenderla, pero también se dio cuenta de que esa mujer necesitaba, sobre todo, una cosa: paciencia.

—Una muchacha guapa. Siempre contenta. Bailaba muy bien.

—Pero se dice que también era triste.

La anciana giró la cabeza y dejó oír un gruñido sordo.

—De pequeña era alegre. Siempre. Cuando se casó se volvió triste.

Charlotte no se atrevía ni siquiera a respirar. Temía que Tilly Burke pudiera distraerse e interrumpirse. Hasta ahora, nadie había mencionado el matrimonio de los Clayworth.

—A veces venía a verme y hablábamos del pasado. Cuando todo estaba aún por hacer y los espíritus del río aún no la habían vuelto triste.

—¿Acaso tener una hija no la hacía feliz? —preguntó Charlotte con cautela.

Se produjo una larga pausa.

—Lo era todo para ella: su aliento, su estrella, la niña de sus ojos. Nunca la dejaba sola. Incluso la traía cuando venía a ver a la vieja Tilly.

«Una vez la fuimos a visitar. No me gusta».

—Es una niña encantadora.

—Sí, como su madre. Y triste.

Charlotte volvió la cabeza, decepcionada. Se había creado muchas expectativas sobre esa visita, pero la mente de esa mujer parecía demasiado perturbada para poder sacar algo útil de ahí.

—El río la llamaba. Ella decía que no le gustaba vivir cerca del río, que por la noche lo sentía, llamándola una y otra vez. Le daba miedo. Y la atraía. Eso es lo que hicieron los espíritus.

Charlotte se sintió como la Cenicienta. Las palabras confusas de Tilly Burke eran la ceniza, y los pedacitos de verdad que destellaban en medio eran las lentejas que debía separar. Otra vez los espíritus.

—Así pues, según usted, lady Ellen no era muy feliz en su matrimonio. —Charlotte confió en que nadie creería a Tilly Burke, aunque dijera algo sobre esa conversación.

—Él quería librarse de ella.

Charlotte se sobresaltó y escrutó a la anciana; ella, en cambio, no parecía en absoluto interesada por su invitada.

—Vino a casa, llorando. Debía marcharse. Era lo que él quería. —Tilly Burke se abrazó el cuerpo con los brazos y empezó a mecerse adelante y atrás—. Estaba asustada, pero no la pude ayudar. Y entonces los espíritus la llamaron.

Durante la cena, que Charlotte compartió con Emily y su padre, le resultó muy difícil ocultar su excitación. La visita a casa de Tilly Burke la había impresionado vivamente, y esperaba que nadie se diera cuenta. Emily parecía recuperada y habló de los dibujos que había pintado durante la tarde.

—Fräulein Pauly, ¿ha salido a pasear?

—Sí. Y, además, he ido bastante lejos. He llegado a Mickleham y he vuelto andando.

—¿Ha visitado a los Morton? —quiso saber la niña.

Ella negó con la cabeza.

—Hoy no. Solo quería recorrer la zona.

Sir Andrew la miró con recelo.

—Ha vuelto usted tarde. Para una mujer no es apropiado ni aconsejable andar de un lado a otro cuando oscurece.

Charlotte notó que se ruborizaba.

—Bueno, perdí la noción del tiempo. Cuando me di cuenta de lo tarde que era regresé al momento. Espero que usted haya tenido una tarde agradable.

Él esbozó una sonrisa contenida.

—Ha sido todo lo agradable que puede ser pasarse un almuerzo hablando de política. Hemos tratado sobre la ampliación del sistema de alcantarillado y de la futura modernización de las vías férreas. Además, se ha sometido a consideración el posible asfaltado de la carretera principal.

Charlotte se preguntó si aquello realmente le divertía a él; como tan a menudo, era incapaz de interpretar bien su ánimo.

—¿Cuánto tiempo hace que es usted diputado? —preguntó ella educadamente.

—Hace siete años —respondió él y tomó un trago de vino tinto.

Ella le calculaba algo más de treinta años; así pues, se dijo, debió de empezar su carrera política muy pronto.

—Cuando papá va a Londres para una sesión, oye siempre las campanadas del Big Ben —intervino Emily, orgullosa. Al notar la mirada desconcertada de Charlotte, añadió—: Es la campana grande de la torre del reloj del Parlamento. Papá me ha prometido que me llevará ahí alguna vez para que yo también la oiga.

Lo miró de refilón, como para cerciorarse de que cumpliría esa promesa.

—Sí, sí —comentó sir Andrew algo ausente. ¿Había oído lo que Emily había dicho? Si no cumplía su palabra, la pequeña se llevaría una gran desilusión.

Charlotte agradeció esa charla ligera, que la distraía de sus pensamientos. Sin embargo, cuando en la estancia se hizo el silencio, oyó de nuevo la voz áspera de Tilly Burke, desvariando sobre aguas y espíritus, a merced de sus fantasías descabelladas y, sin duda, dejando entrever alguna que otra verdad que inquietaba a Charlotte.

Miró a sir Andrew, que en ese momento levantaba la vista del plato. Sus miradas se encontraron. Ella se dio cuenta de que mentalmente él estaba muy lejos de aquella mesa.

Charlotte entró en la habitación de la niña y se encontró con una imagen que le era conocida: Nora peinando a Emily. La niñera se dio la vuelta y sonrió.

—Acabo en un momentito.

—No hay prisa. Solo quería darle las buenas noches a Emily y pedirte que luego te pasaras un minuto por la sala de estudio.

—Sí, señorita.

Charlotte acarició la mejilla de Emily.

—Que descanses. Ya sabes que no estás sola.

Emily se mordió los labios.

—¿Ocurre algo?

Nora dejó de cepillar y miró a la niña.

—Yo..., bueno, papá dice que debo disculparme por haberme escapado. Siento haberle causado tantos problemas, fräulein Pauly. No volverá a ocurrir.

Charlotte tuvo que tragar saliva, porque en esas palabras se advertía la severidad del padre. No había contado con una disculpa, y la molestó la falta de discernimiento por parte de él.

Se arrodilló frente a la silla de Emily y la cogió por las manos.

—No hace falta que te disculpes, aunque desde luego te lo agradezco. No es malo sentirse mal de vez en cuando y tener miedo. —Miró muy fijamente a Emily—. Prométeme que si vuelves a tener miedo acudirás a mí, a Nora o a tu padre.

Como Emily seguía sin decir nada, Charlotte posó cuidadosamente los dedos bajo la barbilla de ella y se la alzó.

—¿Prometido?

—Sí —musitó ella.

—Bien.

Se levantó y se alisó la falda. Luego se despidió de Nora con un ademán de cabeza y abandonó el dormitorio de la niña.

Diez minutos más tarde, llamaron a la puerta de la sala de estudio en la que Charlotte estaba leyendo un dictado en alemán que Emily había escrito por la mañana. Eran unas primeras frases, muy simples, pero prácticamente no tenían errores y demostraban un talento para las lenguas. Teniendo en cuenta la inquietud interior de la niña, ese era un logro destacable.

—Adelante.

Nora entró y la miró expectante. Charlotte le indicó una silla. Aunque había reflexionado largo y tendido sobre cómo abordar la cuestión, no había hallado ningún modo que resultara más diplomático.

—Como te imaginarás, sir Andrew y yo no dejamos de darle vueltas a lo que le pasa a Emily. Estamos muy preocupados.

—Yo también —señaló la niñera subrayando sus palabras con un asentimiento de cabeza—. No la había visto nunca como estos últimos días, ni siquiera cuando estaba enferma.

—Por eso intento averiguar de dónde le vienen esos... ataques, o ensoñaciones, o comoquiera que los llamemos.

—Sí, señora.

—¿Conoces a Tilly Burke?

Fue como si algo cambiara en el ambiente, como en verano antes de una gran tormenta. Charlotte no habría sabido explicarlo, pero prácticamente se podía palpar.

—¿La loca de Mickleham?

—Esa misma.

—Todo el mundo de por aquí la conoce. No está bien de la cabeza. No dice más que tonterías. Señorita, no debe hacer caso de nada de lo que le diga.

—Por lo que sé, ella conocía a lady Ellen.

—Sí, fue su niñera. Pero eso fue mucho antes de que yo entrara en la casa.

Charlotte notaba la resistencia interna con que Nora se oponía a sus preguntas. ¿Acaso esa mujer le daba miedo? ¿O sabía algo sobre Tilly?

—Oí decir en Dorking que lady Ellen la iba a visitar de vez en cuando después de casarse y venir a vivir con su familia a Chalk Hill.

—Es posible.

Tranquilizó a Nora.

—Evidentemente, no hay nada de malo en visitar a antiguos miembros del servicio, ni tampoco en ayudarles si se encuentran en un aprieto...

—No sé si le daba dinero...

«Eso es algo que no quiero saber», se dijo Charlotte. Le traía sin cuidado si lady Ellen o cualquier otra persona le daba dinero a Tilly Burke. Solo quería saber si toda esa palabrería de la mujer sobre el río y los espíritus tenía algo de cierto. Sin embargo, era difícil conducir la conversación con Nora hacia donde se hallaban las respuestas.

—Me he encontrado con Tilly. Me ha contado muchas tonterías, desde luego. Pero también me ha dado la impresión de que sus palabras podrían tener algo de cierto.

Nora la miró con recelo.

—Nadie se cree a la vieja Tilly.

—Me ha dicho que sir Andrew quería que su esposa se fuera de aquí. ¿Es eso cierto?

Susanne Goga

La mirada de Nora expresó más que sus palabras.

—Me gustaría marcharme.

Se levantó y avanzó hacia la puerta con torpeza. Charlotte no hizo gesto alguno para retenerla.

Cuando estuvo a solas en su habitación, rompió a llorar. No le gustaba mostrar sus sentimientos; incluso cuando Friedrich la había dejado en la estacada y expuesto a las burlas de la sociedad berlinesa, ella había logrado en apariencia mantener la compostura. Ahora, sin embargo, la soledad la envolvía como un abrigo frío y hundió la cabeza entre los brazos.

¿Qué le había ocurrido a esa familia? Por primera vez, Charlotte no supo cómo proseguir con su trabajo. Como no podía ser de otro modo, de vez en cuando había tenido que vérselas con niños difíciles o mal educados, pero esos problemas podían resolverse de forma racional. En cambio, en el caso de Emily esa vía no le servía ya que sentía un afecto profundo por ella. Y se sentía impotente ante el tremendo dolor que pesaba sobre esa familia.

Entonces volvió a recordar la nota. ¿De verdad sir Andrew pretendía que un experto en fenómenos sobrenaturales examinara a la niña? ¿Cómo podía alguien ser científico y, a la vez, creer en algo así? ¿O era esa una medida torpe de un padre desesperado?

Le habría gustado poder salir a dar un largo paseo, andar y no parar hasta llegar al límite de sus fuerzas y luego caer en la cama rendida. Pero era demasiado tarde.

Charlotte se quitó la ropa, se aseó y se puso el camisón. Luego deambuló por su dormitorio de un lado a otro para cansarse, pero el movimiento aún la inquietó más. Entonces, se quedó inmóvil y giró lentamente sobre sí misma. La habitación... Lady Ellen había pasado ahí muchas horas de su vida. ¿Era posible que una persona dejara su sello en una estancia, que quedara en ella algo de su personalidad, incluso cuando hacía tiempo que no la habitaba? ¿O cuando incluso ya no vivía?

Charlotte inspiró profundamente. Luego colocó un cojín en el suelo y se sentó con las piernas cruzadas. Cruzó las manos en el regazo y cerró los ojos. Intentó conjurar la presencia de la mujer que había crecido ahí. ¿Con qué jugaba? ¿Qué cosas le daban miedo de pequeña? ¿Con qué soñaba siendo jovencita? ¿En casarse con sir Andrew Clayworth? ¿En sus propios hijos? ¿O su imaginación estaba habitada por imágenes completamente distintas?

Charlotte permaneció sentada en silencio, oyendo solo su respiración y el murmullo del viento entre los árboles. Se notó más tranquila de lo que lo había estado en los últimos días. Se obligó a volver a pensar en la mujer a la que le había pertenecido esa habitación. ¿Qué le había impulsado esa noche a atravesar la puerta del jardín e ir al bosque? ¿A tomar el camino que llevaba al río y poner fin a su vida? Tal vez huía de algo... o quizá se había sentido atraída hacia alguna cosa.

Hacia el río y los espíritus.

Abrió los ojos con una sacudida y miró a su alrededor. La luz había cambiado. No. Eso era solo porque los había mantenido cerrados durante un buen rato. Por casualidad, posó la mirada en un rincón junto al ropero y se sorprendió. Había una tabla del suelo que sobresalía de un modo raro. Charlotte se deslizó hacia ahí y pasó cuidadosamente la mano sobre la plancha. En efecto, estaba algo más levantada que el resto. La palpó en su extensión y descubrió una hendidura en un nudo de la madera. Metió el índice dentro y tiró: primero con cuidado, luego con más firmeza, hasta que la tabla del suelo se levantó ligeramente. Metió la mano en la oquedad que asomó.

El frasco transparente de farmacia no llevaba etiqueta. Charlotte lo sostuvo contra la luz de la lámpara de gas y contempló los cristales blancos brillantes. ¿Qué podía ser eso? Desde luego, no era sal común, porque el grano era demasiado grueso. Retiró el tapón y olió. Nada. Luego vertió un cristal en la mano, se humedeció la yema de un dedo con la lengua, lo tocó y saboreó. Tenía un sabor ligeramente dulce, pero no era azúcar. Cerró el frasco de nuevo y lo dejó pensativa en el suelo.

Volvió a meter los dedos en la apertura y palpó en su interior, pero no encontró nada más. Algo decepcionada, cogió el frasco, lo sopesó y lo volvió a colocar en el escondite.

¡Qué bien le habría venido encontrar anotaciones secretas debajo de la tabla del suelo! Un diario, o cartas que le revelaran algo de la mujer que había vivido su juventud en esa casa y que había sido desdichada como esposa de Andrew Clayworth...

20

*U*n restaurante excelente —comentó John Hoskins contemplando admirado el Savoy Grill. El artesonado, sostenido por unas columnas angulosas de madera, las paredes de espejo y las mesas redondas con cómodos asientos tapizados y mantelerías blanquísimas conferían a la sala una atmósfera elegante y, a la vez, acogedora. Desde su inauguración, dos años atrás, el hotel y su restaurante habían causado furor—. Aunque no es para venir a diario —añadió al echar un vistazo a la carta con los platos caros que acababan de pedir.

Tom Ashdown asintió.

—Pero es el lugar adecuado para poner la guinda final a una satisfactoria función de teatro con unos buenos amigos.

Sarah sonrió.

—En realidad, no me gusta la ópera, pero *La Basoche* me ha gustado. Y, lo más importante para mí, es divertida. No me gusta nada que al final todo el mundo muera.

—Ese Bispham, el que interpretaba al duque, no lo hacía nada mal, aunque carezco de criterio musical —respondió Tom—. Realmente, la ópera no es mi especialidad. En cuanto la gente aparece sobre el escenario, abre la boca y se echa a cantar, yo me siento como pez fuera del agua. —Dirigió una mirada a Emma Sinclair, la hermana de Sarah, a la que ella respondió con una sonrisa tímida.

—Se dice que el próximo año va a actuar en la Royal Opera, en *Los maestros cantores* —comentó John, que conocía muy bien los escenarios de ópera de la capital y era un gran apasionado de Wagner—. Pero háblanos de las obras de teatro que hay que ir a ver y que hoy nos hemos perdido.

Tom se echó a reír.

—Me hubiera gustado llevaros al Royalty.

Emma Sinclair lo miró con sorpresa.

—Nunca había oído hablar de ese teatro.

—Es bastante pequeño y tiene una historia llena de vicisitudes. Desde hace poco actúa ahí una compañía de teatro con obras algo escandalosas, pero, como funciona como un club privado, puede sortear la censura. En marzo fui a ver *Espectros,* una obra de teatro escandinava que...

—¡No puede ser cierto! —exclamó Sarah, horrorizada.

—¿Qué hay de malo en ello? —inquirió su hermana—. Lo cierto es que parece interesante.

Tom tosió.

—Bueno, fue una representación única que provocó la protesta del público. Locura, adulterio, hijos ilegítimos, hipocresía, suicidio... No deja piedra sobre piedra. No debo olvidar el nombre de Ibsen. Me pareció una obra fascinante a la vez que... Disculpad.

Un caballero barbudo de dimensiones colosales, vestido con una capa con cuello de piel y rodeado de una cohorte de jóvenes, le había hecho señas para que se acercara y Tom se levantó y fue a saludarle. El hombre, cuyo cabello cano y rizado le caía hasta los hombros, le estrechó la mano con vehemencia y le dio un golpecito en la espalda.

—Ashdown, ¿de nuevo en la brecha? Me alegro. Id pasando, queridos.

Las mujeres contemplaron estupefactas el séquito y John tuvo que contener una sonrisa.

—Permitid que os presente a Allaric Greene, el famoso crítico de ópera.

El recién llegado hizo una reverencia teatral.

—Es un placer. Ashdown, ¿también usted ha ido a ver *La Basoche*? Bispham es fabuloso. ¡Qué timbre de voz! Aunque empieza tarde, le auguro una excelente carrera. —Miró al grupo—. Acuérdense bien de lo que les voy a decir: esta noche yo, Allaric Greene, predigo que David Bispham será un gran cantante. Conquistará Wagner, ni más ni menos.

—Pero aún va a tener que trabajar un poco —apuntó John. Greene le dirigió una mirada furibunda, como un jardinero a un pulgón.

—Señor, no le conozco a usted y no tengo ganas de disputas. Pero se dice que el año próximo actuará en *Los maestros cantores*.

Tom y John se miraron sonrientes, y Greene levantó la mano.

—¿Es posible que ya haya llegado a sus oídos? Muy bien. Pero eso solo es el principio. Según parece —miró a su alrededor con aire conspiratorio—, consultó a un médium que le leyó el futuro y le animó a estudiar personajes de obras de Wagner. Personalmente, esas supersticiones me traen sin cuidado, pero, en esta ocasión en concreto, el hombre debería hacer caso. Sin duda. —Hizo una inclinación hacia las dos damas y saludó con la cabeza a Tom y John—. Caballeros, me despido.

Se arrojó la capa por encima del hombro con un gesto teatral y se marchó pavoneándose.

Tom y sus invitados se cruzaron miradas divertidas, solo Emma Sinclair había palidecido. Su hermana le posó la mano en el brazo.

—Querida, no le des más vueltas. Ese hombre es entretenido, pero también muy burdo.

—Puede que haya personas que sepan leer el futuro —apuntó la señorita Sinclair, una mujer hermosa de piel delicada y enormes ojos castaños—. No todo el mundo es como ese... Belvoir. —Aunque su voz parecía vacilante, dirigió una mirada desafiante a Tom—. Usted mismo lo ha dicho antes.

Tom alisó pensativo la servilleta.

—En efecto. Mi encuentro con la señora Piper me causó un profundo asombro. No se presta a esas preguntas banales y jamás acepta dinero a cambio de sus favores. No se la puede comparar con gente como Charles Belvoir.

Notó que la señorita Sinclair se estaba incomodando y cambió de tema rápidamente.

—¿De qué hablábamos antes de que esa ave del paraíso revoloteara sobre nuestra mesa? Ah, sí. El Royalty Theatre.

—No volvamos otra vez con los espíritus —dijo Sarah.

—¿Desde cuándo te has vuelto tan susceptible? —la replicó su hermana, que parecía haberse recuperado. Se inclinó entonces hacia Tom—. ¿Y qué más vio ahí?

—Lo último fue *Thérèse Raquin,* de Zola. Tampoco una obra socialmente correcta. Diría que es cruda y tosca, pero también novedosa y emocionante. En ese teatro se percibe cierta innovación. Ahí no intentan gustar, ni hacerse queridos... —Se interrumpió súbitamente—. Disculpad, me he dejado llevar por mis propias palabras.

La señorita Sinclair sonrió.

—Nunca antes le había visto a usted como hoy, señor Ashdown.

Su hermana enarcó las cejas en un gesto de sorpresa y miró divertida a su marido, que asintió satisfecho.

—Querida Emma, él es así —apuntó él—: apasionado, con el corazón en la punta de la lengua, y las palabras un paso por delante del pensamiento...

Tom levantó la copa con una sonrisa.

—Brindo por ello.

Ciertamente hacía tiempo que no se había sentido así.

Esa noche Tom conservó su actitud animada tras despedirse de sus amigos y mientras recorría a pie la calle Strand. No le apetecía aún subirse a un coche de caballos y hacerse llevar a casa; Londres le encantaba, sobre todo en esas horas. El frío otoñal no le importaba. Tom no podía imaginarse viviendo en una ciudad más pequeña, ni tampoco en el campo. Necesitaba la electricidad de la gran ciudad, el fragor incesante que acallaba y penetraba cualquier otro ruido. Sin embargo, adoraba también los momentos de calma, las calles en las que nada parecía haber cambiado desde los tiempos de Shakespeare; los barrios periféricos, que seguían conservando el ambiente de los pequeños pueblos a pesar de que la metrópolis implacable extendía sus fauces ávidas hacia ellos.

Se encendió un cigarrillo y paseó tranquilamente hasta que la calle se ensanchó y, como si de un río se tratara, rodeó la hermosa capilla de St. Clement Danes. Al pasar, Tom echó un vistazo a la torre alta y esbelta de Christopher Wren, que se elevaba contra el cielo como una precursora de su majestuosa hermana situada al este. A continuación, dobló hacia la derecha para entrar en la estrecha calle de Milford Lane, que bajaba hasta el Támesis. Solo unas pocas farolas iluminaban la calle, la cual limitaba con el Temple y sus venerables edificios. La calma imperaba en esa zona, posiblemente la misma que en los tiempos de los caballeros templarios, que habían dado el nombre a la zona y la iglesia semicircular.

De repente, oyó unos pasos a su espalda. Volvió la vista sobre los hombros, pero no vio a nadie. Siguió adelante meneando la cabeza. Tal vez, se dijo, últimamente se dedicaba demasiado a lo sobrenatural y oía ruidos inexistentes. A su izquierda, detrás de los muros, estaban los jardines de Middle Temple, los cuales a esas últimas horas de la noche parecían tan abandonados como los edificios a su alrededor; a esas horas los abogados ya no trabajaban.

De nuevo oyó pasos. Aminoró la marcha sin detenerse, se volvió rápidamente y asió por el cuello a un muchacho joven.

—¿Qué se te ha perdido por aquí?

—Fuego, señor, ¿tiene usted fuego?

El muchacho levantó el brazo mostrándole un cigarrillo.

—Mira, me pillas de buenas y, en vez de una patada en donde más duele, te daré fuego.

Encendió una cerilla sin quitar la vista de encima del muchacho. Era evidente qué quería; no lo dudó ni por un momento. Pero esa noche era muy agradable y no quería que se echara a perder.

El joven asintió, saludó llevándose la mano a la gorra y desapareció como desvaneciéndose en el aire. Posiblemente llevaba siguiéndole desde la calle Strand; habría supuesto que estaba borracho y lo habría tomado por una víctima fácil.

Tom atravesó un arco de portal elevado y contempló el río, en el que incluso a esas horas había tráfico comercial. Londres no dormía, y el Támesis, tampoco. El extenso terraplén de Victoria Embankment, construido veinte años atrás, brindaba una panorámica magnífica sobre las aguas. Tom apoyó las manos en la barandilla y miró a la derecha, donde las torres agudas del Parlamento se elevaban bajo el cielo de la noche. Sobre ese obelisco que se había instalado un poco más al oeste se decía que, lejos de su patria, Egipto, atraía a los suicidas. Tom no creía en eso; esas historias sensacionalistas eran puros engaños.

La señora Piper, en cambio, no lo era. Recordaba a menudo la sesión con ella, pues le había dejado una honda impresión. Resultaba curioso ver cuánto habían penetrado en su vida esas cuestiones; incluso durante esa velada él había acabado hablando de médiums, aunque solo porque ese extravagante señor Greene lo había mencionado.

Tom arrojó el resto del cigarrillo a las aguas oscuras. Olió un perfume dulce cuando una pareja pasó detrás de él. Cuando el ruido de pasos ya hubo desaparecido, se siguió oyendo la risa de la mujer. Ese olor le recordó a la señorita Sinclair... ¿Sería el mismo perfume?

Se volvió de espaldas al río, se apoyó en la barandilla y levantó la mirada hacia el cielo, donde el viento jugaba a atrapar jirones de nubes. Hacía mucho tiempo que no se sentía tan alegre y despreocupado y se preguntó si era solo el efecto de una velada entre amigos.

A la mañana siguiente, Tom encontró una carta junto a su bandeja de desayuno. Tras su regreso a casa había estado escribiendo y, por lo tanto, se había acostado tarde; por eso no se había dado cuenta de que a primera hora de la mañana un recadero había dejado un mensaje a Daisy.

Echó un vistazo al remitente. Dr. Henry Sidgwick. Incluía la dirección en Buckingham Street de la Sociedad para la Investigación Psíquica. La nota era escueta, pero educada.

Querido Ashdown:
Me gustaría que pudiera cenar con nosotros el próximo jueves. Tengo un encargo que me gustaría confiarle.
Atentamente,
H. Sidgwick

La casa en Chesterton Road donde vivían Henry y Eleanor Sidgwick irradiaba una fabulosa calidez. Tom Ashdown se sintió atraído hacia la luz amarilla que atravesaba la ventana en saledizo y el tragaluz en forma de abanico que había sobre la puerta de la entrada. Ya había estado ahí en una ocasión y tenía un recuerdo agradable de la velada. Nada más entrar era patente la atmósfera estimulante que reinaba en las estancias y la armonía en que vivía la pareja.

En esa primera visita, Tom había sentido una leve punzada de dolor al recordar su casa vacía, y la felicidad que él y Lucy habían compartido. Esta vez, sin embargo, apartó de sí esos pensamientos tristes y se dedicó a preguntarse qué encargo podría tener Sidgwick para él.

Eleanor le abrió la puerta en persona y le tendió la mano con una sonrisa.

—Adelante, por favor, Tom. ¡Qué noche tan desapacible! Espero que el trayecto hasta aquí haya sido agradable para usted. —Le tomó el paraguas y lo colocó en el paragüero que había junto al ropero. Luego esperó a que le entregara el sombrero y el abrigo—. Lleva usted el sombrero completamente empapado. ¿Acaso ha venido a pie?

Tom se encogió de hombros.

—No he calculado bien la distancia desde la estación —respondió sonriendo.

—A la mayoría les pasa lo mismo —respondió su anfitrión, que acababa de asomar al pasillo—. La universidad siempre se negó a poner la estación en el centro de la ciudad, una postura que, por cierto, yo no comparto.

—Intentaron incluso impedir que los estudiantes usaran el tren —apuntó la esposa.

—Tal vez temían que viajaran a Londres y sucumbieran a los placeres de la gran ciudad —conjeturó Tom.

—Me figuro que usted, como antiguo alumno de Oxford, conoce perfectamente esos placeres —bromeó Sidgwick con tono bondadoso.

—Me parece que no hace falta que recuerde quién ha ganado la regata de remos este año —replicó Tom.

—*Touché.*

Eleanor dirigió a los dos una sonrisa indulgente.

—Pasemos adentro. La cocinera aguarda para la cena.

El comedor era pequeño, pero estaba decorado de forma acogedora y en la chimenea ardía un fuego que desprendía un calor agradable. La mesa cuadrada extensible no estaba desplegada, pero aun así ofrecía espacio suficiente para tres personas.

Eleanor Sidgwick sirvió la comida en persona; dirigió una mirada de disculpa a su invitado.

—Hoy la doncella tiene el día libre. Espero que me disculpe si me encargo yo de esta tarea.

Una profesora universitaria de matemáticas sirviendo la mesa en persona, pensó Tom. Solo eso hacía que el viaje hasta Cambridge hubiera merecido la pena.

—¿Qué mira usted con tanta atención, Tom? —preguntó ella con una sonrisa y ruborizándose un poco—. ¿Acaso nos estamos poniendo en ridículo ante un londinense de mundo?

Él negó con la cabeza.

—No. Me gusta que una mujer intelectual como usted sepa también cómo agarrar una sopera.

Su esposo se acarició la larga barba y la miró con una ternura indisimulada.

—Mi Eleanor es una mujer absolutamente extraordinaria, Tom.

De pronto, se hizo el silencio en la sala, y Tom volvió a percibir el entendimiento profundo entre ambos. Ese era un matrimonio fuera de lo común. Se decía que Sidgwick había convertido a su esposa al feminismo; él en persona había fundado la facultad para mujeres donde ella impartía clases. Fuera lo que fuera lo que los unía, era un sentimiento bueno y firme.

—Me di cuenta de ello en cuanto nos conocimos —corroboró él con simpatía.

Empezaron a tomar la sopa y charlaron tranquilamente de las novedades de Londres.

—¿Qué tal la vida teatral? —preguntó Eleanor con curiosidad—. Cuando estamos aquí, la echo de menos. No hay nada comparable con la oferta cultural de la capital.

—En eso lleva usted razón, pero también hay muchas cosas que no valen nada.

Sidgwick lo miró divertido.

—No nos ha pasado desapercibido, querido Tom. Sus reseñas nos endulzan las solitarias veladas en la provincia.

Tom tomó un sorbo de vino.

—¿Provincia? Nada es más estimulante para el espíritu que una visita a Cambridge... o a Oxford. Por desgracia, para mis salidas tiendo a escoger las épocas más inhóspitas. No hace mucho, disfruté de las vistas desde Boars Hill con nieve, seguramente en el día más frío de 1889.

Eleanor se echó a reír.

—Vaya, eso sí es una sorpresa. Yo creía que la gente huía de Londres en verano, porque en los teatros no hay nada bueno y esa pestilencia... Bueno, ya se sabe... —Hizo una mueca de asco.

—Por fortuna, los tiempos del Gran Hedor quedan ya varias décadas atrás, aunque, ciertamente, la canalización deja aún mucho que desear —admitió Tom—. No me explico cómo superé el pasado verano en la ciudad. El año próximo viajaré. Me lo he fijado como un objetivo.

—Usted siempre es bienvenido en esta casa —comentó Sidgwick extendiendo los brazos—. Tiene a su disposición nuestra habitación de invitados.

Tom se limpió los labios y colocó la servilleta junto al plato sopero.

—Es una propuesta muy atractiva. Remar en el Cam, hacer pícnic en la hierba con vistas al King's College...

Así prosiguió la conversación durante un buen rato. Sin embargo, había un tema que todavía no habían abordado, la propuesta para la que Henry Sidgwick lo había hecho venir. Tal vez sacara el tema después de la cena con una copa de brandy.

—Debe de estar preguntándose de qué se trata el encargo por el que le escribí.

—¿La lectura del pensamiento es también alguno de sus temas de investigación? —replicó Tom.

Sidgwick negó con la cabeza.

—Me basta con verle la cara.

—¿Tan fácil soy?

—Mientras sean pensamientos tan inocentes como estos —observó Eleanor, que acababa de entrar con el plato principal—. A Henry le divierte asombrar a veces a la gente con sus conclusiones. Pero no tiene nada que ver con capacidades sobrenaturales. Él recopila impresiones y hechos y luego los relaciona.

Tom arqueó las cejas.

—¿Sabe qué me ha recordado? Hace poco leí dos novelas publicadas por un oculista escocés. Una se titula *Estudio en escarlata* y la otra, *El signo de los cuatro*. El protagonista es un detective que resuelve los casos gracias a su brillante talento para la relación de ideas. Es una lástima, porque sus libros no tuvieron éxito. Estoy considerando la posibilidad de mencionarlos para que obtengan por fin la atención que merecen.

Eleanor se apuntó rápidamente los títulos.

—Suena interesante. Mañana mismo me los compro.

—Escriba al respecto. Tengo ganas de leer sus artículos —dijo el marido—. No hace falta que sea siempre teatro. Una buena historia de detectives no es nada desdeñable.

Tras los postres, los tres se dirigieron a la biblioteca. Un hombre como Henry Sidgwick no impedía que su mujer accediera a ese refugio, así que los tres se sentaron junto a la chimenea. Tomaron una copa de brandy y el matrimonio animó a Tom a fumar, aunque ellos prefirieron no hacerlo rechazando con un gesto de agradecimiento su invitación.

—En fin... —Sidgwick se reclinó en su asiento y juntó las yemas de los dedos examinando atentamente a Tom—. Tal y como usted dedujo de mi nota, me gustaría hacerle un encargo. Una persona se ha puesto en contacto con nosotros por un asunto que no pertenece enteramente a nuestro campo de estudio. Es decir, no sabemos si se trata o no de nuestra especialidad.

—Habla usted con mucha prudencia —observó Tom.

—En efecto. Entre otros motivos porque la persona que hay que examinar es una niña.

Tom lo miró con sorpresa.

—¿Una niña? No tengo experiencia en estos estudios, y menos aún con niños.

Eleanor levantó la mano con gesto tranquilizador.

—No se preocupe, Tom. Aún no sabemos si este caso es realmente un fenómeno parapsicológico.

—El padre de la chica nos ha consultado después de que su médico lo derivara a nuestra Sociedad —explicó Sidgwick acariciándose la barba, que le llegaba hasta el pecho—. La pequeña tiene ocho años y perdió a su madre en marzo. El padre sospecha que podría haber alguna especie de vínculo entre ambas.

Tom inspiró profundamente. Lo cierto era que no contaba con algo así. Era emocionante participar en las exploraciones como invitado y convertir en legibles los informes; pero siempre había guardado cierta distancia para protegerse a sí mismo. Desde la muerte de Lucy se sentía vulnerable y no quería acercarse demasiado a esas cosas. Mientras él participara en esas investigaciones de forma puramente intelectual, no serían un peligro para él.

Sin embargo, una niña que había perdido a su madre era un caso completamente distinto. Esa situación le incomodaba.

—¿Tom? —preguntó Eleanor—. ¿Qué ocurre?

Él se aclaró la garganta y se miró las manos.

—No sé si soy capaz de algo así. Hasta ahora ustedes dos, Fred Myers o Lodge han trabajado con los médiums y han aplicado sus propios métodos. Yo no soy médico ni científico y no me siento capacitado para esta tarea.

Le pareció advertir una fugaz sombra de decepción en la cara de Eleanor. Luego ella volvió la mirada hacia su marido.

—Querido Tom, precisamente por eso le elegimos —dijo Sidgwick—. Estamos todos tan metidos en nuestras investigaciones que apenas somos capaces de ver más allá de nuestras narices. Además, estamos condicionados por nuestro trabajo con adultos. Nos resultaría muy difícil trabajar con un niño y tratarlo con la consideración necesaria.

—Por otra parte —apuntó la esposa—, me consta que es usted un escéptico. Acuérdese de Belvoir. Y eso precisamente es lo que hace falta ante este padre y su hija. ¿Quién sabe lo que hay detrás de esas sospechas? Sin duda, debe de haberle costado un gran esfuerzo dirigirse a nosotros. Por otra parte, el asunto exige una discreción exquisita. El hombre es diputado del Parlamento.

Tom arqueó las cejas con sorpresa.

—Esto se pone cada vez más interesante.

—Exacto. Confiamos en su sana curiosidad.

—¿Y a ustedes les parece que un examen realizado por un crítico teatral de Londres será más discreto que si unos científicos de renombre se alojan en la residencia de esta persona? —En la pregunta de Tom había una leve ironía, pero eso a Sidgwick no pareció inquietarle.

—Eso es —dijo con tono satisfecho—. Ahora ya piensa como es debido.

—¿Y dónde vive el caballero en cuestión?

—En Surrey. El desplazamiento se encontraría dentro un límite razonable.

Tom reflexionó y miró a su anfitrión con admiración.

—Tengo que decirlo. Me descubro el sombrero ante usted. Ha sabido exactamente cómo convencerme. Y sin ningún miramiento.

Eleanor se echó a reír.

—La curiosidad es una cualidad peligrosa, ¿no le parece?

Tom recuperó la seriedad.

—Pero ¿qué se supone que debo hacer? No puedo atar a la niña, ni encerrarla en un armario, ni clavarle agujas o lo que sea que ustedes suelan hacer con sus sujetos de estudio.

—No tiene que hacer nada de eso. —Sidgwick se levantó y se acercó a la chimenea. Luego se giró con energía y señaló a Tom—. Solo tiene que observar a la niña. Hable con su institutriz.

—¿Una institutriz? ¿Y qué papel desempeña ella en la historia?

—No lo sé —respondió Sidgwick—. El padre desea que este asunto se aborde de forma discreta y que su misión la conozcan solo unas pocas personas. Por eso al principio solo tendrá contacto con él, con la niña y con la institutriz. Le invitarán a la casa con una excusa para que el personal no sospeche nada. Ya trataremos sobre eso más adelante con calma.

Tom suspiró. ¿Dónde se había metido?

21

Chalk Hill, noviembre de 1890

n los primeros días tras la visita a Tilly Burke el mundo en torno a Charlotte parecía contener el aliento. Nora pasaba las noches cerca de Emily y todo se mantenía tranquilo. Cada noche, antes de acostarse, Charlotte daba una ronda por el pasillo sin detectar nada inusual. Era como si la normalidad se hubiera abatido como una manta sobre la casa y quisiera borrar los recuerdos de los incidentes como una droga poderosa. Emily tenía una actitud espabilada y aprendía bien; Wilkins silbaba en el jardín y la cochera, y Nora estaba simplemente feliz, porque de nuevo podía dormir cerca de su protegida. Charlotte habría podido llegar a creer que todo aquello solo había sido un producto de su imaginación de no haber sido por la charla con Tilly Burke y el frasco de contenido misterioso que seguía guardando en su dormitorio.

Aquel día sir Andrew se encontraba en Londres y Charlotte aprovechó la ocasión para ir a Dorking por su cuenta. Pidió a Nora que se ocupara de Emily por la tarde y se ofreció a la señora Evans para traerle algo del pueblo. El ama de llaves se lo agradeció, pero la miró con recelo, como si quisiera saber el motivo de la salida y su educación se lo impidiera.

—Si pasa por la farmacia, tráigame unas gotas de valeriana.

Aquello le venía muy bien.

Cuando Charlotte ya estaba en el vestíbulo con el sombrero y el abrigo puestos, Emily bajó a toda prisa por la escalera.

—¿Me deja ir con usted, fräulein Pauly? Por favor.

No fue fácil resistirse a la mirada implorante de la pequeña, pero se lo negó.

—Muy pronto haremos otra salida. Esta vez tengo algunos encargos que hacer. Nora trabajará contigo en la labor que quieres regalarle a tu padre en Navidad.

Emily hizo una mueca y fue como si se tratara de una niña de ocho años totalmente normal. En ese momento, los recelos y los planes de su padre parecieron descabellados. De todos modos, Charlotte ya había experimentado a menudo lo rápido que Emily podía cambiar de humor. Esa era solo una fase de calma transitoria, el remanso tranquilo de un río, que en cualquier momento podía agitarse con rápidos y torbellinos. Una comparación extraña, se dijo Charlotte. El río no me abandona.

—¿Sabes? Te traeré una pequeña sorpresa.

A Emily se le iluminó la cara.

—¿Y qué será?

—Si te lo digo, no será una sorpresa —contestó Charlotte de forma diplomática, sin saber tampoco ella qué le iba a comprar—. Y ahora, ve con Nora. Luego me gustaría ver lo que has hecho.

Emily giró sobre los talones y se apresuró hacia lo alto de la escalera.

Charlotte salió a la explanada donde Wilkins la aguardaba con el coche. Se encaramó al vehículo y al poco ya avanzaban por Crabtree Lane.

Inspiró profundamente. Por primera vez en días tuvo la sensación de poder pensar con claridad y libremente. El ambiente de la casa cada vez la agobiaba más, en concreto tener conocimiento de los secretos ocultos bajo la normalidad aparente. ¿Sir Andrew había ido a Londres solo para las sesiones del Parlamento, o a realizar también otras averiguaciones? ¿Qué había sido de su intención de recabar la ayuda de esa Sociedad para la Investigación Psíquica? Muchas preguntas y nadie que las respondiera.

Dio un golpecito contra el techo de la calesa para llamar la atención de Wilkins.

—No sé cuánto rato voy a necesitar.

En realidad, solo quería oír una voz humana.

—No se preocupe, señorita. Yo también tengo encargos que hacer. Tómese su tiempo —respondió el cochero.

A continuación, siguieron avanzando en silencio. Charlotte se apeó frente a la farmacia.

—Luego la esperaré delante de la estación. Ya sabe dónde.

Ella asintió. Se quedó mirando el coche mientras se marchaba hasta que dobló una esquina.

La campanilla de la puerta sonó de forma melódica cuando entró en esa tienda oscura de hermosos armarios hasta el techo. Había pequeños cajones con letreros claramente rotulados y estanterías con una gran cantidad de frascos de cristal y de porcelana rotulados en latín. En el mostrador vio almireces y balanzas, un estante de madera con caramelos contra la tos y bolsitas de confites que seguramente se usaban para atraer a los pequeños de Dorking. Olía a jabón, medicamentos y hierbas, una mezcla exuberante de los más diversos aromas, como si sobre la estancia pendiera una nube invisible.

En cuanto se encontró ante al mostrador, un hombre mayor, de estatura escasa, pelo blanco y perilla, asomó procedente de una habitación trasera mientras se limpiaba las manos con un trapo. Tras colocarse los quevedos dorados que llevaba colgados al cuello, la miró fijamente.

—Buenos días, señora. ¿En qué puedo servirla?

La miró con curiosidad. Seguramente, como farmacéutico, conocía todo Dorking y sabía perfectamente que ella no era de ahí.

—Un frasco de gotas de valeriana.

—Desde luego.

Se inclinó, sacó un frasco marrón de debajo del mostrador y lo colocó frente a Charlotte.

—¿Le va bien este tamaño?

—Sí.

—¿Sabe cómo se toma?

—Sí, gracias.

El farmacéutico la seguía mirando expectante.

—¿Alguna otra cosa?

—Sí. Quiero llevarle un detallito a una niña. ¿Qué me recomienda?

El farmacéutico pensó un instante y finalmente asintió.

—Estos cojines de olor gustan mucho.

Le mostró un cojín pequeño hecho de tela estampada de flores que olía a lavanda.

—Muy bien. Me lo quedo. Y póngame una bolsita de caramelos de fruta. Por cierto, otra cosa...

Charlotte revolvió en el bolsillo de su abrigo y dejó sobre el mostrador un objeto que ella había envuelto en un pañuelo. Lo desenvolvió y mostró al farmacéutico el frasco transparente.

—¿Sabría decirme qué es esto?

Él lo cogió.

—Lo primero que puedo decirle es que no es mío. Mis frascos son cuadrados y no redondos como este. No lleva etiqueta, pero, en fin, podría haberse soltado. ¿Me permite?

Charlotte asintió; él sacó el tapón, vertió unos granos blancos en la palma de la mano y los lamió. Una mirada de satisfacción asomó en su cara.

—Lo que pensaba. Tartrato de antimonio y potasio.

Charlotte lo miró expectante.

—Y, exactamente, ¿qué es?

—La gente suele llamarlo vomitivo de tártaro. Un emético muy apreciado. Sirve para vomitar. Se administra, por ejemplo, en casos de intoxicación, pero también sirve para catarros o episodios de sobreexcitación. Aplicado de forma externa parece ser que estimula el crecimiento capilar, pero hoy en día hay expertos que discrepan.

—¿Es algo habitual en el botiquín de una casa?

Ella nunca había oído hablar de eso en Alemania.

El farmacéutico negó con la cabeza.

—No, ciertamente no se encuentra en todas las casas, y solo se puede administrar por prescripción médica. Una cantidad mínima basta para provocar vómitos, y puede dar náuseas y mareos. En lugares remotos es aconsejable tenerlo en casa para emergencias. En caso de ingestión de objetos, puede salvar la vida.

—¿Tiene usted idea acerca de dónde podría ser este frasco?

Él le dio varias vueltas y se lo acercó para observar la parte inferior.

—No estoy seguro. Hay una farmacia en Reigate que utiliza estos frascos. Tal vez podría usted preguntar ahí.

—Muchas gracias, me ha sido de gran ayuda.

—¿Me permite que le pregunte de dónde es usted?

En un lugar tan pequeño como aquel mentir no servía de nada, así que Charlotte se presentó brevemente.

—Encontré el frasco dando un paseo y quería saber lo que contenía.

El farmacéutico la miró con inquietud.

—Esto es peligroso. Estas cosas hay que guardarlas a buen recaudo. Los niños podrían hacerse con él. ¿Dónde lo encontró exactamente?

Charlotte cayó en la cuenta de su error y reaccionó al momento.

—Ah, fue al llegar a Dover. Lo cogí y me lo acabo de encontrar en el bolso.

El farmacéutico extendió la mano hacia ella.

—¿Quiere que elimine el contenido?

—No, gracias. Yo misma me ocuparé.

Charlotte sacó el monedero. El farmacéutico calculó el importe de la compra y cogió el dinero mirándola con recelo. Cuando abandonó el establecimiento, ella aún notaba su mirada clavada en la espalda.

Recordaba bien el camino que llevaba al cementerio; por suerte, tenía un buen sentido de la orientación. Todavía había luz, se dijo. Luego ya iría a tomar el té. Esperaba volver a encontrarse con la anciana, pero, para su decepción, el cementerio estaba desierto. Así pues, dio una vuelta breve y se quedó de pie frente a la tumba de lady Ellen.

«Si pudiera hablar contigo, aunque solo fuera una vez... Tengo tantas preguntas. ¿Por qué dejaste a tu hija en la estacada? Con lo mucho que te ocupabas de ella... ¿Qué empujaría a una madre a algo así?».

Recordó las palabras de sir Andrew. «Y habló de una carta que ella le había dejado». Solo podía ser una carta de despedida. Sin embargo, si él nunca se la había enseñado a su hija, algo perfectamente comprensible pues no quería causarle más dolor, ¿cómo había podido averiguarlo la pequeña? ¿Era posible que supiera del suicidio de su madre? ¿Acaso lady Ellen había advertido de algún modo de que ella iba a marcharse y que dejaría una carta a su hija?

Charlotte se quedó de pie contemplando la lápida, presa de una parálisis semejante a la de la noche en la que había oído ruidos en la escalera de caracol y no se había atrevido a abrir la puerta. De pronto, se levantó un viento frío que, como si fuera agua del mar, acarició la hierba entre las sepulturas, doblándola hasta que el aire amainó y se volvió a enderezar.

Se despertó como si hubiera estado durmiendo y sintió entonces el frío que le atravesaba el abrigo. Se encontraba de pie frente a una tumba vacía y hablaba a una mujer cuyo cuerpo se había perdido en algún punto en las zonas inundadas entre Nicols Field y el Támesis.

Finalmente, Charlotte reunió fuerzas para girarse y dirigirse rápidamente a la puerta del cementerio.

El ambiente cálido del salón de té la envolvió como un capullo, y las hermanas Finch la saludaron como si se tratara de una vieja amiga. Le ofrecieron asiento, le recomendaron un té y pastitas de fruta recién hechas y se ocuparon tanto de ella que casi le resultó incómodo. Los demás clientes le dirigieron miradas de curiosidad que ella recibió sin inmutarse. De un tiempo a esa parte la opinión de los demás había dejado de importarle; le daba igual que sir Andrew descubriera sus pesquisas. Había tantas cosas que ella no sabía y tantas preguntas que él jamás respondería de forma voluntaria... Se imponía buscar las respuestas en otra parte.

—¿Dónde ha dejado usted a la encantadora Emily? —preguntó Ada Finch mientras posaba la bandeja con el té y las pastas sobre la mesa.

—Hoy yo tenía algunos recados que hacer y ella se hubiera aburrido. Muy pronto regresaremos las dos.

—Eso nos alegrará mucho. —La señorita Ada vaciló un instante—. Por desgracia, la última vez tuvimos ese desafortunado incidente, pero no permitiremos que la vieja Tilly vuelva a entrar aquí. No deja de sorprenderme que aún sea capaz de hacer el camino desde Mickleham.

—Hace poco me la encontré allí —respondió Charlotte—. Realmente tiene la mente muy perturbada, pero me dio la impresión de que algunas de las cosas que decía eran ciertas. Me habló con mucho cariño de la madre de Emily.

La señorita Ada miró hacia su hermana, que secaba tazas detrás del mostrador.

—Sí, ella había sido su niñera y luego se quedó en la casa. Cuando lady Ellen se casó, los servicios de Tilly dejaron de ser necesarios. Eso la afectó mucho. Ya no retuvo ningún otro puesto durante mucho tiempo y fue volviéndose cada vez más extraña.

A Charlotte le costaba tomarse la pastita. Aunque su sabor era exquisito, el nerviosismo que la atormentaba desde hacía varios días le había arruinado el apetito.

—Tilly me contó que después de la boda lady Ellen estaba siempre triste.

Reparó en la sombra fugaz que cruzó el rostro de la señorita Ada.

—No dice más que tonterías, señorita. No hay duda. No debería usted hacer caso de esa cháchara.

Cuando su hermana la llamó con impaciencia, se encogió de hombros con un gesto de disculpa.

—Perdone, debo seguir trabajando.

Charlotte, sintiéndose incómoda al verse sola a la mesa, miró alrededor hasta que su vista se posó en los periódicos. Se hizo con el *Times* y lo hojeó hasta llegar al suplemento cultural, donde le llamó la atención una crítica literaria firmada por «ThAsh». Esa abreviatura le resultaba familiar y empezó a leer con interés.

A veces, aunque ciertamente no es lo habitual, los numerosos escenarios londinenses no ofrecen nada que merezca la tinta de un artículo. En cambio, de mí se espera que entregue críticas con asiduidad, igual que los muchachos que venden periódicos o pan deben ofrecer regularmente su género. ¿Y qué hacer? Acordarme de algo que, para variar, no he visto en el escenario, sino que he leído en privado y solo para mi deleite al caer la noche junto a la chimenea.

Dos novelas.

Hoy en día hay escritores de fama inmerecida cuyas obras sería preferible dejar en manos del olvido en lugar de ver nuevas generaciones de lectores martirizados con esos escritos. Sin embargo, de vez en cuando uno se topa también con joyas escondidas y se pregunta cómo un diamante como aquel ha estado a punto de desaparecer en la bandeja de la ceniza.

Puede que el nombre de Arthur Conan Doyle no sea conocido por la mayoría de los apreciados lectores de este periódico, pero me atrevo a augurar que pronto estará en boca de todos. No. Permítanme que lo formule de otro modo: pronto el nombre de Sherlock Holmes estará en boca de todos, igual que sus señas en Londres, Baker Street 221B (un edificio, por cierto, que difícilmente encontrarán los lectores apasionados ya que la numeración real de las casas solo llega al 100).

El escritor Conan Doyle ha creado un detective nunca visto hasta ahora: un hombre de una capacidad criminológica prácticamente sobrenatural que combina los avances de la ciencia moderna con su mente privilegiada para resolver misterios; que toca el violín para relajarse y que sobrelleva los periodos inactivos de su mente inquieta con inyecciones de cocaína al siete por ciento. La historia la narra su amigo, el médico y veterano de guerra doctor Watson, que convive con él en la casa de Baker Street.

Sin embargo, el misterio no solo reside en los casos a los que Holmes y Watson se enfrentan, sino también en el hecho de que ambas novelas hayan pasado prácticamente inadvertidas por el público. Mi entusiasmo ha sido tal que me he pasado semanas hablando de estas novelas a todo aquel que quisiera escucharme —y también al resto— y recomendándoselas encarecidamente. Sin embargo, hasta el momento su éxito es moderado y me temo que, si algo no cambia, el señor Conan Doyle no nos deleite con más aventuras de sus héroes.

Por eso yo, aquí y ahora, alzo la voz y hago un llamamiento a mis queridos lectores: enciendan la chimenea, prepárense té o cualquier otra bebida estimulante y disfruten de un buen libro. Yo les recomiendo *Estudio en escarlata* y *El signo de los cuatro*. ¡No lo lamentarán!

Charlotte sonrió mientras leía. Por supuesto. El estilo era inconfundible. No hacía mucho se había reído a carcajadas con una hilarante crítica sobre una obra teatral mala. Y ahora, el entusiasmo sincero por un escritor de novelas de misterio: ese hombre sabía cómo entretener a sus lectores. De pronto, se dio cuenta de que durante esos minutos se había olvidado por completo de su alrededor y había dejado de pensar en Emily, su padre o la difunta lady Ellen. Y ni siquiera sentía remordimientos por ello.

22

*D*e ser supersticiosa, Charlotte habría pensado que los sucesos que siguieron eran su castigo. Animada por la lectura del periódico, se dirigió contenta hasta la estación, donde se encontró con Wilkins. Sin embargo, en cuanto el coche llegó a Chalk Hill, la señora Evans abrió la puerta de la casa a toda prisa. Estaba muy sonrojada, y su actitud dejaba entrever un gran nerviosismo.

—¡Oh! ¡Qué bien que esté ya de vuelta, señorita Pauly! —la recibió.

Charlotte bajó a toda prisa del coche y corrió hacia la puerta.

—¿Qué ha ocurrido?

Detrás de ella Nora salió apresuradamente de la sala de estar y, en cuanto hubo cerrado la puerta tras de sí, le mostró un papel que llevaba en la mano. Temblaba tanto que casi se le cayó al suelo.

—¿Qué significa esto?

—La señorita Emily... No ha estado mucho rato sola... Yo solo he ido a buscar el bastidor de bordar.

Nora intentaba calmarse y se frotaba los ojos con el dorso de la mano.

—Vamos, habla —dijo Charlotte con tono enérgico tomándole la hoja de la mano. A continuación, acompañó a la niñera desconsolada hasta la sala del desayuno de la zona del servicio y pidió a la señora Evans que entretanto hiciera compañía a Emily.

—¿Qué ha ocurrido? —volvió a preguntar en cuanto Nora se hubo desplomado en una silla.

—Yo no quería dejarla mucho rato sola, pero... he ido a buscar el bastidor para bordar y entonces he encontrado la bolsa de los hilos y me he puesto a ver si teníamos colores bonitos...

Charlotte inspiró profundamente.

—¿Cuánto tiempo ha estado a solas? —Posó la mano en el hombro de Nora—. No se trata de buscar culpables. Nadie dice que no pueda estar a solas durante el día. Pero tengo que saberlo.

Nora tragó saliva y levantó la nariz.

—Tal vez un cuarto de hora.

—¿Y luego?

—Cuando he vuelto a la sala de estudio, Emily estaba sentada en su pupitre. Le he preguntado qué hacía y me ha dicho que estaba escribiendo una carta. Le he pedido si me la dejaba leer, pero se la ha escondido debajo del delantal. Estaba rara. Me he preocupado. Le he dicho que me la diera. —Nora bajó la cabeza, avergonzada—. Entonces ella se ha levantado de un salto y se ha marchado corriendo hacia la puerta. La he atrapado, le he rebuscado en el delantal y ha empezado a chillar. Ha bajado corriendo por la escalera y se ha resbalado con el penúltimo escalón.

Charlotte dio un respingo.

—No, no. Parece que solo se ha torcido el tobillo. Pero le duele mucho.

Charlotte cerró los ojos un instante. ¿Era ese el precio por ese breve momento de frivolidad?

—¿Señorita? —Nora señaló la hoja que Charlotte aún tenía en la mano y que casi había olvidado—. Todavía no la ha leído.

Charlotte la acercó a la luz. Era un papel arrancado de una libreta y estaba ocupado con la caligrafía infantil de Emily.

Querida mamá:

Hace muchos días que no vienes a visitarme. Te he esperado todas las noches, pero no te he visto. Sin embargo, hace un ratito he tenido la sensación de que estabas a mi lado y, cuando he mirado por la ventana, estabas ahí. Estoy muy contenta. Ya sé que es un secreto, y no se lo voy a contar a nadie. Prometido. Esta noche dejaré la carta debajo de mi almohada, para que la puedas coger.

Muchos besos,

Emily

Charlotte se arrodilló junto al sofá donde Emily estaba tumbada y cogió a la niña de la mano. Tenía el pie en alto y envuelto en un paño frío y mojado. Con un gesto de la cabeza pidió a Nora y a la señora Evans que abandonaran la estancia, sacó la otra mano de detrás de la espalda y colocó en el regazo de Emily los caramelos y el cojín de lavanda.

—Te prometí que te traería algo.

Emily, que todavía no había dicho nada, se acercó el cojín a la nariz y aspiró profundamente.

—¿Es lavanda?

—Sí. ¿La conoces del jardín?

—No. Me recuerda un perfume.

—¿Quieres probar un caramelo?

Emily cogió uno de la bolsa, se lo puso en la boca y asintió.

—Están buenos. —Le ofreció uno a Charlotte.

—Gracias. —Charlotte permaneció un momento en silencio—. ¿Me podrías explicar lo ocurrido? No lo del pie, sino antes. En la sala de estudio.

Emily volvió la cabeza.

—No debía leerla nadie. Lo había prometido.

Charlotte suspiró, se sacó la carta del bolsillo y la dejó en el regazo de Emily con el cojín y los caramelos.

—Aquí tienes. Es tuya.

—Pero usted la ha leído.

—Lo siento, estábamos preocupadas. Tienes que entenderlo, Emily. En esta casa ocurren cosas que no están bien.

—¿Por qué no está bien que mi madre regrese?

Charlotte se estremeció. Percibió la transformación que tenía lugar en la niña, el traspaso paulatino a un mundo adonde ella no la podía seguir. Cada vez mencionaba a su madre con más frecuencia y cada vez el límite entre la realidad y algo innombrable resultaba más permeable.

«Emily, tu madre está muerta». No logró decirlo.

—¿Por qué has escrito la carta?

La niña seguía sin mirarla directamente y rompió el caramelo con los dientes.

—Emily, dímelo.

La pequeña se deslizó en el sofá de forma que la bolsa de caramelos le cayó al suelo. Charlotte la colocó sobre una mesita auxiliar.

—Pensé que, si la escribía, ella regresaría. Y tuve razón.

Charlotte notó un calor extremo recorriéndole el cuerpo. Se equivocaban quienes afirmaban que el tacto del miedo era frío.

—¿Qué quieres decir con eso?

—Empecé a escribir y entonces tuve la sensación de que estaba ahí. Estaba en el jardín. La vi.

—¿Dónde?

Emily no dijo nada, como si no quisiera desvelar muchos detalles y mantener la situación suspendida entre el deseo y la realidad.

Charlotte le asió el hombro cuidadosamente, pero la niña no quiso mirarla.

—Normalmente solo viene de noche. Pero se ha dado cuenta de cómo me alegro cuando está aquí. Por eso ahora también viene a verme de día.

Charlotte cerró los ojos. Estaba tan desesperada que le habría gustado salir corriendo de ahí. Temió volver a espantar a Emily tachando sus vivencias de meros sueños o ensoñaciones.

Sintió la necesidad apremiante de hablar con sir Andrew y decirle que debía llamar a cualquier precio a uno de esos cazadores de espíritus o lo que fueran. No podía soportar ver cómo una niña de apariencia sana perdía el juicio por la muerte de su madre, ya fuera porque esa defunción le había sido silenciada durante demasiado tiempo o por algún otro oscuro motivo que ella no alcanzaba a entender. Le vino a la cabeza esa cita de Shakespeare sobre la existencia de otras cosas entre el cielo y la tierra, y deseó que sir Andrew ya estuviera de vuelta.

Aun así, debía intervenir de inmediato, en ese instante, y encarar el asunto con Emily. Inspiró profundamente y notó que se tranquilizaba. No servía de nada refutar las historias de Emily con argumentos racionales; con eso no lograría nada más que atemorizar a la niña.

—Entiendo. Así pues, la viste en el jardín.

Por fin Emily se volvió hacia ella.

—No, no. Ella estaba en el jardín. Las cosas que no existen también se pueden ver si están en la cabeza, como cuando usted me lee un cuento y yo me lo imagino todo.

Charlotte suspiró. La niña era tan inteligente como obstinada.

—De acuerdo. Y entonces te escapaste de Nora porque ella quería leer la carta.

—Exacto.

—¿Qué tal el pie?

—Duele, pero está mejor. Creo que no se ha roto. No ha hecho ningún crujido.

Emily hablaba ahora de un modo más despreocupado, como si la tranquilizara ver que la institutriz la creía.

—¿Qué médico tenías cuando estabas enferma?

—El doctor Pearson, de Reigate. Pero de repente dejó de visitarme.

—¿Tienes un médico nuevo?

Emily se encogió de hombros.

—Hace mucho que no estoy enferma. El pie se curará. No es necesario llamar a uno.

Tal vez no guardara un buen recuerdo de las numerosas exploraciones a las que había tenido que someterse en otros tiempos, se dijo Charlotte. ¡A saber lo que había tenido que pasar entonces! Apartó cuidadosamente la venda. El tobillo estaba muy hinchado.

—Intenta mover el pie.

Emily lo movió de un lado a otro de un modo casi imperceptible.

—Duele, pero no tanto como antes.

Charlotte decidió aplicarle cataplasmas de momento porque tampoco creía que fuera una rotura.

—¿Sabes cuándo regresa tu padre?

—Mañana. Es lo que ha dicho la señora Evans. Él ha enviado un telegrama esta tarde.

Charlotte suspiró aliviada. Solo una noche y por fin hablaría con sir Andrew. Cualquier cosa era mejor que contemplar de brazos cruzados cómo Emily se perdía en otro mundo.

Tras la cena, Charlotte se puso el abrigo, pidió una linterna a Wilkins y salió al jardín. Nora se quedó con Emily, que, aunque estaba en la cama, tenía permiso para leer un ratito.

Aquella noche de noviembre el jardín parecía extraño y siniestro; la luz de la linterna apenas iluminaba el entorno más inmediato, mientras más allá reinaba una oscuridad profunda. La hojarasca húmeda formaba una alfombra que amortiguaba el sonido de sus pasos. Wilkins se había ofrecido a acompañarla, pero, como Charlotte tampoco sabía exactamente qué pretendía hacer ahí afuera, prefería que nadie la viera. Las palabras de Emily la habían alterado. ¿Qué había visto la niña desde la ventana?

Notó cómo la humedad de la hierba se le calaba en el calzado, pero prosiguió hacia donde suponía que estaba el portón del muro. Un crujido la sobresaltó. Debía de ser solo un ratón.

Entonces, de pronto, el haz de luz iluminó el muro de ladrillos y ella osciló la linterna a izquierda y derecha hasta encontrar la puerta. Se detuvo delante e iluminó el suelo, aunque no descubrió ninguna huella. De todos modos, en la hojarasca húmeda las pisadas no quedaban marcadas.

Además, ¿de quién habrían podido ser? Los espíritus no dejaban rastro. Charlotte tuvo que contenerse; ahí fuera, en esa oscuridad, la imaginación jugaba malas pasadas. Se arrebujó en el abrigo, volvió a mirar hacia la casa donde solo unas pocas ventanas estaban iluminadas y por primera vez entró en el bosque atravesando esa puerta.

El silencio ahí resultaba aún más impenetrable que en el jardín; de pronto, la casa parecía hallarse a varios kilómetros de distancia. Alzó la linterna y vislumbró un camino trillado que llevaba al interior del bosque. Tragó saliva y escrutó a su alrededor, vacilante. ¿De verdad debía seguir? Si le ocurriese algo ahí, nadie la oiría... Al instante siguiente, sin embargo, se había sobrepuesto al miedo. Solo sería un trecho corto. Luego daría la vuelta.

Avanzó paso a paso agarrando la linterna con fuerza. En cuanto hubo echado a andar cayó en la cuenta de que posiblemente estaba tomando el mismo camino que lady Ellen antes de caer al Mole.

De pronto, tropezó con algo duro y se sobresaltó. Levantó la linterna y vio una forma sinuosa con raíces que le hizo pensar en un pulpo con tentáculos enormes. Se alzaba ante ella y parecía cerrarle el paso. ¡Jamás había visto un árbol parecido! Aunque no era muy alto, presentaba infinitas ramificaciones. El camino seguía ondulante por la derecha del árbol.

Charlotte avanzó unos pasos y luego se detuvo. De pronto, notó que no estaba sola. Sin embargo, no oía otra cosa más que su propia respiración, no veía nada excepto lo poco que permitía la luz y no habría podido decir en qué dirección se encontraba esa presencia respecto a ella. Intentó hablar en voz alta, pero solo pudo articular un susurro nervioso.

—¿Quién anda ahí?

Nada se movió. Tensó todos los músculos. Corre, se dijo, vuelve. Entonces salió de su parálisis, se dio la vuelta con la lámpara levantada ante sí e iluminó el portón del muro. Lo abrió a toda prisa de un empujón y corrió por el césped hasta que hubo alcanzado una esquina de la casa. Ahí se volvió y miró atrás; sin embargo, la oscuridad había engullido el bosque y el muro.

Tonterías, se reprendió cuando hubo recuperado el aliento. Aunque estuviera sola en la oscuridad, tenía que usar la cabeza. ¿Quién podía estar a esas horas en el bosque?

Se dirigió hacia la cochera, apagó la lámpara y la devolvió a la estantería de la que Wilkins la había sacado antes. Por suerte no había nadie. Era impensable que esos últimos minutos no hubieran dejado rastro en su cara.

Salió fuera y volvió a mirar una última vez el jardín. Era curioso. Por lo general, cuando se asustaba de cosas tan banales como la oscuridad, o si un ruido inesperado la sobresaltaba, se reía de sí misma. Esta vez, sin embargo, el miedo había calado muy hondo en su interior.

Regresó a la casa cabizbaja.

23

La mañana siguiente Charlotte durmió más de lo habitual. Había pasado una noche intranquila; se había despertado sobresaltada en varias ocasiones por unos sueños disparatados en los que unos árboles vivos tendían hacia ella sus brazos nudosos o deslizaban sus raíces fuera de la tierra para hacerla tropezar. Se colocó otra almohada bajo la cabeza y miró por la ventana, en la que la lluvia trazaba largas líneas serpenteantes.

De momento, se dijo, el paseo por el bosque no iba a poder ser. Para erradicar su miedo irracional de la noche anterior, se había propuesto ir al Mole a la luz del día, pero el tiempo le había jugado una mala pasada. Se sentó y se rodeó las rodillas con los brazos. A menudo de día las cosas resultaban más claras y simples, pero esta vez la luz no obraba ningún milagro. Habían ocurrido demasiadas cosas. Empezaba a dudar de su buen juicio, y eso la disgustaba mucho.

¿Qué había ocurrido en realidad? Emily creía que había visto a su madre en el jardín y le había escrito una carta que no estaba pensada para que otros la leyeran. En cuanto Nora había querido hacerse con ella, la niña había entrado en pánico. Todo eso tenía una explicación racional, incluso el temor que Charlotte había sentido en el bosque. La atmósfera sofocante de la casa contribuía a ello; tal vez fueran los efectos secundarios de los cuentos que contaba a Emily donde los bosques, además de ofrecer refugio, significaban peligro. Eran la salvación y también la perdición.

La llegada de sir Andrew se esperaba para ese día. Bien, se dijo Charlotte. Ya era hora. Se levantó, se aseó y pensó qué atuendo ponerse. Escogió una falda azul ligeramente plisada y de talle estrecho, una camisa blanca y una chaqueta a juego de color azul. No era tan sobrio como normalmente, pero quería presentarse ante su patrón con aplomo por si la reprendía por el último incidente.

Se vistió, se arregló primorosamente el pelo y fue a ver a Emily, que ya estaba despierta.

—¿Qué tal el pie?

—Mejor. Si me apoyo, puedo andar un poco.

Charlotte negó con la cabeza.

—No andes aún; si no, se volverá a inflamar. Aún tienes que recuperarte. ¿Contenta de ver a tu padre?

—Sí. Me gustaría continuar con el bordado que quiero regalarle.

—Eso me alegra. —En ese instante oyó una voz masculina en el piso de abajo y miró instintivamente hacia la puerta—. En un momento haré que tu padre te venga a ver para que le puedas saludar.

Charlotte bajó por la escalera con el corazón latiéndole a toda prisa, sin saber cómo iba a reaccionar él al saber del accidente de Emily.

Sir Andrew se encontraba en el vestíbulo con la señora Evans y la miró tranquilo.

—Buenos días, señorita Pauly. Por lo que he oído, ayer hubo un accidente.

Charlotte inspiró profundamente.

—Así es, sir Andrew. Por suerte Emily está ya mejor, aunque tiene el pie un poco hinchado. Si quiere ir a verla, ya está despierta.

Él volvió la mirada hacia la señora Evans.

—Lo dicho. Hoy tendremos un invitado que vendrá a tomar el té y cenar.

La mujer hizo una pequeña reverencia y se retiró a la cocina.

—Acompáñeme a la biblioteca.

Charlotte lo siguió en silencio y tomó el asiento que él le indicó antes de levantar la vista hacia sir Andrew.

—Me gustaría explicarle lo ocurrido ayer.

—Por supuesto, pero antes debo informarle de una cosa. En Londres he intercambiado unos correos con el caballero que me ha recomendado el doctor Sidgwick de la Sociedad para la Investigación Psíquica. Tomará el tren de las once y hará noche en el hotel Star and Garter de Dorking. Le espero esta tarde para tomar el té. Durante los próximos días se ocupará de Emily. Quiero que usted se ponga a su completa disposición si necesita ayuda o si quiere hacerle alguna pregunta.

Charlotte asintió.

—Por supuesto. ¿Me permite preguntar si es médico?

—No, pero el doctor Sidgwick lo ha recomendado encarecidamente.

De nuevo ese tono gélido que ella ya conocía tan bien. Con todo, no se dejó engañar y explicó de forma concisa y objetiva lo que había ocurrido el día anterior.

Sir Andrew la miró con las cejas enarcadas.

—¿Cómo se explica usted este incidente?

—La verdad es que no tengo una explicación para ello. —Vaciló—. Por la noche incluso fui al jardín para ver si hallaba alguna pista. No encontré nada. Sin embargo, ahí la hojarasca es espesa y los zapatos no dejan señal alguna.

En cuanto lo hubo dicho fue consciente de que había cometido un error. La mano de él, que había tenido posada sobre la mesa, se dobló en un puño.

—¿Qué pretende decir con esto? ¿Acaso cree que alguien se cuela en la casa y asusta a mi hija? Eso, para mí, es una tontería. Además, no explica por qué Emily asegura ver u oír a su madre por la noche.

Charlotte bajó la mirada y se miró los pies, que sobresalían por debajo de la falda azul. Casi tuvo la impresión de que sir Andrew no deseaba ninguna explicación racional.

Él se puso de pie.

—Pasaré la mañana con mi hija. Le ruego por favor que se mantenga disponible para esta tarde.

Él no le dio más explicaciones; se limitó a sostenerle la puerta y ambos se dirigieron en silencio al comedor, donde en ese momento Emily estaba haciendo un barco con la servilleta. Al ver a su padre, quiso levantarse de un salto, pero al apoyar el pie contrajo el rostro en una mueca de dolor. Sir Andrew se apresuró hacia ella y la cogió en brazos. Por fin, pensó Charlotte.

En cuanto la urbanidad se lo permitió, se retiró y fue a su dormitorio. Permaneció ahí un rato leyendo, corrigió una excelente redacción en inglés que había escrito Emily y preparó la clase para los próximos días.

Al mirar por la ventana, se dio cuenta de que ya no llovía. Así pues, se puso el abrigo, un gorro de lana y un chal, y bajó a la planta baja. Pidió a la cocinera que le preparara unos emparedados como tentempié para el mediodía y dijo que iba a dar un paseo largo.

Ya al aire libre, miró a su alrededor para comprobar que nadie del servicio la estuviera observando y se encaminó rápidamente hacia el muro del jardín. De día todo tenía una apariencia tranquila, y el miedo que había sentido le pareció muy extraño, como si lo hubiera sufrido otra mujer. Abrió el portón y entró en el bosque. A pesar de que entre los árboles el ambiente era gris y sombrío, supo apreciar su particular atractivo.

Aunque el pánico de la noche anterior ahora le resultaba inexplicable, sin duda aquel era un paseo solitario. Charlotte se preguntó si el bosque era siempre tan silencioso. Tal vez fuera solo por la estación del año: con un tiempo húmedo y frío, el calor de la chimenea resultaba más agradable. Al oír un crujido sordo, dobló a la derecha y siguió el ruido. Al poco se encontró en la orilla del Mole, que llevaba mucha agua a causa de las lluvias de los últimos días. Las ramas desnudas de los árboles que lo bordeaban se inclinaban como un techo protector sobre el agua.

¿Era ahí donde lady Ellen había caído, o se había tirado, al río? El agua estaba oscura, casi negra, y en ella no se reflejaban las nubes blancas ni los rayos del sol.

De pronto, Charlotte sintió frío y se apartó del río. Reparó en algunos árboles llamativos —pensó, como de paso, en que debería haberse traído migas de pan, como Hansel y Gretel— y giró a la derecha, donde el bosque se aclaraba un poco. Esa parte parecía más agradable y, sin duda, en primavera, con los brotes nuevos, debía de ser muy bonita. Intentó imaginar el nuevo follaje, las flores entre las raíces, los cantos de los pájaros. Con todo, ni siquiera su imaginación podía ahuyentar aquel silencio tan profundo.

Charlotte tomó un sendero estrecho y cubierto de raíces que subía de forma pronunciada. De pronto notó un cambio en el ambiente. A su derecha se abría un valle profundo que bordeaba el camino como un brazo protector. El tejo que había visto cerca de la entrada del jardín solo había sido la avanzadilla de los árboles que bordeaban ese camino. Tenían una apariencia exótica, como si hubieran sido trasplantados en ese bosque inglés procedentes de un lejano país de cuento; las raíces se doblaban por encima de la tierra como las venas de un anciano.

Se detuvo y contempló el valle a sus pies. No sentía miedo, sino respeto, la sensación de encontrarse en un lugar especial. El silencio ahí era casi solemne.

—Ya aparecen mencionados en el libro de Domesday. Se dice que en tiempos aún más antiguos los druidas se reunían aquí.

Jamás en la vida había sentido un espanto como aquel. Se giró de golpe, con el corazón desbocado.

Se encontró ante ella un hombre de unos cincuenta años, de rostro curtido y barba gris. Llevaba al hombro un arma de caza y la miraba con interés y actitud cordial. Tenía los ojos de color claro, y resultaban más juveniles que el resto de su cara.

—Disculpe si la he asustado, señorita. Soy Jones, el guardabosques de Norbury Park. —Señaló con un gesto vago la dirección de la que venía, y Charlotte recordó la mansión que había visto de lejos el día de su llegada en lo alto de la colina.

—No importa. He sido muy osada al suponer que me encontraba sola en este bosque.

Él la miró con expresión grave.

—No es habitual que las damas salgan a pasear sin acompañante.

Ella señaló a sus espaldas a modo de disculpa.

—Vengo de Chalk Hill.

Una sonrisa asomó en la cara de él.

—¡Ah! ¿Es usted la institutriz de la pequeña señorita Emily?

Ella asintió con asombro.

—No sabía que mi llegada hubiera sido tema de conversación.

—Aquí la gente se conoce —respondió él con tono cordial—. Pocas cosas pasan desapercibidas.

Desde luego, se dijo ella para sí.

—¿Conoce usted a Emily Clayworth?

—Por supuesto. Antes salía a pasear por aquí con su madre. Cuando se encontraba lo bastante bien. Solía enfermar a menudo, era algo que todo el mundo sabía. Le gustaba mucho este bosque.

«Pero a mí no me gusta», había asegurado hacía poco Emily. ¿Acaso la muerte de su madre había arruinado su agrado por ese lugar?

—Antes ha dicho que aquí en el pasado se reunían los druidas —comentó Charlotte en tono de pregunta.

El guardabosques sonrió como si fuera un maestro, y el bosque, su asignatura favorita.

—Así es. Estos árboles son los más antiguos de Gran Bretaña. El libro de Domesday tiene casi mil años y ya se mencionan. Y eso no significa que entonces fueran recientes... A saber lo que habrán presenciado. De todos modos, esta parte del bosque hoy en día aún se llama Druid's Grove, la arboleda del druida.

—¿Eso usted se lo explicó también a Emily?

Él negó con la cabeza.

—No hablamos demasiado. Su madre la protegía mucho, sobre todo de desconocidos. Aunque me acuerdo que una vez le enseñé una ardilla.

—Así pues, ¿usted también conocía a lady Ellen Clayworth?

—Sí. —El guardabosques vaciló—. Jamás olvidaré el día en que tuve que ir a ver a sir Andrew y entregarle el chal.

—¿Fue usted quien lo encontró?

—Yo formaba parte del grupo que buscó por el río y la orilla. Lo encontré algo más abajo. Se había quedado prendido de una rama.

Charlotte bajó la mirada y escarbó la hojarasca húmeda con la punta del zapato.

—Tuvo que ser un golpe terrible para sir Andrew.

El hombre se pasó la mano por la barba y la miró pensativo.

—Sí, desde luego. Se dice que jamás ha vuelto a mencionar a su esposa y que no permite que nadie lo haga en su presencia. Espero que la familia esté bien. Tal vez usted pueda venir alguna vez aquí con la niña, si ella no...

Se interrumpió.

Charlotte asintió. Entonces se le ocurrió una cosa.

—¿Y conoce usted a Tilly Burke?

—¿Quién no conoce a la vieja Tilly? Pobre mujer. Tiene la cabeza totalmente perturbada. Antes había trabajado en la casa de los Hamilton, la familia de lady Ellen.

—¿Y sabe qué le hizo enfermar?

Él se encogió de hombros y miró alrededor, como si alguien pudiera escucharlos.

—Bueno, se dice que no superó tener que abandonar el servicio tras la boda de lady Ellen. Estaba muy apegada a la joven señora. Parece ser que sir Andrew no la quería en la casa. Pero eso, señorita, solo son chismes —añadió él con cierta timidez—, cosas que dice la gente. —Hizo otra pausa—. No haga caso de lo que le pueda contar la vieja Tilly si se la cruza por el camino. Confunde las cosas y no sabe separar lo que es verdad de lo que solo ocurre en su cabeza. —A continuación, se llevó la mano a su gorra de *tweed* para despedirse—. Espero que pase un buen día.

—Gracias. Oh, una cosa. ¿Me podría indicar un camino de vuelta? No me gusta recorrer dos veces el mismo.

Él le explicó cómo mantenerse a la izquierda y llegar de nuevo a Chapel Lane, dando una amplia vuelta entre campos y prados.

—Desde ahí ya se podrá orientar.

Ella le dio las gracias. Se quedó mirándolo mientras se alejaba hasta que desapareció en el bosque.

Cuando Charlotte regresó vio que la calesa estaba en la cochera. Wilkins se disponía a sacar brillo al coche con un trapo y la saludó al pasar.

Susan le abrió la puerta y, sin apenas darse cuenta, señaló con la mirada la biblioteca.

—¿Llego demasiado tarde para el té? —preguntó Charlotte, que no llevaba reloj.

—No, señorita, llega a tiempo. Sir Andrew tiene visita. Me ha pedido que se una a ellos en cuanto llegue.

Charlotte se apresuró a su habitación para arreglarse el pelo. Dejó a continuación las botas sucias frente a la puerta de su cuarto, se alisó la falda y la blusa, y bajó refrenando el paso.

Se detuvo ante la biblioteca. Dentro se oían unas voces, la de sir Andrew y otra voz grave y masculina. Llamó a la puerta.

—Adelante.

Sir Andrew estaba de pie junto a una estantería y la saludó con un ademán de cabeza. El otro hombre se levantó de su asiento.

—Le presento a fräulein Pauly, la institutriz de mi hija. Fräulein Pauly, permítame que le presente al señor Thomas Ashdown, de Londres.

No era un hombre muy alto y llevaba una levita de color violeta oscuro, un color que, para un hombre, se podría considerar una elección bastante excéntrica. El chaleco oscuro que lucía estaba entretejido con tiras plateadas; completaba el conjunto una camisa muy blanca y una corbata negra. Tenía el pelo negro, con algunos hilillos blancos; lo llevaba bastante largo y peinado con la raya a un lado. Lo más extraordinario eran sus ojos: muy oscuros, de color marrón y de pestañas largas. Miraba de forma tan penetrante que parecía imposible que algo se le pudiera escapar. No era una mirada desagradable, se dijo Charlotte, pero sí desafiante.

—Encantado. —Su voz era grave y melodiosa.

Ella le estrechó la mano.

—El placer es mío, señor Ashdown.

Sir Andrew le indicó un asiento, y los tres se sentaron.

—El señor Ashdown ha venido por encargo del doctor Sidgwick. Confiamos en que descubra qué le pasa a Emily.

El invitado cruzó las piernas y dirigió la mirada de uno a otro.

—Su confianza me honra, pero les rogaría que no depositen en mí excesivas esperanzas. El doctor Sidgwick tiene mucha más experiencia y conocimientos que mi persona. Yo confío sobre todo en mi buen juicio.

Charlotte notó en sir Andrew un atisbo de enojo, pero se limitó a asentir.

—Si el doctor Sidgwick le envía a nuestra casa, seguro que conoce bien su valía.

—El doctor Sidgwick y sus colegas suelen trabajar solo con adultos —explicó el señor Ashdown—. Como esta es la primera vez que una niña es objeto de estudio, a él le inquietaba que el procedimiento habitual resultara demasiado duro o inapropiado. Por eso me ha pedido que observe la situación *in situ* y me forme un juicio.

—Entiendo. Aunque mi intención no es importunarle, sí deseo que tenga experiencia suficiente como para tratar a mi hija con la debida consideración.

El señor Ashdown sonrió y su rostro cambió por completo.

—Permítame que les explique de qué modo he pensado proceder. Lo mejor es que primero ustedes me cuenten lo ocurrido desde su punto de vista. Luego, les haré preguntas a usted y a fräulein Pauly. Solo entonces hablaré con su hija. No voy a someterla a ningún tipo de experimento, ni la asustaré de modo alguno. Le doy mi palabra.

Sus palabras sonaron tan cálidas como su voz, y la incomodidad de sir Andrew pareció aflojar.

Entonces el señor Ashdown se dirigió a Charlotte.

—Evidentemente me interesa mucho su punto de vista, porque, como persona externa, es posible que valore muchas cosas de un modo más objetivo. El amor paternal es maravilloso, pero a veces puede alterar la mirada sobre las cosas.

El hombre parecía muy seguro de sí mismo y no tenía pelos en la lengua, a pesar de que antes había admitido la limitación de sus capacidades.

—Muy bien —dijo sir Andrew. Carraspeó—. De acuerdo. Este es un asunto muy delicado y por eso le ruego guardar la más absoluta confidencialidad sobre todo lo que descubra en esta casa. Sería intolerable si algo... llegara a oídos ajenos. Mi reputación está en juego.

—Soy perfectamente consciente de ello —respondió el señor Ashdown. A Charlotte le pareció advertir una leve sorna en su tono de voz. Lo miró con curiosidad, pero su expresión era impenetrable.

Sir Andrew puso fin a la conversación diciendo:

—Fräulein Pauly, ahora ya puede ir con Emily.

Ella se levantó de inmediato.

—Por supuesto. Señor Ashdown, estoy siempre a su disposición.

Antes de que ella alcanzara la puerta, el señor Ashdown ya se había levantado de golpe y se la sostenía a la vez que la saludaba con una leve inclinación. A ella le pareció percibir una mirada de desconfianza de sir Andrew, pero cuando estuvo a solas en el pasillo se le dibujó una sonrisa en los labios.

Charlotte no dejaba de dar vueltas a un asunto que, excepcionalmente, no tenía que ver ni con Emily, ni con la madre de esta, ni con los bosques habitados por los druidas. Era Thomas Ashdown. Había algo en él que le resultaba familiar, aunque sabía que no lo había visto nunca antes. Notaba aún su mirada, aquellos ojos oscuros y penetrantes, y oía su voz grave. Mientras jugaba con Emily a las damas y luego ordenaba vestidos de muñeca con ella, no dejó de darle vueltas a ese nombre. Ni tampoco cuando las llamaron para el té y se dirigieron al salón, donde su alumna fue presentada al invitado.

Emily fue quien resolvió el misterio.

En cuanto estuvieron sentados a la mesa elegante, con el té en las tazas y los *scones* en los platos, la niña miró al visitante con curiosidad.

—¿De qué trabaja usted, por favor? ¿Usted también está en el Parlamento, como papá?

El señor Ashdown sonrió y dejó a un lado el tenedor de postres.

—No, no. No soy tan importante. Yo escribo en los periódicos.

—¿Y qué escribe usted? ¿Historias?

Él negó con la cabeza.

—No. Voy al teatro, veo la obra y luego escribo si me ha gustado. O si no me ha gustado nada. A veces, esto último resulta incluso más divertido.

«ThAsh».

Por supuesto.

24

Cuando Tom Ashdown volvió a quedarse a solas con sir Andrew, se dijo que confiaría en la institutriz. Durante la charla y también luego, tomando el té, había notado en ella una gran tensión que intentaba ocultar con celo. Aunque no había hablado mucho, su mirada permitía sospechar que en una charla a solas le podría contar cosas interesantes.

Sir Andrew Clayworth le había indicado varias veces que para él la discreción era muy importante ya que, como político, temía por su reputación. Aunque se mostraba amable, a Tom le había parecido una actitud demasiado impostada; se preguntó hasta qué punto aceptaría las preguntas que le fuera a hacer y qué decidiría a la hora de escoger entre proteger su buen nombre o el bienestar de su hija.

—Bueno, como se puede imaginar, nuestras charlas exigirán algo de tiempo.

—Por supuesto, señor Ashdown, pero espero que también entienda que no puedo estar continuamente a su disposición. Tengo numerosas obligaciones que atender y que me obligan a ir a menudo a Londres.

Tom arqueó una ceja de forma casi imperceptible. Esa actitud defensiva asomaba demasiado pronto. Con eso no había contado. Ese hombre había movido todos los hilos para que examinaran a su hija. En cambio ahora se echaba atrás incluso antes de que Tom planteara su primera pregunta.

—Lo comprendo. Por eso me gustaría empezar de inmediato, si a usted le parece bien.

Sir Andrew le indicó con un gesto que prosiguiera.

Tom sacó un cuaderno de notas y un lápiz del bolsillo de su levita.

—Si me lo permite, tomaré algunas anotaciones sobre los aspectos más relevantes.

Se interrumpió y reflexionó. Lo lógico sería preguntar en primer lugar sobre el nacimiento y la primera infancia de Emily, pero prefirió proceder de otro modo.

—Cuénteme por favor qué ha ocurrido con su hija en las últimas semanas.

—¿Ese caballero es amigo de papá? —preguntó Emily a Charlotte cuando estaban en la sala de estudio y ella se dedicaba a bordar.

Charlotte se inquietó un poco porque aún no había acordado con sir Andrew cómo explicar a Emily esa visita. Por ello, echó mano de una mentira para salir del paso.

—El señor Ashdown es un conocido de tu padre. Está escribiendo un libro sobre la zona y desea entrevistarse con personas que vivan aquí.

Emily la miró detenidamente.

—¿Escribirá sobre la ruina, Box Hill y los bosques?

Charlotte asintió.

—Es posible. Puede que incluso te haga algunas preguntas. Se las responderás con sinceridad y le explicarás todo lo que quiera saber.

—¡Claro que sí! —dijo Emily, entusiasmada con la idea—. Podríamos salir a dar una vuelta con el coche de caballos y enseñarle la zona, igual que hicimos con usted.

—Es una buena idea —corroboró Charlotte.

—¿Dónde ha ido esta mañana? —preguntó Emily.

—He salido a pasear un poco por el bosque —respondió Charlotte sin darle gran importancia—. Estando ahí me he encontrado a un guardabosques llamado Jones, que también te conoce.

Emily sonrió.

—Sí. Es muy agradable. Una vez me enseñó una ardilla.

—Me ha preguntado cómo estabas y me ha dicho que estaría muy contento de verte de nuevo en el bosque. He estado donde los árboles antiguos, bajo los cuales se reunían los druidas en el pasado. Tal vez podemos pedir un libro sobre ello y leer esas historias.

Observó que Emily apretaba la punta de la lengua entre los labios mientras clavaba trabajosamente la aguja en la tela. Desde luego, esa niña no había nacido para bordar, eso estaba claro. Con todo, se esforzaba de verdad.

—Está cerca del río —dijo finalmente, como si fuera una respuesta apropiada a las palabras de Charlotte.

—Lo sé. He estado un momento en la orilla.

Emily soltó un chillido y dejó caer la aguja.

—¡Me he pinchado! —Se levantó y arrojó con disgusto el bastidor de bordar sobre la mesa—. No puedo con esto.

Charlotte suspiró. Se sentía mal pues sospechaba qué era lo que había distraído a la pequeña.

—Hagamos un trato: cuando hayas terminado este cuadro para tu padre, dejaremos el bordado por un tiempo. Siempre hay cosas que salen mejor que otras. Tú tienes talento para el dibujo.

Emily ni siquiera la había escuchado.

—¿Por qué va al bosque y al río? ¿Qué busca ahí?

No fueron las palabras, sino la vehemencia en la voz de Emily, lo que la estremeció.

—Quería ver el bosque; a fin de cuentas, está detrás de la casa. Y, como a ti no te gusta, he aprovechado para ir en mi mañana libre.

De pronto, le pareció como si se sintiera obligada a excusarse ante la niña. La actitud de Emily era casi agresiva. Charlotte agradecía mucho la visita del señor Ashdown porque tenía la impresión de que la pequeña corría peligro de venirse abajo con una carga como aquella.

Emily inspiró profundamente, se enderezó y recogió el bastidor de bordar.

Charlotte le tendió un pañuelo de bolsillo.

—¿Sangra aún?

—Un poco.

—Bueno, si es así, ya lo harás mañana. —Vaciló—. Lo siento. No debería haberte hablado de ello.

—¿Me cuenta un cuento, fräulein Pauly? —le pidió Emily de repente, tal vez en un gesto de reconciliación.

—¿De qué tipo? ¿Quieres que te cuente uno de risa?

Ella negó con la cabeza.

—Mejor que sea de miedo.

Charlotte la miró con asombro.

—No sé si eso es una buena idea.

La mirada de la niña era desafiante.

—Prefiero que me cuenten una historia de miedo mientras estoy despierta que soñar una. Me gustaría una historia de miedo que tenga que ver con un bosque.

Charlotte se sintió sorprendida. Días atrás había pensado en el cuento del corazón frío, que transcurría en la Selva Negra. La historia, claro está, tenía pasajes atroces pues, de hecho, Peter Munk mataba a su esposa Lisbeth, si bien luego ella recuperaba la vida. Por otra parte, Emily tenía un estado de ánimo extraño. Charlotte decidió correr el riesgo.

—De acuerdo. Me sé un cuento así. Ahora guardas el material de labores, y luego te lo contaré en mi cuarto. ¿Te parece bien?

Emily asintió con vehemencia.

—Sí, eso estaría bien. Antes era el dormitorio de mamá.

—Lo sé.

Poco después subieron por la escalera. Ya en su habitación, Charlotte juntó dos asientos, corrió las cortinas, encendió el fuego de la chimenea y sacó una manta, con la que arropó a Emily.

Luego empezó a contarle el cuento de memoria, sin usar las palabras de Wilhelm Hauff, tal y como su madre se lo había contado a ella.

No apartó la vista de Emily, que se estremecía de vez en cuando, en los pasajes especialmente siniestros, o que hacía preguntas sobre el Hombrecito de Cristal y Michel el Holandés.

—¿Ese bosque existe de verdad?

Charlotte asintió.

—Sí, pero yo nunca he estado. Está muy lejos de Berlín.

Emily le indicó con un gesto que siguiera con la narración.

Cuando Charlotte hubo terminado, miró a su alumna con expectación.

—¿Qué te parece? ¿Te ha gustado?

—Sí. —La niña tenía el rostro sonrosado a causa de la excitación.

—Me alegra que Peter Munk el carbonero —se atascó al decir esa palabra tan difícil en alemán— se haya salvado. Si no, habría sido una historia realmente triste.

—Tienes razón. Yo también me alegraba siempre de que el cuento tuviera un final feliz, aunque supiera cómo terminaba.

Luego las dos se quedaron sentadas en silencio. Charlotte se dio cuenta de que la niña se había tranquilizado. Se dijo que tal vez le había hecho bien asustarse por algo que fuera producto de la fantasía humana y no tuviera que ver con su realidad.

Finalmente, Emily se levantó y se dirigió hacia la ventana. Corrió la cortina a un lado y miró fuera, como si esperara distinguir algo en la oscuridad. Cuando se volvió, parecía casi decepcionada. Charlotte no dijo nada.

Tom Ashdown se sirvió otro whisky en el bar del hotel Star and Garter de Dorking. Tras una jornada tan larga como aquella se sentía incapaz de acostarse sin más. Aunque por la mañana había desayunado en su casa, eso ahora le parecía que quedaba muy lejos. El encargo con el que había acudido ahí y el encuentro con esa familia eran vivencias muy nuevas para él y confiaba en que su falta de experiencia pasara desapercibida. Cuando se había visto delante de la puerta de Chalk Hill su primera reacción había sido subirse de nuevo al coche de caballos y salir huyendo. ¡Qué arrogancia la suya pretender estudiar el caso de una niña que seguramente necesitaba un médico o el amor de su padre, pero no, desde luego, un cazador de espíritus!

Con todo, ahora ya no lamentaba el viaje porque aquella historia le fascinaba sobremanera. La casa era elegante y bien cuidada; el señor era educado; la niña, despierta, y el personal del servicio era solícito y discreto. En apariencia, todo era perfecto. Y, sin embargo, desde el primer instante había percibido la sombra de un secreto, palabras reprimidas, una oscuridad agazapada tras todo aquel bienestar.

El whisky lo reconfortó por dentro y pidió otro. En realidad, no era propio de él beber solo. Había dejado ese hábito cuando, unas semanas después de la muerte de Lucy, se despertó una mañana tumbado en el suelo de la sala de estar justo cuando Daisy se disponía a limpiar la estancia. Entonces se había prometido no volver a tomar más de una copa de whisky estando solo; de todos modos, mientras no bebiera en su dormitorio, no estaba atentando contra sus principios.

Dio una calada a su pipa y contempló el establecimiento del hotel, que era frecuentado también por la gente del lugar. Su mirada se posó en una butaca que había junto a la chimenea. Tom se llevó la copa ahí y se desplomó en el asiento antes de extender cómodamente las piernas.

—Bueno, ahora ya vuelve a arder como es debido. ¿De visita? —preguntó un hombre mayor con una gorra de *tweed* que acababa de echar leña.

—Sí. De Londres —respondió Tom—. ¿Me permite que le invite?

El hombre se llevó la mano a la gorra.

—Derek Smith. No le diré que no, caballero.

Tras pedir media pinta en la barra, se reclinó en la chimenea, como con ganas de charlar un rato.

—Esta es una región muy agradable —comentó Tom.

—Ha venido en mala época. Debería usted visitarnos en primavera. Entonces es más bonito. De todos modos, los fines de semana está atestado de londinenses. Para nosotros es excesivo, pero los hosteleros se alegran.

—Bueno, yo prefiero que haya poca gente —repuso Tom con una sonrisa. Dio una calada a su pipa—. He venido a Westhumble por cuestiones de trabajo.

—¿De veras, señor?

—Sí, a la casa de sir Andrew Clayworth.

—Oh, el diputado —respondió el señor Smith—. Un hombre de gran reputación en la zona.

—He tenido el placer de conocer también a su hija. Una niña encantadora.

—Mi mujer dice que es adorable. Antes venía a menudo al pueblo con su madre. Iban al salón de té.

Tom arqueó una ceja.

—He oído decir que lady Clayworth murió.

—Una historia terrible. Se ahogó en el Mole. Cuando lo supimos, nadie se lo quería creer. —Miró a Tom con gesto vacilante—. Disculpe, caballero. No debería hablar tanto. Aquí yo solo me ocupo de que no falte nada. Soy una especie de chico para todo.

—No se preocupe, señor Smith. Me alegra no tener que estar sentado aquí solo. Cuando uno viaja, es muy incómodo no conocer a nadie.

El señor Smith dio un trago largo a su bebida y prosiguió aún con más empeño:

—Nadie se explicaba cómo había ocurrido ese accidente. Es cierto que el Mole llevaba mucha agua, pero cuando vives aquí lo sabes y evitas las orillas.

Se encogió de hombros en un ademán de desconcierto.

—Antes ha mencionado usted un salón de té. ¿Me podría decir dónde está? Tengo la costumbre de probar los *scones* de todos los sitios que visito.

El viejo Smith soltó una risa.

—Entonces ha venido al lugar adecuado. Las hermanas Finch hacen los mejores de todo Surrey.

Siguieron hablando de temas banales hasta que el señor Smith se despidió después de una mirada reprobadora del responsable del establecimiento.

Tom llevó su copa vacía a la barra y vació la pipa en un cenicero antes de volver a metérsela en el bolsillo de su levita.

—Buenas noches, caballero —dijo el encargado sosteniendo una copa muy bien pulida contra la luz.

—Gracias.

Cuando llegó a su habitación, Tom se quitó la levita y la colgó en el gancho de la puerta, se quitó el cuello de camisa, se desabrochó los botones superiores y se pasó las manos por el pelo. Se contempló en el espejo. En una habitación ajena tenía siempre la sensación de que su apariencia cambiaba, como si el entorno le quitara el color que le era propio.

Le pareció que las líneas en torno a la boca se le habían ahondado un poco y que la barba esta vez asomaba en la barbilla con un tono especialmente oscuro. Su rostro parecía advertírselo.

Menuda tontería, se dijo. Se apartó del espejo, pero no logró librarse de aquella sensación tan extraña. Había algo que él no conseguía nombrar y que amenazaba con enturbiar la curiosidad y la expectación con que había acudido ahí. Tom deambuló de un lado a otro de la habitación porque así podía pensar mejor. Entonces lo supo. La sensación que le estaba carcomiendo era rabia contenida.

Rabia contra sir Andrew. Un hombre que había consultado a médicos y había pedido ayuda a Henry Sidgwick porque estaba preocupado por su hija. Un hombre del cual Tom habría pensado que haría cualquier cosa por ayudar a su pequeña. Un hombre por el cual él se encontraba en un terreno que, de hecho, no era el suyo. Un hombre que ya el primer día le había omitido informaciones importantes, como, por ejemplo, cómo había muerto su esposa.

¿Cuándo lo habría averiguado Tom de no haber coincidido casualmente con el locuaz señor Smith? ¿Debería haber recelado cuando sir Andrew, en su entrevista con él, solo había mencionado un desdichado accidente? Había visto el Mole desde el tren. Aunque en primavera hubiera estado muy crecido, resultaba difícil imaginar que un adulto se pudiera arrojar ahí y se ahogara accidentalmente...

Tom se sentó en la cama y se apoyó la frente en las manos. Volvía a lamentar estar allí. La sensación fue tan potente que se preguntó si era racional, o si se debía al segundo whisky. Su buen humor anterior se había esfumado y, por primera vez en mucho tiempo, volvió a tener la impresión de que Lucy estaba sentada con él en la habitación. Miró a su alrededor por instinto, aunque era consciente de que nunca la volvería a ver. Una voz insistente y suave en su interior le preguntó si realmente era buena idea meterse en la vida privada de un hombre que también había perdido a su esposa.

Entonces se levantó con una sacudida y empezó a desvestirse. Colgó el chaleco y la camisa en el perchero, se soltó los tirantes, se quitó el pantalón y luego se puso la camisa de dormir. Se aseó en la jofaina de porcelana y se peinó el pelo.

Había viajado hasta ahí para ayudar, en la medida de sus posibilidades, a una niña y esos miedos irracionales no iban a impedírselo.

Después de que Charlotte acompañara a Emily hasta su dormitorio, se quedó unos minutos con la niña.

—El señor que ha venido a visitar a papá es muy simpático —comentó Emily de repente.

—Sí, es cierto —admitió Charlotte—. Creo que leí algo de él en el periódico. Algo divertido.

—¿Escribe cosas divertidas? —preguntó Emily excitada. Luego añadió en tono reflexivo—: En realidad, yo prefiero los cuentos de miedo e intriga, como el de Peter Munk el carbonero.

—Escribió algo sobre un detective —dijo Charlotte—. Parecía muy emocionante.

—¿Qué es un detective?

—Es alguien que busca personas u objetos desaparecidos y que, al hacerlo, vive aventuras. Observa muy atentamente a las personas y descubre si han cometido algún delito.

—¿Eso no lo hace la policía? —preguntó Emily con recelo.

Charlotte se echó a reír.

—Sí, claro. Pero hay gente que no quiere acudir con sus problemas directamente a la policía y entonces contrata a un detective.

Emily frunció las cejas con un gesto de concentración.

—Cuando ese señor regrese, se lo preguntaré. Quiero que me explique exactamente lo que hace un detective.

Con esas palabras, se dio la vuelta, un gesto que Charlotte interpretó como una invitación a que saliera de la habitación.

Llevaba consigo una linterna porque esa escalera de caracol de la torre, tan mal iluminada, tenía cierto peligro. Delante de su habitación notó algo liso bajo el pie y se inclinó sosteniendo la linterna para iluminar el suelo.

Era una hoja marrón, húmeda e insignificante, que no le habría llamado la atención si hubiera estado en cualquier otro sitio. Sin embargo, aquí tenía algo de amenazador que le hizo abrir la puerta a toda prisa y cerrarla por dentro.

25

*D*urante el desayuno la señora Evans comunicó a Charlotte que el señor Ashdown había pedido una entrevista con ella.

Charlotte se sorprendió. No contaba con eso tan pronto.

—¿Y cuándo y dónde se celebrará entonces esta entrevista?

La señora Evans la miró con una curiosidad apenas disimulada. Posiblemente se preguntaba por qué aquella visita de Londres había pedido una conversación privada con la institutriz.

—Wilkins ha ido en coche al hotel de Dorking para recibir instrucciones del señor Ashdown.

Charlotte volvió la vista hacia Emily, que había seguido la conversación con los ojos muy abiertos.

—No podemos perder otro día de clase. Te preparé algunas tareas. Cuando las termines, podrás jugar con Nora o hacer manualidades hasta que vuelva.

La niña esperó a que el ama de llaves abandonara la estancia.

—¿Le preguntará también sobre el detective?

Charlotte quedó desconcertada por unos instantes.

—Ah, sí. El del artículo de periódico. Si surge la oportunidad, lo haré encantada.

Emily la miró con curiosidad mientras hacía girar la tostada con la mano. Al darse cuenta de la mirada reprobadora de Charlotte, se apresuró a dejar el pan en el plato.

—¿De qué querrá hablar él con usted? Si está escribiendo sobre esta zona, sería mejor que preguntara a alguien que lleve tiempo viviendo aquí, ¿no le parece? Podría preguntarme a mí.

Charlotte sonrió.

—Seguro que lo hará. Le haré saber que eres una enciclopedia andante sobre cosas que ver en Surrey.

Emily sonrió encantada.

— Muchas gracias, fräulein Pauly. A fin de cuentas, yo soy quien le he enseñado a usted algunas cosas.

A pesar de sus palabras, la niña empleó un tono de voz tan encantador que no pareció resabida.

Un pequeño salón del hotel, con la puerta entreabierta por motivos de decoro; una chimenea donde el fuego ardía cálidamente; varias butacas; una mesita con una jarra de café y dos tazas. En cuanto Charlotte entró, el señor Ashdown se levantó, le tendió la mano y la ayudó a quitarse el abrigo, que colocó sobre una butaca.

—¿Me permite ofrecerle una taza de café?

Le dirigió una mirada expectante con la mano tendida hacia la jarra.

—Sí, muchas gracias.

El señor Ashdown había comunicado a Wilkins que prefería encontrarse con ella a las dos en el hotel Star and Garter. Charlotte utilizó la mañana para recopilar sus observaciones y traducir al inglés los aspectos más importantes mientras Emily hacía sus tareas. Describió brevemente todo lo que había vivido con la pequeña los días y semanas anteriores y también lo que había averiguado sobre la familia. No pasó por alto ni el encuentro con Tilly Burke, ni tampoco el que había tenido por casualidad con el guardabosques. Al mediodía almorzó con Emily y luego Wilkins la acompañó al hotel.

Cuando tomó asiento y el señor Ashdown le ofreció la taza de café, sintió una leve excitación. ¡Que empiece el juego!, se dijo, y sonrió para apartar de sí esos pensamientos ridículos.

—Veo que mi petición de sacrificar su tarde por mí no ha conseguido acabar con su buen humor —dijo él sentándose frente a ella—. Me ha parecido mejor tener esta conversación en un terreno, digamos, neutral.

—No es ningún sacrificio cuando se trata de Emily —contestó Charlotte.

Él tomó un sorbo de café escrutándola muy atento con sus ojos oscuros, que asomaban por el borde de la taza.

—Siente usted aprecio por la niña.

—No hace mucho que nos conocemos, pero realmente le tengo mucho cariño.

—En una institutriz no es algo que se pueda dar por supuesto. Muchas consideran los niños como un mal necesario —dijo él con una franqueza cautivadora.

—Es posible, pero Emily es una niña adorable, aplicada, que se interesa por muchas cosas. Por eso para mí es importante ayudarla.

El señor Ashdown dejó la taza, se reclinó en su asiento y se miró las manos.

—Como ya dije ayer, esta es una misión delicada porque se trata de una niña; una criatura ajena a las sospechas que alberga la gente de su entorno, y que debe ser protegida a toda costa. Lo cierto es que no sé si estoy preparado para esta tarea.

—El simple hecho de que dude de su capacidad ya demuestra la seriedad con que afronta usted este asunto —replicó Charlotte de forma espontánea. Se ruborizó.

Él sonrió.

—Bueno, sin duda este es un modo de entender las dudas. ¿Usted ve siempre lo bueno en todas las cosas?

Esa pregunta tan personal la desconcertó un poco.

—No, no siempre, pero me esfuerzo.

Ese hombre había cambiado de tema tantas veces en tan poco tiempo que decidió pagarle con la misma moneda.

—Permítame una pregunta, señor Ashdown, ¿cree usted en los espíritus?

Él levantó las cejas por un instante antes de esbozar una sonrisa.

—Pensaba que aquí era yo quien hacía las preguntas.

—Por supuesto, pero si debo confiarle cuestiones personales creo que estoy en mi derecho de saber también algo de usted. Este asunto es muy delicado. Emily o su padre podrían salir perjudicados si algo de esto sale a la luz pública. Si cree usted que no está preparado para este caso, tal vez otra persona podría...

De pronto, él adoptó una actitud muy seria.

—Soy perfectamente consciente de esa responsabilidad, aunque mi observación haya podido parecer frívola.

En cuanto a su pregunta, le responderé como un agnóstico: no lo sé. En los dos últimos años me he ocupado a fondo de este asunto y, aunque no puedo afirmar de forma categórica la existencia de los espíritus, tampoco rechazo en redondo esa posibilidad.

—¿Y usted puede formarse un juicio sobre esa base?

—Creo que solo puedo formarme un juicio sobre esa base. Las convicciones demasiado firmes enturbian la capacidad de juzgar.

Se levantó y deambuló por la estancia. Luego se detuvo y miró atentamente a Charlotte.

—Conocí a un charlatán que no podía ser más astuto. Se hacía con el dinero de personas de buena fe y se jactaba de saber invocar a sus parientes fallecidos. Por otra parte, tuve el honor de conocer a una dama de Estados Unidos a la que ninguno de mis sabios colegas fue capaz de descubrirle truco alguno, que jamás acepta dinero a cambio de sus servicios y que logra cosas sorprendentes e inexplicables. El encuentro con ella me dio mucho que pensar, lo admito. Sin embargo, jamás he experimentado personalmente percepciones extrasensoriales, espíritus, o como quiera usted llamarlos. Y tampoco sé si tal cosa me gustaría.

Dicho eso, apartó el rostro un instante; sin embargo, Charlotte había reparado en la extraña expresión de su rostro.

—¿Le basta esto como explicación? —quiso saber él volviéndola a mirar.

—Sí. Disculpe que haya dudado de usted. Lo que dice es completamente lógico. Por favor, hágame sus preguntas. —Sonrió y sacó las anotaciones de su bolso de mano—. Si lo desea, puede leer esto con calma. Se trata, en fin, de una especie de diario de mi estancia en Chalk Hill. Aquí encontrará varias cosas sobre Emily y su familia.

Él la miró con sorpresa.

—¿De verdad quiere confiarme esto a mí?

—Sí —respondió ella sin más—. Le he traducido al inglés los pasajes más importantes.

—En ese caso, se lo agradezco mucho. Espero que no le moleste que, a pesar de ello, empiece haciéndole algunas preguntas.

Dejó las hojas sobre la mesa y volvió a servirle café. La mirada de Charlotte se detuvo en sus dedos finos y fuertes. «Parece como si lo hiciera a menudo». Rápidamente apartó de sí ese pensamiento.

—Cuénteme cómo llegó a Chalk Hill, qué impresión tuvo de la familia y del servicio. ¿Cuándo empezaron los hechos extraños que tanto les inquietan a usted y a sir Andrew? ¿Quién está al corriente de los mismos? ¿Sabe usted qué rumorea el personal? ¿Ha realizado pesquisas por su cuenta? Si es así, ¿qué ha descubierto?

Ella notó que se ruborizaba al oír la última pregunta.

—Bueno, he intentado aguzar bien los oídos y la vista. Esa no es una tarea fácil porque no puedo levantar sospechas. El patrón no admite los chismes. Y hay muchas cosas que..., bueno, que se callan. —Se interrumpió e inspiró profundamente—. Pero permítame empezar por el principio. El día de mi llegada, Wilkins, el cochero, me vino a recoger a la estación de Dorking...

Por primera vez, Charlotte tenía la ocasión de confiar a alguien todo lo que había vivido en esas últimas semanas y notó las ganas enormes que tenía de compartir sus inquietudes. El señor Ashdown escuchó atentamente y se limitó a hacer algunas preguntas; por lo demás, no interrumpió su relato. El inglés no era un problema para ella. Mientras hablaba, le venían cosas nuevas a la cabeza y confió en que lo que había olvidado decir se encontrara en las notas que había tomado.

Cuando terminó, se dio cuenta de que la estancia se había oscurecido tanto que apenas podía ver a su interlocutor.

—Oh, creo que sería conveniente que subiésemos un poco el gas —apuntó con timidez.

El señor Ashdown se ocupó de ello y luego se volvió de nuevo hacia Charlotte.

—Muchas gracias, ha sido muy elocuente. En realidad, debería haber tomado notas, pero su relato era tan emocionante que me he olvidado por completo. Por suerte, ha traído usted estas notas.

Ella hizo el ademán de levantarse.

—Si no tiene más preguntas...

Él levantó la mano.

—Solo una. ¿Me haría el honor de tomar el té conmigo? He oído decir que en este pueblo se sirven unos *scones* excelentes.

Charlotte se ruborizó y buscó una respuesta adecuada. Aunque, evidentemente, tenía el consentimiento de sir Andrew para responder a las preguntas del señor Ashdown, ¿eso incluía ir al salón de té? ¿Eso no daría pie a habladurías? Pero entonces sintió una turbación agradable, una osadía que le brotó del pecho como una pompa de jabón y contestó:

—Será un placer, señor Ashdown.

Charlotte se preocupó un poco al advertir las miradas de las señoritas Finch, pero las saludó educadamente con un ademán de cabeza y aguardó a que el señor Ashdown le ofreciera asiento. Intentó conservar su arrojo ignorando a los demás comensales y concentrándose por completo en su acompañante; sin embargo, se dio cuenta de que la mirada de él distaba mucho de ser tranquilizadora. En el fondo de sus ojos castaños había un brillo de picardía.

—Debo confesar que no me había imaginado que este encargo sería tan encantador.

—No hay nada que dure para siempre.

—Ahí ha dado usted en el clavo. —El brillo en sus ojos desapareció—. La he subestimado. Disculpe si este cumplido tan manido la ha molestado.

—No me ha molestado —le tranquilizó Charlotte maldiciéndose por haber hecho estallar ella sola la pompa de jabón—. Lo único que no debemos olvidar es que se trata del bienestar una niña.

La señorita Ada se acercó a la mesa y saludó a Charlotte con amabilidad a la vez que miraba de soslayo y con curiosidad a su acompañante.

—¿Qué se les ofrece?

—Té y *scones* —dijo el señor Ashdown—. He oído decir que los suyos son especialmente deliciosos.

—¡Es usted muy amable por hablar tan bien de nosotras! —dijo la señorita Ada volviéndose hacia Charlotte.

—Lo dice todo el pueblo —explicó el señor Ashdown—. Si me permite, su fama está muy extendida. Y, si no me defraudan, pronto en la capital se hablará de sus *scones*.

Charlotte vio que la señorita Ada se ruborizaba y se apresuraba hacia su hermana. Fue incapaz de reprimir una sonrisa.

—Usted sabe muy bien cómo hacer cumplidos a una dama. —Tras una pausa, añadió—: Antes ya me ha dejado claro que es usted quien hace las preguntas, algo que, por supuesto, acepto por completo. Pero ¿me permite que le pregunte una cosa que no guarda relación alguna con su encargo?

Él apoyó la cabeza en la mano y la miró expectante.

—¡Adelante!

—¿Es usted «ThAsh»?

Él se echó a reír.

—¿Ha leído algo mío? Espero que fuera bueno.

—En una noche de desasosiego leer uno de sus artículos fue un auténtico placer.

—¿Cómo fue eso?

—Bueno, no podía dormir e intenté entretenerme. Entonces encontré por casualidad un artículo suyo sobre una obra de teatro tan tremendamente mala que sentí curiosidad...

Él soltó una carcajada y el brillo de picardía volvió a sus ojos.

—No me diga. *La flor blanca del Soho.*

Charlotte también se rio.

—¿Tan mala era?

—Peor que eso —afirmó—. Atroz. Me acompañó un amigo que es médico y que sostiene que sería beneficioso para la gente ir al teatro y distraerse con esos melodramas.

—Si la risa es salud, entonces sería mejor que leyeran sus críticas.

—Gracias, lo tomaré como un cumplido.

—Esa era la intención.

La señorita Ada sirvió té y *scones* con nata y mermelada de fresas y lo dispuso todo cuidadosamente sobre la mesa. Luego miró de soslayo a Charlotte.

—¿Cómo está la pequeña señorita Emily? Está bien, ¿verdad?

—Sí, muchas gracias. —Charlotte vaciló—. ¿Tilly Burke ha vuelto?

Ada Finch la miró con sorpresa.

—Es curioso que me pregunte por ello. De hecho, regresó hace un par de días. No me explico cómo a su edad es capaz de recorrer el camino hasta Dorking, pero de pronto me la encontré delante de la puerta y...

Desde el mostrador, su hermana le hizo una señal indicándole con el gesto las teteras que aguardaban.

—Disculpen, luego volveré. Si no, Edith me regañará de nuevo por ser una charlatana.

Se marchó a toda prisa. El señor Ashdown interrogó a Charlotte con la mirada.

—¿Se referían ustedes a la anciana de la que antes me habló?

—Sí, a la antigua niñera de lady Ellen. Habla de forma confusa, lo admito, pero tengo la impresión de que hay un poco de verdad en lo que dice. Sufre una de esas enfermedades mentales en que al hablar se confunden las fantasías y los recuerdos.

—La cuestión es hasta qué punto se puede dar crédito a esta persona —repuso él en tono escéptico. Partió un *scone* en dos mitades y las untó con nata y mermelada. Luego dio un mordisco y se relamió con los ojos cerrados—. Es una delicia. Recomendaré a las señoritas Finch en Londres.

Al poco rato, la señorita Ada volvió a aparecer junto a la mesa.

—Ya le he explicado a mi hermana que usted me ha preguntado por Tilly y que yo no estaba vagueando por ahí molestando a los clientes... —Bajó la voz para que la gente de las mesas cercanas no la pudieran oír—. Tilly entró y preguntó por Emily. Sin más. Le dije que no estaba. Y entonces —tomó aire y tragó saliva, como si le costara decir las siguientes palabras— afirmó que Emily estaba triste porque el río se había llevado a su madre.

Charlotte miró al señor Ashdown, que se encogió de hombros sin saber qué pensar.

—Es una imprudencia que esa pobre mujer siga viviendo sola —añadió la señorita Ada—. Solo espero que no vuelva a encontrarse con la pequeña. La pobrecita se quedó desconsolada.

Charlotte asintió.

—Tal vez hable de ello con el reverendo Morton y su esposa. Quizá ellos puedan procurarle a Tilly Burke un lugar seguro donde vivir.

—Eso, sin duda, sería una auténtica obra de caridad —corroboró la señorita Ada y se marchó hacia el mostrador.

El señor Ashdown arqueó una ceja.

—¿Qué piensa usted de todo esto?

Charlotte contempló pensativa el plato.

—Es..., bueno, es extraño.

—¿Qué, exactamente?

—Es el modo en que lo dice. Me he encontrado dos veces con Tilly Burke, y no dejó de repetir que lady Ellen estaba triste porque su marido la había querido echar de la casa, que el río se la había llevado, que los espíritus la habían llamado. Ahora dice que la que está triste es Emily. Parece como si sus pensamientos solo giraran en torno al río y los espíritus. Lo anoté todo de forma precisa. Cuando lo haya leído, usted mismo podrá decidir si debemos darle importancia o no.

En cuanto hubo pronunciado esas palabras, Charlotte se dio cuenta de que había hablado en primera persona del plural.

—Bueno... —El señor Ashdown removió pensativo el té—. Esta ha sido una tarde interesante y tengo ganas de leer su informe. Mañana haré algunas averiguaciones por la zona.

—¿No prefiere hablar antes con Emily?

Él negó con la cabeza.

—Antes de hablar con la pequeña, prefiero saber lo máximo posible sobre su familia. Supongo que también será preciso que al menos pase una noche en la casa.

—Lo entiendo. Quiere estar presente si ocurre algo.

—Así es.

Él se giró hacia el mostrador para indicar que quería pagar cuando Charlotte se acordó de algo que no había considerado en sus anotaciones. Le resultaba un poco violento tener que admitir abiertamente que había registrado su dormitorio, pero logró sobreponerse a esa vergüenza y habló sobre el frasco de tartrato de antimonio y potasio que había encontrado bajo un tablón del suelo.

El señor Ashdown dejó oír un leve silbido.

—Sherlock Holmes.

Ella se sonrojó y sonrió aliviada.

—Ese artículo también lo leí.

—¿De veras? No puedo más que recomendarle esos libros. En cuanto a este hallazgo... —Apoyó la barbilla en las manos y la miró con sus ojos oscuros—. ¿Qué piensa usted de eso?

Charlotte se encogió de hombros.

—No sé qué pensar. Esa sustancia podría ser de cuando lady Ellen era jovencita. A fin de cuentas, era su dormitorio. Pero también ella podría haberlo escondido durante su matrimonio. O tal vez otra persona.

—¿Ha preguntado al personal al respecto?

—No —respondió ella con tono decidido—. Eso es algo que no se puede permitir una institutriz que es aún una recién llegada a la casa. Me habría puesto en ridículo. Habría dado que hablar.

—¿Aunque ello sirviera a la causa? —preguntó él impasible, mientras Charlotte, para su enojo, sentía que el rostro le ardía.

—Habría parecido que fisgoneo. Esas cosas dan muy mala impresión.

Él se reclinó en el asiento y cruzó los brazos.

—Perdóneme, evidentemente usted no debe poner en peligro su puesto. —Al oír esas palabras, a Charlotte le pareció notar cierta decepción en la mirada de él y le dolió—. Ese hallazgo me parece importante, aunque todavía no sé cómo interpretarlo. Tendremos que estudiar este asunto con más detenimiento.

En esta ocasión fue él quien usó el «nosotros».

Charlotte llegó a Chalk Hill en un coche de alquiler sobre las seis y media. La señora Evans la recibió con una mirada extraña.

—Espero que haya pasado una tarde agradable —dijo con tono estirado.

—Desde luego —contestó Charlotte de corazón. No había dejado de dar vueltas a la reacción del señor Ashdown ante el asunto del vomitivo, y por fin había decidido, en palabras de él, «servir a la causa».

—Me gustaría preguntarle una cosa, ya que usted es quien mejor conoce esta casa.

La señora Evans la miró asombrada, pero no con antipatía.

—Acompáñeme.

Se dirigieron al pequeño cuarto donde la señora Evans realizaba sus tareas de administración. Charlotte se quedó de pie de espaldas a la puerta.

—Por casualidad he encontrado en mi habitación un tablero del suelo que está suelto.

—Avisaré inmediatamente para que lo arreglen —respondió al punto la señora Evans—. Es peligroso que haya tableros del suelo levantados: se puede tropezar con ellos y las astillas se pueden clavar.

Charlotte levantó la mano con gesto tranquilizador.

—Gracias, pero no es eso. Por casualidad debajo del tablero encontré algo.

El ama de llaves se mantuvo impasible en apariencia, pero su mirada revelaba curiosidad.

—Se trata de un frasco de farmacia que contiene un polvo blanco. Es tartrato de antimonio y potasio, también conocido como vomitivo de tartrato. ¿Sabe cómo pudo haber ido a parar allí?

La señora Evans se hizo a un lado de un modo casi imperceptible, como si quisiera protegerse de la mirada penetrante de Charlotte.

—No me lo explico. En esta casa nunca se usan esas cosas. Y no sabría decir por qué alguien podría haberlo escondido debajo del suelo de madera.

—Evidentemente, no sé cuánto tiempo ha permanecido ahí el frasco.

—El dormitorio estuvo mucho tiempo desocupado después de la boda de lady Ellen y sir Andrew. Solo se volvió a usar cuando empezaron a venir las institutrices a la casa —explicó la señora Evans—. Tal vez alguna de ellas dejara el frasco ahí. Preguntaré a Millie y a Susan, pero estoy segura de que no tienen nada que ver con eso.

Charlotte asintió.

—Sería de gran ayuda. Pero tengo otra pregunta. Hace un tiempo hablamos de Tilly Burke. —Observó que el rostro de la señora Evans se ensombrecía ligeramente—. Recientemente, en uno de mis paseos, me la encontré y nos pusimos a hablar. Ella me reconoció, me relacionó con la casa y empezó a hablar de lady Ellen. Dijo que su marido había querido librarse de ella.

Sintió entonces en la muñeca una opresión fuerte como el acero. Charlotte levantó la mirada aterrorizada. Los ojos grises del ama de llaves parecían haberse vuelto aún más oscuros e insondables, y apretaba los labios con tanta fuerza que habían perdido todo color.

—No vuelva a repetir eso nunca más —le musitó con rabia—. Si sir Andrew lo oyera, nos despediría a todos.

—¿Por qué?

—Porque son chismes y él no soporta los chismes. Porque la vieja Tilly está mal de la cabeza y aterroriza a la gente. Si la señorita Emily oyera eso... —Soltó de repente la mano de Charlotte y dio un paso atrás—. Desde que usted está en la casa...

Charlotte notó cómo la rabia le ardía en las venas e interrumpió bruscamente a la señora Evans.

—Sabe perfectamente que estos incidentes no tienen nada que ver conmigo. Antes Emily estaba físicamente enferma; ahora es su alma la que sufre. Cuando llegué aquí, yo no sabía nada de la niña. Nadie quiso contarme nada voluntariamente. No me quedó más opción que hacerme contar las cosas por personas ajenas. Admito que he aguzado mucho el oído. ¿Cómo se supone que debo educar a una niña sin saber nada de ella?

—Pero no debe hacer caso a la vieja Tilly. ¿Qué sabrá ella del matrimonio de los señores?

—Por lo que he oído decir, era alguien muy cercano a lady Ellen.

—Eso fue hace mucho tiempo —repuso la señora Evans con tono despectivo—. Desde que perdió el juicio, vive de la caridad de la gente. Pero nadie se la toma en serio. —Se interrumpió—. Sería bueno para las dos que esta conversación no saliera de aquí. ¿Puedo confiar en su discreción, señorita Pauly?

—En la medida en que mi discreción no afecte al bienestar de Emily... —respondió Charlotte de forma diplomática y luego inspiró profundamente.

—Para el bienestar de Emily es bueno que el buen nombre de su familia no quede en entredicho —replicó la señora Evans con tono solemne. Luego inclinó levemente la cabeza, como si ella pudiera despedir con un gesto a la institutriz.

En cuanto llegó a su habitación, Charlotte propinó una buena patada al pie de su cama. Aunque luego le dolieron los dedos del pie, la rabia la fue abandonando poco a poco. Era una lástima que el buen humor con que había regresado de Dorking se hubiera desvanecido.

Se sentó en la repisa de la ventana, dobló las rodillas y se apoyó de lado contra el cristal. Luego evocó las horas que había pasado con el señor Ashdown e intentó sacar nuevos ánimos de ahí. Él, como ella, era una persona ávida de conocimientos; no callaba, preguntaba; era alguien que no quería esconder nada, sino descubrir algo.

Desde su llegada a Chalk Hill ella no había dejado de toparse con puertas cerradas una y otra vez, y de darse golpes contra la pared; lo poco que sabía lo había conseguido con mucha dificultad. Y ahora ella podía dejarlo en manos de alguien capaz de apreciar el valor que eso tenía; una persona que, igual que ella, quería ayudar a Emily de forma incondicional. Confiaba en ese hombre a pesar de haberlo conocido el día anterior.

Con todo, se preguntaba si sir Andrew no lamentaría el paso que había dado. El señor Ashdown, sin duda, le plantearía preguntas incómodas y el padre de Emily tendría que dar a conocer más de lo que a él le habría gustado.

26

Al despertar, la mirada de Tom se posó en las anotaciones de la señorita Pauly, que él había leído la noche anterior en la cama. Cruzó las manos bajo la cabeza y se mordisqueó el labio inferior en actitud pensativa. Su claridad de pensamiento y sus conclusiones le habían sorprendido, y los informes mostraban una compasión auténtica. Para cumplir con su tarea tenía que confiar sin reservas en alguien del servicio, y este alguien sería fräulein Charlotte Pauly.

Había decidido proceder de forma distinta a Sidgwick, Lodge y sus colegas, los cuales se concentraban sobre todo en el médium. Tanto la prudencia —el caso giraba en torno a una niña—, como su intuición le decían que debía saber todo lo posible acerca de la vida de la pequeña antes de acercarse más a ella. Era mejor que Emily supiera lo más tarde posible que en realidad era ella el motivo de su venida.

Por extraño que fuera el comportamiento de la pequeña, no se podía descartar que tuviera una explicación racional.
Emily Clayworth no había tenido a nadie con quien hablar
sobre la muerte de su madre; era muy probable que su dolor por la pérdida se hubiera instalado muy profundamente
en su interior y se reflejara en fantasías.

Tom se levantó y fue de un lado a otro de la habitación
en camisa de dormir. Entendía cómo se sentía Emily; el peligro de perder el vínculo con la realidad era tremendo tras
una pérdida como esa. Se acordaba muy vívidamente cómo,
en más de una ocasión, estando él solo en casa, había creído
que podía tocar a Lucy con las manos y esperaba encontrár-
sela sentada en su butaca o en algún otro lugar conocido. Sin
embargo, él era un adulto y había tenido amigos que lo habían apoyado y con los que había podido hablar de Lucy.

Se sentó y cogió de nuevo los papeles. En esa historia
había muchas cosas que no acababan de encajar. La señorita Pauly había hecho una labor fantástica y había expuesto
de forma nítida las preguntas y las incoherencias que quedaban por aclarar. A la vista de esa situación tan poco definida,
a él le pareció mejor examinar primero los acontecimientos
como un detective, y no como alguien en busca de lo sobrenatural. De ese modo, de hecho, seguía el principio de sus
colegas, que antes de analizar lo inexplicable descartaban
primero todas las causas razonables.

En las oficinas del *Surrey Advertiser* de Guildford su visita
fue recibida con asombro cortés.

—Esta historia es de hace ya un tiempo —apuntó el
redactor, que se había presentado como Joshua Phillips.

—Sí, pero me ha llamado la atención. Estoy planeando hacer una serie de artículos sobre personas desaparecidas que han sido dadas por fallecidas, pero cuyos cadáveres nunca se han encontrado. Evidentemente, mencionaría su amable ayuda en esta investigación...

Tom sintió un poco de remordimientos al encandilar a ese redactor con la mención de su gran periódico y la insinuación de una serie de artículos que solo existía en su imaginación.

Phillips le había ofrecido té y ahora estaban sentados en la sala de redacción llena de humo de cigarrillo en la que nadie, excepto el redactor, parecía trabajar. Tom había ido hasta Guildford en el tren de primera hora de la mañana porque por la tarde lo esperaban en la residencia de la familia Clayworth.

—Bueno, fue una historia muy trágica, señor Ashdown. Cosas como esas no se dan a menudo en una zona tan tranquila, de ahí que la expectación fuera aún mayor. Lady Ellen Clayworth era una dama distinguida y la esposa de nuestro querido diputado... —Se interrumpió cuando Tom levantó la mano.

—Señor Phillips, los dos somos del mismo gremio —dijo con tono confidente—. Eso ya lo sé. Para el artículo necesito aspectos novedosos sobre los que nunca se haya escrito en profundidad. Ya sabe, nada es más viejo que el periódico de ayer.

Phillips bajó la vista hacia sus manos vigorosas y se encogió de hombros.

—Entenderá, señor Ashdown, que tenga algunas reticencias sobre sus pretensiones. A sir Andrew no le hará ninguna gracia ver que la prensa se extiende de nuevo en esos dolorosos acontecimientos.

—Seré discreto y trataré a las personas de forma anónima, nombrándolas con sus iniciales —se ofreció Tom solícito.

El periodista asintió aliviado.

—Entiéndame, me encuentro entre la espada y la pared... Pero, si me lo permite, podría...

Se levantó y sacó de un armario una carpeta muy gruesa, la desempolvó con el dorso de la mano y la colocó sobre la mesa junto a las tazas de té.

—Aquí está todo. Bueno, casi todo. —Se inclinó hacia adelante, a pesar de que en la sala no había nadie excepto ellos—. De hecho, falta una cosa, pero era un tema muy delicado y por eso me abstuve de mencionarlo en los artículos. —Carraspeó—. Había quien decía que, antes de que ella muriera, sir Andrew y su mujer iban a separarse.

Tom recordó de inmediato lo que Tilly Burke le había contado a fräulein Pauly. «Él quería librarse de ella». ¿Y si no fueran solo las habladurías de una anciana de mente confusa?

—¿Qué sabe usted al respecto?

Phillips se encogió de hombros con timidez.

—No mucho. Tampoco sé quién hizo correr ese rumor, pero ya antes de su muerte lady Ellen hacía tiempo que había dejado de aparecer en público. De hecho, pocas veces asistía a actos de representación acompañando a su marido, algo que se excusaba porque debía atender a su hija, que era muy enfermiza. Realmente eso era algo muy poco habitual en una mujer de esa posición.

—En realidad dedicarse al cuidado de la hija en vez de acompañar al marido a actos sociales demuestra una gran abnegación —apuntó Tom.

—Desde luego. Todo el mundo lo respetaba. Es una lástima tener solo una hija y que esta dé tantas preocupaciones.

Tom asintió.

—Y ahora encima la pequeña ha perdido a su querida madre. ¿Sabe algo de la niña?

—Por desgracia, no puedo contarle nada, señor Ashdown. Desde que se cerró el caso, con sir Andrew solo he tratado cuestiones de política —explicó el periodista—. Puede que la gente de Dorking sepa más cosas. Tal vez el párroco de Mickleham, el señor Morton, que brindó apoyo espiritual a la familia.

Tom se apuntó el nombre, que ya conocía por las anotaciones de fräulein Pauly.

—En ese caso, me gustaría poder echar un vistazo a su documentación —dijo volviendo la mirada hacia la carpeta.

—Por supuesto, señor Ashdown. Yo tengo una cita. Puede usar la oficina sin problemas. Cuando acabe, deje la carpeta sobre la mesa. Espero que tenga un buen día.

Cogió el sombrero y el abrigo, saludó a Tom con un ademán de cabeza y abandonó la redacción.

Tom, asombrado ante tanta confianza, encendió la pipa, abrió la carpeta y empezó a leer.

Al cabo de una hora acabó la lectura, dejó los documentos sobre el escritorio y dio algunas caladas a la pipa, que estaba fría. No había nada en esos artículos que sugiriera un matrimonio infeliz, ni ninguna otra circunstancia que pudiera ser motivo de suicidio. En atención a la terrible tragedia y a que se trataba de la esposa de un diputado conocido, se había informado con mucho tacto. Si había habido rumores, estos no se reflejaban en los artículos del señor

Phillips. Tom se dio golpecitos con la uña en los incisivos mientras pensaba.

Entonces meneó la cabeza y se levantó. No. Así no llegaría a ningún lado. Necesitaba observar detenidamente el entorno, conocer a la niñera y hablar con Emily. Había confiado en que podría evitar exponer a la pequeña el máximo tiempo posible, pero intuía que en ella estaba la clave de todo el misterio. Todo cuanto había dicho y escrito fräulein Pauly apuntaba hacia ahí. Sin embargo, no confiaba en que al diputado le gustaran sus averiguaciones.

—Por supuesto. Puede usted hablar con todo el personal de servicio —contestó sir Andrew en tono solemne—. Como ya le dije, le pido que tenga consideración por mi hija. Es muy pequeña, ha pasado por trances muy difíciles, y, en la medida de lo posible, no debería intranquilizarse más de la cuenta. Se imponen, por lo tanto, el tacto y la cautela.

—Naturalmente —convino Tom—. No haré nada sin que estén presentes fräulein Pauly o la niñera.

Sir Andrew se levantó y llamó al servicio.

—Susan, por favor, acompaña al señor Ashdown a la sala de estudio.

La doncella hizo una pequeña reverencia, y Tom la siguió por el vestíbulo y la escalera que llevaba al primer piso. En cuanto llegó ahí, la muchacha se detuvo delante de una puerta y llamó.

—Adelante.

Abrió y cedió el paso a Tom. Cuatro ojos lo miraron con sorpresa. Charlotte Pauly se levantó desde detrás de su mesa.

—Gracias, Susan. Puedes retirarte.

Luego se le acercó.

—¡Señor Ashdown, qué alegría que nos haya venido a visitar! Esto es toda una sorpresa.

Él reparó en la mirada de curiosidad de Emily y la saludó con un ademán de cabeza.

—Buenos días, señorita Clayworth.

—Buenos días. ¿No va a escribir hoy sobre teatro?

Él sonrió.

—No, hoy no. Pero me gustaría asistir a una de vuestras clases. ¿Puedo?

La pequeña asintió.

—Estamos en clase de alemán. Así que tal vez usted aprenda algo.

Él se dio cuenta de que fräulein Pauly se sonrojaba un poco y se sentó en una silla de un rincón para molestar lo menos posible.

La institutriz volvió a tomar asiento y siguió con la clase sin darle más importancia. Su tono de voz era distinto cuando hablaba en alemán, y este idioma a él le pareció más suave y sonoro de lo que había pensado. Aunque apenas entendía nada, dejó que las palabras se sucedieran, como el agradable ruido del mar o el murmullo de un arroyo.

Cuando fräulein Pauly hubo terminado con la lección, le dirigió una mirada desafiante.

—Señor Ashdown, ¿a usted también le gustan los cuentos? A Emily le gustan mucho, y ya le he contado unos cuantos de mi país.

No sabía si esa pregunta escondía alguna intención oculta, o si simplemente ella le estaba dando pie para intervenir.

—De jovencito me gustaba oír cuentos. Más adelante, preferí las historias de espíritus.

No apartó la mirada de Emily, que lo contempló impasible.

—¿Y esas dan mucho miedo?

—Sí, a veces.

—Seguro que esas aún no las puedo oír —dijo mirando a su institutriz—. A fräulein Pauly le parece que aún soy demasiado pequeña.

—¿Tú crees en los espíritus? —preguntó él como de pasada mientras daba vueltas a un trozo de tiza en las manos.

Emily se encogió de hombros.

—¿Quiere usted decir esas mujeres vestidas con túnicas blancas y largas que se deslizan sobre el suelo? ¿O los caballeros muertos que dan golpes en sus armaduras oxidadas?

—Sí, esas cosas —repuso Tom, divertido.

—No, no creo en esas cosas. ¿Y usted, señor Ashdown, cree en ellos?

Se dio cuenta de que fräulein Pauly lo miraba con interés y se encogió también de hombros.

—No sé qué pensar.

—¿Alguna vez ha tenido relación con los espíritus? —preguntó la institutriz—. De ser así, nos lo podría explicar.

Él le dirigió una mirada fugaz, y Charlotte asintió. Entonces les habló de Belvoir, ese charlatán que robaba dinero de la gente, y lo convirtió en una historia entretenida para una niña de ocho años.

—Pero ese hombre no era bueno —aseveró Emily con convencimiento—. ¿Le castigaron?

—Escribí una cosa sobre él que leyó mucha gente y dejaron de consultarle. Eso estuvo bien, porque ganaba dinero valiéndose de la buena fe o de la tristeza de otras personas.

—¿Por qué de la tristeza? —preguntó Emily.

Charlotte se dio cuenta de que el señor Ashdown se tomaba un tiempo para responder.

—Hay veces que la gente que pierde a un ser querido se queda tan triste que no puede superarlo. Esas personas son incapaces de pensar en otra cosa. Es como si a su alrededor todo se hubiera vuelto oscuro y ellos nunca más pudieran volver a reír.

El cambio en su tono de voz fue sutil. Parecía como si entre él y la niña hubiera saltado una chispa que los había unido con un vínculo invisible.

—Cuando esa persona tan triste oye decir que hay un médium capaz de hablar con los muertos y hacerles llegar mensajes, entonces se figura que podrá recuperar la relación con esa persona amada, ¿te lo puedes imaginar?

Emily había palidecido.

—¿Que alguien pueda estar así de triste?

—Sí.

Ella asintió.

Charlotte la miró preocupada. ¿Acaso el señor Ashdown había ido demasiado lejos?

—Si alguien se aprovecha de una cosa así, es que es una mala persona.

—Pero ¿hay de otro tipo?

—¿Qué quieres decir?

—Si hay gente que realmente puede hablar con los espíritus, gente que no sea mala.

—Es posible. Conocí a una mujer de la que no sé qué pensar.

La niña levantó la mirada. Parecía aliviada de que la conversación hubiera tomado otro derrotero.

—Háblenos sobre esa mujer. Me gustaría saber si los espíritus existen.

Charlotte se acercó a la ventana mientras el señor Ashdown hablaba de su encuentro con una tal Leonora Piper. Contempló el paisaje bajo la lluvia y escuchó su voz grave. Esa mujer, una americana, le había impresionado vivamente y transmitió ese interés a su pupila, que, emocionada, le hacía preguntas de vez en cuando.

—¿Y fue capaz de contar cosas que solo Robert y Jerry sabían?

—Eso parece.

—¿Y ella era de Estados Unidos y no los conocía de nada?

—No.

—¿Alguna vez le ha pasado algo para lo que no ha encontrado explicación?

El señor Ashdown sonrió.

—Sí, pero fue hace mucho tiempo. Todavía era un muchacho. Y además no me pasó a mí directamente. —Entonces le habló de una amiga de su abuela, que había percibido la muerte de su hijo en un accidente, estando él muy lejos.

Charlotte notó que a Emily le latía con fuerza una vena del cuello.

—¿Lo percibió?

—Eso parece.

—¿El espíritu de él se le acercó y se lo dijo?

—No lo sé, pero no lo olvido. Sobre todo, cuando tomo cerezas.

El tono de la conversación se volvió más ligero, cuando Emily y el señor Ashdown empezaron a hablar de cuáles eran sus frutas favoritas y debatieron la preferencia de cada uno por las cerezas y los albaricoques. Charlotte se sintió aliviada al ver que el encuentro había ido tan bien.

Al cabo de una hora, envió a Emily a Nora. Cuando se quedaron a solas, ella le dirigió una mirada desafiante.

—Habría sido mejor que hubiera anunciado su visita.

Él hizo una inclinación.

—Discúlpeme. Usted lo ha resuelto con mucha elegancia. —Vaciló—. Siento haberle causado alguna molestia. No era mi intención.

Él ya tenía la mano en el pomo de la puerta, cuando ella levantó la mirada rápidamente.

—No se marche. No es culpa suya. Ha tratado a Emily de un modo muy agradable y con mucha mano izquierda. Me ha gustado.

Él se volvió hacia ella y a Charlotte le pareció vislumbrar un amago de alivio en su expresión.

—Me he arriesgado. Gracias a sus anotaciones me parecía que sabía hasta dónde podía llegar y ha ido bien, aunque ha habido un momento en que he temido que se echara a llorar.

—Sí, al hablar sobre la tristeza. —Charlotte se acordó de ese momento tan conmovedor y se preguntó si acaso él había hablado por propia experiencia.

—Naturalmente, le ha recordado a su madre. Sin embargo, resulta interesante ver que no parece que haya apreciado una relación directa cuando he sacado el tema de los espíritus.

—Como indico en mis notas, su humor es cambiante e impredecible. No se puede prever de antemano cómo va a reaccionar ante un comentario o un acontecimiento.

—Esta mañana he ido a las oficinas del periódico de Guild-ford —dijo él sin más—. El redactor me ha dicho que había habido rumores sobre una separación inminente del matri-monio, aunque no me ha dado más detalles. En atención a la posición social de sir Andrew, no lo sacó a la luz pública.

—¿Así que Tilly Burke dice la verdad? —preguntó Charlotte asombrada.

—Como usted ya había sospechado, todo indica que ella no solo dice tonterías.

—¿Sería bueno volver a hablar con ella?

—Al menos deberíamos considerar esa posibilidad. Lady Ellen Clayworth le debía de tener mucha confianza. ¿De qué otro modo habría sabido de los problemas ma-trimoniales si no estaban en boca de todo el mundo? Usted misma dijo que las dos mujeres tenían una relación muy estrecha.

Charlotte lo miró pensativa.

—Es cierto. Y creo que también deberíamos volver a hablar con Nora, la niñera. No estoy muy segura de cuánto sabe en realidad sobre lo que ocurre en la casa. Siente un gran cariño por Emily, salta a la vista, y haría cualquier cosa por ayudarla.

—¿Ha hablado con ella al respecto alguna vez?

Charlotte asintió.

—Sí, pero siempre ha escurrido el bulto. Cuando le pregunté si sir Andrew había querido, en palabras de Tilly Burke, «librarse de ella», la muchacha se marchó.

—¿Así, sin más?

—Me pidió permiso y no me pude negar. Me dejó muy claro que no quería hablar de eso. Obligarla no va con mi modo de ser. Por otra parte, debo tener en cuenta mi posición en la casa, pues no hace mucho que trabajo en Chalk Hill.

El señor Ashdown se reclinó contra la puerta con los brazos cruzados.

—Si el matrimonio de los Clayworth no era feliz, puede que Emily se hubiera dado cuenta, sobre todo si su madre tenía una relación tan estrecha con ella. Me gustaría hablar con Nora. ¿Qué le parece a usted?

Charlotte asintió.

—Tal vez no estaría mal que alguien de fuera le preguntara.

—De acuerdo, en tal caso, acompáñeme a verla.

Él dio un paso a un lado para cederle el paso; al llegar al umbral de la sala de estudio, Charlotte se volvió hacia él.

—¿Se quedará a tomar el té?

—Encantado.

—Muy bien. En ese caso, avisaré en la cocina.

Nora dio un respingo cuando entraron en el dormitorio de la niña. Pasó las manos con timidez sobre su pulcro vestido.

—Perdone, solo me he arrodillado para enseñarle una cosa a la señorita Emily...

—Está bien, Nora. Este caballero es el señor Ashdown, y está en casa por invitación de sir Andrew. Le gustaría hacerte algunas preguntas.

Nora abrió los ojos con sorpresa y miró inquieta al señor Ashdown.

—Por supuesto, pero...

—No pasa nada, Nora —dijo el señor Ashdown dando un paso al frente—. ¿Le parece que vayamos a la sala de estudio?

La niñera asintió y dirigió una mirada de auxilio a Charlotte antes de abandonar la habitación con el visitante.

—¿Qué le quiere preguntar? —quiso saber Emily, que estaba de rodillas frente a su fantástica casa de muñecas. Era la primera vez que Charlotte la veía jugar con ella—. ¿Quiere que le cuente cosas sobre la zona?

Charlotte se sentó en una silla.

—Seguramente.

Emily hacía girar en la mano una pequeña muñeca de porcelana de cabello castaño auténtico y vestido verde claro.

—Esta casa de muñecas es fabulosa.

—¿Usted tuvo una?

—Sí, pero era mucho más pequeña, con dos dormitorios y una cocina. Tenía que compartirla con mis hermanas.

Emily pasó la muñeca de una habitación a la siguiente.

—¿Tiene nombre? —preguntó Charlotte.

—Es mamá Ellen.

La niña dejó la muñeca junto a una cama minúscula en la que yacía una figurita aún más pequeña.

—La que está en la cama es Emily. Mamá Ellen le cuenta un cuento para dormir. Y además le da algo de beber.

La muñeca permaneció en pie y se inclinó sobre la niña.

Aquel gesto despertó algo en Charlotte que no fue capaz de nombrar.

—¿Le parece agradable? —espetó Emily sin más.

—¿De quién hablas? —La sorpresa de Charlotte era auténtica.

—Del señor Ashdown.

—Apenas lo conozco —dijo ella de forma evasiva.

—Pero eso no importa. Es muy agradable y sabe explicar cosas interesantes.

—Eso es verdad.

Emily se volvió de nuevo hacia su casa de muñecas.

—Ahora mamá Ellen también se va a acostar. Pero está siempre cerca y viene cuando Emily no puede dormir o le duele algo.

—¿Le suele doler alguna cosa?

—A veces. O tiene fiebre, o se encuentra mal. A menudo se siente muy cansada y no puede levantarse en todo el día. Entonces mamá Ellen le lee en voz alta, o se sienta con ella y borda o le canta algo. Es bonito.

Charlotte apenas se atrevía a respirar.

—Cuando no puede estar con Emily, entonces está Nora. Emily nunca está sola.

—¿Y su padre?

—Tiene que ir a menudo a Londres, a hacer política. Igual que hoy. Pero eso no está mal, porque mamá Ellen está con ella.

Charlotte contempló atentamente a la pequeña, pero no advirtió ni lágrimas, ni emoción alguna. Emily parecía totalmente tranquila, como si le hiciera bien recordar así el preciado tiempo que pasó con su madre.

—¿Hay algún muñeco del padre?

—Sí. Está aquí atrás.

Emily metió la mano en una de las habitaciones y sacó una figurita vestida con ropa masculina y que estaba escondida detrás de un periódico.

—Este es papá. Lee el periódico y está muy ocupado.

—¿Hace algo con mamá Ellen?

La niña se encogió de hombros.

—A veces. Poco. Solo cuando Emily se encuentra bien.

—Y, si está enferma, ¿entonces mamá Ellen se queda con ella mientras papá sale solo de viaje?

—Sí, siempre.

Emily había dejado los muñecos a un lado y había cruzado las manos en el regazo.

—Estoy muy contenta de que me hayas enseñado tu casa de muñecas —dijo Charlotte con cautela.

Emily asintió distraída, como si hubiera quedado atrapada en sus recuerdos.

Durante el té, charlaron sobre el tiempo, Londres y el teatro. Charlotte pidió al señor Ashdown que les hablara de aquel detective genial sobre el que había escrito un artículo. Esperaba que eso distrajera a Emily, que de pronto se había vuelvo taciturna.

—Esas historias me parecieron tremendamente entretenidas —comentó el señor Ashdown—. Cuando regrese a Londres, estaré encantado de enviarle un ejemplar.

—Eso sería muy amable por su parte.

—Es fascinante como ese tal Holmes puede reconstruir las cosas más increíbles a partir de pistas insignificantes. —Miró pensativo a Emily—. Voy a intentar hacerlo yo. Veo a una niña sentada ante un plato con un pedazo de pastel. La niña desmigaja el pastel, pero no se lo come. De eso se pueden inferir dos cosas: o la niña no está hambrienta, o no le gusta el pastel. En este último caso, eso a su vez podría significar que o no le gustan los pasteles o no le gustan los pasteles de fruta, aunque sí los de chocolate o los bizcochos. ¿Me dices qué cosas de las que he dicho son ciertas?

Emily había ladeado la cabeza y tenía los ojos semicerrados. Parecía escuchar algo que solo ella podía oír.

—Emily, ¿qué te ocurre? El señor Ashdown te ha preguntado una cosa.

Charlotte miró al señor Ashdown, que frunció levemente la frente y se puso un dedo sobre los labios.

—¿Qué estás escuchando? —preguntó él en voz muy baja.

Emily no se movió. Charlotte pensó que no le había entendido.

—Está hablando conmigo.

El señor Ashdown enarcó una ceja.

—¿Qué te dice?

La estancia estaba tan silenciosa que a Charlotte le pareció oír su propio corazón.

—Pronto. Va a venir muy pronto. Y me llevará con ella.

Charlotte miró con espanto al señor Ashdown, pero este negó con la cabeza de un modo casi imperceptible.

—¿Y eso te pone contenta?

—No lo sé.

Emily se sobresaltó. Entonces pareció despertar de un sueño profundo y miró a su alrededor.

—¿Dónde está mi pastel?

27

Es intolerable! —Sir Andrew se apoyó en el escritorio y miró a Charlotte con una ira apenas contenida—. Había depositado algunas esperanzas en esta consulta, pero todo indica que el estado de Emily está empeorando. Usted es su institutriz y debo poder confiar en que en mi ausencia no ocurra nada que pueda afectar al bienestar de Emily.

Su enfado era sobrecogedor, pero Charlotte se esforzó por no mostrarse amedrentada.

—Sir, no ha ocurrido nada que indique...

—¿No ha ocurrido nada? Apenas abandono la casa y ella empieza a tener fantasías en pleno día.

A ella le hubiera gustado poder replicar que él era quien había decidido echar mano del señor Ashdown. Sin embargo, aguantó aquel reproche injusto y dijo en tono conciliador:

—Sir, en mi opinión, todavía estamos al principio. El señor Ashdown se ha comportado con Emily con una gran delicadeza. Se lo aseguro.

Pasó a informarle sobre el incidente con la casa de muñecas mientras veía cómo la expresión de sir Andrew se iba ensombreciendo. Él se desplomó en su asiento y cogió un abrecartas. Lo agarraba con tanta fuerza que los nudillos de los dedos se le pusieron blancos.

—¿Dice usted que habla de su madre como si la viera? ¿Aquí, en la casa?

—Así es. E insiste una y otra vez en que su madre nunca la dejaba sola. En mi opinión, todavía no ha superado su pérdida, lo cual es algo completamente natural. Se imagina que ella está presente porque no quiere aceptar su muerte. —Charlotte vaciló un instante—. Posiblemente, las circunstancias que rodearon ese fallecimiento contribuyen a que a Emily le cueste tanto asumirlo.

Él levantó la vista rápidamente.

—¿Qué quiere decir?

—Si su esposa hubiera fallecido por una enfermedad y Emily la hubiera podido ver en su lecho de muerte para despedirse, habría podido asumir mejor su muerte.

—No puedo hacer nada acerca del modo en que murió mi esposa —dijo él apretando los dientes.

—Por supuesto, señor. —Charlotte inspiró profundamente. No se había acobardado, y se sentía orgullosa de ello—. Entiendo sus reservas y a la vez solo intento comprender la conducta de Emily. No creo que haya un motivo inminente de preocupación.

Eso no era cierto. Era muy consciente de que la conducta de Emily durante el té había significado un paso más hacia esa oscuridad de la que ella pretendía salvaguardarla a cualquier precio. Sin embargo, tenía depositada toda su esperanza en el señor Ashdown y debía evitar que sir Andrew lamentara su decisión y lo enviara de vuelta a Londres.

Él giró lentamente el abrecartas entre el pulgar, el índice y el dedo corazón. Charlotte se esforzó por respirar con tranquilidad y aguardó expectante sus siguientes palabras.

—Así pues, ¿cree usted que deberíamos permitir que el señor Ashdown prosiguiera con su labor?

—Desde luego. Su idea de hablar con las personas más próximas a Emily me parece muy sensata. —Al decir eso, le vino a la cabeza algo que llevaba tiempo rumiando—. ¿Me permite preguntarle qué médico trataba a Emily cuando estaba enferma? Sin duda, también sería aconsejable hablar con él.

Al momento se percató de la resistencia de sir Andrew. Algo en su interior se oponía a decir su nombre.

—No comparto, en absoluto, esa opinión. Partimos de la premisa de que no es una enfermedad física. Si lo creyésemos, ya habríamos recabado la ayuda de un médico.

—Por supuesto. Sin embargo, el cuerpo y la mente van de la mano. Tal vez al señor Ashdown le interesaría conocer el historial médico de Emily.

Charlotte aguardó. Sin embargo, sir Andrew había endurecido la expresión. Al cabo de un instante, él negó con la cabeza.

—No me parece relevante, fräulein Pauly, y así se lo haré saber también al señor Ashdown. Para mí lo importante es el equilibrio psíquico de mi hija. Créame, me ha costado muchísimo solicitar ayuda a la Sociedad para la Investigación Psíquica y hacer venir a un cazador de espíritus.

—Pronunció esas palabras como si las vomitara, y ella lo miró estupefacta. Aquella hostilidad repentina resultaba inquietante.

En ese momento, cualquier otro argumento era inútil; por eso, ella se levantó de su asiento.

—En ese caso, me retiraré. ¿Desea que haga venir al señor Ashdown?

Él asintió de mala gana.

Charlotte se sintió aliviada cuando la puerta se cerró tras ella.

—Le he enseñado la casa de muñecas, ha estado mirando mi habitación. Y me ha hecho preguntas.

—Ah, ¿sí? —Charlotte miró por la ventana y sus ojos se desviaron involuntariamente hacia el portón del muro.

—Sí. Para ser un caballero, es bastante curioso.

—Dime, Emily, ¿te gustaría ir a ver de nuevo a los Morton? La señora Morton nos ha invitado.

La niña sonrió de oreja a oreja.

—Seguro que los conejitos me están esperando. ¿Les puedo llevar zanahorias?

—Por supuesto. Pídeselas a la cocinera.

—¿El señor Ashdown nos acompañará?

Charlotte la miró con sorpresa.

—¿Por qué lo preguntas?

Emily se encogió de hombros.

—Últimamente está siempre con nosotros. Y usted dijo que él quería conocer esta zona.

—¿Te parece que venga con nosotras? Así le podrías enseñar los conejitos.

—Sí. Puede venir. —Bajó la vista hacia su regazo, donde tenía una muñeca de cabeza de porcelana y una larga cabellera castaña—. Fräulein Pauly, ¿por qué antes, mientras tomábamos el té, me ha mirado tan raro cuando he preguntado por el pastel?

Charlotte decidió espontáneamente responder la verdad.

—Bueno, es que acababas de decir que tu madre te estaba hablando.

Emily levantó lentamente los ojos y la miró con inseguridad.

—¿De verdad?

—Sí. Era como si estuvieras dormida, pero tuvieras los ojos abiertos. Luego te despertaste con un respingo y preguntaste por el pastel. Por eso el señor Ashdown y yo te miramos con tanto asombro.

Esperó a que Emily dijera algo más, pero la pequeña calló y se dedicó a peinar el cabello de la muñeca con los dedos. Una y otra vez los iba pasando por los mechones oscuros, mientras el resto de su cuerpo se mantenía inmóvil.

Charlotte no quiso insistir. Se levantó, sacó el libro de cuentos de Grimm y lo abrió por la página de *Los músicos de Bremen*. Esa noche no habría historias de cabezas de caballo cortadas ni corazones fríos.

—El señor Ashdown pasará esta noche con nosotros en casa —anunció sir Andrew durante la cena.

Charlotte lo miró con sorpresa.

—Sir Andrew ha tenido la amabilidad de ofrecerme su habitación de invitados. Después del incidente de esta tarde, le he expresado mi temor a que Emily pueda pasar una mala noche —dijo el señor Ashdown hundiendo la cuchara en la sopa. Por su actitud, era imposible adivinar cómo había ido la charla con sir Andrew.

No volvieron a mencionar a Emily. Al rato, la conversación pasó a girar en torno a cuestiones políticas; en sí, no era muy elegante hacer eso en presencia de una dama, pero, al parecer, una institutriz quedaba excluida de esa norma. En cualquier caso, Charlotte no estuvo muy atenta, ya que tenía la cabeza ocupada con otras cuestiones. ¿Por qué sir Andrew había reaccionado de un modo tan raro cuando le había preguntado por el médico de Emily? ¿No habría sido más lógico consultar antes a un médico que echar mano de un cazador de espíritus? Volvió la vista hacia el señor Ashdown, que parecía escuchar atentamente a su anfitrión mientras, de forma casi imperceptible, tamborileaba con los dedos en la mesa. ¿Acaso él también tenía la cabeza en otra parte?

Recordó la visita al salón de té y la animada charla que habían tenido. Bajo la atmósfera opresiva de Chalk Hill parecía que esa tarde estuviera ya muy lejos en el tiempo. Mientras permanecía sentada a la mesa con expresión educada e impasible, sentía cómo el temor que había ido reprimiendo empezaba a crecer en su fuero interno. Parecía como si algo hubiera poseído a Emily y pujara con fuerza para aflorar desde la llegada del señor Ashdown a la casa. Primero ese extraño juego con la casa de muñecas, luego el incidente durante el té. ¿Acaso el invitado había provocado esos procesos en la pequeña? ¿O había algo, fuera lo que fuera, que se oponía a esa intromisión en el rígido mundo de Chalk Hill?

Charlotte tragó saliva. ¿A qué venían esos despropósitos? ¿Un algo que se oponía a las investigaciones del señor

Ashdown? Si seguía así, iba a acabar perdiendo la cabeza. O, por lo menos, el sentido común.

—Seguro que fräulein Pauly no tendrá ninguna objeción.

Charlotte levantó la vista sobresaltada.

—¿Disculpen?

El señor Ashdown la miró, y a ella le pareció entrever un brillo divertido en sus ojos.

—Sir Andrew está de acuerdo en que yo las acompañe a usted y a Emily en su próxima visita a Mickleham.

—Por supuesto, muy bien. Los Morton son unas personas magníficas y adoran a Emily. Seguro que ella querrá enseñarle los conejitos con los que suele jugar ahí.

—Ya lo ve, señor Ashdown, los placeres de la vida rural son infinitos —bromeó sir Andrew. A Charlotte le pareció percibir cierto tono burlón, como si quisiera crear un cierto grado de complicidad con ese visitante de la capital.

—Bueno, cuando uno se pasa la vida en una gran ciudad tan apestosa y llena de brumas como Londres donde al pasear de noche da miedo caer a un río que lleva más inmundicia que agua, los lugares como Dorking y las aguas hermosas del Mole tienen un gran atractivo —repuso el señor Ashdown. Charlotte sintió una sensación agradable en su interior.

Sir Andrew no pareció entenderlo.

—Como diputado, claro está, me debo a mi circunscripción, pero admito que siempre afronto la pausa estival de las sesiones con horror. La vida en Londres es mucho más excitante que en el campo.

—Desde luego, Londres tiene mucho que ofrecer si uno se puede permitir esas distracciones —objetó el señor Ashdown. Parecía disfrutar llevando la contraria a sir

Andrew—. Las personas como usted y como yo tenemos la inmensa suerte de conocer la cara amable de la metrópolis. Restaurantes exquisitos, teatros, exposiciones..., pero también hay sitios que le parecerían que son de otro mundo.

—¿De veras? —preguntó sir Andrew con ironía—. ¿Y los conoce?

—Un poco —replicó el señor Ashdown con tono travieso—. No soy muy exigente en lo que a mi ocio nocturno se refiere. Los *music halls* del East End pueden ser muy entretenidos y la calidad de los cantantes y cómicos no es desdeñable. Hace años vi en Shoreditch a un excelente artista del travestismo. Hubo un caballero entre el público que solo se dio cuenta de dónde se había metido cuando, al entregar unas flores a la dama, le notó el vello de la barba en el beso que siguió.

Charlotte soltó una risa breve; luego, ruborizada, bajó la mirada al plato. Susan entró, retiró los tazones de sopa y la sopera, y sirvió rosbif frío con patatas salteadas.

—Mis disculpas. —El señor Ashdown volvió la vista a Charlotte ligeramente avergonzado—. No pretendía ofender la sensibilidad de una dama. Ha permanecido usted tan callada que por un instante he olvidado que estaba presente.

—No me ha ofendido —se apresuró ella a contestar—. Nunca he estado en Londres y me gustaría oír más cosas sobre esa ciudad.

—Seguro que el señor Ashdown conoce también anécdotas más apropiadas al carácter delicado de una dama.

Así que él también sabe ser sarcástico, se dijo ella asombrada mientras se preguntaba cuánto le había tenido que costar a sir Andrew referirse a la institutriz de su hija como una dama.

A continuación, el señor Ashdown contó algunas historias entretenidas y la tensión que había habido en el ambiente se aflojó.

Después de la cena, los caballeros se retiraron para fumar; sin embargo, antes, el señor Ashdown se volvió hacia Charlotte.

—Me gustaría que, en caso de que esta noche se produjera algún incidente, me avisaran de inmediato.

—Por supuesto.

Sir Andrew asintió y acompañó a su invitado a la biblioteca.

Charlotte contempló cómo los dos hombres se alejaban. Había resultado fascinante observarlos a ambos en la mesa. La charla había sido como un combate. Se preguntó cuál podría ser la recompensa de esa contienda.

Antes de dirigirse a la torre, Charlotte pasó a ver a Emily. La pequeña dormía. Nora había vuelto a ocupar su antigua habitación de al lado. Charlotte llamó a la puerta y la niñera le dio permiso para entrar.

—No te molestaré mucho rato, Nora.

—No me molesta, señorita. Por favor. —Le indicó con el gesto una silla que había junto a la ventana.

Charlotte se sentó y le dirigió una mirada amistosa.

—¿El señor Ashdown ya ha hablado contigo?

Nora bajó la vista hacia las manos.

—Sí.

—Espero que haya ido bien.

—Me ha hecho muchas preguntas. Pero yo no le conozco de nada. —Su voz sonó extrañamente dura.

—Está aquí para ayudar a Emily. ¿No lo ha dicho?

—Sí, pero no me gusta.

—¿Qué es lo que no te gusta?

—Las preguntas. Ya le conté a usted todo lo que sé. No me gusta hablar de lady Ellen, es triste. Y a Emily no le hace ningún bien recordar a su madre.

Charlotte suspiró y se preguntó por qué Nora tenía una actitud tan obstinada. Entonces recordó el motivo de su visita.

—Quería preguntarte una cosa. ¿Qué médico trataba a Emily en la época en que estaba enferma tan a menudo?

Nora la miró con sorpresa.

—Pero si ahora está sana.

—Por supuesto. Es solo que me gustaría saberlo. Eso no debería ser un secreto, ¿verdad?

De nuevo notó el muro que sir Andrew había levantado en torno a la muerte de su esposa, y el temor a socavarlo por parte del servicio.

—Se llama doctor Pearson y vive en Reigate.

—¿Acaso no hay médicos en Dorking?

—Sí, el viejo doctor Milton, pero sir Andrew consideró que el doctor Pearson era mejor médico. Antes tenía la consulta en Londres, pero tuvo que mudarse al campo por los pulmones.

—¿El doctor Pearson aún visita a Emily?

—No. Sir Andrew no permitió que volviera más. No sé más al respecto.

Charlotte ya tenía suficiente.

—Está bien, Nora. Te dejo tranquila. Si le ocurriera algo a Emily, por favor despiértame de inmediato.

—Sí, señorita.

—Y otra cosa: el señor Ashdown solo busca el bienestar de Emily. Todos debemos brindarle nuestro apoyo.

Con esas palabras, salió y cerró la puerta discretamente.

En su habitación, permaneció leyendo un rato y luego se acostó, aunque tenía la sospecha de que esa noche no iba a descansar bien. Recordó el ambiente tenso durante la cena y se preguntó de qué habrían hablado los hombres en la biblioteca. Tenía la impresión de que sir Andrew lamentaba haber invitado a la casa al señor Ashdown. Quería conservar su reputación y no poner en peligro su carrera política. ¿Acaso eso era más importante para él que devolver la paz interior a su hija?

Se levantó y anotó lo que había averiguado por Nora. Esa historia del doctor era extraña. Ella no tenía modo de viajar hasta Reigate sin llamar la atención. El señor Ashdown iba a tener que encargarse de eso.

En algún momento se le cerraron los ojos y solo se despertó cuando oyó un ruido en la escalera. Charlotte saltó a toda prisa de la cama, se envolvió en un mantón, encendió una lámpara y aguzó el oído contra la puerta. ¿Eso eran pasos?

En esta ocasión, no sintió ningún miedo paralizante. Bajó con cuidado el picaporte y miró el descansillo oscuro de la escalera. Nada. Descendió sigilosamente por la escalera hasta atisbar la puerta que daba al pasillo y por la que ahora se colaba un hilo de luz vertical. Estaba segura de que antes la había dejado bien cerrada. En la torre todo estaba en silencio.

Charlotte se apresuró hacia la habitación de Emily y miró en su interior. La luz de la luna atravesaba la ventana abierta y ante ese rectángulo iluminado se dibujaba una pequeña figura. Emily estaba absolutamente inmóvil ahí delante y contemplaba el jardín.

Charlotte pensó a toda prisa. Sir Andrew le había dicho que lo despertara primero, pero no había tiempo para eso. Se apresuró hacia el cuarto de invitados y llamó a la puerta. El señor Ashdown contestó de inmediato, como si todavía no se hubiese acostado.

—Soy Charlotte Pauly. Venga rápido. Y no haga ruido.

Lo esperó abajo, junto a la escalera. Él bajó en camisa y con el chaleco desabrochado y la miró expectante.

—Está junto a la ventana, mirando afuera, inmóvil. No me he atrevido a acercarme. Sir Andrew...

Él rechazó esa observación con un gesto de la mano.

—Venga conmigo.

Se acercaron sigilosamente a la puerta del dormitorio de Emily, que Charlotte había dejado entreabierta. La niña seguía aún junto a la ventana.

El señor Ashdown se posó un dedo sobre los labios y agarró a Charlotte del brazo para que no siguiera acercándose y asustara a Emily.

—¡Estás muy lejos! ¡Ven aquí! ¡Ven, mamá!

Se miraron entre sí. El señor Ashdown volvió a llevarse el dedo a los labios y dio un paso cauteloso dentro de la habitación. Siguió avanzando con sigilo. Cuando ya se encontraba a la altura de la cama, Nora entró de sopetón, apartó a Emily de la ventana y gritó:

—¡Aléjate de aquí! ¡Es peligroso!

Cerró la ventana con una mano, abrazó con la otra a Emily y se volvió hacia Charlotte y el señor Ashdown.

—¿Por qué han dejado que permaneciera de pie junto a la ventana? Habría podido caer...

—No ha hecho ningún ademán de moverse —objetó Charlotte—. Además, a los sonámbulos no se los debe despertar.

Levantó cuidadosamente a Emily del suelo y la acostó; luego tapó a la pequeña con una manta y arrastró a Nora al pasillo con fuerza.

En ese instante sir Andrew subía por la escalera mientras se anudaba la bata.

—¿Qué ocurre?

Antes de que Charlotte pudiera decir algo, el señor Ashdown intervino en tono conciliador:

—He oído algo y me he tomado la libertad de venir a ver. Fräulein Pauly iba a avisarle ahora mismo ya que la señorita Emily ha caminado dormida.

Charlotte sintió una oleada de agradecimiento.

—Volvía a estar junto a la ventana y soñaba con su madre. La hemos acostado y ahora está completamente tranquila.

—Muy bien. —Sir Andrew los miró a todos, uno por uno—. En tal caso podríamos volver a la cama y disfrutar del merecido descanso nocturno.

Cuando él hubo bajado, Charlotte envió a Nora a su cuarto.

—La próxima vez, no la asustes así. Puede ser peligroso.

—Sí, señorita —musitó la niñera.

En cuanto Nora hubo cerrado la puerta tras de sí, Charlotte y el señor Ashdown se encontraron solos en el pasillo. Ninguno se movió. Charlotte bajó la mirada al suelo. Cuando la alzó, se topó con la mirada pensativa del señor Ashdown.

28

La farmacia de Reigate era el primer objetivo de Tom Ashdown. El farmacéutico, un hombre enjuto y de cabello oscuro, examinó detenidamente el frasco que Tom sostenía en la mano, luego lo miró por encima de sus gafas en forma de media luna.

—En efecto, caballero. Es mío. Tartrato de antimonio y potasio, un remedio excelente que debe utilizarse con precaución.

A Tom le hubiera gustado preguntarle si alguien de Chalk Hill lo había comprado, pero no quería dar pie a habladurías. Por eso, se limitó a informarse sobre cómo ir a la consulta del doctor Pearson.

—¡Este maldito tiempo! —comentó el farmacéutico mirando la calle con expresión sombría—. Espero que no tenga usted nada en los pulmones.

Tom se preguntó divertido si acaso su aspecto era tan lamentable, o si lo único que quería el farmacéutico era entablar una conversación cortés.

—No, no. Si fuera usted tan amable... Llevo algo de prisa.

El farmacéutico hizo un gesto hacia la ventana y le indicó una calle mojada por la lluvia.

—Baje a la derecha por High Street y luego gire a la derecha en el siguiente cruce. Suba por la colina y luego doble a la izquierda en la tercera calle. Es una casa roja con un letrero de latón en la puerta. No tiene pérdida.

Tom le dio las gracias y se marchó de la farmacia. Observó cómo el propietario repasaba los caramelos para la tos y las cajitas de ungüento para el pecho que, en sintonía con esa época del año, exhibía en el mostrador. A la vista de ese tiempo tan desapacible, sin duda contaba con tener buena clientela.

El paraguas no servía de gran cosa para la lluvia que le caía por todas partes. Tom se maldijo para sus adentros por no haber tomado un coche, sino el tren, para ir a Reigate. En cuanto la señorita Pauly le contó que sir Andrew no había permitido que el médico volviera a su casa, había partido de inmediato.

Poco a poco le iba tomando gusto a ese encargo, que se estaba desarrollando de un modo completamente distinto al que había esperado después de sus experiencias con Henry Sidgwick. De hecho, su labor se asemejaba más a la de un detective, aunque la pequeña Emily parecía poseída por algo que él aún no alcanzaba a explicar. Era plausible suponer una enfermedad mental, una idea atroz siendo la niña tan pequeña, pero, aun así, había cosas que no acababan de encajar en esa teoría. Por la tarde tenían la intención de ir a visitar al reverendo y a su esposa y Tom esperaba descubrir más cosas ahí.

Para él, la velada anterior había sido muy curiosa. Se daba cuenta de que sir Andrew tenía ciertas reservas ante él, aunque todavía no veía por qué pues, a fin de cuentas, era él quien se había dirigido a la Sociedad.

Fräulein Pauly le había hablado de la vehemencia con que sir Andrew había reaccionado a su pregunta sobre el médico. Al hacerlo, ella se había mostrado un poco retraída, como si se sintiera dividida entre la lealtad hacia su patrón y las ganas de descubrir el secreto de Emily. Había muchos tabúes en esa familia y, de hecho, no había nada que a él le gustara más que hablar de cosas sobre las que se le prohibía hablar.

Salió de sus cavilaciones de sopetón: sus zapatos acababan de ceder ante ese diluvio. No podía hacer otra cosa más que desear que la consulta del doctor Pearson estuviera bien caldeada. De lo contrario, necesitaría de los servicios del farmacéutico.

Tom solo tuvo que aguardar unos minutos, que aprovechó para calentarse con el fuego de la chimenea de la sala de estar. El doctor Pearson, a quien calculó entrado en los cincuenta, era un hombre delgado, de pelo gris y rasgos marcados. Se había sentado frente a él y lo miraba con un interés educado.

—¿Qué puedo hacer por usted, señor Ashdown? Supongo que es usted nuevo en la ciudad.

Tom respondió sin rodeos.

—Soy de Londres y me gustaría hablar con usted sobre Emily Clayworth.

El doctor Pearson enarcó las cejas con asombro. Su mirada era tan intensa como marcados eran sus rasgos.

—¿Emily Clayworth?

—Sí. ¿Fue paciente suya?

El médico asintió.

—Así es.

—¿Puedo saber desde cuándo la familia ya no requiere de sus servicios?

—Desde luego.

El doctor Pearson abrió un fichero de madera y, tras rebuscar un poco, sacó una ficha.

—Desde el día 29 de noviembre de 1889. —Volvió a guardar la ficha y cerró la tapa antes de mirar a Tom—. Me imagino que ya sabe que no puedo compartir con usted ninguna información de mis pacientes. Me lo impide el secreto profesional.

—Soy consciente de ello. —Tom respondió a la mirada del médico, hasta que advirtió cierto punto de impaciencia.

—¿Me permite saber qué relación guarda usted con la pequeña?

—Soy periodista, pero no se preocupe. No he acudido a usted en calidad de ello. —Consideró cuánto podía desvelar para conseguir alguna cosa de aquel hombre tan reservado.

—¿Emily vuelve a estar enferma?

—No estoy seguro —respondió Tom. Cuanto menos dijera, más hablaría su interlocutor.

—¿La ha visitado ya algún médico?

—No. No es una enfermedad normal, doctor Pearson. Nada que pueda curarse con compresas, gotas ni pomadas. Esta vez, parece que es su mente la que no anda bien.

El médico apartó rápidamente la mirada, pero Tom ya había reparado en su expresión de espanto.

—¿Su mente? ¿Se refiere usted a una enfermedad psíquica?

—De hecho, ve espíritus.

Tom dirigió una mirada desafiante al doctor Pearson. El médico sonrió con un ademán burlón.

—¿Está usted de broma? O es un chiste de muy mal gusto, o es usted uno de esos espiritistas que yo, como científico, no puedo tomarme en serio.

—¿Y si le dijera que ni una cosa ni la otra? Puede que mi observación no haya sido muy oportuna, pero no era mi intención. Soy miembro de un grupo a quienes la investigación científica de ciertos fenómenos...

El doctor Pearson lo acalló con un gesto de la mano.

—¿Se refiere usted a la Sociedad para la investigación psíquica?

—Sí.

El médico vaciló.

—Bueno, es un asunto delicado. Conozco a Lodge de mis tiempos en Londres. Un hombre decente, de mente preclara. De todos modos, no acabo de ver qué interés puede tener esa sociedad en la pequeña Emily Clayworth.

—Bueno, ella afirma estar en relación con su madre fallecida. Eso preocupa al padre, que solicitó consejo al profesor Sidgwick.

El médico tomó una pipa de un cenicero de latón, le dio unos golpecitos con cuidado y la rellenó de tabaco en silencio. Luego la encendió cuidadosamente y le dio una calada antes de volver a mirar a Tom.

—¿Y se supone que usted debe averiguar si de verdad a la niña la visita el espíritu de su madre fallecida? Inaudito.

Más que enojo, sus palabras estaban llenas de aflicción.

—Me gustaría rogarle que considere este asunto totalmente confidencial, a pesar de que no se trate de una consulta médica —dijo Tom—. Sir Andrew desea evitar que su buen nombre o el de su hija se vean afectados. Sé que no puede contarme nada sobre el historial médico de Emily, pero me gustaría rogarle que me responda algunas preguntas acerca de su madre. Me han dicho que se ocupaba de un modo inusualmente intenso de su hija, mucho más de lo habitual entre las damas de su posición.

Se dio cuenta de que la mirada del médico se ensombrecía y recordó las palabras de la niñera. «Sir Andrew no permitió que volviera más». ¿Qué papel había desempeñado en todo aquello lady Ellen?

—En efecto —dijo el doctor Pearson con voz ronca—. Prácticamente nunca se apartaba del lado de Emily. La niñera apenas tenía nada que hacer porque la madre asumió casi todas las tareas de educación y cuidados de salud.

—¿Le parecía extraño que lady Ellen se volcara de este modo en sus obligaciones como madre?

El doctor Pearson exhaló el humo de la pipa, pensativo.

—Cierto, no era lo habitual. Pero eso precisamente estaba muy bien visto en la comunidad y la cantidad de pésames a su muerte fue increíblemente elevada.

—¿Conoce usted a Tilly Burke?

—¿Esa mujer de Mickleham que anda mal de la cabeza? ¿La que había trabajado antes para lady Ellen? He oído hablar de ella. Por lo que sé, lady Ellen la iba a visitar de vez en cuando y se llevaba también a la niña. Sentía un gran afecto por ella, tal vez por eso contrató también a su nieta para la casa. Según me contó sir Andrew en una ocasión, a él esas visitas no le hacían ninguna gracia, pero su esposa no quería renunciar.

Se interrumpió de golpe, como si lamentara la franqueza de sus palabras.

—¿Puedo preguntarle por qué no siguió usted tratando a Emily? —dijo Tom entonces de improviso.

El médico apuntó hacia él la boquilla de la pipa como si de un arma se tratase.

—Señor Ashdown, mis servicios dejaron de ser necesarios. Ni puedo ni quiero decir nada más al respecto.

—En ese caso, le agradezco de corazón esta entrevista. —Tom se levantó, hizo un amago de inclinación y se encaminó hacia la puerta.

—¿Cree usted en espíritus?

Él se dio la vuelta. El médico lo miraba de un modo extraño.

—Por naturaleza, yo soy agnóstico, doctor Pearson. Si alguien me proporciona pruebas claras e indiscutibles de la existencia de Dios, los fenómenos sobrenaturales y la capacidad de transformar el agua en vino, creeré. De lo contrario, no. Que tenga un buen día.

Después de cerrar tras de sí la puerta del despacho, avanzó lentamente por el pasillo. Había algo en las palabras del médico. Algo importante. Algo que le corroía, y sabía que no descansaría hasta...

Entonces le vino a la cabeza; se dio la vuelta de repente y llamó a la puerta de la que acababa de salir.

—Adelante.

—Disculpe que le vuelva a molestar. Antes ha dicho que la nieta de Tilly Burke trabaja en Chalk Hill.

—Sí. Es la niñera de Emily Clayworth.

—Nora, tengo que hablar contigo —dijo Charlotte. Su mirada no permitía objeciones. Desde que el señor Ashdown le había dado la noticia, bullía por dentro y solo con un gran esfuerzo no se echó a gritar—. Por favor —añadió volviéndose hacia Emily—, vete al cuarto. Puedes llevarte los deberes.

En cuanto la niña se hubo marchado con una mirada de curiosidad hacia las dos mujeres, Charlotte se cruzó los brazos.

—¿Por qué no me dijiste que Tilly Burke es tu abuela?

—No lo preguntó, señorita. —La respuesta era sorprendentemente astuta.

—Pero te pregunté si la conocías.

—Y no lo negué.

Charlotte notó cómo la rabia le trepaba por el cuerpo. A nadie le había parecido necesario hablarle de ello: la señora Evans, Wilkins, sir Andrew, los Morton. Al señor Ashdown, en cambio, le había parecido que era una cuestión absolutamente digna de mención; se había apeado de un salto del coche de caballos, con el cabello despeinado y el rostro sofocado, para contárselo.

—Sabías que Tilly Burke me había contado unas cosas muy extrañas. Desde luego tu parentesco con ella tiene un gran interés para mí.

—En ese caso, mis disculpas. —Nora bajó la mirada en un ademán de vergüenza, pero Charlotte no estaba convencida. Lady Ellen, Nora, Tilly..., notó que las tres mujeres estaban relacionadas por algo.

—Bueno, veo que no quieres hablar de ello. Te puedes retirar. —Reparó en la mirada de sorpresa de Nora y añadió de inmediato—: Me estoy planteando muy seriamente si Emily no será ya demasiado mayor para tener niñera.

En cuanto hubo pronunciado esas palabras, y después de que la muchacha hubiera abandonado la estancia cabizbaja, Charlotte se sintió avergonzada. Nora tenía muy pocas luces; no debería haberse permitido amenazarla de un modo tan manido. Tal vez su parentesco con esa vieja loca le resultara incómodo y por eso no lo había mencionado.

Charlotte se acercó a la ventana con un suspiro; se sentía enfadada consigo misma. La rabia que había desencadenado en ella la noticia del señor Ashdown había sido beneficiosa, le había dado alas. Por fin se rasgaba la red tejida en torno a Chalk Hill, por fin podía romper una piedra del muro que rodeaba a Emily Clayworth. Pero ¿por qué sentía remordimientos al pensar en Nora?

Tomó aire, cerró los ojos y se concentró en Emily, que necesitaba ser rescatada, ya fuera de espíritus o del doloroso recuerdo de su madre. Rememoró las ocasiones en que habían reído juntas, vio a Emily mostrándole el lugar y los conejitos del jardín del párroco. Charlotte no se debía a nadie, solo a la niña.

Por la tarde Wilkins condujo a Tom, Charlotte y Emily a Mickleham.

—Cuando el tiempo acompaña, se puede ir a pie —explicó Charlotte—. Es un paseo muy agradable.

—¿Podremos hacerlo alguna vez en primavera, fräulein Pauly? —preguntó Emily que, ante la perspectiva de ver a los conejitos, parecía más contenta que en los días anteriores.

—Por supuesto, Emily.

—Lástima que entonces el señor Ashdown no pueda venir.

Tom sonrió.

—Tal vez regrese expresamente en primavera. No está muy lejos de Londres. En el hotel me han dicho que Box Hill es un lugar muy bonito para hacer una excursión.

—Fräulein Pauly y yo también queremos hacerla. Venga para dos días; así podremos pasear hasta Mickleham y también tomar un pícnic en Box Hill.

—Para mí será un gran placer.

Charlotte deseó que ese instante, ese breve momento de alegría despreocupada, durara para siempre. El señor Ashdown y ella se entendían muy bien, como si se conocieran desde siempre; tuvo que volverse a mirar por la ventana de la calesa para ocultar su rubor repentino.

Wilkins se detuvo delante de la casa del párroco.

—Mi hermano vive cerca. Si les parece bien, iré a visitarlo y regresaré dentro de dos horas.

—Vaya tranquilo, Wilkins.

Tom ayudó a bajar a Charlotte y a Emily, abrió su paraguas y dirigió una mirada de disgusto hacia el cielo.

—Me hacía ilusión poder dar un pequeño paseo por el pueblo.

Charlotte lo miró con curiosidad, pero, antes de que ella pudiera decir nada, la puerta de la casa se abrió y bajo el tejadillo asomó la encantadora señora Morton.

—¡Pasen, rápido! ¡Qué mal tiempo! ¡Qué bien que, a pesar del camino, hayan venido a visitarnos!

El señor Ashdown se presentó. El párroco asomó precipitadamente en mangas de camisa para saludarle amablemente.

—Discúlpenme. He tenido que cambiarme la ropa. He ido a visitar a un enfermo. Un desafortunado accidente.

Se puso el chaleco y se lo abotonó cuidadosamente antes de estrechar la mano de todos.

—Emily, los conejitos te están aguardando. Espero que les hayas traído algo bueno de comer.

La niña le mostró sonriente una cesta de zanahorias.

—Fantástico. ¿Esperamos a que deje de llover, o...?

—Por favor, señor Morton, por favor, fräulein Pauly, ¿puedo ir ya?

Charlotte asintió.

—Pero no te quites ni el abrigo ni el sombrero, y llévate el paraguas del señor Ashdown.

—Y al señor Ashdown también —dijo Tom. Saludó a las damas con un ademán de cabeza—. Me despido para inspeccionar de cerca los animalitos por los que esta joven señorita siente tanto afecto.

La señora Morton acompañó a Charlotte a la sala de estar y le ofreció asiento. En la sala del comedor contigua, la mesa para el té ya estaba preparada.

—¡Qué caballero tan encantador! —comentó—. ¿Un conocido de sir Andrew?

—Sí, un periodista de Londres. Escribe para el *Times*.

—Qué interesante. Bueno, espero que usted ya se haya adaptado a la vida en Chalk Hill.

Charlotte le habló de sus paseos por el bosque y de su encuentro con el guardabosques de Norbury Park.

—Sí, merece la pena ver Druid's Grove, aunque es algo siniestro para mi gusto, sobre todo en otoño e invierno. Puede que sea por ese nombre tan poco cristiano que tiene —añadió la mujer del párroco con una sonrisa.

Después de hablar de eso y aquello, Charlotte le preguntó con disimulo:

—¿Sabía usted que la niñera de Emily es la nieta de la anciana Tilly Burke?

La señora Morton la miró con una sonrisa.

—Por supuesto. Es una muchacha encantadora que, por suerte, no se parece en nada a su abuela. Bueno, ya sabe, en lo tocante a la salud. —La mujer del párroco era una persona absolutamente juiciosa. Charlotte se preguntó de nuevo si tal vez estaba dando importancia a cosas que en realidad no la tenían.

Durante la charla que siguió Charlotte se esforzó por mantener el interés en la conversación, pero su pensamiento no dejaba de errar de un lado a otro.

Entonces Emily se presentó con un conejito en el brazo.

—Fräulein Pauly, esta es Molly. El reverendo me ha dado permiso para enseñársela.

Charlotte acarició la piel suave del animal, que se mantenía agazapado en el pliegue del codo de Emily. Despedía un agradable olor a heno y a hierba fresca.

—¿Qué le han parecido al señor Ashdown los conejos?

—Le han parecido muy bonitos. Me ha pedido que les diga que antes de tomar el té saldrá a dar un breve paseo por el pueblo y a visitar la iglesia.

Charlotte disimuló su asombro y se prestó a devolver el conejo a la jaula con Emily y ver a Holly, Polly y Jolly, que aguardaban el regreso de su hermanita con el reverendo.

—Parece que el señor Ashdown se interesa por las iglesias —dijo el señor Morton—. Le he contado que St. Michael and All Angels es de origen normando y que hace unos cincuenta años fue sometida a unas obras de mejora. —Por su tono de voz él no aprobaba en absoluto esas supuestas mejoras—. Me he ofrecido a guiarle por la iglesia si se da la ocasión, pero me ha dicho que de momento solo quería echarle un vistazo. Regresará a la hora del té, querida —añadió volviéndose a su esposa.

El supuesto interés del señor Ashdown por la arquitectura religiosa sorprendió a Charlotte hasta que cayó en la cuenta de que posiblemente solo había sido una excusa para dar una vuelta a solas por el pueblo.

Un cuarto de hora más tarde, la doncella lo hizo entrar. Se inclinó ligeramente ante la señora Morton.

—Disculpe, pero no podía marcharme de aquí sin echar un vistazo a su iglesia. La forma de la torre es extremadamente rara.

Mientras se acomodaban en torno a la mesa del té, el reverendo señaló su satisfacción por el hecho de que al menos la torre conservara su forma original.

—Vándalos, ya le digo. Vándalos. Sin respeto ninguno por la grandeza de la Edad Media.

Durante el té charlaron muy animadamente, a lo cual contribuyó en gran parte el señor Ashdown. Contó anécdotas inocentes sobre Londres, apropiadas para la casa de un párroco y la presencia de una niña. Cosechó grandes carcajadas al hablarles de una obra de teatro en la que se había querido representar un naufragio de un modo especialmente realista, pero que, al no haber manejado bien la masa de agua, esta se había derramado por el foso de la orquesta, y todos los instrumentos, incluso los del tamaño de un contrabajo, se habían quedado flotando.

—¿De verdad? —exclamó Emily entusiasmada.

—Yo estuve ahí. Por suerte, en un palco. En cambio, los zapatos de los espectadores de las primeras filas quedaron destrozados.

Charlotte lo contempló sonriendo. Era un narrador nato.

Después del té se despidieron de los Morton y les agradecieron aquella invitación tan agradable.

—En particular la felicito por ese bizcocho de limón —dijo él entusiasmado—. Mi enhorabuena a la cocinera.

—Lo he hecho yo misma —respondió la señora Morton satisfecha—. Es una receta de mi querida madre.

—Un legado extraordinario, señora Morton.

Wilkins aguardaba fuera con la calesa. Durante el camino, Charlotte notó que el señor Ashdown la miraba, pero no le dijo nada. En cuanto se detuvieron delante de la casa, la ayudó a salir del coche y le posó suavemente la mano en el brazo.

—Me gustaría poder hablar con usted. A solas.

Charlotte envió a Emily al piso de arriba con Nora y se reunió con él en el comedor.

—Como ya habrá imaginado, mi interés principal no se ha centrado en la iglesia normanda.

—Tilly Burke.

—Exacto.

—¿Se la ha encontrado?

Él tomó asiento, cruzó las piernas, sacó la pipa y preguntó:

—¿Me permite?

En cuanto ella asintió, él empezó a rellenar la pipa.

—Tenía usted razón. Sus palabras son una mezcla fabulosa de locura y realidad. —Sacó un papelito del bolsillo de su chaleco—. La he abordado en el jardín y le he preguntado si conocía a la familia Clayworth. Cito: «Las aguas están subiendo. Ella tiene que estar con su hija. ¿Por qué Emily ya no viene a visitarme?».

Charlotte asintió pensativa.

—¿Qué va a hacer usted ahora?

Él contempló la nota y se pasó la mano por el pelo de forma que se le levantó.

—No lo sé. Si Emily fuera adulta, procedería de un modo totalmente distinto. Podría ir al bosque con ella y ver el río, enfrentarla a los recuerdos de su madre y provocar un incidente como el de la noche pasada. Pero es una niña. Tenemos que ser prudentes y no perjudicarla.

Charlotte se sentó frente a él y apoyó la cabeza entre las manos.

—No se me quita de la cabeza. ¿Por qué Nora chilló a Emily de esa manera al verla junto a la ventana? El susto la habría podido hacer caer. Seguro que lo sabía. Pero ahora Nora se ha cerrado en banda y no quiere hablar conmigo, menos aún después de haberle mencionado su parentesco con Tilly Burke.

—Desde luego es raro.

Él encendió la pipa con parsimonia. Charlotte se dio cuenta de que era incapaz de apartar la vista de sus dedos finos.

El señor Ashdown se levantó.

—Voy a regresar otra vez al hotel y me trasladaré aquí. En esta ocasión, escribiré los recientes acontecimientos. A veces las cosas se vuelven más claras cuando se ven escritas. Y esta noche yo en persona montaré guardia junto a la habitación de Emily.

Cuando Tom entró en el hotel se sintió muy satisfecho del día, a pesar de las muchas preguntas que le rondaban por la cabeza. El viaje a Reigate y la visita a Mickleham no habían sido en vano.

En recepción le entregaron una carta de Sarah Hoskins, que él se llevó a su habitación. Atizó el fuego de la chimenea y arrojó su abrigo sobre una silla. Luego se aflojó la corbata, se desabrochó el chaleco, se sentó junto a la mesa, preparó papel y lápiz y abrió la carta.

Oxford, noviembre de 1890

Querido Tom:

Espero que disculpes que en esta ocasión sea yo, y no John, quien te escriba, pero él está muy ocupado con su trabajo y me pide que te haga llegar sus saludos más cordiales. Después de haber cumplido con esta petición, paso a centrarme en el motivo de estas líneas.

¿Dónde te has metido? Hace tiempo que no tenemos el placer de tu presencia y nos alegraría mucho que pudieras visitarnos después de Navidad.

Solo espero que nos tengas desatendidos porque andas ocupado en asuntos agradables. En cualquier caso, tus últimas reseñas han sido tan entretenidas y divertidas como de costumbre. Pero no quiero demorarme mucho rato en estos prolegómenos porque hay alguien más que también se interesa por tu bienestar.

Mi querida Emma me pregunta por ti cada vez que nos vemos o nos escribimos, lo cual, como sabes, ocurre con mucha frecuencia. Está recuperándose bien y en los últimos tiempos se ha apartado de todo cuanto tiene que ver con el espiritismo. Aunque entiendo perfectamente que tú sigas ocupándote de este tema, para mí es un alivio saber que su pensamiento se orienta poco a poco hacia el presente, el único tiempo que es realmente importante porque es en el que debemos vivir.

Por favor, no creas que pretendo entrometerme en tus asuntos o en los de ella, ni fomentar algo que únicamente os concierne a ambos. Es solo que me parece como si hubiera algo entre vosotros, una especie de vínculo o íntima armonía que me hace concebir esperanzas. A Emma aún le queda un largo camino, sin duda, más largo y más arduo que el tuyo. Con todo, te pediría una cosa. Si ella no te resulta indiferente por completo —algo que, a la vista de tu generosa ayuda con el asunto de Charles Belvoir, me cuesta mucho creer—, me alegraría poder darle la esperanza de una carta o un reencuentro en breve.

Querido Tom, espero no haber abusado con estas líneas de tu amistad, que yo aprecio tanto como mi querido John.

Atentamente,

Sarah

Tom se quedó sentado, contemplando la carta que sostenía en sus manos inmóviles y preguntándose por qué, de pronto, el día se había vuelto más oscuro.

29

Charlotte se disculpó de la cena con un pretexto, porque le disgustaba la atmósfera tensa entre sir Andrew y el señor Ashdown. Pidió que sirvieran la comida para ella y para Emily arriba.

La niña parecía tranquila, y dejó que le leyera un cuento mientras peinaba a su muñeca Pamela.

—No sabía que Tilly Burke fuera la abuela de Nora —dijo Charlotte como de paso, al cerrar el libro después de haber leído *Blancanieves*.

Emily movía los dedos con agilidad y solo respondió cuando tuvo el cabello de Pamela recogido con una bonita diadema.

—Parece de cuento.

—¿Qué quieres decir?

—Me recuerda a *Blancanieves*. Tilly Burke es como la madrastra malvada. Es una abuela mala.

Charlotte miró a la niña de reojo, con cuidado.

—¿Qué mal ha hecho?.

—Me da miedo. Dice cosas raras. Usted misma la oyó cuando nos la encontramos en el salón de té.

—Yo creo que está mal de la cabeza, pero que no es mala.

—Es lo mismo —replicó Emily con un tono inesperadamente vehemente—. Cuando alguien me da miedo, esa persona me parece mala.

—Será mejor que no digamos esas cosas delante de Nora. Se podría disgustar.

Emily reflexionó.

—De todos modos, ya no habla nunca de ella. No desde...

Se interrumpió.

Charlotte se levantó.

—Es hora de dormir. Sienta a Pamela en la estantería.

La niña negó con un gesto de cabeza, se acercó a la ventana con la muñeca y la apoyó de pie contra el cristal. Luego, se recogió el cabello en una trenza, se quitó las zapatillas y se encaramó a la cama. Al darse cuenta de la mirada de Charlotte explicó:

—Le gusta mirar el jardín.

—Muy bien, entonces, que lo disfrute. —Charlotte acarició el pelo a Emily y salió del dormitorio. Ya en el pasillo se detuvo pensativa y llamó a la puerta de la habitación de al lado.

—Adelante.

Nora estaba haciendo punto.

—Sí, señorita.

—Emily ya está acostada. Esta noche puedes dormir en tu cuarto. El señor Ashdown y yo vigilaremos para que no pase nada.

La decepción en la cara de Nora no le pasó desapercibida. La niñera tragó saliva, recogió los ovillos de lana a toda prisa y se levantó.

—Como quiera, señorita.

A continuación, pasó precipitadamente junto a Charlotte golpeándose el brazo contra el marco de la puerta y subió a toda prisa. Charlotte suspiró mientras se daba la vuelta y se dirigió hacia la sala de estudio, donde tenía la intención de quedarse hasta que el señor Ashdown la relevara.

Tom se alegró cuando la cena terminó y pudo retirarse. Por desgracia, la señorita Pauly no había asistido. Estaba habituado a las charlas animadas con sus amistades de Londres y Oxford, y la actitud encorsetada de sir Andrew le resultaba incómoda. Por fortuna, hablaron sobre botánica, un tema que apasionaba al diputado, quien le dio una charla profusa sobre la flora de la zona. Tom había escuchado atentamente por obligación, a pesar de que las plantas no eran precisamente uno de sus temas favoritos. De todos modos, cualquier cosa era mejor que un silencio incómodo.

Ahora ya podía centrarse en el motivo de su venida. Había acordado con la señorita Pauly que ella enviaría a Nora a dormir a su cuarto para que él pudiera montar guardia en la habitación que había junto al dormitorio de Emily. De ese modo, si ocurría algo, podría oírlo y también echar un vistazo al jardín.

Llamó a la puerta de la sala de estudio con una revista bajo el brazo y entró. La señorita Pauly levantó la mirada de su libro.

—Buenas noches, señor Ashdown. Emily está muy tranquila. De todos modos... —La sonrisa se le borró del rostro cuando le habló de la muñeca junto a la ventana—. Tal vez, si me permite decirlo, veo fantasmas donde no los hay, pero ha sido realmente raro, como si la muñeca tuviera que montar guardia ahí...

Él dejó la revista sobre una mesa y se apoyó en la puerta.

—Tranquila, estaré ojo avizor. Le he pedido a la doncella que me traiga una jarra de café y me he provisto de algo de lectura para pasar el tiempo.

Charlotte echó un vistazo a la publicación.

—¿La *Lippincott's Magazine*?

—Sí, del julio pasado. Publicaron una escandalosa novela de Oscar Wilde. Por suerte logré hacerme con el ejemplar de la revista antes de que la retiraran de las librerías de la estación.

—¿Retiraran?

—Por indecente —repuso él sin inmutarse—. Y eso que antes de publicarse la obra ya había sido censurada a fondo.

Charlotte recordó la observación que él había hecho sobre los travestidos y la indignación moral de sir Andrew y sonrió para sí.

—Disculpe si me tomo demasiadas libertades.

—No se preocupe, no soy tan delicada como mi patrón parece creer —repuso ella divertida—. ¿Me contará mañana qué le ha parecido?

Él asintió.

—Será un placer. Ahora ya puede retirarse. Si detecto algo desacostumbrado, me permitiré la osadía de comunicárselo.

—Hágalo, señor Ashdown. Voy a estar despierta un rato más, pero luego también puede despertarme.

Abandonaron juntos la sala de estudio. En el pasillo, ella se dirigió a la izquierda y él, a la derecha. En cuanto Charlotte alcanzó la puerta que llevaba a la torre, se dio la vuelta, pero él ya había desaparecido.

Muy a su pesar Charlotte se había dormido en la butaca. Sin saber aún lo que la había despertado, al momento se sintió completamente despierta y miró en torno al dormitorio. Entonces oyó los pasos.

Abrió la puerta antes incluso de que el señor Ashdown hubiera llamado.

—¿Qué ocurre?

—He oído algo en el jardín. Vaya usted a ver cómo está Emily. Yo miraré fuera.

Antes de que Charlotte pudiera decir algo, él ya se había dado la vuelta y solo se oían sus pasos en la escalera.

Charlotte se envolvió los hombros en un mantón y se apresuró tras él. Emily dormía en su cama, pero tenía la ventana abierta. Cuando Charlotte la fue a cerrar, oyó un ruido. Había alguien corriendo por el jardín; a continuación se oyó cómo cerraba de golpe el portón del muro.

Cuando se dio la vuelta, chocó con el pie contra algo. Charlotte se inclinó hacia el suelo y descubrió con horror que se había roto un trozo de la hermosa cabeza de porcelana de Pamela. Le faltaba la mitad de la cara.

Recogió la muñeca y la metió en un cajón de la cómoda para evitar a Emily esa visión desagradable.

Luego se acercó a la cama y contempló a la pequeña, que estaba tranquilamente recostada sobre un lado, con una mano bajo la mejilla y su cabello largo recogido en una trenza. ¿En qué pensaba cuando se levantaba de la cama y buscaba a su madre desde la ventana? ¿Qué imágenes tenía en la mente en esos instantes? Charlotte sintió frío y sacó una manta del armario, se envolvió en ella y se sentó en una butaca. Se propuso esperar allí al señor Ashdown.

Inquieta, se preguntó qué podía estar ocurriendo ahí fuera en la oscuridad. ¿Había habido alguien realmente en el jardín? Aguzó el oído, pero en la casa reinaba el silencio más absoluto. Se preguntó si debía despertar a sir Andrew. Optó por no hacerlo. Mientras ella no averiguara alguna otra cosa, era mejor dejarlo dormir. Emily estaba bien, y eso era lo importante.

Los minutos iban pasando y empezó a sentir una preocupación sorda. ¿Dónde estaba el señor Ashdown? ¿Había cogido una linterna? Sin luz, no podría orientarse bien en el bosque. Lo sabía por experiencia. Reclinó la cabeza sobre una mano e intentó entretenerse durante la espera, pero sin dejar de aguzar el oído. Todo estaba absolutamente en silencio.

En un momento dado oyó un ruido en la planta de abajo. Abandonó el dormitorio a toda prisa y se quedó quieta en la escalera. Alguien había entrado en el vestíbulo. Charlotte se envolvió con el mantón y bajó con todo sigilo.

Bajo la luz de las lámparas de la pared vio una silueta recortada en el rectángulo oscuro de la puerta abierta.

—¿Quién anda ahí? —Su propia voz le pareció extraña.

—Soy yo.

Cuando la luz lo iluminó, se dio cuenta de que se agarraba el brazo izquierdo. Él dio un paso hacia ella, pero las rodillas le cedieron y Charlotte consiguió atraparlo en el último instante.

—¿Despierto a sir Andrew? —preguntó la señora Evans. Charlotte negó con la cabeza.

—Primero nos ocuparemos del señor Ashdown. —Lo había sentado en la escalera para que él pudiera reclinarse en los balaustres de la barandilla antes de pedir ayuda al ama de llaves. Luego las dos mujeres lo habían llevado hasta la sala de estar, donde la señora Evans se apresuró a colocar una tela sobre el sofá para protegerlo de las manchas de sangre.

—¿Qué va a necesitar? —preguntó al ver que Charlotte se había hecho con el mando de la situación.

—Agua caliente, paños, algo para un vendaje —dijo de forma escueta—. Una tijera.

En cuanto la señora Evans hubo desaparecido, ella se inclinó sobre el sofá para quitarle la levita al señor Ashdown. Por suerte, no llevaba abrigo: ya fue bastante difícil quitarle esa prenda. Aunque lo movió con el máximo cuidado, le oyó resoplar de dolor.

Arrojó la levita sobre una silla, y entonces reparó en que él tenía el hombro izquierdo de la camisa empapado de sangre. La señora Evans llegó con todo lo que necesitaba y lo dejó sobre la mesa antes de recoger el chaleco. Charlotte desabrochó la camisa con cuidado.

Cuando la señora Evans vio la herida, preguntó con espanto:

—¿Cómo ha pasado?

—No lo sé. El señor Ashdown me despertó porque Emily volvía a estar junto a la ventana. Le pareció haber visto a alguien fuera y salió corriendo hacia el bosque. Yo me quedé con Emily hasta que oí un ruido y me lo encontré así en el vestíbulo.

—Sir Andrew. Debería...

—Espere a que termine para avisarlo —la interrumpió Charlotte—. Y acérqueme el brandy.

Deslizó la camisa por encima del hombro y a lo largo del brazo con gestos muy tranquilos.

—Pídale a Nora que vaya a hacer compañía a Emily, que no esté sola.

Empapó un paño en agua caliente y empezó a limpiar la herida. El señor Ashdown gimió y abrió los ojos.

—Por favor, manténgase tumbado y quieto hasta que le haya vendado.

—Tengo que contarle lo ocurrido —dijo él con esfuerzo.

Entretanto, el agua de la jofaina se había teñido de rojo, pero la herida no dejaba de sangrar. Parecía una herida de cuchillo, profunda, de unos cinco centímetros de longitud, casi debajo del hombro.

Charlotte sopesó la posibilidad de enviar a Wilkins a por un médico, pero el señor Ashdown pareció adivinarle el pensamiento y le agarró el brazo con la mano derecha.

—Escúcheme.

—Solo si permanece tumbado y quieto.

—Vale.

Cerró los ojos para coger fuerzas.

—Oí un ruido en el dormitorio de Emily y entré. Ella estaba junto a la ventana abierta y hablaba con alguien que no pude ver. No estaba seguro de si ella estaba despierta o no, así que la llevé a la cama, donde se volvió sobre un costado y siguió durmiendo. Luego fui inmediatamente a buscarla a usted.

Él se estremeció cuando Charlotte le apretó un rollo de venda contra la herida.

—¿Podría mantener el brazo un poco más alejado del cuerpo? Así. Gracias. —Pasó varias veces la venda en torno al cuello y por debajo de la axila hasta que quedó firme.

—Va a tener que llevar el brazo en cabestrillo unos cuantos días.

Él asintió.

—Rodeé corriendo la casa hasta el jardín. Como usted me había mostrado el portón del muro, me dirigí hacia ahí. Por desgracia, con las prisas no había cogido la linterna y me fie de la luz de la luna, que me abandonó en cuanto entré en el bosque.

—Incluso de día el bosque es bastante siniestro —dijo Charlotte sin pensar.

—No tuve tiempo de asustarme —repuso el señor Ashdown con una sonrisa débil—. Apenas crucé la puerta, alguien se me abalanzó y me atacó. Seguramente esa persona estaba escondida detrás del muro, o de un árbol. No puedo decir nada más. Todo fue muy rápido. Sentí un dolor intenso debajo el hombro y solo oí a esa persona marchándose a toda prisa. Es alguien que conoce muy bien el bosque.

—¿Y esa persona no dijo nada?

El señor Ashdown negó con la cabeza. Charlotte le sirvió una copa de brandy de la botella que la señora Evans le había traído y se la dio.

—Tómesela.

Ella lo sostuvo mientras él se incorporaba trabajosamente.

—¿Podría explicarme alguien qué está pasando aquí?

No habían oído llegar a sir Andrew. Detrás de él, Charlotte vio a la señora Evans que miraba con curiosidad desde el umbral de la puerta.

Charlotte se incorporó y notó molesta que se le había sonrojado el rostro.

—Discúlpeme, sir Andrew, me ha parecido preferible ocuparme antes de su invitado.

Él se pasó la mano por el pelo y se le acercó.

—Últimamente en esta casa por la noche ocurren cosas que escapan a todo entendimiento.

Ella lo miró de soslayo con actitud suplicante, pero él no se dejó engañar.

—Quisiera saber qué significa todo esto. ¿Y Emily? ¿Se ha percatado de este... incidente? En esta casa nunca nadie ha salido perjudicado. Espero que nada de esto trascienda.

El señor Ashdown informó brevemente de lo ocurrido. Tras oírlo sir Andrew se sentó en una butaca y dijo en tono conciliador:

—Disculpe la brusquedad de mis palabras. ¿Precisa usted asistencia médica?

Él negó con la cabeza.

—Creo que basta con que luego consulte a un médico. La señorita Pauly me ha atendido perfectamente.

—Bien. —Sir Andrew se frotó las manos. Su gran indignación ya se le había borrado del rostro—. Por desgracia, en una zona tan boscosa como esta, merodean malhechores y cazadores furtivos a quienes no los espanta entrar a robar en las casas, ni emplear la violencia. Lo siento mucho. Informaré al guardabosques de Norbury Park para que esté especialmente atento y haga una redada en el bosque con algunos hombres. Tal vez encontremos algún rastro de ese malhechor.

Charlotte se apercibió de una extraña expresión que asomó en el rostro del señor Ashdown y que desapareció muy rápidamente.

—Así pues, en su opinión, ¿se trata de un desconocido que deambulaba casualmente por el bosque y que se sintió amenazado por mí?

—¿Y quién, si no? —preguntó sir Andrew con asombro.

—Me pareció como si esa persona estuviera de pie junto al portón del jardín. Por eso fui corriendo hacia ahí.

Sir Andrew se levantó de un salto de su asiento.

—¿Acaso insinúa usted que la persona que le ha atacado y herido es la que hablaba con mi hija?

—Es la impresión que tuve —replicó el señor Ashdown con la voz agotada, pero firme.

Charlotte se mordió los labios. La tensión entre ambos era palpable.

—No puede usted hablar en serio. Le pedí que viniera para que viera si mi hija era objeto de fenómenos... paranormales, o como sea que ustedes los llamen. En vez de ello, usted hace afirmaciones disparatadas y se pone en peligro corriendo solo hacia el bosque en plena noche sin tomar las precauciones debidas...

—Sir Andrew. —El señor Ashdown se levantó con dificultad del sofá; cerró un momento los ojos antes de apoyarse en la mesa y levantarse de forma vacilante. Charlotte tuvo que contenerse para no intervenir—. Voy a acostarme. Si me sintiera en disposición, ahora mismo le libraría a usted de mi presencia, pero por desgracia habrá que esperar hasta mañana.

—¿Qué insinúa?

—Creo que usted lo sabe perfectamente. Yo no soy un criado a su sueldo a quien usted pueda venir a dar órdenes. He venido aquí voluntariamente y me marcharé también por mi propia voluntad cuando mi ayuda deje de ser bienvenida.

Charlotte observó que los nudillos de la mano con la que él se apoyaba a la mesa se le ponían blancos.

—Pero me gustaría añadir una cosa: estoy convencido de que su hija sufre, aunque aún no sé por qué. Y le aseguro que este misterio no se resolverá solo.

Luego dirigió una mirada interrogadora a Charlotte.

—Fräulein Pauly, sé que estoy en deuda con usted. Aun así, ¿sería tan amable de acompañarme hasta mi habitación? Buenas noches, sir Andrew.

Él se apoyó en ella y de este modo abandonaron la estancia, sin ni siquiera volver la vista hacia sir Andrew. A cada paso, aumentaba el peso sobre sus hombros, pero, aun así, Charlotte disimuló.

Subir la escalera fue un esfuerzo tremendo para él. Cuando se vieron delante de la puerta de su dormitorio, él se apoyó en la pared y cerró un instante los ojos. Entonces, miró a Charlotte con gran insistencia.

—¿Qué ocurre? —preguntó ella casi sin aliento.

—Hay algo que antes no he dicho.

Ella esperó sin decir nada.

—Creo que mi atacante es una mujer.

Charlotte subió a la torre agotada. En cuanto hubo cerrado la puerta se desplomó en la cama exhausta. Solo entonces reparó en la sangre que tenía en las manos; sin embargo, no se sintió con ánimos de levantarse y lavarse en la jofaina.

Había perdido la noción del tiempo desde que el señor Ashdown la había despertado. ¿Había pasado media hora? No. Tenía que ser más. Se sentó en una butaca junto a la ventana. Afuera, todavía estaba oscuro y en calma, nada se movía entre los árboles, cuyas siluetas se dibujaban vagamente contra el cielo.

Le dolía la cabeza y le resultaba difícil pensar con claridad. Antes se había mantenido tranquila y racional, había dado instrucciones a la señora Evans y no se había dejado amedrentar por sir Andrew. Ahora, cuando ya no era necesario contenerse, fue presa de un temblor que, al cabo de un rato, le sacudió todo el cuerpo. Apretó las manos contra la boca y cerró los ojos, pero ese temblor no parecía querer detenerse. ¿Qué estaba ocurriendo en esa casa? De buena gana habría empaquetado sus cosas y presentado su dimisión a sir Andrew antes del desayuno, pero ¿qué sería de Emily? Inspiró profundamente y se obligó a respirar con tranquilidad hasta que por fin el temblor remitió.

Charlotte estuvo aún un tiempo sentada con la cabeza gacha hasta que se recuperó y pudo levantarse y limpiarse. Sumergió despacio las manos en la jofaina y contempló cómo unos delicados velos de color rojo se iban extendiendo por el agua. En cuanto se hubo secado las manos, descubrió que también tenía el vestido manchado de sangre en el pecho, la falda y las mangas. Se lo quitó y lo dejó sobre una silla. Ojalá las doncellas pudieran retirar las manchas al día siguiente.

¿Qué tontería era esa?, se preguntó horrorizada. ¡Ella preocupándose por unas manchas en el vestido mientras alguien había intentado matar al señor Ashdown! La idea era terrorífica, pero no creía ni un minuto en esa teoría de sir Andrew de un maleante desconocido en el bosque. Esa persona lo había acechado justo detrás del portón, como si supiera que acudiría corriendo hasta allí. Luego se acordó de lo que había dicho: «Creo que mi atacante es una mujer».

Posiblemente no lo había afirmado delante de sir Andrew porque intuía que este lo habría rechazado con enojo, tachándolo de producto de su imaginación. Él ya había elaborado una historia que le permitía mantener a su familia a salvo. La de un desconocido que casualmente merodeaba por la zona, había querido entrar a robar en la casa y que al hacerlo se había visto contrariado. Sin embargo, incluso sin la observación del señor Ashdown, Charlotte ya se había figurado que nada de todo eso podía ser una casualidad, que el portón tenía una importancia igual de grande que el bosque, Tilly Burke, el río y los espíritus que, al parecer, lo rondaban.

30

Charlotte se levantó temprano; a fin de cuentas, no podía dormir. En su fuero interno deseaba que durante la noche sir Andrew o el señor Ashdown hubieran cambiado de opinión. Le parecía increíble que el señor Ashdown se marchara y que la vida en Chalk Hill fuera a proseguir sin más. No, después de todo lo ocurrido. Aun así, tenía la sensación de que eso era algo inevitable.

El día estaba oscuro, y ese ambiente empañado hacía suponer que la jornada no sería mucho más luminosa. Las ramas desnudas brillaban negras de humedad, y entre las copas de los árboles pendían jirones de niebla. En el dormitorio hacía frío; la chimenea ya no tenía leña. Pensó que debía decírselo a Susan.

Charlotte fue a asearse, pero entonces reparó en que el agua brillaba como si fuera vino rosado en la porcelana blanca. Esa visión le repugnó y apartó la vista. Luego, posó la mirada en el vestido que había dejado sobre el respaldo de la silla. Las manchas secas parecían de óxido.

Se vistió, recogió el vestido sucio y bajó rápidamente al piso de abajo, a la cocina. Allí el ambiente era cálido y olía deliciosamente a café y a pan recién horneado.

—Susan, hay que lavar este vestido.

La doncella la miró con sorpresa. ¿Acaso había hablado con demasiada brusquedad?

—Es sangre. Ojalá se puedan quitar las manchas. Y la jofaina de mi habitación... —Tomó aire.

La cocinera puso las manos en jarras.

—Debería usted comer algo y tomar un té bien cargado y reconfortante. Tiene muy mal aspecto.

En ese instante entró la señora Evans.

—Buenos días, señorita Pauly.

—¿Los caballeros ya se han levantado?

—Sí. Están desayunando. Me han pedido que usted los acompañe.

—Gracias.

Charlotte notó la mirada de las tres mujeres cuando abandonó la agradable cocina. Ya delante de la puerta del comedor cerró por un instante los ojos; luego, llamó y entró.

Sir Andrew se levantó levemente de su asiento, pero ella dirigió su primera mirada al señor Ashdown. Tenía aspecto de necesitar estar en la cama, pero se mantenía erguido haciendo un gran esfuerzo.

—Buenos días. —Charlotte se detuvo dubitativa delante de la mesa.

—Por favor, siéntese —dijo sir Andrew.

—¿Cómo se encuentra, señor Ashdown?

Él dejó la taza y sonrió.

—Mala hierba nunca muere. Estoy mejor, pero un café bien cargado obra milagros. En realidad, prefiero el Earl Grey, pero en casos de emergencia...

—El señor Ashdown quiere hacernos una propuesta. —Sir Andrew intervino con un tono de voz muy frío.

Charlotte notó el brillo divertido de los ojos oscuros, que parecía estar dedicado solo a ella.

—Desde luego. En una situación como esta, mis preferencias en bebidas calientes carecen de importancia.

Ella tuvo que reprimir una sonrisa, sorprendida al ver cómo ese hombre había conseguido espantar su abatimiento en unos segundos. Se sirvió el té y untó una tostada con mantequilla.

—Por favor, explíquese.

—Ya le he dicho a sir Andrew que, si él ya no necesita mi ayuda, regresaré a Londres. Además, tengo ganas de reunirme ahí con mis colegas. Por lo demás, y este es un consejo para ambos, creo que sería bueno que Emily se ausentara durante un tiempo de aquí, con independencia de si yo me sigo ocupando o no de su caso. Esta casa y su entorno entrañan tantos recuerdos dolorosos que me parece urgente apartarla de este sitio.

—¿Y qué lugar tiene en mente, señor Ashdown? —preguntó sir Andrew—. En esta época del año no me parece aconsejable una estancia junto al mar. Y ahora mismo mis actividades políticas no me permiten viajes más largos.

—Pensaba en Londres. Usted comentó que tiene una vivienda espaciosa ahí. Sería interesante observar cómo evoluciona la conducta de Emily, sobre todo de noche, en un entorno nuevo. Además, la señorita Pauly podría continuar dándole clases, y usted por la noche estaría cerca de su hija. Si lo desea, yo sigo estando a su disposición.

Charlotte notó cómo unas ansias tremendas se apoderaban de ella. ¡Londres! Había oído contar muchas cosas de esa enorme metrópolis que superaba a Berlín en poder y dimensiones. De todos modos, dejando de lado ese pensamiento egoísta, esa sería una buena decisión; nadie sabía mejor que ella que Emily no podía permanecer por más tiempo en Chalk Hill. Fuera lo que fuera lo que la acechara en el exterior, era peligroso y no cejaría mientras la pequeña siguiera viviendo en esa casa.

Sir Andrew contempló pensativo su taza de té.

—Bueno, la idea es interesante. Ciertamente, un cambio de aires no le iría mal. Emily no conoce la ciudad y así podría visitar algunos museos con fines educativos. —Volvió la vista hacia Charlotte—. Tal y como ha propuesto el señor Ashdown, usted nos acompañaría, siempre y cuando estuviera dispuesta a asumir también las tareas de Nora. La vivienda es espaciosa, pero no tiene espacio para una niñera.

Charlotte tuvo que reprimir su excitación.

—Por supuesto que estoy dispuesta. —Vio un guiño furtivo del señor Ashdown y se sonrojó un poco—. ¿Cuándo querrá usted partir?

Él reflexionó un momento.

—Pasado mañana. Es decir, el lunes. Así habrá dos días para hacer los preparativos necesarios. Telegrafiaré a Londres y anunciaré nuestra llegada al ama de llaves. —Dirigió una mirada a su invitado—. ¿Nos acompañará a Londres? Si lo desea, Wilkins puede recoger su equipaje en el hotel. Además, le recomiendo que un médico examine su herida.

En cuanto Wilkins me haya llevado a Norbury Park, le acompañará.

El señor Ashdown sonrió, pero saltaba a la vista que le costaba mucho mantenerse erguido en la silla.

—Acepto encantado su ofrecimiento, sir Andrew.

—¿Por qué quiere ir al sótano? —preguntó la señora Evans.

—Porque a menudo por la noche he oído ruidos en el tramo de escalera que conduce por debajo de la torre. Sin embargo, la puerta del sótano ahí está cerrada. En esta casa ocurre algo y no quiero irme a Londres sin haber echado antes un vistazo en esa zona.

La señora Evans asintió de mala gana.

—Hay dos accesos al sótano: uno desde la cocina, que es el que se utiliza habitualmente, y otro, desde la parte trasera de la casa.

—Me gustaría ir por la puerta que menos se utiliza.

—¿Sir Andrew está al corriente de este propósito?

Charlotte negó con la cabeza.

—No quiero intranquilizarle de forma innecesaria.

—Bueno. —La señora Evans contempló pensativa el manojo de llaves que llevaba pendido de su cinturón—. Es una petición desacostumbrada, pero estos son también tiempos desacostumbrados para la casa. —Desprendió una gran llave metálica del manojo y se la entregó a Charlotte. Luego levantó la mano con un gesto de advertencia—. Usted no bajará ahí abajo sola. Wilkins la acompañará. Tras lo ocurrido esta noche, usted no debe ponerse en peligro.

Salió por la puerta que daba al jardín y llamó al cochero.

—Acompaña a la señorita Pauly al sótano, que tiene algo que hacer ahí. Tráete la lámpara.

Él rezongó algo para sus adentros, fue a coger una lámpara en la cochera y siguió a Charlotte hacia la parte posterior de la casa, donde unos escalones cubiertos de moho descendían hasta una puerta de madera. Aunque estaba agrietada y la madera era de color gris, la llave giró sorprendentemente bien.

—Cuidado, señorita. El suelo es resbaladizo.

Wilkins le sostuvo la puerta abierta e iluminó el interior. El aire olía a humedad y a cerrado, y Charlotte se alegró de no haber ido ahí sola.

—Muéstreme la puerta que va del sótano a la torre.

Wilkins la condujo por distintas estancias, entre ellas un taller y varias despensas, hasta que se encontraron ante una puerta. Charlotte bajó el picaporte. Estaba cerrada.

—Esta puerta siempre está cerrada. Nadie entra ni sale por ella.

— Wilkins, déjeme un momento la lámpara, por favor. —Charlotte iluminó en la dirección de la que habían venido. En el suelo se veían algunos terrones de tierra y, entre ellos, varias hojas secas marrones. Como en la escalera de la torre. El corazón le latía con fuerza.

—¿Se ha dado cuenta? La tierra está seca, seguramente lleva tiempo aquí. Este rastro no es nuestro.

El cochero se rascó la cabeza y levantó la nariz.

—Podría tener razón, señorita. Pero ¿quién...?

—Eso es lo que me gustaría saber, Wilkins.

Después de esa ronda de reconocimiento, Charlotte regresó a la sala de estar para ver al señor Ashdown.

—Acabo de hacer algo que hace tiempo que debería haber hecho.

—De nuevo los dos pensamos lo mismo, ¿verdad? —preguntó él cuando ella hubo terminado de hablar.

—Si quiere decir que hay alguien que entra en la casa sin forzar puerta alguna y que, por lo tanto, o tiene una llave o alguien del personal le deja entrar, y que además esta persona es la que seguramente le atacó a usted, entonces sí, pensamos lo mismo.

—Debería usted volver a hablar con Nora —la urgió—. Si ha de sincerarse, lo hará con usted. Yo para ella soy un desconocido. Si eso no surte efecto, le pediré a sir Andrew que intervenga.

—¿Le parece que ella sabe algo?

Él asintió.

—Nadie conoce a Emily como ella. La conoce mejor que su propio padre. Si hay algún secreto en torno a la desaparición de lady Ellen, Nora tiene que saberlo. —Vaciló—. Sospecho que sus gritos alertaron a la persona del jardín. —Se acarició pensativo el vendaje y negó con la cabeza—. ¡Caramba! Me parecía que ir a Londres era una buena idea.

—¿Ya no?

Él se encogió de hombros.

—Desde luego, es bueno para Emily. Pero aquí ocurren unas cosas...

Se calló.

—Todavía hay tiempo hasta el lunes —se apresuró a decir Charlotte—. Hablaré con Nora. Luego, ya veremos. —Echó un vistazo a su brazo—. ¿Qué tal la herida?

—Ah, va bien. Es un fastidio tener que hacerlo todo con una sola mano. Por ejemplo, abrocharse los botones de la camisa. En esos casos, tener un ayuda de cámara sería de gran utilidad.

—De todos modos, es mejor que lo examine un médico.

Él permaneció en silencio un buen rato y la escrutó con la mirada.

—Si usted lo dice.

—Claro que sí. Me dio usted un buen susto.

Una expresión divertida asomó en la cara de él.

—Ya ha hablado la institutriz. Me portaré bien. Palabra.

—Emily, sal a jugar. Tengo que hablar un momento con Nora y luego debo empaquetar las cosas que no voy a necesitar hasta el lunes. Después regresaré contigo.

La niña vaciló cuando Charlotte se dirigió hacia la puerta de su dormitorio.

—No encuentro a Pamela. Llevo buscándola desde antes del desayuno.

Aquellas palabras cogieron a Charlotte desprevenida. Había olvidado por completo la muñeca en el cajón. Apenada, se acercó a Emily y le acarició la cabeza.

—Esta noche ha habido un accidente.

La niña la miró asustada.

—¿Qué ha pasado?

—Pamela se cayó de la repisa de la ventana. Ella... Se le ha roto la cabeza.

Emily se miró las manos, que reposaban como dos estrellas pálidas en su regazo.

—¿Es grave?

—Eso me temo. Tal vez podamos encargar una cabeza nueva. En Londres.

—¿La puedo ver?

—Acompáñame.

Charlotte se acercó a la cómoda y sacó la muñeca. Aquella visión la estremeció de nuevo. Emily la asió con cuidado y posó la mano sobre el orificio, como si quisiera curarla.

—No me he dado cuenta de nada.

—Dormías.

—¿Y por qué ha caído?

—Estabas de pie junto a la ventana. Tal vez le has dado un golpe sin darte cuenta.

Emily asintió.

—Ella estaba allí. Por eso me he acercado a la ventana. —La niña dirigió una mirada suplicante a Charlotte—. ¿Podemos llevarnos a Pamela a Londres y llevarla a una clínica de muñecas? He oído que esas cosas existen. Londres es una gran ciudad.

—Claro que nos la llevaremos —dijo Charlotte con alivio al ver que no había lágrimas. Entonces se dio cuenta de que apenas había reparado en las primeras palabras de Emily... Se había acostumbrado. ¿Cómo era posible que se hubiera acostumbrado a que la niña viera a su madre fallecida?

—¿Qué le ha pasado al señor Ashdown?

Charlotte se sobresaltó.

—Tropezó en la oscuridad y se hizo daño. Pero ya se encuentra mejor. ¿Tienes ganas de ir a Londres? —se apresuró a preguntar para cambiar de tema.

Emily asintió.

—Sí...

—¿Pero...?

Emily se había sentado en la cama. Tenía la cabeza gacha y se mordía el labio inferior. Charlotte le puso cuidadosamente dos dedos bajo la barbilla y se la levantó.

—¿Qué ocurre?

—Me da miedo que, si me marcho de aquí, mamá no me encuentre.

Charlotte se sentó a su lado y le pasó un brazo sobre los hombros.

—Tu mamá siempre estará contigo, vayas donde vayas. Cuando alguien muere, no significa que te quedes sola. Cada vez que la recuerdas, ella está contigo. También en Londres.

Sin embargo, Emily no dijo nada. Charlotte sabía muy bien que la niña no se refería a ese tipo de cercanía.

Había convocado a Nora a la sala de estudio porque quería sonsacarla en su propio terreno.

—Siéntate.

Charlotte señaló el pupitre. Nora vaciló, como si supiera perfectamente que así quedaba en una posición inferior. Pero a Charlotte se le había agotado la paciencia.

—Nora, voy a hacerte de nuevo algunas preguntas y espero que me cuentes la verdad. Sé lo mucho que quieres a la señorita Emily, pero tengo la impresión de que escondes algo. Y este secreto no le está haciendo ningún bien a la niña.

—No sé a qué se refiere, señorita —replicó la niñera en voz baja; para no afrontar la mirada de Charlotte, no apartaba la vista del suelo.

—Pues, por ejemplo, a que no me hablaste de tu parentesco con Tilly Burke. Y a que te echaste a gritar cuando

Emily se acercó sonámbula a la ventana a pesar de que, como bien sabes, eso puede ser muy peligroso. Llevas mucho tiempo en esta familia y conocías bien a la madre de Emily. —Al oír estas palabras, Nora alzó la mirada de repente—. Por eso estoy convencida de que sabes más de ella y de su muerte de lo que me has contado hasta el momento. Nora, tengo que saberlo todo. Está en juego la vida de Emily.

Charlotte se apoyó en su mesa con los ojos clavados en Nora, que permanecía en silencio ante ella. Luego rebuscó en el bolsillo de su falda.

—Encontré esto en mi dormitorio, que durante mucho tiempo fue la habitación de lady Ellen. —Colocó el frasco con el vomitivo delante de Nora—. ¿Sabes lo que es?

—No, señorita.

Charlotte se dio cuenta de que a la niñera le costaba tragar saliva.

—No te creo. Esto es tartrato de antimonio y potasio, un vomitivo conocido. ¿Qué hacía debajo de un tablón del suelo de mi dormitorio?

Nora apretaba los dientes con fuerza.

—No lo sé.

Charlotte dio un golpe tan fuerte en el tablero de la mesa que Nora dio un respingo.

—Me dijiste que sir Andrew no quería que el doctor Pearson continuara visitando a Emily. Estoy segura de que tú sabes más al respecto. ¿Cuál fue el motivo?

Charlotte tenía que conseguir que la chica hablara. Ya la había amenazado en una ocasión; si era preciso, lo volvería a hacer.

—Tienes todo el derecho a no decirme nada. Pero piensa qué será de Emily. No aguantará así mucho tiempo más.

Todo esto acabará con ella. La puedes ayudar contándomelo todo. Si no...

Vio cómo la muchacha sacudía los hombros. Una lágrima cayó sobre la madera vieja del pupitre con tintero empotrado.

—El doctor Pearson... Él dijo que era ella. Que lo había hecho ella.

Charlotte no se atrevía ni a respirar.

—¿Quién había hecho qué?

Nora levantó obstinada la cabeza y la miró a los ojos.

—Dijo a sir Andrew que lady Ellen hacía enfermar a Emily.

Charlotte no había contado con eso.

—¿Qué quieres decir?

Nora señaló el frasco con un gesto enérgico.

—Eso de ahí. ¡El vomitivo! Dijo que ella se lo daba. Eso fue lo que dijo. La fiebre, los dolores de estómago... Todo... ¿Qué madre haría...? ¡Nadie! ¡Nadie hace algo así!

Charlotte inspiró profundamente.

—Si te he entendido bien, el doctor Pearson hizo estas acusaciones y por eso fue expulsado de la casa.

La niñera asintió.

—Ella quería tanto a Emily... Era la mejor de las madres. Estaba siempre con ella. La cuidaba, le leía libros, le daba sus medicinas, le aplicaba compresas... Siempre estaba ahí, con ella.

¿Cómo imaginar algo tan atroz?

—Pero ¿cómo se le ocurrió a él afirmar una cosa así? Debió de tener algún indicio...

Nora se encogió de hombros.

—No lo sé. Yo..., bueno, yo estaba junto a la puerta y oí eso. Pero entonces vino la señora Evans y me obligó a marcharme... Me dijo que estaba escuchando detrás de las puertas.

Charlotte estaba atónita. ¿Era eso posible? De pronto sintió la urgencia de hablar con el señor Ashdown, necesitaba su actitud irónica y, a la vez, cálida, y la sorna sorda que casi siempre resonaba en sus palabras.

—¿Alguna vez viste u oíste algo que pudiera justificar esa sospecha?

Nora negó con la cabeza.

—No, nunca. Ella era siempre muy buena con Emily. ¡No me delate! Sir Andrew... Él me...

Charlotte suspiró.

—Puedes retirarte. Es posible que vuelva a hablar de este tema contigo. En cuanto a sir Andrew, en principio, por mí no lo sabrá.

Nora se secó las lágrimas con el dorso de la mano y asintió.

—Gracias, señorita. Pero no debería creer esas cosas. Ninguna madre haría algo así. Lady Ellen era un ángel. La mejor madre que uno se puede imaginar.

Tras aquella charla con Nora, Charlotte se fue a su habitación. Al poco rato ya había metido en las maletas sus escasos objetos personales. Cuando volvió a tener en las manos el frasco de vomitivo, le dio varias vueltas sin saber qué hacer y finalmente lo metió en su neceser de viaje.

Contempló pensativa la estancia. En ese momento tenía el mismo aspecto que el día de su llegada: inmaculada, como si nadie jamás la hubiera habitado. Inspiró profundamente. Fuera cual fuera su futuro, se dijo, debía abandonar

esa casa cuanto antes, antes de que su mente quedara totalmente prisionera de su imaginación. En sus puestos anteriores, de vez en cuando había anhelado experimentar más
aventuras y cambios y maldecía los días monótonos que
pasaba en la sala de estudio. Chalk Hill, en cambio, con
tantos aspectos sombríos, le daba miedo.

Volvió a sacar del bolso su libreta de notas y se sentó a
la mesa para escribir la charla con Nora. Apenas se apercibió
del tiempo que pasaba; cuando se dio cuenta de que la habitación se había ensombrecido, levantó la mirada con sorpresa. Miró la hora. Eran casi las cuatro. ¿Dónde estaba el señor
Ashdown?

Como respondiendo a esa pregunta, oyó unos pasos
en la escalera y luego alguien llamó a la puerta.

—Sí, ¿quién es?

—¿Puedo pasar?

Él se apoyó agotado en el umbral de la puerta. Debajo
de sus ojos había unas sombras profundas.

—Por supuesto. Siéntese. Tiene usted muy mal aspecto.
Ella le indicó la butaca.

Él tomó asiento y cerró los ojos por un instante.

—¿Qué ha dicho el médico?

El señor Ashdown hizo un gesto de rechazo.

—Ah, nada malo. Cuatro puntos de sutura. La hemo-
rragia. Por lo demás...

Se interrumpió.

Ella le sirvió un vaso de agua de su jarra y se lo entregó.

—Gracias. —Tomó un sorbo y la miró—. ¿Qué ocurre? Parece usted... intranquila.

—He sido implacable con Nora —dijo ella finalmente.

—¿Y ha merecido la pena? —¡Típico de él!

Charlotte se sentó frente a él y le contó lo que había averiguado por la niñera.

Él dejó el vaso sin decir nada, se pasó la mano por el pelo y murmuró:

—*Chapeau!* No ha debido de ser fácil sonsacarle algo así. —Se interrumpió—. Parece increíble...

Charlotte no habría sabido decir si lo que a él le emocionaba era la confesión de Nora, o si aún se resentía de los efectos secundarios de su herida.

—El doctor Pearson nos podría contar más cosas, pero eso iría en contra de su juramento como médico. Y el doctor Milton, a quien he hablado de Emily, solo ha dicho lo habitual: «Pobrecita, qué madre tan buena». Ya sabe...

Él se aflojó el cuello de la camisa e inspiró profundamente.

Charlotte lo miró con preocupación.

—¿No preferiría usted acostarse en su dormitorio?

Él negó con la cabeza.

—Déjeme pensar un poco.

Él se reclinó en su asiento, se puso las yemas de los dedos en la cara y cerró los ojos. Luego dijo lentamente:

—Supongamos que el doctor Pearson hubiera tenido razón en sus acusaciones. ¿Qué motivo podría haber para una conducta tan incomprensible?

—Llevo rato dándole vueltas a eso —respondió Charlotte con voz vacilante—. Jamás he oído algo semejante. Si una madre es capaz de hacer eso a su hijo, es que es tremendamente desdichada. Ninguna madre feliz querría hacer daño a su propio hijo. Pero ¿qué la podía hacer tan infeliz? Tal vez fuera su matrimonio. Puede que su matrimonio fuera un deseo de los padres, o que al cabo de un tiempo los dos se dieran cuenta de que no congeniaban.

—Suena plausible —dijo el señor Ashdown con los ojos cerrados—. Siga hablando.

—Una esposa desdichada querría pasar el menor tiempo posible con su marido. Bueno, tiene una hija, pero las damas de su posición social suelen delegar la responsabilidad de los hijos en niñeras e institutrices. Ella, en cambio, opta por volcarse en su pequeña.

El señor Ashdown abrió los ojos y la miró detenidamente.

—Eso es bueno. Muy bueno. Ella necesitaba un pretexto para alejarse de su marido y, con ello, de la vida social, sin comprometer tampoco su buen nombre.

—Sí. Pero eso no significa, en absoluto, que ella hiciera enfermar a su hija a propósito. De ahí a este extremo hay una gran distancia —objetó Charlotte—. No tiene lógica.

El señor Ashdown levantó la mano.

—Si se tratara de una mujer con emociones normales y pensamiento racional, ciertamente no la tendría. Pero supongamos que lady Ellen no pensara de forma racional, sino que estuviera absolutamente obcecada en mantenerse, si me permite la franqueza, físicamente alejada de su marido sin poner en peligro el matrimonio de cara a los demás...

—No es suficiente —insistió Charlotte—. Para creer, aunque sea remotamente, lo que afirma el doctor Pearson, necesitamos argumentos.

Se miraron. En la habitación se hizo un gran silencio.

—Tal vez fue algo casual —dijo al fin el señor Ashdown—. Supongamos que Emily, como suele ocurrir con los niños, un día se pone enferma. Lady Ellen aprovecha la ocasión y se encarga en persona de cuidarla. Eso le granjea respeto y reconocimiento, a la vez que le permite evitar el tener que viajar con su marido a Londres o asistir a compromisos sociales.

—Sí —asintió lentamente Charlotte—, ya veo lo que quiere decir. Para mantener esa situación, la niña debería enfermar una y otra vez. Para ella, Emily era el símbolo de su matrimonio desdichado, pero, a la vez, era un modo de escapar de él. Alguien que cuida de una niña enferma y que por ello se aparta de la sociedad es una persona sacrificada y digna de respeto.

Era incapaz de permanecer sentada y quieta, así que empezó a deambular de un lado a otro, con los ojos clavados en el suelo y una mano ante la boca, como si no quisiera seguir hablando. Lo que habían pensado los dos en voz alta era terrible y, a la vez, resultaba escalofriantemente lógico. Explicaba muchas cosas que hasta ahora les habían parecido incomprensibles... La prohibición categórica de sir Andrew de hablar sobre lady Ellen, el estrecho vínculo entre madre e hija y, no menos importante, la rápida recuperación de la pequeña después de la muerte de su madre.

—El tartrato de antimonio y potasio —dijo el señor Ashdown de repente.

Charlotte abrió su neceser de viaje y sacó el frasco del vomitivo.

Su mirada le bastó como respuesta.

31

Londres, noviembre de 1890

olo cuando hubieron salido de la estación de Waterloo y se encontraron sentados en el coche de caballos que los conduciría a la residencia londinense de sir Andrew, Charlotte pudo disfrutar despacio de la ciudad. En el tren no había dejado de dar vueltas a lo que había sabido por Nora. No podía pensar en otra cosa. Había mirado al señor Ashdown una y otra vez, pero este no había dejado entrever nada y había mantenido una conversación cortés con sir Andrew y bromeado con Emily. En la estación, se había despedido de ellos y se había dirigido a su residencia en Clerkenwell.

La emoción se había apoderado ahora de Charlotte y le habría gustado poder dejar oír un grito de contento. Lo hizo por ella Emily, que, al menos provisionalmente, había olvidado su temor a abandonar Chalk Hill. Cuando el coche cruzó el puente de Westminster señaló entusiasmada el edificio del Parlamento, que dominaba la orilla del Támesis a su izquierda.

—¿Ve eso, fräulein Pauly? Es la torre del reloj con el Big Ben. ¡Mi papá me ha hablado de él! Falta muy poco para la una. Así pues, debe de estar a punto de sonar, ¿verdad?

Su padre asintió. Emily tuvo suerte porque en el puente había una gran congestión de coches de caballos y solo se podía avanzar muy lentamente. En el momento en que pasaban por la torre, la campana sonó y la niña sonrió entusiasmada.

Su padre respondió con paciencia a todas sus preguntas y añadió también explicaciones para Charlotte. Lejos de Chalk Hill y de sus recuerdos, él parecía más relajado, como si aquella ciudad tan enorme y bulliciosa le distrajera de sus propias preocupaciones.

Durante el trayecto en tren, Charlotte ya había empezado a hacerse una idea de la tremenda extensión de esa capital, cuyos arrabales, como tentáculos, se extendían por las tierras verdes que la rodeaban, y que parecía alimentarse de personas que acudían en tren al corazón de ese Moloch procedentes de todas partes. Con todo, la ciudad no le resultó amenazadora; ejercía una atracción irresistible sobre ella, y deseó pasear por sus calles y detenerse solo cuando sus pies ya no pudieran más.

Pasaron en coche por St. James' Park y Buckingham Palace. Emily miró allí con asombro y preguntó si la reina estaba en casa.

—Sí, está ahí —respondió sir Andrew tranquilamente.

—¿Cómo lo sabes? —preguntó Emily asombrada.

—¿Ves esa bandera? Es el estandarte real: los tres leones ingleses dorados, el león escocés rojo erguido y la lira irlandesa. Cuando ondea ahí, es que la reina está en casa.

—¡Qué cómodo! Así todo el mundo sabe si está o no —comentó Emily—. A mí también me gustaría tener una bandera.

—Eso es buena idea —apuntó Charlotte—. Podrías diseñar una bandera de la familia y hacer un bordado con ella.

—Una excelente propuesta—dijo sir Andrew.

—¿Y el señor Ashdown? —preguntó Emily, como si quisiera distraerlo de las labores que tanto la disgustaban a ella—. ¿Adónde ha ido?

—A su casa —le explicó su padre—. Tiene que recuperarse.

—¿Nos vendrá a visitar? Como vive en Londres...

Charlotte inquirió con la mirada a sir Andrew. También a ella le gustaría saber qué pensaba hacer él a continuación. Tal vez quisiera esperar primero y ver si Emily se recuperaba en el nuevo entorno. El señor Ashdown le había dado a ella su tarjeta de visita y le había pedido que le informara de inmediato telegráficamente si ocurría algo importante. Ya no tenía a nadie con quien hablar de los recientes acontecimientos, y se sentía abandonada. Veía a Emily con otros ojos, y se preguntaba si —en caso de que las afirmaciones del doctor Pearson fueran ciertas— la pequeña se había dado cuenta de las acciones de su madre. Y, de ser así, si era consciente de lo que su madre le había hecho. Por favor, no, eso no, se decía para sí. Emily no debe saberlo. Eso no. Inspiró profundamente para apartar de sí el miedo que nacía en su interior.

Por la mañana había habido lágrimas cuando Nora se había tenido que despedir de Emily. Seguramente sospechaba que tenía los días contados como niñera. De nuevo había llevado a un lado a Charlotte y le había dicho en tono suplicante:

—No le crea, señorita. El doctor Pearson no tenía razón. Lady Ellen jamás habría hecho algo así. Era la mejor madre del mundo.

Charlotte le había posado la mano en el hombro en señal de consuelo.

—No te preocupes.

—¿Qué será ahora de mí? ¿Cuándo regresará Emily? Aquí ya no se me necesita. Sir Andrew ha dicho que debería cuidar de mi abuela. Pero no sé...

—Me parece una buena idea. Se alegrará de no estar sola.

Con todo, se había despedido de Nora con un vacío en el estómago.

Charlotte sabía que sir Andrew era un hombre de buena posición, pero el barrio donde él tenía su residencia la sorprendió. Unas casas grandes blancas y elegantes, con entradas flanqueadas por columnas, bordeaban unas plazas arboladas. En verano, el contraste de ese blanco cegador y el verdor de las hojas tenía que ser magnífico.

—¡Esto es maravilloso, papá! —exclamó Emily—. ¿Aquí viven solo duques y condes?

—No, no —respondió él negando con la cabeza—. No solo.

—Pero ¿viven aquí?

—Sí, Emily.

Chester Square era una plaza estrecha y alargada; en el centro tenía una zona verde rodeada con una reja de hierro forjado. Al final de la plaza había una bonita iglesia de piedra clara con una torre puntiaguda.

—Es precioso.

Sir Andrew miró a Charlotte con una sonrisa.

—Sí, lo es. Es un oasis en medio de la ciudad. No es tan ostentoso como Eaton, o Belgrave Square, pero es mucho más tranquilo y agradable.

En sus palabras se apreciaba un ligero orgullo, y Charlotte se preguntó si él había disfrutado su vida independiente ahí, o si le habría gustado que su esposa estuviera con él. De pronto reparó en lo distante que se había mantenido respecto a ella; en cambio, a las pocas horas de conocerse, ella y el señor Ashdown ya tenían un trato de confianza. Sir Andrew se ocultaba detrás de muros. Unos muros de silencio y cortesía.

El coche de caballos se detuvo y el cochero la ayudó a bajar. La casa, cuyo primer piso estaba habitado por sir Andrew, era de color blanco crema. Junto a la entrada había unos escalones flanqueados por una barandilla de color negro brillante que llevaban a un sótano que tenía macetas de brezo otoñal en la repisa.

—Aquí es donde vive la señora Clare. Ella se encarga de la casa cuando estoy en la ciudad. Hay además una doncella y una asistenta para la limpieza —explicó él mientras llamaba a la puerta. El cochero entretanto se encargaba de acarrear las maletas ya que sir Andrew le había dado una propina generosa para que les subiera el equipaje hasta la primera planta.

La señora Clare era una mujer corpulenta entrada en los cincuenta; tenía el rostro sonrosado, como si pasara mucho tiempo al aire libre. De hecho, parecía más una mujer de campo que una habitante de ciudad encargada del servicio de otras personas.

—Bienvenido, sir Andrew. ¿Esta es su encantadora hijita?

—Sí, señora Clare. Esta es Emily, y esta es su institutriz, fräulein Pauly.

—Encantada, señorita. ¿Es su primera vez en Londres? En ese caso, va a querer usted ver muchas cosas. No hay ciudad en el mundo como esta.

El ama de llaves parecía ser una persona locuaz, algo que, ciertamente, no suponía ningún problema. Para darle conversación, Charlotte le preguntó educadamente:

—¿Es usted de Londres?

—Por supuesto, señorita. Y estoy muy orgullosa de no haber puesto los pies jamás a más de dieciséis kilómetros de mi ciudad. Mi Eddie, que Dios lo tenga en su gloria, siempre quiso ir conmigo a Brighton, pero yo le dije...

Charlotte reparó en la mirada severa que sir Andrew dirigía a la señora.

—Disculpe, sir Andrew. Soy demasiado habladora. Pasen por aquí, por favor.

Cerró la puerta de la casa y condujo a los señores por la escalera hasta el primer piso. Las paredes estaban pintadas de color crema, y el suelo estaba cubierto con alfombras de color rojo oscuro; el pasamanos era de color marrón miel y brillaba como un espejo, y del techo colgaba una araña de cristal cuyas piezas titilaban con la luz de las lámparas. La estancia olía a limón y a tabaco de calidad.

Emily miraba con asombro a su alrededor mientras subían por la escalera y Charlotte pensaba que incluso a primera vista esa casa luminosa y amable era muy distinta de Chalk Hill, que estaba rodeada por ese bosque oscuro y espeso y el jardín frondoso. Se preguntó si lady Ellen habría sido más feliz aquí. Pero entonces se acordó de que ella había crecido en Chalk Hill y que se había quedado allí por voluntad propia después de casarse con sir Andrew.

Emily parecía estar a sus anchas; Charlotte confiaba en que, en esa casa, en la que nada le recordaba a su madre, pudiera encontrar la tranquilidad.

El piso era amplio y, como el resto de la casa, luminoso y elegante. Muebles delicados, tapicerías y alfombras de tonos beis y verde... No había nada que resultara pesado ni exageradamente masculino. De no saber nada, Charlotte habría supuesto una mano femenina detrás de la decoración.

Sir Andrew ya se había retirado a su habitación. La señora Clare acompañó a Charlotte por un largo pasillo y le fue abriendo las puertas según avanzaban.

—Este es el dormitorio de la señorita Emily; el siguiente es el suyo, señorita. Al lado está su sala de estar, en la que también puede dar clases.

A Charlotte no le molestaba no tener una sala de estudio propia, ni tampoco dormir junto a Emily. Se dijo que así percibiría de inmediato cualquier incidente nocturno.

—Señora Clare, ¿podría hacerme un favor? —dijo de repente—. ¿Conoce usted un taller o una tienda de juguetes donde reparen muñecas?

—Mi Pamela necesita una cara nueva —apuntó Emily.

La señora Clare sonrió.

—Así, de pronto, no se me ocurre ningún taller, pero preguntaré. Seguro que encontraremos un doctor de muñecas para tu Pamela.

Charlotte se sintió inundada por una calidez agradable que no tenía nada que ver con el ambiente bien caldeado del piso. Esa mujer era maternal y cariñosa, muy distinta a la señora Evans, y parecía haberse ganado al instante la confianza de Emily. Tal vez sir Andrew debería haber acudido más a menudo a Londres con su hija después de la muerte de su esposa. ¡Qué frío, húmedo y oscuro le parecía Chalk Hill comparado con este piso! ¡Qué siniestra la casita en la que vivía la confusa Tilly Burke! ¡Qué lúgubre el bosque de los druidas donde los olmos le habían extendido sus brazos nudosos! Parecía una paradoja: Londres precisamente, una ciudad considerada sucia y brumosa, le resultaba encantadoramente luminosa. Ojalá se quedaran ahí por mucho tiempo.

—¡Dios mío, Ashdown! ¿Qué le ha ocurrido? —preguntó Henry Sidgwick con preocupación cuando Daisy lo acompañó a la sala de estar—. Tiene usted muy mal aspecto.

Tom se levantó y le tendió la mano.

—Soy la prueba viviente de que el estudio de los fenómenos sobrenaturales puede estar vinculado con riesgos muy naturales —replicó él con una sonrisa mientras ofrecía a su visitante un asiento junto a la chimenea.

—Vamos, cuénteme. Su telegrama ha despertado mi curiosidad —le urgió el profesor.

—¿Quiere tomar un brandy con este tiempo tan desapacible? —preguntó Tom impasible a la vez que denegaba con un gesto el ofrecimiento de ayuda de Sidgwick con la copa y la botella—. Ya puedo.

Tendió el vaso a su visita.

—Vamos, siéntese, me pone nervioso verle ir y venir con el brazo en cabestrillo.

Tom se sentó en la butaca con una sonrisa y lo miró con los ojos brillantes.

—Muchas gracias, Henry. Me ha metido usted en una auténtica aventura.

—Bueno, en principio, esa historia no parecía muy arriesgada. Por favor, cuénteme.

Tom dio un buen sorbo y empezó con su relato. Mientras hablaba, Sidgwick iba abriendo los ojos y se inclinaba cada vez más adelante, como si no quisiera perderse ni un solo matiz de ese relato. En algún momento, Tom volvió a ponerse de pie y fue de un lado a otro, a la vez que subrayaba sus palabras con el brazo sano. Al terminar, se apoyó en la repisa de la chimenea y dirigió una mirada expectante a Sidgwick.

—¿Qué le parece?

—Es increíble.

—Por supuesto, huelga decir que esta historia debe tratarse de un modo absolutamente confidencial. Nadie fuera de nuestro círculo debe tener noticia de ello; eso es algo que le debo a sir Andrew y, sobre todo, a la pequeña.

—Por supuesto, pero...

—No he cerrado el caso, ¿es eso lo que quería añadir?

—Bueno, Tom, no somos la policía, pero admito que mi pensamiento iba en ese sentido. ¿Sir Andrew ha dicho algo sobre si desea proseguir con la investigación?

Tom encogió el hombro sano.

—Supongo que quiere esperar a ver cómo evoluciona Emily en Londres. Tal vez aún cree en un caso de sonambulismo que se solucionará solo en un nuevo entorno que no evoque los trágicos eventos ocurridos. Parece que es un hombre que prefiere esconder las dificultades en lugar de afrontarlas.

—Pero usted no cree en que la solución sea tan simple, ¿verdad? —preguntó Sidgwick de inmediato.

—No. —Tom se sentó y se golpeó los dientes con la uña del pulgar—. Piense un momento en lo que le acabo de confiar. Tuviera o no razón el doctor Pearson con sus sospechas, la niña ha sufrido un daño mental. Pero mientras nos limitemos a elaborar teorías y sepamos tan poco, no podremos ponerle remedio.

—¿Y qué dicen esas teorías suyas?

—En el fondo, solo veo dos explicaciones: o a Emily la visitan de verdad unos espíritus, o hay una explicación razonable para todo y su padecimiento es de naturaleza puramente mental. En cualquier caso, todo gira alrededor de la muerte de lady Ellen.

—Permítame entonces hacer de abogado del diablo —intervino Sidgwick—. ¿Qué hay de esa carta de despedida de la que al parecer la pequeña no sabía nada? ¿Y del chal de encaje que se halló en la orilla del río?

Tom reflexionó.

—Puede que viera el sobre en algún sitio, o que oyera que alguien hablaba sobre ello o sobre el chal. Aunque sir Andrew prohibiera al servicio hablar de esas cosas, es posible que hubiera rumores. Además, el servicio lo podría haber comentado a terceros, que, a su vez, se lo transmitieron a Emily. Ese sería el caso, por ejemplo, de Nora, la niñera. De hecho, tiene un papel especial en todo este asunto. De ser así, este no sería un caso para la Sociedad.

Sidgwick enarcó las cejas, sacó su estuche de puros del bolsillo de la levita y le ofreció uno a Tom, que lo rechazó con un gesto de agradecimiento y sacó un cigarrillo.

—Así pues, ¿va a abandonar el caso?

—En absoluto —repuso Tom indignado—. Es demasiado interesante.

—Como la institutriz, ¿verdad?

Tom apartó la mirada al notar que se le encendía el rostro.

—¿Qué quiere usted decir con eso?

El profesor paladeó una calada de su puro y se contempló las manos, que tenía bien cuidadas.

—Bueno, también yo he actuado un poco como un detective y he sacado mis conclusiones de la historia. El nombre Pauly ha salido con una frecuencia asombrosa...

—Algo que no es de extrañar, pues ella tiene un trato muy cercano con Emily.

—Pasó usted una tarde en un salón de té con ella...

—En la que me atuve a todas las normas del decoro.

—Ha compartido con ella descubrimientos y teorías, sobre los cuales usted no comentó nada a sir Andrew...

—Tenía buenos motivos para ello.

—Y para terminar permitió que le hiciera un vendaje en medio de la noche y la visitó a solas en su propio dormitorio.

—*Touché*, Henry. Es una mujer interesante. —Tom dirigió una mirada desafiante a su invitado, que en ese momento soltaba la ceniza de su puro dándole unos golpecitos.

—Lástima que mi querida Eleanor no esté hoy aquí. Tiene muy buen instinto para la gente.

—¿Podríamos volver al tema, por favor? —preguntó Tom, cada vez más incómodo con la conversación.

—Por supuesto. Disculpe si me he extralimitado.

Tom le señaló con un gesto que el tema estaba zanjado.

—Desde el punto de vista clínico, la cuestión es si el médico tenía razón o no con sus sospechas y, en caso afirmativo, si lady Ellen sufría alguna enfermedad mental.

Sidgwick cruzó los brazos y miró detenidamente a Tom.

—Preguntaré entre mis médicos conocidos si existen evidencias científicas de una enfermedad de este tipo, o si tal cosa es posible. Y usted esperará a ver cómo se comporta la niña en el nuevo entorno.

—Esperar no es uno de mis puntos fuertes —comentó Tom con una sonrisa—. En los próximos días iré a Chester Square para dar la bienvenida a Londres a la señorita Emily Clayworth.

En cuanto Sidgwick se hubo marchado, Tom se sentó en su escritorio y repasó el correo que Daisy, como de costumbre, había colocado sobre una bandeja. En cuanto hubo leído todas las cartas, entre ellas un telegrama del redactor jefe que, con una impaciencia apenas disimulada, le preguntaba por su próximo artículo, se sirvió otro brandy. La herida le escocía, lo cual indicaba que empezaba a sanar. Extendió las piernas, se reclinó cómodamente en su asiento, y recorrió la estancia con la vista.

Fue presa de una inquietud que no era capaz de describir y que tenía la certeza de que no estaba relacionada con el caso Clayworth. Volvió la vista al rincón donde a Lucy le gustaba sentarse, como si pudiera encontrar ahí una respuesta. Entonces le vino a la cabeza la carta de Sarah Hoskins que había recibido en el hotel y que todavía no había respondido. No había podido ocuparse de ella porque su investigación, tal y como él la llamaba, le había exigido toda su atención. ¿Era eso lo que le preocupaba de forma inconsciente? ¿Debería responder e incluir unas líneas amables para Emma Sinclair? La idea le desagradaba.

Tom se levantó, se quitó con cuidado ese cabestrillo tan molesto, lo arrojó a una butaca y movió con cuidado el brazo. Mejor. Luego fue de un lado a otro con un cigarrillo en la mano, deteniéndose de vez en cuando y mirando por la ventana. Echaba algo en falta. ¿Acaso era la tensión de los últimos días? ¿La sensación de estar de caza y aproximarse lentamente a la presa? ¡Menuda comparación tan teatral! Aun así...

Regresó con la mirada al rincón de Lucy, que seguía pareciendo un lugar oscuro y desolado. Pero, al mirarlo, se acordó de golpe de la voz de Sidgwick. «Como la institutriz, ¿verdad?». Recordó aquella pelea verbal. Una sonrisa le asomó en los labios.

32

*L*as primeras noches transcurrieron sin incidentes. El jueves por la mañana sir Andrew tomó el desayuno con Charlotte a primera hora mientras Emily todavía dormía.

—Hoy reemprenderá de nuevo las clases para que la vida de Emily vuelva a discurrir por cauces sólidos. La agitación de los últimos días no le ha hecho ningún bien.

Charlotte lo miró por encima de su taza de té.

—Por supuesto. Después del almuerzo, me gustaría salir otra vez a pasear con ella, igual que hemos hecho los últimos días. Parece que el aire fresco le sienta bien.

—No tengo ninguna objeción siempre y cuando antes haya trabajado de forma aplicada —replicó él.

Charlotte se sentía íntimamente intranquila. Como las noches anteriores Emily había dormido de un tirón, sir Andrew parecía convencido de que se había confirmado su esperanza de que un viaje en tren de treinta o cincuenta kilómetros volvería a encarrilar la vida de la pequeña. Ella, por su parte, se sentía aliviada, pero no podía olvidar lo que había ocurrido en Chalk Hill y lo que había averiguado por Nora. Pensaba a menudo en el señor Ashdown y se preguntaba cuándo vendría a visitar a Emily. ¿Acaso sir Andrew le había comunicado que su ayuda ya no era necesaria porque a Emily las cosas le volvían a ir bien?

Esa idea le causaba temor.

Después de que sir Andrew hubiera abandonado la casa, Charlotte despertó a Emily y le contó que la señora Clare había preguntado por una clínica de muñecas y que sabía de un taller de ese tipo situado en Chelsea.

«Al parecer, es una mujer con buenas manos. Se dice que hace maravillas —le había contado el ama de llaves—. Si lo desea, puedo enviar ahí a la doncella con la muñeca, señorita».

Emily saltó de la cama en cuanto escuchó esa buena noticia.

—¿No podríamos ir ahí las dos, fräulein Pauly? Así puedo escoger una cabeza yo misma. Yo..., a mí me gustaría que Pamela volviera a ser la de siempre.

Charlotte reflexionó un instante.

—Te propongo una cosa. Si hoy y mañana te aplicas en tus tareas, mañana por la tarde iremos hasta ahí. Hoy me gustaría salir a pasear contigo.

Emily inclinó la cabeza a un lado en gesto pensativo y luego asintió.

—De acuerdo. Me cambiaré de ropa en un momento y luego empezamos con la clase.

Charlotte la dejó a solas. No era malo que Emily se acostumbrara a vestirse sin la ayuda de la niñera. Se dirigió a su sala de estar, preparó una zona de estudio para Emily y colocó sus papeles en una mesa auxiliar. La estancia no era muy grande, pero serviría. Todavía tenía esa paradójica sensación de poder respirar con más libertad en aquel piso en medio de la gran ciudad que entre los bosques verdes de Surrey.

Fue a buscar el globo terráqueo que sir Andrew había puesto a su disposición, y ordenó los libros en una pequeña estantería. En ese instante, cayó al suelo una hoja de papel. Se había olvidado por completo de que había metido la carta de Friedrich en un libro. Charlotte vaciló un instante; a continuación, la arrugó y la arrojó a la papelera, mientras caía en la cuenta de que hacía una eternidad que no pensaba en él. Eso era bueno.

En ese instante Emily asomó con una sonrisa radiante por la puerta. Se había peinado ella sola, y, además, con una habilidad notable.

—¡Lista!

—Lo has hecho muy bien, Emily. Realmente ya eres una niña mayor.

Emily entró en la sala y miró a su alrededor.

—Este sitio es agradable. ¿Empezamos?

Ciertamente la señora Clare era mucho más locuaz que la señora Evans, y Charlotte supo aprovecharse de ello. Después del almuerzo, tras encargar una tarea de escritura a Emily, entró en conversación con el ama de llaves.

—Emily es un encanto de niña —comentó la señora Clare—. Qué lástima haberla conocido tan tarde. El pobre sir Andrew estaba siempre preocupado por su salud.

—¿Hablaba a menudo de Emily?

—No, eso no, pero yo me daba cuenta de que estaba preocupado. Es un hombre agradable, tan educado, no se disgusta nunca por nada.

—¿Conoció usted también a su esposa?

La señora Clare asintió.

—Estuvieron los dos aquí unos días, poco después de casarse. Él parecía muy enamorado.

Charlotte notó que la mujer solo hablaba de él; se preguntó hasta dónde podía llegar sin resultar excesivamente curiosa. La señora Clare decidió por ella.

—La señora era muy callada, seguramente por timidez. Bueno, es comprensible justo después de... Bueno, era muy joven. —La señora Clare se calló y se frotó las manos en el delantal—. Disculpe, no quería chismorrear.

—Me alegra siempre conocer a personas que trataron con la madre de Emily —se apresuró a decir Charlotte—. Me ayuda a entenderla mejor a ella.

—Bueno —dijo la señora Clare aliviada—, mi difunto marido siempre me decía: «Elsie, hablas demasiado». Pero es que de vez en cuando eso me puede. El caso es que sir Andrew adoraba a su esposa, saltaba a la vista. Cuando le invitaban a un acto social, parecía siempre triste de que ella no pudiera acompañarlo. Evidentemente, a mí nunca me dijo nada. Y cuando él tenía invitados en casa, casi siempre eran caballeros políticos, como si le resultara incómodo no tener a su lado una dama que hiciera de anfitriona.

—Ya me lo figuro —dijo Charlotte secretamente encantada de la cháchara del ama de llaves—. Tuvo que ser terrible para él perder a su esposa después de haber disfrutado tan poco tiempo juntos.

«Parezco una novela mala», se dijo Charlotte, mofándose de sí misma. Se preguntó entonces qué habría pensado de aquello el señor Ashdown.

—Desde luego —corroboró el ama de llaves con gesto serio—. Pero es bonito ver que ahora la niña está bien. Se preocupaba mucho por ella. Seguro que eso es un gran consuelo para él.

—Emily es una niña realmente entrañable —dijo Charlotte de corazón. Le hubiera gustado volver a hablar de lady Ellen, pero no podía confraternizar demasiado—. ¿Me podría presentar a la doncella para que yo sepa a quién dirigirme?

—Por supuesto, señorita.

La señora Clare se marchó a toda prisa y regresó acompañada de una muchacha rolliza que le hizo una pequeña reverencia.

—Esta es Lizzie, señorita. Preséntate, Lizzie.

La chica tenía un acento de Londres muy marcado, y a Charlotte le costó mucho comprenderla.

—Lizzie, esfuérzate en hablar bien en inglés. Ya sabes lo que sir Andrew piensa de eso.

La doncella se sonrojó y asintió.

—Sí, señorita. Sí, señora Clare.

Charlotte le sonrió.

—Por favor, cuida de que por la mañana mi sala de estar esté bien caldeada antes de que empecemos las clases.

—Sí, señorita.

Después de que Emily hubiera terminado sus tareas de forma impecable, sobre las dos y media se abrigaron y salieron a dar un paseo. Charlotte quería regresar puntual para tomar el té; por otra parte, oscurecía más pronto y hacía frío antes. En el momento en que iban a salir del piso, recibió un telegrama.

—Para usted, señorita.

Charlotte miró con sorpresa a la chica que le llevaba el telegrama en una bandeja de plata.

—Gracias.

Lo abrió y leyó a toda prisa las líneas mientras una sonrisa le iluminaba el rostro.

> Una buena zona para los amantes de la literatura. Mary Shelley vivió ahí al lado. Recomiendo *Frankenstein* como lectura para antes de acostarse, siempre y cuando uno no sea muy asustadizo. Me permito acudir a hablar con usted mañana.
>
> Saludos.
>
> T. A.

Ese hombre parecía adivino. Había oído hablar de aquella novela, pero nunca la había leído. Tal vez ya era hora de poner remedio a eso.

Al salir a la calle las recibió un viento intenso que hacía bailar la hojarasca y ondear sus chales. Emily saltaba a la pata coja siguiendo las hojas que se agitaban con el viento. De nuevo Charlotte pensó que en Londres la niña parecía liberada.

Al cabo de algunos pasos, se detuvo frente a la casa número 24, donde había un edificio muy parecido al suyo, pero con una planta menos.

—¿Qué tiene esta casa? —preguntó Emily con curiosidad.

—Aquí vivió una escritora muy conocida —respondió Charlotte—. Por desgracia, no sé mucho de ella.

—¿Aún vive aquí?

—No. Murió. Escribió un libro sobre un hombre que crea a un ser artificial.

—Eso suena muy siniestro. ¿Es un cuento?

Charlotte sonrió.

—Tal vez. Podría decirse que es un cuento para adultos. En cuanto tenga la ocasión, quiero comprarlo.

Aunque la zona verde que había en el centro de la plaza parecía bastante triste en esa época del año, los arriates rodeados de pequeños setos, las superficies de césped y los árboles sugerían lo bonita que podía llegar a ser en otras estaciones. Emily pareció pensar lo mismo.

—Fräulein Pauly, tenemos que regresar aquí cuando haga buen tiempo y sentarnos en el banco del otro lado. Yo bordaré y usted me contará cuentos.

—Si estás dispuesta a hacer voluntariamente tus labores, no me negaré. Esperemos a ver cuánto tiempo nos quedamos aquí.

—Me gustaría estar en casa para Navidad —dijo Emily en voz baja mirando sus zapatos.

Charlotte siguió andando sin decir nada. Aún faltaba un mes y medio para Navidad, y ella, por primera vez, no iba a pasarla en su país.

Después de ir y volver de la elegante plaza de Eaton Square, doblaron la calle para regresar a Chester Square.

—La señora Clare nos va a preparar un té excelente y me ha prometido sus deliciosas pastitas de té —comentó Charlotte. Entonces notó que Emily se detenía bruscamente a su lado. Miró a la niña, pero Emily no tenía ojos para ella. Tenía la mirada perdida, como si atendiera solo a su interior.

—¿Qué ocurre? —quiso saber Charlotte, preocupada.

—Nada. Yo... pensaba. —Su voz se apagó.

Charlotte sintió un nudo en la garganta.

—¿Qué ha pasado? —repitió—. ¿Has visto u oído alguna cosa?

Emily negó con la cabeza.

—No. —Siguió avanzando a paso lento—. No.

A Charlotte las pastas de té ese día le supieron a serrín, a pesar de que posiblemente eran deliciosas. Hizo un esfuerzo para masticar y tragar y no ofender a la señora Clare; la niña, en cambio, demostró tener un buen apetito. Charlotte la escrutaba con la mirada, pero parecía tranquila y no demostraba el menor atisbo de miedo ni inquietud. Emily no daba la impresión de haberse percatado de que aquel incidente había preocupado a su institutriz.

Aunque solo había sido un instante fugaz, Emily había parecido tan ausente como en Chalk Hill, cuando habían jugado con la casa de muñecas.

Charlotte deseó desesperadamente que el señor Ashdown las visitara ese mismo día y no al día siguiente. Vivía a unos pocos kilómetros de distancia, pero para el caso podría vivir en el otro extremo de Inglaterra.

—Están ricas, ¿verdad?

Se sobresaltó cuando Emily se dirigió a ella.

—Me he comido tres. ¿Puedo tomar otra?

—Perdona, Emily, me había distraído. —Miró las migas que quedaban en el plato de la pequeña—. ¿Has dicho tres?

Emily asintió avergonzada.

Charlotte se aclaró la garganta.

—Tómate otra, pero no más. Si no, te sentirás mal.

Emily se sirvió la siguiente pastita en el plato con una sonrisa resplandeciente.

—Dime, ¿qué ha pasado antes en la calle? Quiero decir, cuando te has quedado quieta de repente.

La niña acabó de masticar y tragar.

—Ha sido algo raro. Me ha parecido oír una voz. Luego ha desaparecido. Parecía mamá. Seguramente me está buscando.

Le resultó difícil expresar su temor en tan pocas palabras. Cuando por fin terminó, llamó a Lizzie, la doncella.

—¿Serías tan amable de enviar este telegrama?

—Por supuesto, señorita.

Lo cogió e hizo una inclinación.

Charlotte le dio el dinero que le pareció que necesitaría.

Luego regresó a sus pensamientos. Consideró si debía o no informar del incidente a sir Andrew, y cómo hacerlo. Casi sintió compasión por él. Sir Andrew se había hecho grandes esperanzas de haber dejado atrás las oscuras sombras que se habían abatido sobre Chalk Hill. No había más remedio. Tenía que contárselo.

Se distrajo al comenzar a diseñar con Emily una muestra de bordado con la forma de la bandera británica.

En algún momento oyó la voz de sir Andrew en el pasillo.

—Tu padre acaba de llegar.

Emily volvió rápidamente la hoja con el dibujo en el que había estado trabajando.

—Quiero que sea una sorpresa.

Luego miró esperanzada hacia la puerta.

Sin embargo, él no entró. La mirada de decepción de Emily fue una punzada en el corazón de Charlotte.

Tras la cena, ella llamó a la puerta del despacho y entró.

—¿Me permite un momento?

—Por supuesto —dijo sir Andrew levantando la cabeza de sus papeles—. Tome asiento.

Ella se sentó vacilante en el borde de la silla e informó del incidente en la calle y lo que Emily le había comentado al respecto mientras tomaban el té. Él palideció.

—¿Qué piensa usted de eso?

Ella se tomó tiempo para responder.

—Aquí, un sueño o el sonambulismo no caben como explicación. —Vaciló—. Tal vez ha pensado con tanta intensidad en su madre y se ha preocupado tanto por su partida que se ha figurado que oía su voz. Eso es algo completamente plausible. —Charlotte se esforzó por dar un tono de confianza a su voz, y notó cómo el color volvía al rostro de él.

—Sí, esa sería una explicación.

Él la miró expectante. Charlotte se esforzó por conservar la calma y no dejar entrever que no estaba convencida de sus propias palabras. Pero ¿qué otra cosa podía decir? ¿Que su hija sufría alucinaciones o que realmente se le aparecían espíritus?

—Por favor, si se dieran otros incidentes, cosa que no deseo que ocurra, infórmeme sin vacilación. Quiero saber lo que pasa con mi hija. No tenga reparos.

Sonó casi como si él supiera lo mucho que había dudado antes de decidirse a hablar con él.

Charlotte se disponía a levantarse cuando llamaron a la puerta. Lizzie entró llevando una bandeja con un telegrama. Sir Andrew fue a cogerlo, pero la doncella se volvió hacia Charlotte.

—Es para usted, señorita.

Charlotte no se atrevió a levantar la vista hacia su patrón mientras cogía el telegrama con el corazón desbocado y se dirigía hacia la puerta.

El telegrama era tan conciso como propio de su autor.

Aguante. Me estoy preparando para un Hamlet mediocre. Hasta mañana. T. A.

Por la noche todo estuvo en calma, pero Charlotte durmió intranquila y unos sueños extraños la despertaron varias veces. Solo recordaba uno en el que una mujer surgía de un olmo antiquísimo de Druid's Grove y la atraía hacia el río con voz aduladora.

33

$\mathcal{S}$ir Andrew pidió a Charlotte que atendiera al señor Ashdown.

—Voy a pasar todo el día en el Parlamento, así que le doy plena libertad —le dijo durante el desayuno—. Puede contarle lo ocurrido ayer, si bien ambos coincidimos en que ese incidente posiblemente tuvo unas causas naturales y perfectamente explicables.

No del todo, se dijo Charlotte. No habían coincidido del todo; ella le había proporcionado una explicación plausible que él había aceptado sin más, pero no por eso ella la compartía.

Se había pasado toda la mañana llamándose al orden una y otra vez y reconduciendo a la clase sus pensamientos erráticos. Para su alivio, Emily no parecía darse cuenta de lo distraída que estaba y trabajaba de forma aplicada.

Poco después del mediodía el ambiente se volvió siniestramente oscuro. Se miraron entre ellas y luego Emily dio un salto y corrió hacia la ventana.

—¡El cielo está completamente amarillo!

Charlotte se le acercó. En efecto, toda la plaza estaba bañada por una luz de color amarillo azufre que daba un aspecto extrañamente irreal a las casas, los árboles y las farolas.

—¿Qué es eso? —preguntó la pequeña.

En ese instante oyeron un estruendo y se levantó un viento repentino que dobló incluso las ramas gruesas y aplastó la hierba contra el suelo en el centro de la plaza. La hojarasca mustia se elevó hasta los canalones de los tejados y bailó contra el crepúsculo amarillo.

—Una tormenta.

—¿En esta época del año?

—Esas cosas ocurren, Emily. Vamos a mirar. A mí me gustan las tormentas.

—Espero que el señor Ashdown esté a salvo —dijo la pequeña preocupada.

«Espero que venga», pensó Charlotte.

—Seguro que sí. Supongo que todavía no ha salido y que esperará a que amaine.

Permanecieron una junto a otra en la ventana, contemplando cómo el viento agitaba cada vez con más intensidad los árboles y arrastraba al otro lado de la calle pedazos de papel. El ruido del trueno sonó con más fuerza, y los primeros rayos cruzaron el cielo.

—En verano las tormentas me gustan más, entonces huelen a polvo —dijo Emily.

—Y luego el aire está muy fresco. Pero en invierno también me gustan, porque son muy inesperadas. ¿Sabes lo que ocurre durante una tormenta?

—No exactamente.

Charlotte aprovechó aquella interrupción para darle una pequeña lección de física.

—¿Y qué hay de eso de refugiarse? —quiso saber Emily—. ¿Puedo refugiarme bajo un árbol o no?

—Jamás busques protección bajo árboles solitarios. Los relámpagos caen en los puntos más elevados. En alemán se dice: «Evita el roble, busca el haya», pero es un juego de palabras, nada más, una tontería. Un árbol siempre es un árbol. Lo mejor es buscar una hondonada y acurrucarse lo máximo posible. O refugiarse debajo de un puente.

Mientras, el día había oscurecido tanto que parecía de noche; ahora la luz amarilla había adquirido un tono azul oscuro. En pocos minutos, una lluvia de granizo extendió un manto blanco refulgente sobre el parque y la calle. Charlotte abrió un poco la ventana.

—Prepara la mano.

Recogió unas cuantas bolitas heladas.

La pequeña las tocó con las yemas de los dedos, se las llevó a las mejillas y luego se metió una en la boca rápidamente.

—¡Mmm! ¡Están ricas!

Charlotte se echó a reír. Se acordó en ese instante de que de pequeña doblaba la cabeza sobre la nuca y atrapaba los copos de nieve con la lengua.

En cuanto hubo pasado la tormenta de granizo, el personal de servicio de todas las casas empezó a asomar rápidamente con sus palas y a retirar esa especie de engrudo helado de delante de las entradas.

—¡Ahí está! —exclamó Emily excitada señalando la calle.

Un hombre vestido con abrigo oscuro y gorro y una bufanda larga en torno al cuello se apresuraba hacia la casa.

Al poco rato, oyeron el timbre y poco después la puerta de la casa se abrió.

Charlotte estuvo a punto de gritar: «¡Adelante!», antes de que él llamara a la puerta.

Llevaba el pelo mojado, tenía el rostro rojo del frío y dirigió una mirada divertida a ambas.

—Tras ese atroz Hamlet de ayer por la noche estoy encantado de encontrarme con dos damas tan listas. ¡Es todo un placer!

—No debería haber permitido que me convencieran para ver esa obra —explicó el señor Ashdown mientras se calentaba las manos con la taza de té—. Pero estaba avisado. El actor que hacía de Hamlet estuvo espantoso, un galán entrado en años enfundado en unas calzas que se olvidaba de la mitad del texto. El espíritu del padre tenía que dictárselo. Ofelia le sopló un «¡Vete a un convento!» tan fuerte que la oyó hasta el público sin asiento. Evidentemente, a ese pobre hombre se le podría haber ahorrado esa tortura y haberle abreviado el texto, pero el director se había fijado el ambicioso objetivo de llevar a escena las cinco horas completas. —Negó con la cabeza—. Hui después del tercer acto.

—¿Lo leeremos alguna vez, fräulein Pauly? —preguntó Emily—. Parece muy emocionante.

—Tal vez aún es algo pronto —contestó Charlotte con prudencia mientras se preguntaba si la siniestra historia del príncipe de Dinamarca era una lectura apropiada para una niña sensible de ocho años.

—¡Ah! Ya te cuento yo de qué va. Siempre habrá tiempo para leerla. El texto resulta un poco difícil de entender —dijo el señor Ashdown con tono jovial, y empezó a explicarlo de un modo tan emocionante que atrapó incluso a Charlotte, que conocía la acción y el final.

Mientras estaban ahí sentados, casi olvidó el motivo por el que había enviado el telegrama al señor Ashdown. Necesitaba hablar a solas con él.

—Emily, ¿serías tan amable de dejarnos a solas un par de minutos?

La pequeña la miró con asombro.

—Pero si el señor Ashdown iba a hablarme también del rey y de sus tres hijas...

—Emily, lo haremos luego. —Charlotte se dirigió a ella con un tono amable, pero extrañamente severo, y su pupila comprendió que hablaba muy en serio. Se levantó, hizo una pequeña reverencia y abandonó la sala de estar.

El señor Ashdown la miró con una expresión inescrutable.

—No me gustaría nada ser un pupilo travieso en su clase.

—¿Qué quiere decir?

—He notado el acero en su voz. Con usted no hay bromas que valgan.

Charlotte se preguntó si tenía que entender aquello como un cumplido.

—No puede usted figurarse lo que pasa en muchas salas de estudio. Si no se sabe cómo controlar a los niños, pueden convertirse en un auténtico infierno. ¿Se imagina el padecimiento de algunas mujeres atrapadas entre los señores, a cuyo estatus no pertenecen; el servicio, que las evita, y los niños a los que no gustan y que incluso las desprecian?

Habló con vehemencia.

La sorpresa de él fue genuina.

—Disculpe, no sabía que usted hubiera pasado por tan malas experiencias.

—No hablo de mí —se apresuró a decir—. Por lo general, he tenido suerte con mis alumnos. Pero conozco a institutrices mayores, mujeres enfermas y envejecidas antes de tiempo que malviven porque no pueden o no quieren seguir ejerciendo su profesión.

Él la miró consternado.

—En ese caso, le vuelvo a pedir disculpas. A las mujeres como usted se las respeta de forma natural porque forman parte de una casa como esta, pero no se piensa que...

—¿... no son tarugos sin sentimientos? —Charlotte se echó a reír.

—No lo habría expresado de una forma tan cruda, pero sí, hay algo de cierto en eso.

—Con Emily pocas veces debo ser estricta. Es una niña encantadora y aplicada y, si la reprendo, suele ser por su exceso de celo. De todos modos, no deberíamos estar hablando de mí.

—Claro. Su telegrama. Cuénteme qué pasó ayer.

Charlotte le contó el incidente con la máxima precisión posible.

—¿Eso es todo?

—Sí. Emily solo salió de ese estado cuando tomamos el té. Su humor había cambiado y parecía totalmente despreocupada. Fue como si una sombra se hubiera abatido sobre ella y entonces hubiera desaparecido. ¿Le parece que realmente oyó alguna cosa? Me cuesta mucho creerlo.

El señor Ashdown la miró pensativo.

—No soy un experto en esto. Le he explicado el caso al doctor Henry Sidgwick y él no ve ningún indicio claro de fenómeno sobrenatural. —Vaciló—. Para serle sincero, a mi juicio, la solución está en Chalk Hill y en su entorno inmediato. Hay muchas cuestiones por resolver que van más allá de las visiones, o como queramos llamarlas, de Emily. Sin embargo, no las podremos resolver mientras sir Andrew se niegue a afrontar los hechos de cara. Lo cierto es que ya no sé qué hacer.

Charlotte lo miró apesadumbrada. Si él ya no sabía qué hacer, entonces, ¿quién? De pronto, la idea de regresar con sir Andrew y la pequeña y seguir llevando la vida como hasta entonces le daba miedo.

—¿Se encuentra usted bien? —preguntó el señor Ashdown preocupado.

—Disculpe, estoy un poco mareada.

El ambiente había cambiado, y en la mirada de él se reflejaba una enorme gravedad.

—Señorita Pauly, está asustada.

Ella volvió la vista al suelo.

—Yo..., yo no sé si voy a poder seguir viviendo así —dijo inspirando profundamente—. Si sir Andrew quiere regresar a esa casa... De hecho, pronto será Navidad, y ahora todo vuelve a empezar... —Se mordió el labio para no demostrar flaqueza—. No quiero abandonar a Emily a su suerte, pero no sé si tengo fuerzas para seguir viviendo en esa casa. Escuchar esos pasos por la noche. Tener miedo del bosque, o de que, en algún momento, con la ventana abierta, Emily...

Ella notó un roce y levantó la mirada. El señor Ashdown se había sentado a su lado y le había posado delicadamente la mano en el brazo.

—Hablaré con sir Andrew y le informaré de lo que sé y de mis sospechas.

—¡Si lo hace, él despedirá a Nora!

—Tal vez hace tiempo que debería haberlo hecho —repuso él en tono tranquilo.

—¿Por qué? ¿Cree usted que...?

—Estoy prácticamente seguro de que Nora tiene algo que ver con los incidentes nocturnos. Sobre todo, después de aquel extraño grito junto a la ventana.

—Pero ¿por qué querría perjudicar a Emily?

—Seguramente no quiere. Seguramente lo único que quiere es lo mejor para ella. —Esa fue su respuesta provocadora.

El piso era espacioso, pero sus paredes eran mucho más finas que las de la casa de Surrey y Charlotte no se esforzó en lo más mínimo para no escuchar. Esas voces masculinas no auguraban nada bueno.

—¡Eso es inaudito! —exclamaba sir Andrew—. ¿Cómo se atreve usted a propagar unos chismorreos tan repugnantes? ¡No en vano prohibí la entrada del doctor Pearson en la casa!

Las respuestas del señor Ashdown no se entendían bien y ella no podía más que suponer lo que decía.

—¡Por supuesto que es mentira! Lamento el día en que le invité a Chalk Hill. Usted no solo no ha conseguido nada, sino que ha provocado aún más inquietud. ¡Si se vuelve a acercar usted a esta casa o a mi hija, llamaré a la policía!

Charlotte se apretó aún más contra la pared cuando la puerta se abrió y el señor Ashdown salió. Acto seguido, ella se dirigió a toda prisa hacia él. Este se restregó la mano por la manga, como queriéndose sacudir alguna suciedad, y se dirigió hacia la salida. Sin embargo, al notar el roce de ella, se dio la vuelta.

—Señorita Pauly —sonrió afligido—, por desgracia, no he conseguido convencer a sir Andrew.

—Lo ha echado de la casa —respondió ella en voz baja.

—Se podría decir de este modo. Es algo que no me había vuelto a ocurrir desde mis tiempos como estudiante.

—¿Por qué se lo toma todo a risa? —preguntó ella casi con enojo.

Él se encogió de hombros.

—Porque hay muchas cosas que solo se pueden sobrellevar de ese modo.

Ella asintió.

—¿Y ahora?

—No lo sé.

Ella iba a responder, pero entonces se oyó un chillido como nunca antes se había oído.

Charlotte se precipitó hacia el dormitorio de Emily. La pequeña estaba sentada en la cama con los ojos abiertos de par en par y apretando el cuerpo contra el cabezal. Charlotte apenas reparó en que el señor Ashdown la había seguido.

—¿Qué ha ocurrido? ¿Por qué sigue usted aquí?

Sir Andrew se abrió paso entre los dos y se acercó a la cama.

—¿Qué le pasa a mi hija?

—Acabo de entrar —dijo Charlotte, sentándose cuidadosamente junto a la pequeña—. Emily, ¿qué ocurre?

La tomó de la mano.

El señor Ashdown seguía junto a la puerta. De pronto se hizo un gran silencio en la habitación, como si los cuatro a la vez contuvieran el aliento. Entonces Emily empezó a hablar con una voz muy extraña.

—Mamá ha venido a recogerme. Me buscaba, pero yo no estaba. Ha pensado que yo no iba a regresar nunca más. Entonces ha subido a la habitación de la torre y ha cogido una tela. La ha roto a jirones y los ha anudado. Ha pensado que no regresaría nunca más.

Emily se desvaneció.

—Tenemos que llamar a un médico —dijo sir Andrew.

—Yo me encargaré de ello —se apresuró a responder el señor Ashdown—. Indíqueme las señas.

Sir Andrew anotó algo en un papel de dibujo, se lo dio sin decir palabra, e hizo un gesto mudo de agradecimiento.

Luego se volvió hacia Charlotte. En su mirada se reflejaba una profunda desesperación, y ella sintió una auténtica compasión por él.

Cubrió a Emily con una manta y le tomó el pulso.

—Creo que se ha desmayado. Seguro que no es nada grave.

—¿Que no es nada grave...? —Él habló tan fuerte que ella lo tomó del brazo y lo sacó de la habitación—. ¿Ha oído lo que ha dicho?

Charlotte asintió.

—Sí, así es. Alguien debería ir a Chalk Hill.

—Pero si no ha dicho más que disparates.

—Tal vez, pero tenemos que ir hasta el fondo de este asunto. Nunca antes la había visto así.

—Yo no puedo dejar sola a mi hija. Y, desde luego, en estas circunstancias, ella no puede viajar.

—En tal caso, iré yo con el señor Ashdown —dijo Charlotte con tono resuelto.

Sir Andrew la miró con sorpresa.

—Estoy segura de que no ha sido ni un sueño, ni palabras farfulladas sin orden ni concierto, sir Andrew. En su casa pasa algo raro, usted lo sabe tan bien como yo. Y eso hace sufrir a Emily. Si no le ponemos punto final, ella enfermará de gravedad. Entonces habrá que temer por su buen juicio.

A juzgar por la expresión de él, era como si percibiera por primera vez su presencia. Charlotte siguió hablando con rapidez, antes de que él pudiera poner objeciones.

—Le pediré al señor Ashdown que me acompañe. ¿Hoy por la noche parte algún tren hacia Dorking?

Él la miró atónito.

—¿Quiere usted viajar ahora mismo?

—Sí, señor. Con su permiso.

«Y, si hace falta, sin él también», añadió ella mentalmente.

34

Westhumble, noviembre de 1890

*Y*a en el tren Charlotte por fin pudo respirar tranquila. La hora anterior se le había pasado como una exhalación de imágenes e impresiones: la pelea entre sir Andrew y el señor Ashdown, la indisposición de Emily, su decisión espontánea de viajar al momento a Chalk Hill, la honda preocupación que se había apoderado de ella y que simplemente no quería abandonarla.

—Está usted muy pálida. ¿Quiere un trago?

El señor Ashdown sacó una petaca de su abrigo y se la tendió.

—Whisky.

Charlotte no se lo pensó dos veces. El calor de la bebida le recorrió la garganta, dejándole una quemazón agradable que le llegó hasta el estómago. Entonces se percató de la mirada de asombro de él.

—Ni siquiera ha tosido.

—¿Por qué debería haberlo hecho?

—Ah, bueno, por nada. —Él tomó la petaca y se la volvió a meter en el bolsillo del abrigo—. ¿Mejor?

Ella asintió.

—Yo..., bueno, estoy intentando aclararme las ideas y saber qué estoy haciendo aquí exactamente.

—Bueno, está usted sentada en un tren acompañada de un caballero para averiguar si una niña está a punto de perder el juicio. Lo cual esperamos que no ocurra.

Aquel resumen tan conciso y preciso le provocó un nudo en la garganta.

—¿Hay alguna esperanza?

Él se encogió de hombros.

—¿A usted qué le parece?

Ella calló.

—Hay tres explicaciones: la primera, esto es, la del sonambulismo y la imaginación, ya la hemos descartado. La segunda sería que Emily está realmente en contacto con un mundo que nosotros no somos capaces de captar con nuestros sentidos.

—¿Y la tercera?

—Creo que usted ya se la imagina, pero que le parece tan improbable que simplemente no quiere admitirla.

Él no dijo más.

Charlotte se reclinó en su asiento. Sir Andrew había enviado un telegrama para que Wilkins los fuera a recoger a la estación, pero no era seguro que llegara a tiempo. En caso de urgencia, irían a Westhumble a pie desde la estación.

Por suerte, había dejado de llover, pero cuando se apearon en Dorking un viento frío les sacudió la ropa y los sombreros. El señor Ashdown se acercó a ella con actitud protectora hasta que entraron en el edificio. No había ni rastro de Wilkins. Sin embargo, en el hotel aguardaba un coche de caballos de alquiler. El señor Ashdown se apresuró hacia ahí, regresó con el coche y la ayudó a subir.

—A Chalk Hill, en Crabtree Lane. Deprisa.

El coche se puso en marcha apenas él hubo terminado de decir la frase. En la oscuridad, el entorno resultaba extraño, mucho más que el día de su llegada. Charlotte sentía como si las sombras quisieran asirla, y la sensación de acarrear en su interior una pesada carga de plomo aumentó todavía más. Recordó su primer viaje desde la estación hasta Westhumble y casi sintió pena por la Charlotte de entonces, ajena a los misterios que ese nuevo mundo le iba a deparar. Pensó también en la pequeña y en su madre, la cual, al parecer, había actuado de forma inaudita; recordó el escondite en el suelo de la habitación de la torre, y el ataque nocturno contra el señor Ashdown. Cuando por fin el coche dobló primero a la izquierda y luego a la derecha, ella se enderezó súbitamente.

El señor Ashdown le posó la mano en el brazo.

—Nadie sabe que venimos.

Ella asintió.

—¡Rápido!

Él pagó al cochero y luego se apresuraron a oscuras hacia la casa. El señor Ashdown llamó a la puerta con fuerza. No ocurrió nada. Volvió a llamar y gritó:

—¡Abran! ¡Es urgente!

Por el cristal de la puerta vieron que la luz se encendía dentro de la casa y luego Susan asomó bajo el umbral.

—¡Si son ustedes! Pensaba que...

Charlotte y el señor Ashdown entraron en el vestíbulo. En ese instante la señora Evans apareció en bata, con el cabello despeinado y mirándolos con una gran extrañeza.

—Señora Evans, sé que es tarde, pero el señor Ashdown y yo tenemos que subir de inmediato a mi habitación. Susan, ve a buscar una lámpara.

El ama de llaves asintió confundida y la doncella se marchó a toda prisa. Entonces la mujer miró a Charlotte.

—¿Podría por favor explicarme qué está ocurriendo aquí?

«Mamá ha venido a recogerme. Me buscaba, pero yo no estaba. Ha pensado que yo no iba a regresar nunca más. Entonces ha subido a la habitación de la torre y ha cogido una tela. La ha roto a jirones y los ha anudado...».

—Todavía no puedo.

Prácticamente arrancó a Susan la lámpara de petróleo de las manos y subió a toda prisa por la escalera seguida del señor Ashdown. Se detuvo delante de la puerta de su dormitorio y tomó aire.

—Permítame que vaya yo primero —dijo él con suavidad.

Charlotte se hizo a un lado y le entregó la lámpara. El señor Ashdown bajó el picaporte con cuidado, empujó la puerta e iluminó la habitación.

Charlotte se tapó la boca con las manos.

En la casa reinaba el caos. Susan lloraba en la cocina, donde la cocinera la atendía; entretanto, la señora Evans había sacado literalmente de la cama a Wilkins. El cochero permanecía de pie adormilado en el vestíbulo y miraba al ama de llaves sin entender nada.

—Vete de inmediato a Dorking y haz venir a la policía. Al superintendente Jones en persona. Ya sabes dónde vive. Sí, ya sé que es tarde. ¡Anda, vete!

Ella estaba muy pálida y afectada y le costaba un gran esfuerzo mantener la serenidad.

Wilkins salió de la casa como alma que lleva el diablo.

El señor Ashdown estaba reclinado contra la pared del pasillo con las manos hundidas en los bolsillos del abrigo. Estaba casi tan pálido como la noche en que ella lo había encontrado desangrándose en el vestíbulo.

—No puedo bajarla —murmuró él—. Primero debe verla la policía.

—Claro, tiene usted razón.

Charlotte respiraba con los ojos cerrados para reprimir la náusea que sentía crecer en su interior.

La señora Evans había demostrado una entereza sorprendente cuando la llamaron para que identificara a la mujer que colgaba muerta del gancho de la lámpara del techo. A fin de cuentas, ni Charlotte ni el señor Ashdown habían visto nunca a lady Ellen en persona.

A ninguno se le ocurrió bajar a la sala de estar. Permanecieron inmóviles en esa gélida escalera de la torre, como si velaran a la difunta.

—Pero ¿cómo?

Él levantó la mirada.

—Tilly Burke. Seguro que sabía que estaba viva. Es posible incluso que la escondiera. Lady Ellen sabía que nadie se tomaría en serio las palabras de una vieja loca. ¡Y eso que buena parte de lo que decía era cierto!

—Sí. —Charlotte cerró por un instante los ojos—. Seguramente Nora la ayudó. Fue leal a lady Ellen, me suplicó que no creyera las acusaciones del doctor Pearson. Y Tilly es su abuela. —Charlotte lo miró con espanto—. ¡Ella siempre estaba cerca de Emily! Y yo no me di cuenta de nada.

—Nadie se dio cuenta —repuso él con tono seco. Entonces se mordió el labio inferior—. Tenemos que telegrafiar a sir Andrew.

—¿Cómo decir una cosa así por telegrama? —preguntó Charlotte afligida.

Él frunció la frente.

—Debo intentarlo. Sin embargo, la oficina de correos no abre hasta mañana a primera hora. Y ahora ya no hay más trenes hacia Londres. —Negó con la cabeza e inspiró profundamente—. Está muerta. Mejor le dejamos unas cuantas horas antes de...

Charlotte se dio cuenta de que él apretaba los puños. Había algo raro en su modo de reaccionar. Por atroz que fuera esa visión, aquella mujer era una absoluta desconocida para él.

—¿Le parece...? ¿Vamos abajo? Tiene usted aspecto de necesitar un whisky.

El superintendente Jones era un hombre corpulento de pelo canoso y espeso que transmitía una gran tranquilidad. Después de ver el cadáver, aceptó también que Tom le sirviera un whisky.

—Disculpen, pero antes tengo que tranquilizarme. —Volvió la mirada del señor Ashdown a Charlotte—. Esto es, por decirlo suavemente, algo inesperado. Habíamos dado a lady Ellen por muerta y ahora resulta...

Tomó un trago largo, pero no dejó el vaso, sino que siguió sosteniéndolo en la mano. Luego los miró a ambos con expresión muy seria.

—Creo que tienen que contarme algunas cosas.

Entre los dos le contaron lo ocurrido en Chalk Hill, aunque, como si antes lo hubieran acordado tácitamente, omitieron la sospecha de que lady Ellen había hecho enfermar a su propia hija.

Cuando hubieron terminado, el superintendente los miró con desconfianza. Charlotte tuvo la impresión de que se había dado cuenta de las lagunas que había en la historia.

—Señora, caballero, en realidad debería dirigirme personalmente a sir Andrew, pero soy consciente de que hoy ya no va a ser posible contactar con él. Vamos a retirar el cadáver y a depositarlo en un lugar frío hasta que mañana el médico lo recoja y estudie la causa de la muerte. —Alzó la mano—. Con todo, aún voy a tener que hacer algunas preguntas a la familia antes de poder cerrar el caso.

Charlotte se aclaró la garganta.

—Me preocupa el padecimiento de Emily Clayworth si todos estos acontecimientos salen a la luz. Ha sufrido mucho y...

—Señorita Pauly, la policía procederá con la máxima discreción posible, pero hay leyes que debemos cumplir. Un suicidio debe investigarse y aclararse sin ningún género de duda, más cuando la fallecida fue dada por muerta hace casi un año.

—¿Es posible mantener alejada a la prensa? —preguntó el señor Ashdown, que estaba apoyado en la chimenea—. Por el bien de la familia.

El superintendente Jones le dirigió una mirada de interés.

—Lo intentaremos, pero no le prometo que lo consigamos. La investigación oficial no podrá mantenerse en secreto.

Dejó el vaso y se levantó.

—Mañana trataremos los demás detalles. Por el momento, vamos a retirar el cadáver. Que la señora Evans nos indique una sala donde dejarlo.

El ama de llaves los acompañó a una habitación de la segunda planta que no se utilizaba y en la que solo había una cama y un armario. El superintendente dirigió una mirada desafiante al señor Ashdown.

—Me gustaría pedirle su ayuda, caballero.

Charlotte miró a los dos sin saber qué hacer y decidió aguardar en la sala de estar. No se sentía con ánimos de volver a su dormitorio esa noche.

Cuando se hubo sentado en el sofá, se dio cuenta de que la señora Evans estaba en la puerta con las manos agarradas a la tela de su falda.

—Siéntese, vamos —dijo Charlotte—. Ha sido una impresión tremenda para todos.

La señora Evans tomó asiento con la cabeza gacha.

—Yo..., yo..., no puedo creérmelo, señorita Pauly. ¡Estaba aquí, en casa! Y yo no me di cuenta. No lo entiendo.

—Señora Evans, usted no se lo podía figurar y, además, ¿por qué debería haberlo hecho? Todos creíamos que lady Ellen había muerto ahogada.

El ama de llaves negó con la cabeza con aire decidido.

—Pero han ocurrido cosas raras: el ataque contra el señor Ashdown, los incidentes nocturnos. De hecho, hace un tiempo usted creyó que alguien había entrado en la casa.

—Pero a nadie se le habría ocurrido pensar que podía tratarse de lady Ellen. —Conforme consolaba a esa mujer, por lo común muy enérgica y engreída, Charlotte se iba serenando poco a poco—. Creo que cuando todo esto haya pasado, la calma por fin volverá a Chalk Hill.

—¿Cree usted que sir Andrew continuará viviendo aquí?

Charlotte no quería darle falsas esperanzas.

—Eso, señora Evans, no se lo sabría decir. Por el momento él ni siquiera sabe que su mujer...

De pronto, el ama de llaves alzó la cabeza.

—¿Y cómo han sabido ustedes que algo había ocurrido? Usted y el señor Ashdown no pueden haber venido así desde Londres sin motivo alguno.

Charlotte se alegró de que en ese instante la puerta se abriera y entrara un pálido Tom Ashdown. El superintendente Jones se despidió y les dijo que volverían a hablar al día siguiente al mediodía.

—Espero que para entonces sir Andrew ya esté aquí.

—Lo acompañaré fuera —dijo la señora Evans levantándose de su asiento.

Cuando Charlotte le sirvió una copa al señor Ashdown, se dio cuenta de que a él le temblaban las manos.

—¿Me permite una pregunta?

Él se le adelantó.

—Mi esposa falleció hace tres años. —Ella se sentó en una butaca. De pronto, su respiración le pareció extrañamente ruidosa—. Desde entonces no había visto, ni tampoco tocado, ningún otro muerto.

Se tomó lo que le quedaba del whisky de un trago.

—¿Era eso lo que quería preguntarme?

—En realidad, no. —Ella vaciló—. Disculpe si le he recordado algo de lo cual, sin duda, usted no quiere hablar.

—Hoy no, pero en otra ocasión, desde luego.

Se quedaron un rato sentados en silencio. Luego Charlotte lo miró y dijo con esfuerzo:

—Usted sospechaba desde hacía tiempo que lady Ellen estaba viva, ¿verdad?

—Era la única explicación lógica de ese ataque contra mí —dijo él con cautela—. Tenía la certeza de que se trataba de una mujer luchando con la fuerza de la desesperación o de la locura. Por descabellado que pareciera, ¿quién podía ser, si no?

—Esto, claro está, explica lo que Emily veía y oía todas esas noches. Ni eran sueños, ni encuentros con espíritus. Era su madre, que se colaba en la casa o a quien alguien dejaba entrar. Y, si lady Ellen no venía, Emily se quedaba junto a la ventana buscándola. Son todo explicaciones perfectamente racionales que incluso pueden demostrarse. Sin embargo... —Tragó saliva—. Esto no cambia el hecho de que esta noche Emily nos ha hecho venir hasta aquí. Ella sabía lo que estaba ocurriendo en Chalk Hill.

Él permaneció un buen rato en silencio, tanto que Charlotte llegó a creer que ya no respondería.

—Cuando acepté este encargo —dijo él finalmente— no contaba con llegar a encontrarme con algo que no pudiera comprender con la mente. Y durante mucho tiempo estuve convencido de que todo lo que vivíamos tenía una explicación natural. Hasta hoy. Charlotte, tengo la impresión de que me equivocaba.

35

Declaración de Nora Burke, de Mickleham, tomada el día 15 de noviembre de 1890 por el inspector Williams, de la policía de Dorking

Me llamo Nora Jane Burke, y nací el día 2 de marzo de 1865 en Mickleham. He trabajado como niñera de Emily Clayworth durante ocho años. Su madre, lady Ellen Clayworth, me dio el trabajo porque conocía bien a mi abuela, que antes había estado a su servicio.

Siempre me llevé bien con la señora. Era amable conmigo y me confiaba a la pequeña cuando ella no estaba en casa. A veces incluso tenía detalles conmigo y me regalaba pasadores o cintas bonitas. Apenas tenía trato con sir Andrew. Él, como diputado, solía trabajar en Londres.

Emily era un bebé muy sano, pero a partir de su primer año empezó a enfermar a menudo y nos dio varios quebra-

deros de cabeza. Sufrió fiebres, vómitos, espasmos, eccemas... La señora se negó a contratar a una cuidadora y se dedicó a cuidar a su hija personalmente. Yo la ayudaba. Era la mejor madre que uno pueda imaginarse.

Al principio, por la zona se habló mucho de por qué ella se encargaba de todo y no contrataba a nadie como hacen otras mujeres, pero para lady Ellen era natural que ella cuidara de su única hija.

Emily dependía mucho de su madre y la seguía a todas partes. Lloraba cuando la señora tenía que atender a sus compromisos sociales y por ello lady Ellen empezó a salir cada vez menos y a quedarse más con la pequeña.

No sabría decir si ella y sir Andrew tenían un matrimonio feliz, pero a él la conducta de ella no le gustaba. Eso sí lo sé seguro. De vez en cuando discutían. Yo no quería escuchar, pero daban voces. Él exigía que ella lo acompañara a Londres. No quería presentarse siempre sin su esposa, pero la señora insistía en quedarse en Chalk Hill con Emily. Lo pasaba mal cuando se peleaba con su marido, pero era muy feliz con su hija.

Ella sabía muchas cosas de remedios y medicinas. Había leído muchos libros para poder cuidar a Emily como es debido. El doctor Pearson siempre la felicitaba por cuidar tan bien de ella y saber exactamente lo que había que hacer.

Sí, sir Andrew echó de la casa al doctor Pearson, pero eso fue mucho más tarde, unos meses antes del accidente de lady Ellen. Sir Andrew dijo que era un incompetente y que por eso no permitía que siguiera tratando a su hija.

Sí. Yo misma lo oí. Había dicho —y es algo horrible, no me gusta nada contarlo— que lady Ellen hacía enfermar a su hija. Nunca había oído algo así. ¿Qué madre haría tal cosa?

Luego nada fue como antes. Sir Andrew no dejaba jamás a lady Ellen a solas con Emily. Insistía en que yo me quedara con ella por las noches cuando él estaba de viaje. Les dijo a la señora Evans y a la doncella que cuidar de Emily suponía un esfuerzo excesivo para su esposa. Así que les ordenó que solo yo me encargara de la pequeña. Aquello era muy cruel. La tenía prisionera en su propia casa. Se puso cada vez más pálida y triste. No entendía por qué él la castigaba de un modo tan atroz.

A veces visitaba en su casa de Mickleham a mi abuela, a quien todo el mundo tiene por loca. Pero, créanme, ella ve más que los demás. Lady Ellen sabía el camino que atraviesa el bosque, cruza el Mole y llega hasta Mickleham, porque siempre lo tomaba. No quería que nadie supiera adónde iba. Confiaba en la abuelita desde pequeña.

En una ocasión sir Andrew regresó de Londres y comunicó a lady Ellen la decisión que había tomado. Ella debía abandonar Chalk Hill. Él le compraría una casa cerca de una de sus hermanas o donde ella quisiera, pero, en ningún caso, cerca de Dorking, ni siquiera en Surrey. Ella misma me lo contó. Estaba desesperada. Me dijo que la quería apartar de ahí. Si ella no accedía, él se separaría de ella y ella sería la culpable y nunca más volvería a ver a Emily.

No me contó nada de su plan. Lo supe luego. Realmente pensé que había muerto. Pensé que se había suicidado, a pesar de que eso es un pecado tremendo contra Dios. Todo el mundo decía que había sido un accidente, pero yo conocía la verdad: sabía que ella tenía miedo de su marido y de sus amenazas. La buscaron por todas partes, pero su cadáver no apareció; de todos modos, ya saben ustedes lo traicionero que puede ser el Mole. Parece tranquilo y manso, pero de repente se desborda y arrasa con todo. La pasada primavera estuvo especialmente crecido.

Una vez al mes aprovecho mi tarde libre para visitar a mi abuela. Siempre se alegra de verme. En una ocasión, en verano, estábamos en su comedor y empezó a hablar de lady Ellen y a decir que quería llevarse a la niña. No la entendí, ¿cómo se supone que habría podido? Pensé que simplemente la abuela tenía un mal día. Y entonces de pronto apareció en la sala, lady Ellen, quiero decir. Casi se me para el corazón.

Ella levantó una mano y dijo:

—No temas, Nora. No soy un fantasma. Puedes confiar en mí.

—Sí, señora —le dije—. Pero ¿cómo lo ha hecho?

Me contó entonces que había dejado el chal en la orilla, que luego había nadado disimuladamente por el río hasta el puente y que finalmente se había colado en la casa de la abuela para esconderse. Dijo que antes de marcharse había escrito una carta de despedida y que la había deslizado por debajo de la puerta de sir Andrew. En ella explicaba lo mucho que los había amado a él y a su hija, y que ella no podía seguir viviendo así.

Cuando regresé a Chalk Hill estaba absolutamente confusa, pero por suerte nadie lo notó. Cada noche esperaba con temor a que ocurriera alguna cosa. Ella me había hablado de un plan y que necesitaba de mi ayuda. Un día recibí una carta. La señora Evans me miró con curiosidad, porque yo nunca recibo cartas, pero le dije que era de mi prima. De algún modo, tuve la intuición de que esa carta no era asunto suyo.

Así fue. Era de lady Ellen. Me decía que conservaba de antes una llave que daba a la bodega y que vendría de noche a ver a Emily. A mí, eso no me hacía mucha gracia, pero ella me daba pena, con todo lo que sir Andrew la había amenazado.

Y vino de verdad. Empezó poco antes de que llegara la nueva institutriz a la casa. La señora se asustó mucho cuando supo de ello porque temía que esa mujer notara algo. Y así fue. La señorita Pauly es lista y, al poco tiempo, empezó a desconfiar. Por eso la señora decidió, muy a su pesar, no contarle a Emily que nunca había caído al Mole y que vivía con mi abuela. La pequeña pensaba que su madre era un espíritu, estoy segura. A mí me sabía mal, pero al menos así lady Ellen la podía visitar.

¿Estaba loca? ¿Como mi abuela, quiere decir? Al principio no; de haberlo estado, no habría ideado semejante plan. Pero pienso que en algún momento todo esto la sobrepasó. No sé si me explico: esconderse, tener siempre miedo, vagar por la oscuridad como un espíritu, no poder hablar con nadie. Eso era difícil para ella. Era como si fuera invisible. Y luego encima vino ese señor Ashdown. La advertí sobre él. Era una persona curiosa y tenía una mirada aguda. Ella apenas se atrevía a venir por las noches. En una ocasión, él la persiguió hasta el bosque y allí ella lo atacó. Con un cuchillo. Bueno, es lo que yo creo. Solo pudo ser ella.

La última vez que la vi fue cuando sir Andrew se marchó con su hija. Fui a casa de mi abuela y le expresé mi temor de que tal vez ellos no regresaran. De hecho, él no había dicho cuándo iban a volver, ni si él me iba a necesitar más tiempo.

Sí. Puede que al final estuviera loca. Pero era una buena madre, nadie me podrá convencer de otra cosa. Quería tanto a su hija que no quiso vivir sin ella. Y por eso sacrificó su alma. Pero, en este caso, no es pecado, ¿verdad?

36

*L*os últimos días habían sido para Charlotte como gigantescas olas de imágenes y palabras que arremetían contra ella sin apenas dejarle aire para respirar. Sir Andrew había dejado a Emily al cuidado de la señora Clare en Londres porque se negaba rotundamente a llevarla de nuevo a Chalk Hill. En cuanto finalizó la investigación policial y se declaró el suicidio por ahorcamiento como causa oficial de su muerte, lady Ellen Clayworth fue enterrada por fin en su tumba del cementerio de Dorking. La ceremonia se celebró de madrugada y solo asistieron sir Andrew, Charlotte y los Morton. Los sepultureros juraron guardar silencio sobre aquel entierro.

Sir Andrew permanecía de pie junto a la tumba con una expresión impasible. Charlotte era incapaz de adivinar lo que le podía estar pasando por la cabeza. ¿Sentía rabia, dolor, incomprensión? Al verse en lo alto de la colina de ese cementerio oscuro con el viento de noviembre revolviéndole el abrigo, echó de menos la presencia de Tom, pero sir Andrew había dejado muy claro que no deseaba que estuviera ni en Chalk Hill ni en el cementerio. Por ello, el día anterior Tom había expresado su pésame a sir Andrew, se había despedido y había regresado a Londres.

Por mucho que se esforzaron en actuar con discreción, hubo murmuraciones. El servicio de Chalk Hill sabía lo ocurrido, igual que Nora Burke y la policía, y a la larga el suceso no se podría mantener en secreto. Por eso sir Andrew comunicó a Charlotte inmediatamente después del entierro que iban a regresar a Londres ese mismo día y que ahí decidiría acerca del futuro de Emily.

Consternada, fue testigo de cómo él daba instrucciones a la señora Evans para que despidiera a las doncellas. Le encargó que contratara únicamente a una señora para la limpieza que mantuviera la casa en buen estado; Wilkins entretanto se ocuparía de las tareas más imprescindibles en el jardín y la cochera.

Cuando ella le preguntó, preocupada, cuándo iban a regresar allí él y la señorita Emily, no contestó.

En el tren permaneció sentado delante de Charlotte sin decir nada. Entonces ella, incapaz de soportar ese silencio más tiempo, formuló la pregunta que la inquietaba desde que se había descubierto el cadáver.

—¿Qué le contará a Emily?

Él volvió la mirada hacia ella con un gesto rápido, como si estuviera muy ensimismado en sus pensamientos. Suspiró.

—No lo sé.

Ella tomó aire.

—Discúlpeme, pero alguien debería explicarle por qué hemos ido a Chalk Hill. En cuanto a su visión...

Él se enderezó de golpe.

—Mi hija no tiene visiones —repuso con contundencia—. Estoy harto de esas tonterías. Bastante ha sufrido ya. —Bajó la mirada hacia las manos y luego se encogió de hombros. ¡Qué difícil debía de ser para él mostrarle a una institutriz su confusión!

—Algo hay que decirle. Se lo ruego.

Su tono de voz hizo que él levantara la vista.

—No puedo. Yo..., bueno, sin duda no he sido un padre atento... —Ella notó lo mucho que le costaba pronunciar esas palabras—. No debería haber dejado a Emily con esa chica después de que su madre... Me he propuesto firmemente hacerlo mejor en el futuro. —Tragó saliva—. Pero esto... No sé qué le puedo decir. ¿Podría encargarse usted?

Charlotte vio claramente cómo el muro que él había levantado en torno a su dolor empezaba a desmoronarse y por primera vez se sintió cerca de aquel hombre tan introvertido. Por otra parte, a ella le disgustaba asumir esa tarea porque consideraba que el deber suyo como padre era hablar con Emily.

—Solo soy la institutriz de Emily.

—Ella confía en usted. Usted lo sabe perfectamente. —Y luego añadió algo tan lógico como egoísta—: Si se lo cuento yo, ella relacionará siempre esa mala noticia conmigo. Siempre que piense en la muerte de su madre, se acordará de mí. ¿Cómo puede salir algo bueno y nuevo de todo esto?

Desde un punto de vista sensato, a él no le faltaba razón. Ella solo era una figura transitoria en la vida de Emily mientras que él siempre sería su padre.

Y fue así como Charlotte se tuvo que encargar de explicar a Emily lo ocurrido sin contarle toda la verdad. Una tarea que casi parecía imposible.

Miró por la ventana donde las gotas de lluvia se oponían a la gravedad y corrían en diagonal por el cristal. No podía dejar de informarla de que su madre estaba definitivamente muerta. Sin embargo, no le podía contar tampoco lo que realmente había ocurrido. Era demasiado atroz. Entonces tuvo una idea. Asintió sin decir nada. Seguramente así lo conseguiría.

Tom Ashdown apenas había dormido. Los acontecimientos de los últimos días le habían afectado y notaba que, aunque todavía era pronto, necesitaba un whisky. Tenía que admitir que la muerte de esa mujer, una desconocida para él, le había turbado más de lo que creía. Sin embargo, tal vez, no fuera su muerte en sí, sino pensar en los terribles acontecimientos ocurridos en los años y meses antes de que él y Charlotte la encontraran colgada.

Él había presenciado cómo sir Andrew entró en la habitación en la que se había depositado el cadáver y había aguardado discretamente junto a la puerta. Sabía lo que era perder a un ser querido, pero ¿qué ocurría cuando aquel amor de antes se había transformado y convertido en algo siniestro que ensombrecía todos los recuerdos felices? Sir Andrew había perdido tres veces a su esposa: cuando se dio cuenta de lo que le había hecho a su hija —Tom estaba convencido de que sir Andrew había creído al médico pues, de lo contrario, no habría mantenido a Emily alejada de ella—; cuando creyó que se había ahogado en el Mole y ahora, finalmente, al saber que se había ahorcado en la habitación de cuando ella era niña. Se había quedado inmóvil ahí de pie sin decir nada, durante lo que a Tom le había parecido una eternidad.

Sir Andrew había contemplado atentamente a su esposa fallecida. A continuación, había salido y luego había regresado con un cuchillo, y había empezado a cortar la ristra de jirones de ropa anudados que se clavaban profundamente en el cuello de la fallecida. Resollaba mientras lo hacía y el cabello le caía sobre la cara mientras movía sin cesar el filo; al fin la tela había cedido y había dejado ver el cuello. Entonces él había dejado caer esa soga improvisada, se había limpiado involuntariamente las manos en las perneras del pantalón y había abandonado la estancia.

Tom lo había seguido lentamente después de cerrar cuidadosamente la puerta tras de sí. Era un consuelo que el recuerdo que él tenía de Lucy no estuviera empañado por una sombra como aquella: él la había perdido, pero no el amor que había sentido por ella. Un leve escalofrío le recorrió el cuerpo, y se arrebujó en la levita.

Sintió el agradable calor del whisky en la garganta. Vagó inquieto de un lado a otro del despacho, cogió un libro y lo volvió a dejar de lado; miró hacia el rincón de Lucy y tampoco ahí encontró la calma. Entonces su mirada se posó en la carta que Daisy le había dejado sobre el escritorio.

Agradecido por esa distracción, la abrió y se acercó a la ventana con ella.

Mi querido Ashdown:
Tal y como acordamos, he hecho algunas investigaciones sobre la posible enfermedad mental de E. C. En la biblio-

grafía médica desde hace algunas décadas se han descrito casos de anomalías en personas que dicen estar enfermas o incluso llegan a enfermar inyectándose, por ejemplo, sustancias nocivas. Se supone que actúan así para despertar atención o compasión, lo cual sugiere un estado mental de gran gravedad.

Hasta ahora no se conoce otro caso como el que usted describe, esto es, el de una tercera persona infligiendo estos daños y, encima, a una criatura. Sin embargo, según me aseguran mis colegas expertos, esto no significa necesariamente que sea algo descartable o impensable. Existe una gran prudencia en lo referido al estudio y la descripción de daños infligidos a niños por parte de adultos, algo que posiblemente se deba a un concepto falso y mal entendido del decoro.

Lamento no poder comunicarle una respuesta más clara que decirle que no es algo normal, pero tampoco impensable. Sin embargo, por desgracia, es algo tan inaudito que tendrá que pasar mucho tiempo antes de que se dé prioridad a la protección de los niños.

Atentamente,

H. Sidgwick

Tom se sentó al escritorio, tomo papel y lápiz, y escribió una breve carta.

—Voy a irme de viaje con mi hija —anunció sir Andrew en cuanto llegaron a Chester Square. Había llamado a Charlotte a su despacho, antes incluso de que ella pudiera ir a ver a Emily—. Como comprenderá, tras estos trágicos acontecimientos necesitamos tomar un poco de distancia. Espero que mi hija recupere su salud mental distrayéndose con nuevas impresiones. He pensado en ir a Italia.

—Sin duda, esa será una experiencia maravillosa —dijo Charlotte después de que él se interrumpiera para oír su opinión.

—Estoy sopesando también la posibilidad de mudarnos a Londres en cuanto finalice el viaje para que Emily pueda empezar una nueva vida, libre de los recuerdos de Chalk Hill.

Y en la que ella ya no tendría cabida, se dijo Charlotte. No era una suposición, sino una certeza que había ido creciendo en su interior de forma rápida y definitiva. Sir Andrew no se la iba a llevar de viaje a Italia, ni tampoco la volvería a contratar como institutriz tras su regreso. Él aún no lo había dicho, pero ella era consciente de que la despedida estaba próxima.

Tragó saliva, como si sintiera un sabor amargo en la boca.

—¿Estoy en lo cierto al suponer que mis servicios ya no serán necesarios? —Eligió la fórmula más impersonal posible para contener las lágrimas que sentía asomar a sus ojos.

—Así es, fräulein Pauly, y créame que lo lamento. Su trabajo con mi hija ha sido encomiable en la medida en que soy capaz de valorarlo y le daré referencias en este sentido. Por ello no creo que le resulte muy difícil encontrar un puesto adecuado. Por otra parte, recibirá usted el salario completo de tres meses para que pueda buscar tranquilamente un nuevo lugar.

Ella bajó la cabeza.

—¿Cuándo van a marcharse?

—Cuanto antes. Antes de Navidad. Por el bien de Emily.

Él se interrumpió. Notaba que eso le afectaba, pero, después de aquel atisbo de flaqueza que se había permitido en el trayecto en tren, ahora él volvía a mostrar su fachada inexpugnable.

—He traído de Chalk Hill todas mis cosas y puedo abandonar la residencia en cualquier momento que usted desee.

—Usted se quedará aquí mientras nosotros estemos.

Charlotte asintió y se levantó.

—En ese caso, iré a ver a Emily.

Cuando llamó a la puerta de la habitación de la niña se sentía apesadumbrada. No había contado con que esa conversación tan delicada fuera además el primer paso de su despedida.

Emily estaba sentada en una butaca leyendo junto a la ventana, con una muñeca sentada en el reposabrazos. Cuando vio a Charlotte se levantó de un salto y se acercó con la muñeca.

—Mire, fräulein Pauly. Aquella conocida de la señora Clare ya ha arreglado a Pamela. No es tan guapa como antes, pero ahora aún la quiero más.

Le habían cambiado la cabeza, y ahora sus rasgos eran un poco más bastos y con más colorido, pero su pelo era largo y sedoso, y Emily parecía encantada. Eso era lo más importante.

—Emily, siéntate. Tenemos que hablar.

La pequeña la miró con curiosidad y se volvió a sentar en su asiento cruzando las piernas. Charlotte decidió no llamarle la atención por ello.

—Seguro que te has preguntado por qué tu padre y yo hemos estado fuera.

Emily asintió.

—Tuvimos que viajar hasta Dorking. Ocurrió una cosa de la que tu padre tenía que ocuparse. No me resulta fácil hablar de ello, pero quiero que tú lo sepas.

—¿Es por mamá?

Charlotte dio un respingo.

—¿Cómo se te ha ocurrido pensar eso?

—Se marchó usted tan repentinamente después de que yo viera cómo ella...

—Sí. Tenía que ver con tu madre, pero no fue como tú creías. Como sabes, ella cayó al Mole y se ahogó.

Emily asintió. Estaba pálida, pero parecía tranquila.

—El caso es que la encontraron. Un poco más adelante, aguas abajo. —Era consciente de que era un intento algo arriesgado, y esperó que Emily dejara de lado por una vez su pensamiento lógico y la creyera sin más—. La enterramos. Está en el sitio que antes ya había sido el suyo. En el cementerio de Dorking, en lo alto de la colina, con una amplia vista de Box Hill.

Emily no dijo nada. Luego musitó:

—¡Pero estaba ahí! Venía por las noches y me visitaba. Seguro.

—Hay cosas que no tienen explicación. Hay un vínculo que nos une con una persona que está muy lejos. Algo te dice que no cruces la calle y al instante siguiente dobla la esquina a toda velocidad un coche con un caballo desbocado. Tú querías muchísimo a tu madre y ella a ti, y tal vez algo de eso sobrevivió a su muerte. Pero está muerta, Emily, y no va a volver.

A Charlotte los ojos le ardían y se mordió el labio inferior. Maldita sea, ¿por qué el padre de Emily no podía encargarse de ello?, pensó enfadada.

—¿Y qué hay de los jirones de ropa que anudó? ¿Por qué vi eso?

Charlotte pensó. Debía encontrar una explicación convincente para eso. Si Emily la creía ahora, encontraría la tranquilidad en el futuro porque Ellen Clayworth estaba muerta y nunca más molestaría a su hija. Entonces se le ocurrió una mentira muy astuta.

—Dices que la viste en su antigua habitación de la torre, que ella había habitado de niña. Quizá alguna vez te contó que había hecho jirones con una tela y que luego los había atado con nudos para jugar. Tal vez conocía el cuento de Rapunzel.

Emily la miró con suspicacia. Charlotte se movía entre arenas movedizas; un paso en falso y se hundiría sin remedio.

—Rapunzel vivía en una torre y dejaba que el príncipe trepara hacia ella por su larga trenza. Supongamos que ella hubiera jugado a eso de niña y que luego te lo hubiera contado. Tú pensabas en ella, te acordaste y lo viste tal y como ella te lo había descrito.

—No sé, fräulein Pauly. ¿Cree que podría ser eso?

A Charlotte el corazón le latía tan desbocado que le pareció oír su eco.

—Es posible. Nadie puede saber lo que ocurre en lo más profundo de los demás. Pero estoy segura de que ella te quería mucho.

—Sí. —Emily apretó la muñeca con fuerza contra sí.

Nadie podía saber lo que le depararía el futuro, ni si se conformaría con la explicación de Charlotte, ni si luego haría averiguaciones, descubriría la verdad y maldeciría a su institutriz por haberla engañado. Pero Charlotte era incapaz de contar a una niña de ocho años lo que su madre le había hecho a ella y, luego, a sí misma. Solo podía confiar en que el tiempo trajera el olvido consigo. Y que su padre se relacionara con ella de un modo más sensible.

Su padre.

—Emily, tengo que decirte otra cosa. Antes he estado hablando con tu padre...

Cuando por fin Charlotte llegó a su dormitorio, estaba absolutamente agotada. Aunque Emily había afrontado con entereza la noticia de que habían enterrado a su madre, se había mostrado desconsolada al saber que se debería despedir de su institutriz. Había llorado mucho rato hasta que al final había caído dormida en el regazo de Charlotte. Luego esta había llevado a la niña en brazos hasta sir Andrew y se la había entregado como un reproche viviente, como un recuerdo de su obligación. Él se había sentado con ella junto a la chimenea y Charlotte los había dejado solos.

Encontró la carta sobre la cama. Cuando reconoció la letra, por primera vez ese día sintió algo parecido a la alegría.

Querida Charlotte:

Espero que haya regresado bien a Londres. Sería un placer para mí invitarla a tomar el té en mi casa en los próximos días. Hay una carta que me gustaría mostrarle. La esperaré cada día a las cinco.

Tom

P. S.: Mi dirección es Clerkenwell Green, 54.

37

El lunes siguiente Charlotte se dirigió a la agencia que le había conseguido el puesto en casa de sir Andrew. La propietaria, la señora Manning, la recibió con frialdad ya que Charlotte apenas había trabajado unos meses en Chalk Hill, lo cual era indicio de que el patrón no había quedado satisfecho. Sin embargo, cuando supo que sir Andrew Clayworth se marchaba al extranjero durante un periodo largo de tiempo por motivos personales y que daría las mejores referencias a su empleada, su actitud fue más amable.

—Muy bien, señorita Pauly, en este caso la volveremos a introducir en nuestro fichero de candidatas y nos pondremos en contacto con usted en cuanto recibamos una petición adecuada o tengamos noticia de una vacante para alguien con sus capacidades. ¿Qué dirección debo anotar?

Charlotte vaciló.

—¿Podría recomendarme una pensión donde alquilar una habitación entretanto? Sir Andrew partirá en breve y eso me obliga a buscar un nuevo alojamiento.

Decir aquello le resultó muy difícil. De pronto, le resultaba molesto tener que postularse como candidata, si bien era el procedimiento habitual.

—Bueno... —La señora miró por encima de sus gafas de cristales de media luna—. Como debe saber, Londres es una ciudad muy cara, pero conozco algunas damas que alquilan alojamiento a precios razonables a señoras que buscan trabajo. Le escribiré aquí una dirección cercana. Puede dar mi nombre como referencia.

Sacó una tarjeta pequeña y apuntó un nombre y una dirección de Brixton que, tal y como ella añadió, se encontraba al sur del Támesis.

—Las habitaciones son pequeñas, pero limpias. Sobre el precio, pregunte directamente a la señora Farley. A menos que usted no me diga otra cosa, doy por sentado que la encontraré en esa dirección.

Charlotte se levantó.

—Muchas gracias.

A continuación, salió del despacho y atravesó el pasillo oscuro hasta alcanzar la puerta de entrada por cuya vidriera de colores se colaba la pálida luz del invierno. Desplegó el plano de la ciudad que antes había comprado y buscó la calle que le había anotado la encargada de la agencia de colocación. Tal y como le había dicho, estaba muy cerca.

La casa se encontraba un poco apartada de la calle, oculta tras una barandilla de hierro forjado, y su aspecto era siniestro e inhóspito a causa de los ladrillos, que tenía ennegrecidos por el hollín. A Charlotte se le encogió el corazón al recordar el agradable y luminoso piso de Chester Square que en unos pocos días debería abandonar. Tantas despedidas... Apretó los dientes.

De ningún modo pensaba regresar a Alemania. Esa posibilidad no la había considerado ni por un minuto. Había conseguido un buen puesto en Inglaterra y seguro que conseguiría otro; no le cabía ninguna duda. Sin embargo, en ese momento se preguntó si realmente era eso lo que quería.

Se detuvo delante de la casa para recobrar la compostura. En cuanto se hubiera despedido de Emily y de su padre, se dijo, tendría tiempo de reflexionar. Entonces tal vez sería consciente de lo que había vivido los meses anteriores y lo que eso significaba para su vida.

Así pues, empujó la puerta del jardín, que estaba pintada de azul oscuro, y se acercó a la casa con paso decidido.

Los días que siguieron los pasó sobre todo con Emily. En cada historia que ella le leía, en cada cuadro que contemplaban, en cada canción que cantaban había un hálito de despedida. Pocas veces hablaban de ello, pero Charlotte se daba cuenta de que la pequeña buscaba su cercanía, que se apoyaba en ella o le tocaba el brazo. Aquello le dolía, pero ella respondía a esas muestras de cariño del modo apropiado para su cargo.

—¿Le podré escribir? —preguntó por fin Emily en voz baja la noche anterior a su partida. Las maletas de Charlotte se encontraban ya dispuestas en el pasillo; a la mañana siguiente abandonaría la casa para siempre. La señora Clare llevaba días yendo de un lado a otro con los ojos enrojecidos; aunque no sabía nada de los trágicos sucesos de Surrey, era una persona compasiva y compartía el dolor ajeno.

—Eso me haría muy feliz. Siempre y cuando tu padre esté de acuerdo con ello —respondió Charlotte. Luego anotó en un papel la dirección de la agencia de colocación—. No sé aún dónde trabajaré. Si envías tus cartas allí, seguro que las recibiré. Y en cuanto esté ya con una nueva familia, te escribiré para indicarte la dirección.

Emily tomó el papel y lo metió en la parte delantera del vestido de Pamela. Era el lugar más seguro; la muñeca la acompañaría adonde fuera.

—Lo siento —dijo Emily.

—¿Qué sientes? —preguntó Charlotte sorprendida.

—Dejarla sola.

Ella inspiró profundamente y acarició la oscura cabellera de la niña.

—No lo sientas. ¡No es culpa tuya! Simplemente, ha pasado de este modo. Hay cosas que no se pueden cambiar. Las personas inteligentes se dan cuenta de ello y se adaptan. Ahorra fuerzas para las cosas que se pueden cambiar.

Emily la miró pensativa. Luego su rostro se iluminó.

—De todos modos, en Londres usted no estará sola.

—¿Qué quieres decir?

—El señor Ashdown también vive aquí.

Charlotte sonrió sin querer. Ella le había escrito comunicándole que aceptaría su invitación en cuanto los Clayworth hubieran partido. Hasta ese momento ella quería aprovechar todos los minutos con la niña.

A la mañana siguiente llegó el momento. Los tres se encontraban en la acera, delante de la casa. Sir Andrew había alquilado un coche para que acompañara a Charlotte a su nuevo domicilio; al lado aguardaba el otro coche de caballos que los llevaría a la estación de tren a él y a Emily. Charlotte estrechó la mano a sir Andrew, y él le volvió a dar las gracias por su ayuda con una calidez inusual.

En cuanto se volvió hacia Emily, abandonó toda contención y la apretó contra sí. Notó cómo sus manitas se le agarraban a las mangas y se mordió las mejillas por dentro para reprimir las lágrimas.

—Te quiero mucho —le susurró a Emily en voz baja al oído.

—Yo a usted también. Le escribiré muy pronto —respondió la pequeña con un murmullo.

—Debemos marcharnos, Emily —dijo sir Andrew.

Charlotte deshizo el abrazo no sin cierto alivio. No lo habría podido soportar mucho más tiempo.

Hizo una indicación al cochero para que aguardara un instante y contempló el coche de sir Andrew hasta que hubo doblado la esquina siguiente.

Una doncella, tan delgada y tan pálida que Charlotte sintió remordimientos, acarreó su equipaje hasta el primer piso mientras ella acordaba con la casera las cuestiones económicas.

—Así que por dos meses.

—Eso es, señora Farley. Confío que en ese tiempo yo ya habré encontrado un trabajo.

La señora dirigió una mirada escrutadora a Charlotte.

—Bueno, aunque usted es extranjera, como viene recomendada por la señora Manning aceptaré en principio si solo me paga un mes por adelantado. Hay agua caliente previa solicitud. Nada de visitas después de las nueve. Y no se aceptan visitas de caballeros. La noche del día anterior puede indicar si tomará desayuno o si va a comer fuera de la casa. Está prohibido comer en la habitación.

Charlotte asintió. De repente, se sintió como una niña a la que la estuviera regañando su estricta madre y se alegró cuando por fin cerró tras de sí la puerta del dormitorio. La señora Farley le había comentado en su primera visita que se veía obligada a alquilar habitaciones porque su marido había muerto prematuramente, como si para ella fuera indecoroso ceder a Charlotte una habitación.

La habitación estaba limpia, pero era pequeña y bastante oscura. Daba a un patio diminuto rodeado de muros en el que había dos sillas y un árbol seco. Aquella visión la apesadumbró más de lo que estaba.

Desempaquetó su ropa, aunque solo sacó lo necesario, como si no quisiera instalarse ahí, y la colgó en el pequeño armario. Acarició meditabunda su mejor vestido, uno de terciopelo de color verde oscuro que apenas había llevado. Luego lo sacó de la percha y lo extendió sobre la cama. Era el vestido apropiado para una invitación a tomar el té.

Como sir Andrew se había mostrado generoso, se permitió el lujo de alquilar un coche y de no servirse de uno de esos coches Hansom; la señora Farley le había dado a entender de manera inequívoca que esos vehículos solo los utilizaban «damas de moral dudosa».

Durante aquel largo trayecto, Charlotte contempló con asombro su alrededor. Londres era, ciertamente, una ciudad inmensa. Atravesaron el Vauxhall Bridge y prosiguieron a lo largo del Támesis hasta que asomaron ante ellos el Parlamento y la abadía de Westminster. Charlotte se acordó del día de su llegada, cuando había atravesado el puente de Westminster con Emily y su padre y se había hecho una primera impresión de la ciudad. Prefirió abandonar rápidamente ese recuerdo para no malograr el placer de aquel recorrido.

No sabía en qué dirección avanzaba; con tanto bullicio había perdido por completo el sentido de la orientación y solo de vez en cuando vislumbraba un edificio o una plaza que ella conocía de algún dibujo: la columna de Nelson en Trafalgar Square, y luego, a lo lejos, la cúpula de la catedral de St. Paul. Sin embargo, el cochero seguía avanzando y ella empezó a temer que pronto se encontraría en el campo. Aquella ciudad parecía no tener fin.

Llegaron por fin a una plaza rodeada de casas hermosas con una pequeña zona verde dispuesta en el centro. Entre los edificios se alzaba la torre blanca de una iglesia. Allí todo parecía más pequeño; la plaza era como una plaza de pueblo perdida en medio de la metrópolis. El cochero se detuvo frente a una casa de ladrillo rojo cuya planta baja estaba pintada de blanco. En la puerta, pintada de azul, destacaba una aldaba de latón bien pulida.

—Hemos llegado, señorita.

El hombre la ayudó a bajar y ella pagó los tres chelines que habían acordado antes de empezar el trayecto. Cuando el coche de caballos se volvió a poner en marcha, ella levantó los ojos hacia la fachada de la casa y notó que el corazón le latía con fuerza.

Durante el camino se había concentrado en la agitación animada de las calles y la majestuosidad de la gran ciudad, pero ahora, en aquella acera silenciosa, se sintió tremendamente nerviosa. Antes de que el valor la abandonara por completo, dio un paso adelante e hizo sonar la aldaba.

Una doncella abrió y le sonrió con amabilidad.

—¿Qué desea, señorita?

—Desearía visitar al señor Ashdown. Me está esperando —añadió decidida.

—Adelante, por favor.

El vestíbulo de la casa, de baldosas blancas y negras, estaba agradablemente caldeado y olía a abrillantador de madera y cera de abeja. Tras entregar a la doncella el sombrero y el abrigo, reparó en que en el colgador había también dos abrigos de señora. Fue presa de una cierta angustia, pero entonces se abrió una puerta y Tom Ashdown salió a recibirla.

—¡Charlotte! ¡Qué alegría! Pero... parece usted un poco confusa...

Charlotte sonrió avergonzada.

—No es nada. Estoy bien. Yo también me alegro.

Él la acompañó hasta un agradable comedor en el que había una mesa dispuesta para el té. Entonces, a través de la hoja abierta de la puerta detrás de la cual se veían unas estanterías y un gran escritorio exclamó:

—¿Os importaría a los tres venir aquí y saludar a mi invitada especial? A fin de cuentas, ese cráneo no tiene la mayor importancia. —Se volvió hacia Charlotte con aire divertido—. Es el cráneo de Yorick, un elemento de atrezo que un director de teatro amigo mío me regaló hace años. No es de verdad. Bueno, eso espero. Aunque desde luego lo creo capaz de ello.

Al instante siguiente entraron por la puerta dos mujeres y un hombre.

—Les presentaré. Esta es Sarah y el doctor John Hoskins, de Oxford, unos queridos y viejos amigos míos. Y esta es la señorita Emma Sinclair, la hermana de la señora Hoskins. Os presento a la señorita Charlotte Pauly, de Alemania. Ambos hemos pasado muchas cosas juntos.

Lo primero que notó Charlotte fue la mirada de la mujer más joven. Un respingo fugaz, un leve disgusto, antes de estrecharle la mano con una sonrisa. Era una muchacha delicada y rubia, de ojos azules casi demasiado grandes para su rostro. Su hermana era parecida, pero más corpulenta y alegre. La apariencia del hombre, con sus gafas de metal y la chaqueta de *tweed* con parches de piel en los codos, se correspondía exactamente a como ella se imaginaba a un académico.

—Encantada —dijo Charlotte, a la vez que notaba una opresión en el pecho que la incomodaba—. Yo..., bueno, no pretendía molestar.

Dirigió una mirada de auxilio hacia Tom Ashdown.

—Charlotte, mis amigos se han tomado la libertad de invitarse por su cuenta a tomar el té, a pesar de que hace días que le hice llegar a usted mi invitación. Pero no me he atrevido a ponerlos de patitas en la calle con este tiempo.

—Eres incorregible —dijo la señora Hoskins acercándose a la mesa—. ¿Cuánto tiempo más piensas apartarnos de estas delicias?

Charlotte sonrió y contempló la estancia.

—¡Qué casa tan agradable tiene usted..., Tom!

De repente, le costó pronunciar su nombre de pila.

—Por favor, sentaos a la mesa —dijo él, ofreciéndoles asiento a ella y a Emma Sinclair.

Los demás invitados fueron agradables y se interesaron por el país de Charlotte y su trabajo, pero ella se sentía incómoda, lo cual era debido a que por el momento no tenía trabajo y además no podía contar nada sobre su anterior puesto. En una ocasión notó cómo Tom, para animarla, le posaba por un instante la mano en el brazo.

—Por cierto, ¿dónde te has metido últimamente? —preguntó el señor Hoskins de pronto—. Ese modo que tienes de sostener el brazo izquierdo me parece muy sospechoso. ¿Acaso te has visto envuelto en alguna historia turbia? ¿Un duelo con un actor ofendido, o tal vez con el mecenas de alguna diva a la que pusiste en ridículo en alguno de tus artículos? ¿O fue tal vez una pelea en un bar?

A Charlotte le pareció advertir que Tom se ruborizaba ligeramente.

—Oh, eso. Me lo torcí, tropecé en la escalera de forma poco afortunada. Ah, por cierto, muchas gracias por expresar delante de unas damas unas suposiciones tan poco halagadoras. Contigo como amigo no necesito enemigos.

—Todos sabemos que usted es todo un caballero —repuso la señorita Sinclair a la vez que dirigía una mirada rápida hacia Charlotte.

—Emma va a pasar una temporada larga en Londres. Quiere vivir en casa de una amiga y tomar lecciones en una escuela de arte —explicó la señora Hoskins como de paso mientras dirigía una mirada esperanzada a Tom.

Charlotte, de repente, se acaloró. Apenas podía respirar. Tuvo la sensación de encontrarse en medio de una escena de teatro en la que todo el mundo menos ella se sabía el texto y el argumento y donde los actores se conocían desde hacía una eternidad y se daban pie entre sí arrojándose las entradas como si fueran pelotas. Agarraba con tanta fuerza el borde de la silla que las manos le dolían.

—Le alegraría que fueras a ver sus cuadros de vez en cuando y la aconsejaras —añadió John Hoskins.

Cuando Charlotte se levantó, aún no sabía lo que iba a decir al instante siguiente.

—Yo..., bueno, lo siento. Disculpen, debo irme.

No logró decir nada más. Tan solo quería abandonar aquella estancia, aquella casa, salir a esa fría tarde de invierno.

38

*T*ras excusarse con sus invitados, él había salido a toda prisa de su casa hacia una calle más concurrida mientras se iba abrochando el abrigo y se protegía el cuello con una bufanda. Mientras lo hacía estuvo a punto de tropezar con un vendedor de castañas que ofrecía su mercancía por la acera. Al poco rato, Tom detuvo con un gesto a un coche Hansom.

—Chester Square, cuanto antes.

El cochero lo miró consternado.

—Es muy mala hora, caballero. Haré lo que pueda, pero ya ve...

Señaló con el látigo el enjambre de coches de caballos y vehículos de todo tipo que abarrotaban las calles.

Tom se envolvió en la manta que encontró junto a él en el asiento y se dispuso para un largo trayecto. Miraba las calles sin reparar de verdad en lo que veía. La gente movía la boca sin que el ruido le alcanzara a los oídos; no oía los gritos alegres de los niños, ni tampoco las voces airadas que daban dos cocheros que habían chocado en un cruce y ahora se insultaban. Solo oía las últimas palabras que ella había dicho y el ruido de la puerta al cerrarse tras ella.

Charlotte no sabía cómo había llegado a ese coche de caballos. Su memoria presentaba alguna laguna, pero ahora estaba sentada y abrigada, y podía cerrar los ojos. Le parecía como si hubiera transcurrido una eternidad desde que hiciera el trayecto hasta Clerkenwell, durante el cual había mirado por la ventana con fascinación.

«Estás demasiado sensible», se reprendió. Tom tenía visitas, antiguos amigos que le conocían desde hacía muchísimo más tiempo que ella. Estaba en todo su derecho. Esa gente había sido amable con ella, y ella se había comportado de un modo ridículo. Había salido de estampida, sin despedirse; había hecho una escena y había perdido la compostura mientras que en los meses convulsos anteriores siempre había conservado la calma. No era propio de ella. Tal vez fuera una secuela de aquellos eventos trágicos, tal vez por fin salían a la luz los miedos reprimidos en los últimos tiempos. Tal vez...

Apretó los labios y contempló la oscura noche de invierno en el exterior. De pronto, la ciudad le pareció fría y distante, y se preguntó qué la había hecho sentir tan bienvenida allí. No había nada en Londres que la retuviera: ahí ella era una forastera y siempre lo sería. Aunque encontrara un nuevo trabajo, nada sería como antes. Algo se había roto, perdido para siempre, tal vez las ganas de aventura, o la euforia de la partida que había sentido al salir de Berlín. Se acordó de la travesía hasta Dover, de cómo había sostenido la cabeza contra el viento y deseado ver por fin la costa. Rememoró el trayecto en coche de Dorking a Chalk Hill, el primer encuentro con Emily, el encanto que al principio habían ejercido en ella la casa y el bosque.

Lo había perdido todo. Se encontraba ahí con las manos vacías.

Había más cosas, pero no quería tocar lo fundamental, lo que más le dolía. Si se abandonaba a ese lugar de su interior, no volvería a encontrarse a sí misma y eso la aterraba más que cualquier otra cosa. Si se dejaba llevar por esas emociones, estaría perdida.

El ama de llaves lo miró con sorpresa.

—Caballero, la familia ha salido de viaje por un periodo de tiempo indefinido. Ahora mismo estaba cerrando la casa.

—Lo sé, yo solo quería... ¿Sabría usted decirme cómo puedo encontrar a la señorita Pauly?

La señora Clare sonrió.

—¡Una joven dama muy agradable! A la señorita Emily le hubiera gustado que la acompañara durante el viaje; parecían llevarse muy bien.

—Por favor, ¿tiene una dirección? —preguntó él con más insistencia que antes.

—Perdone, hablo demasiado y usted tiene prisa. Un instante, por favor. —Desapareció en el interior de la casa y luego regresó con una nota—. Aquí tiene, eso es todo lo que tengo.

Le entregó una tarjeta de visita.

Era la dirección de una agencia de colocación de personal dedicado a la enseñanza y la educación; eso, al menos, era lo que ponía en la tarjeta.

—¿Nada más? ¿Ninguna dirección privada?

La señora Clare negó con la cabeza.

—No, señor, lo lamento. Pero sé que también le dio esa misma dirección a la señorita Emily. Por eso creo que hará bien en preguntar ahí.

Su mirada era cálida y compasiva.

—Muchas gracias. ¿Me permite? —Se anotó la dirección y devolvió la tarjeta al ama de llaves—. Le deseo buenas noches.

Ya en la calle consultó la hora. Faltaba poco para las seis y media. Posiblemente a esa hora ya no encontraría a nadie en la agencia, pero debía intentarlo. Se abrigó el cuello con la bufanda, llamó a un coche de caballos y siguió con la búsqueda.

La habitación tenía una apariencia aún más lúgubre que antes; en cuanto hubo cerrado la puerta tras de sí, Charlotte se echó a llorar. Lloró por Emily, por la que tanto afecto sentía; por la madre de la pequeña, que había buscado un modo de escapar de su desdichado matrimonio y que con ello había destrozado a su familia; por sir Andrew, tan atrapado en su dolor y en su orgullo que era incapaz de dar a su hija el afecto y cercanía que ella tanto necesitaba; lloró también por Tilly Burke, que tanto había querido a lady Ellen y de la que esta había abusado; y por Nora, cuya lealtad a su abuela y a su antigua señora la habían vuelto ciega al dolor de la pequeña.

Finalmente, se permitió también llorar por ella. Se encontraba sentada en la cama, con la cabeza inclinada hacia abajo y las lágrimas que se le escapaban empapándole las manos y el vestido.

Intentó encontrar en sí misma una brizna de la calidez que había sentido desde el primer instante en presencia de Tom Ashdown para así consolarse con eso. No lo logró.

Aunque no tenía experiencia en esos asuntos, había sabido interpretar la mirada de esa mujer. Las personas que, como Charlotte, vivían al margen de la sociedad sin pertenecer realmente a ella, sabían captar mejor esas cosas que las demás.

Esa mujer miraba a Tom Ashdown como si quisiera reclamarlo para sí. Como si ya fuera suyo.

En algún momento, sintió tal frío que vio que las manos se le habían puesto rojas y azuladas; entonces, oyó un ruido en la casa procedente del piso de abajo.

La señora Farley hablaba tan fuerte que Charlotte se levantó y entreabrió un poco la puerta.

Al cabo de un momento, oyó que la casera decía:

—Nada de visitas masculinas. Sin excepciones. Y, desde luego, no a estas horas, caballero.

En cuanto ella reconoció su voz, el corazón se le agitó tanto que incluso se notó el pulso en la garganta.

—Evidentemente, señora Farley, no es mi intención atentar contra sus principios. Pero, si fuera tan amable, ¿podría usted pedirle a la dama que baje y decirle que hay un caballero que tiene que comunicarle una noticia urgente?

—Bueno —respondió la señora Farley con tono vacilante—. Parece usted un caballero. Por eso le ofrezco hablar un momento con la señorita Pauly en mi sala de estar.

—Un detalle ciertamente muy generoso por su parte —dijo aquella voz burlona tan familiar—. Pero no me gustaría importunarla en sus estancias privadas. En cuanto la señorita Pauly esté lista para salir y baje, no le robaremos más tiempo.

—De acuerdo, la informaré —contestó la señora Farley.

—No hace falta —dijo Charlotte acercándose a la escalera con aplomo. Con el abrigo colgado del brazo, se colocó el sombrero y bajó los escalones con paso firme.

Miró a Tom a los ojos. Su mirada respondió a todas sus preguntas.

—Ya estoy lista —dijo ella.

Epílogo

*I*gual que en mis otros libros, *El misterio de Chalk Hill* se ha inspirado en fuentes diversas. Sin duda, el desencadenante más importante fue la lectura de *Ghost Hunters: William James and the Search for Scientific Proof of Life after Death* [Cazadores de fantasmas: William James y la búsqueda de pruebas científicas de la vida y la muerte] (Deborah Blum, Penguin, Nueva York, 2006). En primer lugar, me gustaría reseñar brevemente las demás fuentes a las que debo mis ideas.

La tesina que escribí al finalizar mis estudios universitarios versó en torno a las traducciones de la famosa novela de Charlotte Brontë *Jane Eyre*, en la que una institutriz llega a una mansión inglesa y se debe enfrentar a unos misterios siniestros. Este tema lo han abordado muchos escritores antes que yo, tanto hombres como mujeres. Aunque he intentado conservar alguna reminiscencia de la historia, la he modernizado —a fin de cuentas, *Jane Eyre* tiene lugar unas décadas antes— y he procurado jugar también con las expectativas de mis lectores. Como doy por hecho que ustedes se habrán reservado el epílogo para leerlo al final de esta lectura, a estas alturas no les estoy descubriendo ningún secreto. Admito sinceramente que debo mucho a *Jane Eyre* y aprovecho para recomendar esta novela a quienes aún no la conozcan.

Otro de los motivos del libro son los cuentos que asoman una y otra vez y que además cumplen distintas funciones. No es casual que, por así decirlo, Charlotte traiga en su equipaje cuentos alemanes procedentes de su país y que los dé a conocer a su pupila. Constituyen un consuelo, una distracción, y la representación de cosas que es incapaz de decir abiertamente.

También el bosque que rodea a la casa, que en ocasiones resulta amenazador, desempeña un papel importante en este libro. Este es un motivo muy alemán, utilizado también por Wilhelm Hauff en *El corazón de piedra*, un cuento que Charlotte le cuenta a Emily.

La extraña conducta de lady Ellen Clayworth no es una invención mía, sino un fenómeno científicamente comprobado, aunque extraño, conocido como síndrome de Münchhausen por sustitución. El personaje que le da nombre es el famoso barón Münchhausen, muy conocido por sus fabulaciones. Las personas que lo sufren, generalmente madres, se inventan enfermedades en sus hijos e incluso llegan a hacerlos enfermar para llamar la atención sobre sí mismas.

El diagnóstico se confirma o queda corroborado cuando, como en mi novela, la enfermedad desaparece en cuanto los niños se mantienen separados del progenitor durante un tiempo prolongado. Esto indica que el pequeño no está enfermo, o que los síntomas que antes presentaba han desaparecido porque la ausencia de contacto impide que puedan provocarse de forma artificiosa.

Esta anomalía fue descrita por primera vez en 1977 por el pediatra inglés Roy Meadow en la revista especializada *The Lancet,* pero evidentemente eso no significa que esos casos no se dieran antes, si bien simplemente o no se detectaban o no se habían descrito de modo científico.

Centrémonos ahora en el tema que forma el núcleo de la novela y que es muy característico de la época en la que se desarrolla. A finales del siglo XIX tuvo lugar, por una parte, un distanciamiento de la religión, esto es, de la creencia en un Creador, y se buscaron respuestas científicas a las preguntas elementales. Las investigaciones de Charles Darwin son solo uno de los muchos ejemplos de esta tendencia. Sin embargo, sobre todo en Gran Bretaña, surge también un enorme interés por las apariciones de espíritus, las sesiones espiritistas, la telepatía, la telekinesia, los médiums, la güija y mucho más. Las personas buscan lo que se esconde detrás de los fenómenos explicables y medibles y no se dan por satisfechas con la mera explicación científica del mundo.

Como resultado de estas tendencias, fundamentalmente contrapuestas, se funda en 1882 la Sociedad británica para la Investigación Psíquica (http://www.spr.ac.uk/main/) que aún sigue activa hoy en día. En ella, científicos de diversas disciplinas se unieron para examinar a través de métodos comprobables y empíricos la existencia de fenómenos sobrenaturales. Algunos de estos miembros aparecen también en esta novela:

–Henry Sidgwick, uno de sus fundadores, catedrático de Filosofía Moral de la Universidad de Cambridge.

–Su esposa, Eleanor Sidgwick, matemática y rectora del Newnham College de Cambridge.

–Sir Oliver Lodge, físico.

–Frederick Myers, poeta, crítico y ensayista.

–Richard Hodgson, jurista.

También la médium Leonora Piper es un personaje histórico a quien nadie logró achacar engaño alguno.

En el curso de una visita a Londres asistí a una demostración de la Asociación espiritualista de Gran Bretaña (http://www.sagb.org.uk/) que, aunque no me convirtió al espiritismo, sí logró asombrarme en más de una ocasión.

En la novela no doy una respuesta clara a la pregunta recurrente de si existen o no los espíritus. Personalmente no creo en ello. Con todo, considero posible la existencia de experiencias que escapan a una explicación meramente racional y que se pueden llamar presentimientos o intuiciones. Para mi sorpresa, hablando con personas de mi entorno, me he topado a menudo con ese tipo de fenómenos. William Shakespeare, cómo no, lo expresó del modo más acertado cuando puso en boca de su titubeante Hamlet las siguientes palabras:

¡Hay más cosas en el cielo y la tierra, Horacio, de las que se sueñan en tu filosofía!

Un paseo por Londres

Si i visitan Londres y tienen ganas de hacer el mismo camino que Tom Ashdown recorre tras cenar en el Savoy, este es:

Empiecen en el hotel Savoy, o visiten antes el restaurante. Eso se lo dejo a su elección y a su bolsillo.

Partiendo desde el hotel diríjanse a la derecha por The Strand. Esta calle es la antigua línea de conexión entre la City of London y la City of Westminster y está bordeada de edificios admirables, como Somerset House, el edificio de los Reales Tribunales de Justicia y la iglesia de St. Clement Danes, construida por el gran sir Christopher Wren. Hay un punto en que la calle se divide, circundando la iglesia de St. Mary Le Strand, como si fuera una isla. The Strand desemboca en Fleet Street, donde en otros tiempos estaba el barrio de los periódicos.

Reales Tribunales de Justicia

Middle Temple Lane

Si ahora doblan a su derecha y entran en la pequeña calle Milford Lane, se sentirán inmediatamente transportados al pasado. En el Temple, el antiguo distrito de la Orden de los

Templarios, donde están desde hace siete siglos los juristas londinenses, el tiempo parece haberse detenido. Fachadas remozadas de blanco y ladrillo rojo, suelo adoquinado, plazas arboladas, la iglesia circular Temple Church (que alcanzó una fama discutible gracias a *El código Da Vinci*). Para quien tenga tiempo, recomiendo disfrutar tranquilamente de la calma inesperada y deambular un poco por la zona. Al final de Milford Lane se cruza un arco magnífico que conduce al Victoria Embankment y al Támesis, desde el cual podrán disfrutar de una panorámica del Parlamento y el puente de Westminster.

Si no tienen la oportunidad de visitar Londres próximamente, en mi página de Facebook encontrarán otras fotografías que yo misma tomé durante este paseo.

Atentamente,

Susanne Goga

Middle Temple Lane en su salida al Victoria Embankment

Agradecimientos

Como siempre, muchas personas han contribuido a este libro con sus conocimientos, paciencia y experiencias propias. Mi agradecimiento especial es para:

Axel, Lena y Felix Klinkenberg
Hanne Goga
Rebecca Gablé
Ruth Löbner

Kathy Atherton, del museo de Dorking en Surrey, que me facilitó importantes datos históricos sobre Dorking y su entorno.

Robert Bartlett, que puso a mi disposición fotografías de las crecidas del Mole, así como sus fabulosos conocimientos sobre la historia de la policía de Surrey.

Tom Ruffles, de la Sociedad Británica para la Investigación Psíquica.

Lealah Kay, de la Asociación espiritualista de Gran Bretaña.

Este libro se publicó en España
en el mes de enero de 2019

megustaleer

Esperamos que
hayas disfrutado de
la lectura de este libro
y nos gustaría poder
sugerirte nuevas lecturas
de nuestro catálogo.

Si quieres formar parte de nuestra
comunidad, regístrate en
www.megustaleer.club y recibirás
recomendaciones de lecturas
personalizadas.

Te esperamos.